DANNY MORGENSTERN
DAN BRAUN

BLUTLAUT

Jogge nie allein!

in Farbe und Bunt

Originalausgabe | © 2022
in Farbe und Bunt Verlag
Am Bokholt 9 | 24251 Osdorf

www.ifub-verlag.de
www.ifubshop.com

Herausgeber: Björn Sülter
Erstlektorat: Julia Lüneberg, Marla Teufel
Endlektorat & Korrektorat: Telma Vahey
Cover-Gestaltung: EM Cedes
Satz & Innenseitengestaltung: EM Cedes
Cover- & Innenseitenillustrationen: Stefanie Kurt

Print-Ausgabe gedruckt von:
Booksfactory (Polen)

ISBN (Print): 978-3-95936-331-0
ISBN (Ebook): 978-3-95936-332-7
ISBN (Hörbuch): 978-3-95936-333-4

HINWEIS

Nach Rücksprache mit dem echten Dr. Arne Brattström, dessen Namen wir frecherweise in diesem Roman für einen Arzt benutzt haben, möchten wir darauf hinweisen, dass die medizinische Indikation durch die gleichnamige Romanfigur natürlich nicht der Norm entspricht. Der reale Dr. Brattström wäre professionell und medizinisch nachvollziehbar verfahren. Wir haben uns ganz bewusst dafür entschieden, seine Tipps (u. a. ein Herzecho bei Borg durchführen zu lassen) nicht zu berücksichtigen. Fiktion bleibt Fiktion.

INHALT

Für Sylvia und Bernd

»Natürlich hat es schon perfekte Morde gegeben –
sonst wüsste man ja etwas von ihnen.«

Alfred Hitchcock

Mal eben Zigaretten holen gehen

In der Luft lag ein scharfer Geruch von zu lange angebratenem Mittagessen. Nadine Frohberg stand an der Arbeitsplatte in der Küche und beseitigte die letzten Spuren von Fett, Ei und Paniermehl.

Es musste mittlerweile schon nach 16:00 Uhr sein, denn Nadines Mann Thomas stand im Flur in der unteren Etage des Reihenendhauses und zog seine Joggingschuhe an.

»Willst du schon wieder laufen?«, fragte Nadine, ohne von der Arbeitsplatte aufzusehen.

»Jap«, antwortete er kurz.

»Bist doch gestern erst los gewesen.«

»Jap. Ich will aber noch Zigaretten kaufen.«

Thomas Frohberg band die letzte Schleife seiner blaugrauen Schuhe, schob seine Socken etwas nach unten und stellte sein Fitbit-Armband auf den Laufmodus ein.

»Wo läufst du denn lang?«

»Nur bis zum See, einmal rum. Eine Stunde – höchstens.«

Nadines Sprühflasche gab ein feines Zirpen von sich, als sie das Reinigungsmittel auf das Ceranfeld sprühte.

Thomas Frohberg war schon draußen. Er huschte am Küchenfenster vorbei, und sie sah ihn mit einem flüchtigen Blick. Lediglich, dass er sich ein weißes Laufshirt übergezogen hatte, konnte Nadine noch unbewusst wahrnehmen, dann wandte sie sich wieder ihrer Küche zu.

Gegen 18:00 Uhr zogen dunkle Wolken auf. Zwar würde es bis zum Sonnenuntergang noch zwei Stunden dauern, doch machte es jetzt schon den Anschein, als würde es dämmern.

Nadine sortierte einen Zeitschriftenstapel im Wohnzimmer, als sich die Umrisse ihres Mannes, wie sie glaubte, in den Mosaikscheiben der Haustür abzeichneten. Hatte er es vor dem Regenschauer also doch noch geschafft. »Eine Stunde – höchstens«, spottete sie leise, als sie sah, dass die Wohnzimmeruhr bereits 18:20 Uhr zeigte.

Kein Schlüssel versenkte sich im Schloss. Kein Geräusch der sich öffnenden Tür war zu vernehmen. Wo war er denn jetzt wieder hingegangen?

Ein leises Trommeln kündigte den beginnenden Regen an. Die Tropfen starteten ihr monotones Konzert auf dem Wellblech der Garagendächer auf der anderen Straßenseite. Es wurde windiger. Nadines Mann war noch immer nicht zurück. Da sie ohnehin noch schnell einige alte Zeitungen in die Papiertonne direkt vorm Haus werfen wollte, ging sie schnell, dem stärkeren Regen zuvorkommend, zur Haustür.

Eine Böe warf ihr braunes schulterlanges Haar durcheinander, als sie die Tür öffnete. Auf den drei Waschbetonstufen, die zum Eingang führten, lag etwas. Sie erfasste mit ihrem Blick zwei Dinge: eine Zigarettenschachtel auf der obersten Stufe und daneben einen noch glimmenden Zigaretten-stummel, der zu etwa zwei Dritteln aufgeraucht worden war.

Was sind das denn für neue Angewohnheiten?, fragte sich Nadine, und leichter Ärger stieg in ihr auf. Mit einem gezielten Tritt zermalmte sie die Zigarette auf der Treppe und drehte den Fuß wie bei einem Tanzschritt, um die Glut zum Erlöschen zu bringen.

Mit routinierten Bewegungen öffnete sie die Altpapiertonne, warf die Zeitschriften hinein und eilte zurück zur Treppe. Die Tropfen waren di-cker geworden. Sie schaute rechts und links die Straße hinunter. Von ihrem Mann fehlte jede Spur. Sie nahm das Päckchen Zigaretten von der obersten Stufe, eilte ins Haus und zog die Tür hinter sich zu.

Im Flur ihres kleinen Hauses, in dem sie mit ihrem Mann nun seit fast zehn Jahren lebte, stand ein kleiner weißer Schrank, auf dem sie täglich die Unordnung unwichtiger Gegenstände unter Kontrolle zu bringen versuch-te. Dort befand sich eine giftgrüne dicke Kerze, dort lagen der Garagen-schlüssel, ein Feuerzeug, ein grünes Gummiband und das Ladekabel ihres Handys. Jetzt kam es auf die Zigaretten auch nicht mehr an.

Als Nadine Frohberg das Päckchen auf den weißen Schrank gelegt hatte, stutzte sie. Da war Blut in ihrer Handfläche. Woran hatte sie sich denn geschnitten? An den Zeitschriften?

Nadine hob die Schachtel wieder an, und ein roter Rand zeichnete sich auf der weißen Kommode ab, den die blutige Zigarettenpackung dort hin-terlassen hatte. Sie betrachtete das kleine rechteckige Behältnis. In diesem Moment fiel ein dunkelroter Tropfen von einer der Ecken ab, sauste zu Boden und hinterließ dort eine kleine, blutige Sonne.

Was zum Teufel …? Nadine öffnete die Schachtel und blickte hinein. Ein markerschütternder Schrei, der bis auf die Straße zu hören war, ließ die Luft erzittern. Die Zigarettenschachtel fiel zu Boden, und vier menschliche Finger purzelten beim Aufprall heraus und rollten wie kleine Würstchen über die grauen Fliesen im Flur.

13

KAPITEL 1

Liebesgruesse aus Russland

Auf Oliver Borgs Küchentisch stand eine Flasche Wasser. Vor dem Tisch parkte ein Stuhl, und im Hintergrund drehte ein Teller in der Mikrowelle seine Runden. Borg wartete auf das errettende »Ping«, mit dem die Mikrowelle das Essen freigeben würde. Sein Magen knurrte wie verrückt. Er hatte den ganzen Nachmittag am Computer gesessen und völlig vergessen, etwas zu essen. Lediglich einen Sazerac hatte er sich vor einer Stunde zubereitet. Borg mixte den Cocktail gewohnheitsgemäß aus Cognac und Peychaud's Bitters – die Zubereitung mit amerikanischem Rye Whiskey als Basisspirituose schmeckte ihm nicht. Borg hatte beim Mixen seines Drinks nicht auf die Uhr gesehen, über diesen Punkt war er längst hinaus, auch wenn, wie es seine Exfrau auszudrücken pflegte, das Trinken von Alkohol vor 18:00 Uhr äußerst bedenklich war. Abstinenz hieß für ihn, er verzichtete immer niemals. Wie hatte es in seinem Leben so weit kommen können?

Die Mikrowelle summte monoton. Noch eine Minute. Das schwachgelbe Licht des Gerätes beleuchtete die Buletten darin leicht, und auf ihnen pulsierte das heiß gewordene Fett, als wären die Fleischklumpen kurz davor, wieder zum Leben zu erwachen.

Borg drückte einen Schwall Ketchup aus einer Plastikflasche auf seinen Teller, neben dem weder Besteck noch eine Serviette lag. Die Sekunden der Mikrowellenanzeige liefen unaufhaltsam rückwärts. 5 … 4 … 3 … 2 … Im selben Moment, als das Essen seine Aufwärmrunde beendet hatte und das Küchengerät seinen Signalton von sich gab, setzte plötzlich das Lied ›Y.M.C.A.‹ von den Village People ein. Borgs Handy war lautstark erwacht. Er öffnete die Mikrowelle, aus der heißer Dampf stieg, griff mit der anderen Hand zeitgleich in seine Hosentasche und holte das Handy heraus.

»Ja? Was gibt's denn?«, fragte er.

Die Stimme am anderen Ende der Leitung erzählte etwas. Borg versuchte aufmerksam zuzuhören und gleichzeitig den Teller aus der Mikrowelle zu ziehen. Seine Finger griffen mehrfach zu und zuckten zurück, weil der Rand unangenehm heiß war. Geräuschvoll sog er die Luft zwischen den Zähnen ein.

»Nichts, nichts«, sagte er, als er offenbar von seinem Gesprächspartner auf dieses Zischen angesprochen wurde, das er wegen des Schmerzes an seinen Fingerkuppen von sich gegeben hatte.

»Ja, in Ordnung. Ich mache mich gleich auf den Weg«, sagte Borg.

Er fluchte Unverständliches und griff nach einer der Buletten. Wie bei einer unausgereiften Zirkusnummer schwang er den Fleischklops vom Mikrowellenteller quer durch die Küche hinüber auf den Essteller. Er ließ die Bulette einen kleinen Augenblick zu früh los – länger hätte er sie wegen der Hitze nicht halten können –, und der dampfende platte Ball platschte in den Ketchup, der zu allen Seiten wegspritzte.

»Mist! Wo sind die Tatortreiniger, wenn man sie braucht?«, fluchte Borg, gab aber nicht auf, nahm die Bulette wieder zwischen die Finger, drehte sich rasch um und verließ mit schnellen Schritten seine Wohnung.

Die Finger lagen noch genau so, wie sie vor wenigen Stunden hingefallen waren, auf den Fliesen im Flur der Familie Frohberg.

Oliver Borg musste unweigerlich an seine Bulette denken, die er auf dem Weg zum Auto gegessen hatte. Da wusste man ja auch nie, was für Fleisch und andere tierische Körperteile verarbeitet worden waren: Augen, Schnäbel, Krallen … Man konnte nur das Beste hoffen.

Der Mann, der ihn über das Handy angerufen hatte, war sein Kollege Timm Berber von der Mordkommission gewesen. Berber hatte am Handy kurz geschildert, was Borgs Kommen dringend erforderlich machte.

Eine verstörte Frau war im nördlichen Braunschweiger Stadtteil Schwarzer Berg aufgegriffen worden, als sie hysterisch auf der Straße vor ihrem Haus umherlief. Die Nachbarn hatten sie aufgehalten und einen Krankenwagen alarmiert. Als die Frau Beruhigungsmittel gespritzt bekommen hatte, nannte sie den Sanitätern den Grund ihrer Panik: Sie habe eine Zigarettenschachtel voller Finger vor ihrem Haus gefunden. Und das war offensichtlich keine Lüge, wie der Fahrer des Krankenwagens kurz darauf feststellte. Eine Polizeistreife war daraufhin angefordert worden, und die Beamten hatten ihrerseits die Mordkommission hinzugerufen, als sie tatsächlich auf die Finger gestoßen waren.

Borg hockte sich hin. Die Finger waren echt, sahen aber wie schlechte Imitate in einem billigen Horrorfilm aus. Alle waren knapp oberhalb der Mittelhandknochen fein säuberlich abgetrennt worden, sodass jedem ein bisschen vom ersten Fingerglied fehlte. Neben den Fingern lag die offenstehende Zigarettenschachtel, in der unübersehbar noch ein Daumen steckte.

Auf dem Fußboden hatten Beamte von der Spurensicherung kleine Schilder mit Nummern platziert. Die Fotos waren offensichtlich bereits geschossen worden, denn es war niemand mehr im Flur.

Im Wohnzimmer nahm Borg Bewegung wahr. Er streckte seinen Hals und sah eine Frau in einem weißen Einteiler. Er sah sie nur von hinten, aber es war Sina Bachmann. Sie arbeitete für die Spurensicherung, hatte aber einen Antrag gestellt, ins Kommissariat zu Borgs Einheit der Kriminalpolizei zu wechseln. Alles war noch in der Schwebe.

Borg sah Sina nur von hinten, aber er hatte sich alle ihre Merkmale bereits eingeprägt, sodass er sie im Dunkeln problemlos aus 50 Metern Entfernung hätte identifizieren können.

»Was sagst du dazu?«, fragte eine Stimme von hinten. Timm Berber war der erste Beamte der Mordkommission, der den Tatort betreten hatte.

»Tja, Klavierspielen is' nicht mehr«, meinte Borg und richtete sich auf.

16

Die beiden Männer schüttelten sich die Hände.

Sie genossen das Händeschütteln und zelebrierten es bei jeder noch so unüblichen Gelegenheit. Nachdem durch die Corona-Pandemie und ihre in regelmäßigen Abständen immer wiederkehrenden Infektionswellen Körperkontakte in der Öffentlichkeit so gut wie ausgeschlossen gewesen waren, gaben sich Borg und Berber mehrfach täglich die Hand. Bei der Begrüßung, bei der Verabschiedung und auch, wenn der eine dem anderen einen Kaffee aus der Kantine mitgebracht hatte. Sie hatten sich einen Spaß daraus gemacht, sich in den Zeiten geringer Ansteckungsgefahr die Hände zu schütteln.

»Die Frau vermisst ihren Mann, 41 Jahre«, sagte Berber.

»Und jetzt wird erst die Polizei hinzugezogen?«, fragte Borg.

»Mein Gott, bist du witzig.«

»Ich habe noch nichts Vernünftiges getrunken«, log Borg. »Du weißt, dann ist mein Humor immer besonders trocken.«

»Es wird auch erstmal nix geben. Wir müssen die Nachbarn befragen und eine Großfahndung starten.«

»Können wir denn sicher sein, dass es die Finger vom Vermissten sind?«, fragte Borg.

»Das können wir schnell herausfinden«, erwiderte Berber. »Fingerabdrücke vom Mann gibt es hier im Haus genügend, und wir können sie direkt vergleichen – die Finger liegen ja hier alle neben der Schachtel.«

Berber rief Sina Bachmann in den Flur.

»Sina, Schätzchen, kannst du uns bitte mal einen Fingerabdruck von diesem Stück Fleisch abnehmen und mit einem der Abdrücke aus der Wohnung vergleichen? Am besten vom Zeigefinger.«

»Nenn' mich nicht Schätzchen«, gab Sina zurück, aber in einem Tonfall, als wäre es ihr egal. »Nein, kann ich nicht. Wir verwischen sonst die Spuren an den Gliedmaßen.«

»Ach komm schon. Du hast hier fünf Finger. Da kommt es auf den einen nicht an. Wir wollen nur wissen, ob das der Finger von dem Herrn …«, Berber blickte auf seinen Notizblock, »… vom Herrn Frohberg ist.«

Sina Bachmann stieß Luft aus ihrer schlanken Nase hervor und ging auf die Knie. »Gib mir fünf Minuten.«

»Braves Mädchen«, sagte Berber.

Ein Paketbote kam auf die Eingangstreppe zu, und ein Beamter, der draußen wartete und Wache stand, signalisierte ihm, dass er nicht weiter gehen könne.

»Schon gut, Victor, lass ihn durch«, rief Borg und kam nach draußen.

»Ich habe hier ein Paket für Herrn Frohberg. Ist was passiert?«, fragte der Postbote. Das Paket war fast würfelförmig und so groß, dass ein kleiner Nachttisch darin Platz gefunden hätte. Aber es war offensichtlich nicht schwer.

»Nichts passiert. Ich nehme das Paket an. Polizei«, sagte Oliver Borg.

»Ist was passiert?«, fragte der Postbote noch einmal.

»Nichts Wesentliches. Ich hoffe, im Paket ist keine Schreibmaschine.«

Borg unterschrieb – war ihm doch egal, ob das Probleme mit sich brachte – und ging mit dem Paket zurück ins Haus. Er ging an der knienden Sina Bachmann und an seinem Kollegen Timm Berber vorbei, der im Flur stand und auf ihren Hintern starrte.

Auf der sauberen Arbeitsplatte in der Küche stellte Borg das Paket ab und öffnete es an den Schwachpunkten, an denen es mit Paketband verklebt war.

Als er sich durch das Verpackungsmaterial gewühlt hatte, stieß er auf mehrere Kleidungsstücke – Kleidungsstücke, mit denen er nicht gerechnet hatte. In verschiedenen durchsichtigen Plastikverpackungen befanden sich Stringtangas, halterlose Strümpfe in den absonderlichsten Farben, bestimmt fünf Paar, und ein Latexkorsett. Auf jeder Verpackung stand das Markenzeichen der Firma Moskwa, und an der Seite steckte ein gedruckter Werbeflyer, der mit großen Buchstaben verkündete: ›Liebesgrüße aus Russland‹.

Borg warf die Reizwäsche ungeordnet in den Karton zurück.

»Timm!«, rief Oliver Borg in den Flur. »Wie lange ist der Herr Frohberg mit seiner Frau verheiratet?«

Timm Berber sah wieder auf seinen Notizblock. »Der ist mit ihr über 12 Jahre verheiratet, warum?«

»Sag lieber ›war verheiratet‹«, mischte sich Sina ein. »Die Finger, die hier liegen, gehörten eindeutig Herrn Frohberg.«

KAPITEL 2

Donnerball

Oliver Borg fiel ein Zitat ein, als er und Timm Berber auf die Straße traten: ›Es ist bekannt, dass die Nase niemals glücklicher ist, als wenn sie in anderer Leute Angelegenheiten steckt. Daraus haben einige Physiologen geschlossen, dass ihr der Geruchssinn fehle.‹ – Wer hatte das noch gleich gesagt? William Faulkner? Wahrscheinlich nicht. Borg schoss das Zitat immer wieder durch den Kopf, wenn er an einen Tatort kam, denn überall tauchten Menschen auf. Es gab selten etwas zu sehen, aber sie kämpften um ihre Position in der ersten Reihe, nur um dabei sein zu können, wenn es nichts zu sehen gab.

Selbst hier auf der anderen Straßenseite standen rund elf Personen, die lebhaft miteinander diskutierten, was wohl bei den Frohbergs passiert sei. Es war fast dunkel, und die Straßenlaternen hatten zu leuchten begonnen.

»Wir nehmen uns zuerst Frau Jeschke vor«, sagte Berber. »Sie wohnt direkt gegenüber und hat Frau Frohberg auf der Straße rumlaufen sehen. Ich hab' vorhin kurz mit ihr gesprochen und sie gebeten, sich bereitzuhalten. Diese Jeschke ist die Stasi in Person. Kennt alles und jeden und beobachtet Katz und Maus.«

»Lass mich raten: Das ist sie?«, fragte Borg und ging schnurstracks auf eine ältere Dame mit grauweißen Haaren zu, der nur die Lockenwickler fehlten, um das ideale Ebenbild eines klassischen Waschweibs zu sein. Frau Jeschke trug einen türkisfarbenen Morgenmantel, den sie mit dem Band fest um ihre Taille gebunden hatte. Ihr Permanent-Make-Up war mit dem Gesicht im Laufe der Jahre aus der Form geraten, und sie hatte ihre Arme überschlagen, was den Anschein erweckte, als wäre sie die Anführerin einer Gang.

»Genau. Das ist sie«, bestätigte Berber.

Neben Jeschke stand eine andere vertrocknete Frau, die Pfropfreiser in ihren Händen hielt. Als Jeschke bemerkte, dass Borg auf sie zukam, machte sie sich von der anderen Alten mitten im Gespräch los und ging ihm neugierig entgegen.

»Guten Tag, Frau Jeschke«, begann Borg. »Dürfen wir kurz mit Ihnen sprechen? Es geht um Herrn Frohberg. Können Sie mir sagen, was Ihnen heute aufgefallen ist?«

Eine schlimme einseitige Unterhaltung begann. Jeschke kam vom Hundertsten ins Tausendste. Die Katze der Nachbarin habe ihre Blumentöpfe verwüstet, das Müllauto sei nicht durchgekommen, weil der Dr. Leibnitz immer so schlecht parke, und die Dachdeckerfirma arbeite immer genau dann in der Nummer 22, wenn Mittagsruhe sei. Während sie sprach, knetete die Frau unentwegt einen hässlichen gelben Bären, der offenbar ihr Schlüsselanhänger war. Der Bär war viel zu groß für eine Hosentasche, daher hielt Jeschke ihn die ganze Zeit in der Hand und drückte das Stofftier in die absonderlichsten Formen.

»Ich verstehe«, sagte Borg. »Das war also kein leichter Tag für Sie.« Er musste wieder zum Wesentlichen kommen. »Gibt es irgendetwas, das Sie mir zu Herrn Frohberg erzählen können?«

»Der! Der hat doch nur seine Joggerei und diese Komarow im Kopf! Was will man von so einem schon halten?«

»Wer ist denn diese Komarow?«, fragte Borg.

»Die wohnt in der 29. Da geht er ein und aus. Die joggen auch zusammen. Mindestens viermal die Woche. Also, ich kann nicht verstehen, warum die Frau Frohberg das noch mitmacht. Dieses russische Flittchen. Die zieht sich immer an wie, wie … wie eine … Sie wissen schon! Da sieht man alles. Wenn die laufen, dann … dann …« Jeschke begann zu tuscheln, als würde sie Staatsgeheimnisse preisgeben.

»Verstehe, Frau Jeschke. Danke für Ihre Hilfe. Wir werden mal mit ihr sprechen. Schönen Tag wünsche ich Ihnen.«

Bevor sich Borg abwenden konnte, hielt ihm Frau Jeschke einen Zettel unter die Nase. »Hier!«

»Was ist das?«, fragte Borg.

»Meine Telefonnummer! Wenn Sie etwas herausgefunden haben, dann rufen Sie mich an. Jederzeit!«

»Natürlich, Frau Jeschke. Ehrensache.« Etwas widerwillig nahm Oliver Borg den Zettel und gab ihn an Timm Berber weiter, der die ganze Zeit schräg links hinter ihm gestanden und sich Notizen gemacht hatte. »Für dich«, sagte er trocken, und sie verließen Frau Jeschkes Wirkungskreis.

Als Borg und Berber auf den Fußweg hinuntergingen, begann es wieder zu regnen. Am Himmel war kein Licht mehr zu sehen, und alles, was jetzt noch in der John-Steinbeck-Straße für Helligkeit sorgte, war künstlich.

»Gehen wir jetzt nacheinander alle Nachbarn ab?«, fragte Berber.

»Nein, wir überspringen die meisten erstmal und gehen gleich zur 29. Ich will mir diese Frau Komarow mal anschauen. Mehr schaffen wir heute eh nicht.«

Der Hauseingang von Frau Komarow lag auf derselben Straßenseite wie jener der Familie Frohberg. Und auch bei dieser Oliver Borg noch unbekannten Frau führte eine dreistufige Treppe aus Waschbetonplatten zur Haustür.

›Irina Komarow‹ stand am Klingelschild, und da in der Wohnung Licht brannte, zögerte Borg nicht, zu klingeln. Es dauerte nur wenige Sekunden, und die Tür wurde geöffnet.

Ein übermäßig starker Geruch von Vanilleparfüm traf die beiden Polizisten, als eine sehr große schlanke Frau öffnete.

Borg blickte in die hellblauen Augen einer Katze, die keinesfalls überrascht war, dass zwei fremde Männer an ihrer Haustür klingelten.

»Frau Komarow?«, fragte Borg überflüssigerweise.

22

»Ja. Gibt es ein Problem?«, fragte die Frau zurück, und das mit der Zunge gerollte ›r‹ in ihrem letzten Wort ließ auf ihre Herkunft schließen.

»Das ist Herr Berber, ich bin Herr Borg. Wir sind von der Polizei.« Borg hielt seinen Dienstausweis nach oben, aber sie würdigte diesen keines Blickes, sondern heftete ihre Augen an die seinen.

»Dürfen wir kurz mit Ihnen sprechen?«

»Ja, natürlich. Kommen Sie herein.«

Borg und Berber folgten der gelockten Frau in das Haus, das im Aufbau dem von Familie Frohberg nahezu identisch war.

Irina Komarow war komplett weiß gekleidet. Sie trug einen Rollkragenpullover, der aus Wolle gestrickt zu sein schien und fast eine Nummer zu groß wirkte. Daran hingen dünne weiße Troddeln, die ihn noch größer erscheinen ließen. Im Gegensatz dazu konnte ihre weiße Leggings offenbar nur mit Mühe über ihre Beine und den üppigen Po gezogen worden sein. Der weite Pullover verdeckte zwar die Hälfte ihres Gesäßes, bremste jedoch nicht Borgs männlich geprägte Vorstellungskraft.

Da ihm der Schnitt der Wohnung vertraut war, warf Borg einen Blick in die Küche, in der Licht brannte. Die Frau schien das zu sehen, und obwohl sie zunächst den Anschein erweckt hatte, als wolle sie ins Wohnzimmer gehen, bog sie um 90° ab und ging direkt auf die Küche zu. Die Polizisten folgten ihr.

Borg versuchte sich alles genau einzuprägen, was er sehen konnte: Da war die leicht geöffnete Geschirrspülmaschine, in deren oberem Fach zwei Weingläser mit der Glasöffnung nach unten standen. Ebenso zwei Wassergläser. Die Küche war ausgesprochen sauber, und wäre nicht das Geschirr in der Spülmaschine gewesen, dann hätte man sie genau so auch in einem Einrichtungshaus vorfinden können.

In der Garderobe im Flur war Borg ein Bogen aufgefallen, der neben einer großen Vase stand.

»Ist Bogenschießen Ihr Hobby?«, wollte er wissen.

»Nein. Das ist der Bogen meines Neffen. Er ist ein großartiger Sportschütze, aber jetzt ist er nach Russland zurückgegangen«, antwortete sie mit Bedauern.

Der Besitz eines Bogens fiel nicht unter die Restriktionen des Waffengesetzes oder der Waffenverordnung, und er konnte somit als Sportgerät ohne weitere Erlaubnis genutzt werden.

»Kann ich Ihnen etwas zu trinken anbieten?«, fragte Komarow.

Borg und Berber antworteten zeitgleich, aber unterschiedlich. Borg sagte: »Gerne«, Berber hingegen: »Nein, danke.«

Man einigte sich darauf, dass beide ein Glas Wasser nahmen, dann kam Borg zur Sache.

Komarow war wirklich bestürzt oder schauspielerte gut, als sie erfuhr, dass man Thomas Frohberg vermisse und ein Verbrechen nicht ausgeschlossen werden könne. Borg fielen drei Ringe an Komarows linker Hand auf. Das Glitzern der Steine in den Ringen war ungewöhnlich stark. Borg kannte sich mit Schmuck nicht aus, aber er hätte schwören können, dass es sich um echte Diamanten handelte.

»Das ist ja schrecklich. Thomas und ich sind morgen zum Joggen verabredet«, sagte Komarow.

»Und heute? Waren Sie da auch verabredet?«, fragte Borg.

Draußen blitzte es, und es hatte wieder stark zu regnen begonnen.

»Eigentlich wollten wir, aber dann war mir das Wetter zu schlecht«, entgegnete Komarow.

»Aber morgen ist auch Gewitter angesagt«, meldete sich Berber zu Wort und nippte an seinem Glas.

Borg sah einen großen Messerblock auf der Arbeitsplatte neben dem Herd stehen. Eines der Messer fehlte. Mit einem großen Schluck trank er sein Glas leer und, als ob es das Natürlichste der Welt wäre, drehte er sich um, öffnete die Geschirrspülmaschine weiter, zog die Besteck- und Glasschublade heraus und stellte sein Glas kopfüber hinein.

»Das ist nicht nötig. Ich mache das«, sagte Irina Komarow und trat einen Schritt auf Borg zu.

»Zu spät.« Er lächelte sie an.

»Gibt es noch andere Menschen in dieser Straße, zu denen Herr Frohberg Kontakt pflegt?«, fragte Berber.

»Ja, natürlich. Zu Dr. Leibnitz und seiner Tochter. Die beiden joggen auch. Und natürlich zu Arthur, dem Schulhausmeister, der sich hier in der Straße um alles kümmert. Schneeschippen im Winter, Laubfegen im Herbst, das Rausstellen der Mülltonnen und so. Der joggt auch ab und zu mit uns.«

Das Gespräch dauerte weitere fünfzehn Minuten, förderte aber keine neuen gehaltvollen Informationen zutage, und das gefiel Borg nicht.

»Darf ich fragen, was Sie beruflich machen?«

»Früher habe ich als OP-Schwester im Krankenhaus Holwedestraße gearbeitet und Unfallopfer zusammengeflickt. Das war kein sehr schöner Beruf. Jetzt bin ich Fitnesstrainerin im DeltaSport. Das kennen Sie sicher …«

Borg hörte es zum ersten Mal, doch er nickte. Er war so unsportlich, dass er nicht einmal Fußball im Fernsehen schaute. »Ja, sicher«, sagte er.

Es piepte im Keller des Hauses.

»Dürfen wir einmal in Ihren Keller?«, fragte Borg.

»Was wollen Sie denn da?« Irina Komarow war etwas empört.

»Ihre Waschmaschine hat eben gepiept. Sie ist fertig, und ich würde gerne einmal sehen, was Sie waschen. Reine Formsache.«

Borg wollte keine Chance auslassen. Was wusch diese Frau? Blutige Wäsche?

»Bitte, wenn Sie darauf bestehen.« Viel Freundlichkeit war nie dagewesen. Aber das, was man Freundlichkeit hätte nennen können, war jetzt gänzlich verschwunden.

Borg ging fest entschlossen zur Kellertür, öffnete sie und drückte auf den Lichtschalter. Die Treppe, die hinunterführte, blieb finster.

»Kaputt«, sagte Komarow.

»Haben Sie eine Taschenlampe?«, fragte Borg.

»Nein. Haben Sie Angst im Dunkeln?«, fragte sie zurück.

Borg zog sein Handy aus der Tasche und leuchtete auf die Steinstufen. Er ging hinunter in den Vorkeller. Hier stand eine recht neue Waschmaschine mit Bullauge, und als hätte sie sein Ankommen bemerkt, piepte sie erneut, als wolle sie auf sich aufmerksam machen.

Es war hier unten so finster, dass die vergitterten Kellerfenster an der Wand wirkten, als wären sie nur schwarze Tafeln.

Borg drehte sich um. Sein Kollege war oben in der Küche geblieben. Logisch!, dachte Borg. Er wollte wohl keine Chance verpassen, einen Blick auf den Hintern der dominanten Frau zu werfen, die an der offenen Tür zur Kellertreppe stehengeblieben war.

Draußen donnerte es heftiger.

Borg hockte sich vor das Bullauge und öffnete es. Die Waschmaschine war voller Dessous verschiedenster Formen und Schnitte.

Wäsche, in der sich kein Slip befindet, ist traurige Wäsche – aber das!, dachte Borg.

Er atmete tief den Pfirsichgeruch des Weichspülers ein, als er eine Bewegung im Augenwinkel wahrnahm. Borg schwenkte sein Handy schnell nach rechts, und zwei glühende Augen starrten ihn an. Mit einem Ruck stand er auf. Sein Herz hatte einen Schlag übersprungen. Die schwarze Katze, der er ins Gesicht geleuchtet hatte, flitzte die Treppe hinauf, und als Borg tief einatmete, um den Schreck zu verdauen, hörte er Irina Komarows Stimme.

»Da bist du ja, mein Schatz. Ich hab' dich schon überall gesucht! Diese Katze ist einmalig. Sie folgt mir und einem meiner Freunde überall hin. Neulich stand sie vor dem Fenster des Fitnesscenters, in dem ich arbeite«, hörte Borg Frau Komarow zu Berber sagen.

Borg ging ebenfalls hinauf, wurde aber wesentlich unfreundlicher in Empfang genommen als die Katze.

»Haben wir es jetzt? Oder wollen Sie noch mein Schlafzimmer sehen?«, fragte Komarow genervt.

»Nein. Danke, Frau Komarow. Wir haben alles. Falls sich noch Fragen ergeben, werden wir Sie noch einmal kontaktieren.«

Borg und Berber traten auf die Straße hinaus und liefen schnell in Richtung Wendehammer der Sackgasse. Dort hatte Berber den Dienstwagen geparkt. In wenigen Sekunden hatten sich die dicken Regentropfen den Weg durch die Fasern ihrer Kleidung gebahnt.

»Die Frau ist nicht ganz sauber«, sagte Berber laut, da der Wind in ihren Ohren pfiff und der Regen prasselte.

»Ihre Wäsche schon. Aber du hast recht. Ihr fehlt ein Messer.«

»Was für ein Messer?«, fragte Berber.

»Im Messerblock in der Küche fehlte ein Messer, aber in der Spüle und in der Geschirrspülmaschine lag es nicht.«

Die beiden Männer bewegten sich schneller, doch wie eine Gestalt aus einem Horrorfilm stand plötzlich ein muskulöser Mann mit schwarzer Regenjacke vor ihnen. Beide bremsten abrupt.

Nur zehn Meter vor Berbers BMW standen die drei wie angewurzelt.

»Ist das Ihr Auto?«, fragte der Fremde.

»Ganz recht«, antwortete Berber.

»Der kann hier nicht stehenbleiben, sonst kommt kein Krankenwagen durch«, wurde er von dem Fremden belehrt.

»Immer mit der Ruhe, wir sind ...«, begann Berber und wollte den Satz mit »von der Polizei« beenden, aber so weit kam er nicht.

Ein glühender Donnerball schoss aus dem Himmel, einen leuchtenden Schweif ziehend, und landete auf der Straße. Das medizinballgroße Geschoss peitschte an den drei Regungslosen vorbei wie eine strahlende Bowlingkugel, und innerhalb von Sekundenbruchteilen zerplatzte der Ball in gleißendem Licht wie eine schräg auf den Boden geworfene Wasserbombe, gab einen ohrenbetäubenden Knall von sich, und alles versank in tiefem Schwarz.

Borg und Berber standen bewegungslos im Regen. In Borgs Ohren piepte es, und geschockt blickte er zu Berber und dem Fremden hinüber. Dem muskulösen Mann schien dieses Naturphänomen nichts ausgemacht zu haben.

»Kugelblitz«, sagte er, als wäre es das Natürlichste auf der Welt, drehte sich um und ging zu seinem Haus zurück.

KAPITEL 3

Du lebst nur zweimal

Der gestrige Tag steckte Oliver Borg in den Knochen. Er hatte an seinem Schreibtisch Platz genommen und mit dem Bericht angefangen. Das Berichteschreiben war das, was er an seinem Job am meisten hasste. Neben seinem Laptop stand ein Glas Sazerac, daneben wiederum ein Teller, auf dem die Reste einer Nudelspeise klebten.

Borg taten alle Knochen weh. Vielleicht, weil er gestern vom Regen durchnässt in der Kälte gestanden hatte, vielleicht, weil er älter wurde – er war mittlerweile 41 Jahre – vielleicht war es aber auch sein ungesunder Lebenswandel.

Im Flur gab es Geräusche. Jemand schloss die Tür auf.

»Olli? Bist du da?«, rief eine Frauenstimme.

»Ja, ich bin hier im Arbeitszimmer«, meldete er sich.

Mit einer hochgeschlossenen weißen Bluse und einem knielangen, schwarzgrauen, gut geschnittenen Rock betrat Finja Borg das Zimmer, in dem ihr Exmann an seinen Berichten saß.

»Du siehst scheiße aus, Olli!«, sagte sie.

»Danke für die Blumen.«

»Vielleicht wäre es besser, wenn du nicht vormittags schon dieses Zeug trinken würdest.«

»Hört das denn nie auf? Schon als wir noch ein Paar waren, hast du immer versucht, mich umzukrempeln«, sagte Borg und trank demonstrativ einen Schluck Sazerac.

Finja ging kopfschüttelnd in die Küche. Da sah es schlimm aus. Schmutziges Geschirr stapelte sich in der Spüle. Mindestens acht benutzte Gläser bildeten eine unappetitliche Mauer vor der Fensterbank auf der Arbeitsplatte.

Sie ging zurück zum Arbeitszimmer und lehnte sich an den Türrahmen.

»Hast du den Brief von meinem Anwalt bekommen?«, fragte sie ernst.

»Bisher noch nicht, aber das ist auch nicht verwunderlich. Die Postbotin wird mit ihrer Arbeit nicht fertig, weil sie zusätzlich zur Post unentwegt auch noch Kinder austrägt. Die ist jetzt schon das zweite Mal in diesem Jahr schwanger«, sagte Borg.

»Deine schlechten Witze kannst du dir sparen.«

Borg hoffte, Finja würde das Thema wechseln. Er hasste es, über die Scheidung zu reden. Was sollte das überhaupt, dieses Heiraten im Rückwärtsgang?

Finja überlegte einen Moment, holte tief Luft und sagte: »Du bist ein schlechtes Vorbild für Paul. Ich weiß nicht, ob ich gutheißen kann, dass er dich weiterhin sieht.«

»Quatsch. Wir haben Spaß. Er amüsiert sich«, sagte Borg.

»Ja? Was macht ihr denn? Trinkt ihr zusammen?« Finjas Ton wurde schärfer.

»Nee. Wir gehen ins Kino. Wir gehen schwimmen. Alles sowas.«

»Der letzte Film, den ihr gesehen habt, war ›Katzen die Hunde jagen‹ – das ist Monate her!«, schimpfte sie.

»Läuft ja nix Gutes«, sagte Borg.

»Du verlierst Paul völlig aus den Augen. Wenn er nachher kommt, will ich, dass er einen nüchternen Vater vorfindet. Und räum hier gefälligst auf!«

»Meine Wohnung, meine Regeln«, sagte Borg und hob das Glas zum Mund. Er konnte gar nicht so schnell reagieren, wie Finja ihm das Glas aus der Hand gerissen hatte. Der Sazerac schwappte über und auf den Schreibtisch.

»Du bist unausstehlich!«, schrie sie und warf das Glas wütend gegen die Wand neben dem Bücherregal. Die Scherben verteilten sich auf dem Boden, und der Cocktail hinterließ einen braunen Fleck an der hellgrauen Tapete, der sich weiter nach unten ausbreitete.

»Verdammte Scheiße! Das war das letzte saubere Glas!«, sagte Borg.

»Ein Glück!«, schrie sie.

»Egal! Trinke ich eben aus der Flasche!« Er griff unter den Schreibtisch und holte eine halbleere Flasche mit Cognac hervor.

»Paul kommt heute um 17:00 Uhr zu dir! Kümmere dich um ihn. Sei der Vater, den er braucht, oder das Ganze hat noch weitreichendere Konsequenzen. Und schick ihn ja nicht früher als besprochen zu mir zurück. Ich bin nicht da. Ich bin joggen«, sagte sie.

Oliver Borg zog die Augenbrauen hoch und wollte etwas Abfälliges über dieses Hobby kundtun, aber das Lied »Y.M.C.A.« kündigte einen eingehenden Anruf an. Kurz blickten sich beide in die Augen, dann drehte sich Finja Borg um, riss die Wohnungstür auf, trat ins Treppenhaus und ließ die Tür zuknallen.

Oliver Borg nahm das Gespräch an.

»Hier ist Timm. Der Spaß geht weiter. Komm bitte schnell zur Liliengasse 65. Die ist auch im Schwarzen Berg. Zwei Querstraßen neben der von gestern. Wir haben wieder ein paar Körperteile. Du wirst Augen machen.«

Auf dem Weg zur Liliengasse dachte Oliver Borg über seine Exfrau nach. Eine tolle Frau. Dass sie ihn verlassen hatte, war seine eigene Schuld, aber hinterher ist man immer schlauer. Er hatte nicht einmal Anstalten gemacht, sie zu halten. Paul war 15 Jahre alt. Er stand schon mitten in seinem eigenen Leben. Mal schauen, was der Junge heute für Pläne hatte und wie man auf einen Nenner kommen konnte, überlegte Borg.

Auf dem Weg zum Tatort fuhr er am Eiscafé Dolomiti vorbei. Das könnte ein Ziel für später sein, dachte er.

»Sie haben ihren Bestimmungsort erreicht«, sagte eine gefühlskalte Frauenstimme aus dem Navigationssystem, als Borg in die genannte Straße einbog. Er sah bereits mehrere Polizeifahrzeuge und auch den Wagen von Timm Berber. Er parkte ungeschickt und stieg aus. Auf der Straße standen zwei Kollegen und unterhielten sich mit Sina Bachmann. Die Körpersprache der Männer zeigte deutlich, dass beide um sie warben. Bachmanns Körpersprache signalisierte das Gegenteil von Interesse.

»Weiter so, Sina«, sagte Borg, als er an ihr vorbeiging.

»Hä?« Sie wusste nicht, was er meinte, und ebensowenig war ihr bekannt, dass er vor Jahren mehrere Seminare und Fortbildungen zum Thema Körpersprache und Profiling absolviert hatte.

Im Eingang des Hauses Nummer 65 stand Timm Berber und wartete.

»Ich hoffe, du hast noch nichts gegessen«, sagte Berber. »Schau mal, was der Herr Fischer in diesem Haus in einem Luftpolsterumschlag geliefert bekommen hat.«

Borg betrat das Haus.

Im modern eingerichteten Wohnbereich des schicken kleinen Anwesens stand ein Tisch vor einer hellgrauen Couch, auf der, so schien es, niemals jemand gesessen hatte. Sie sah wie neu aus. Auf dem Tisch lagen die Braunschweiger Zeitung des heutigen Tages, zwei ungeöffnete Briefe und ein hellbrauner Luftpolsterumschlag, den jemand hastig aufgerissen zu haben schien. Vor dem Umschlag lagen zwei – ja, jetzt konnte es Borg genau erkennen – zwei menschliche Ohren.

»Heilige Scheiße! Weißt du schon was?«, fragte Borg.

»Ja, der Mann hat seine Frau heute Vormittag zum letzten Mal gesehen. Nach dem Fund wurde die Polizei alarmiert, die Ohren sind die ihren. Wir konnten das anhand eines aktuellen Fotos herausfinden. Ohren sind wie Fingerabdrücke. Die Frau ist bis jetzt nicht aufgetaucht. Sie wollte joggen.«

»Ich wusste schon immer, dass das eine viel gefährlichere Sportart ist, als man glaubt. Haben wir Zeugen? Hat sie jemanden getroffen?«

»Nein. Aber der Mann ist sehr kooperativ. Ihn scheint das Ganze weniger mitzunehmen, als man meinen mag.«

»Hat er bisher etwas Brauchbares sagen können?«

»Nein. Aber stell dir vor: Seine Frau wurde einmal von einem LKW in der Nähe des TÜVs angefahren. Sie geriet mit dem Fahrrad unter den Anhänger und rollte beim Sturz einmal zwischen den Achsen durch. Nur eine Gehirnerschütterung, mehr hatte sie nicht. Seit diesem Tag feierten die beiden den Geburtstag der Frau unter dem Motto ›Du lebst nur zweimal‹ zweimal im Jahr.«

»Jetzt wohl nicht mehr.« Borg sah sich im Zimmer um.

»Wo ist der Mann?«, erkundigte er sich.

»Willst du ihn noch einmal befragen?«

Borg nickte. »Wo ist er?«

»Er wollte nur frische Luft schnappen und sollte gleich wieder zurück sein.« Berber sah den skeptischen Gesichtsausdruck Borgs. »Keine Angst. Ich habe Brammel mitgeschickt. Der hat ein Auge auf ihn.«

»Guter Gott! Brammel! Ausgerechnet der. Der duscht nur einmal in der Woche! Wenn der Mann frische Luft schnappen wollte, dann ist Brammel die völlig falsche Begleitung«, sagte Borg und ging zur Eingangstür.

Als er auf die Außentreppe trat, wehte ihm eine frische Sommerbrise entgegen, und er erinnerte sich, dass für heute Regen und Sommergewitter angekündigt worden waren. Es sah nicht im Geringsten danach aus. Der Himmel war völlig wolkenlos und saß wie eine hellblaue Mütze aus samtweichem Stoff über Braunschweig.

»Das ist er«, sagte Berber und deutete auf einen Mann, der schon von Weitem unfreundlich wirkte. Neben ihm ging der 1,70m große Polizeibeamte Brammel, mit dem niemals jemand im Streifenwagen sitzen wollte, weil er immer ungewaschen und nach alter Kleidung roch. Selbst seine Dienstuniform hatte den Geruch innerhalb von wenigen Minuten angenommen, wenn er eine neue aus dem Spind geholt und angezogen hatte.

Borg stellte sich Herrn Fischer vor. Der Mann machte wirklich den Eindruck, als wäre die Tatsache, dass man ihm die abgeschnittenen Ohren seiner Frau zugeschickt hatte, etwas völlig Normales.

»Können Sie mir noch einmal den heutigen Tag beschreiben, und ob Sie etwas Verdächtiges bemerkt haben?«, begann Borg.

»Das habe ich Ihrem Kollegen doch schon alles erzählt. Wollen Sie wirklich diese ganze Sache nochmal hören?« Der Mann war deutlich angespannt.

»Ich bin ganz Ohr«, sagte Borg, woraufhin Berber ihn unauffällig mit dem Ellenbogen anstupste. Stimmt, dachte Borg, der Spruch war unangemessen.

Verdächtigungen sprach Fischer nicht aus. Er konnte sich nach eigenen Angaben keinen Reim auf das alles machen. Wie er zu seiner Frau stünde, fragte Borg. Fischer zögerte und sagte dann, er liebe sie von ganzem Herzen. Das klang so unecht, als würde eine Prostituierte behaupten, Jungfrau zu sein.

Fischer hatte ein Hemd an, das ihm etwas zu groß war. Seine Zähne waren gelb und standen völlig ungeordnet in dem viel zu großen Mund. Im Mundwinkel des Mannes hatte sich ein weißer Belag abgesetzt, und Borg verfluchte sich innerlich, das gesehen zu haben. Er fand das bei weitem widerlicher als die abgetrennten Ohren.

Nachdem das Gespräch nichts Brauchbares zutage gefördert hatte, gingen Borg und Berber die Straße hinunter. »Zwei Morde in zwei Tagen. Das ist eine gute Quote«, sagte Berber.

»Ja, aber zwei unaufgeklärte Morde mit keiner einzigen Spur, das ist miserabel. Keine Fingerabdrücke, keine Augenzeugen. Nicht mal Leichen haben wir, und eine Lösegeldforderung ist ja wohl auch nicht eingegangen.« Borg war unzufrieden. Und er hatte Hunger.

Sina Bachmann kam auf sie zu.

»Das ist mein letzter Tag bei der Spurensicherung«, freute sie sich.

»Was? Du verlässt uns?«, fragte Borg ernsthaft schockiert. Sina war der einzige Lichtblick unter allen Mitarbeiterinnen und Mitarbeitern.

»Nein. Niemals. Ganz im Gegenteil. Ich spiele jetzt bei euch im Team mit. Hab' mich versetzen lassen.«

Borg strahlte. Er mochte diese Frau. Mehr noch, er fand sie ausgesprochen anziehend. Wären da nur nicht diese 20 Jahre Altersunterschied. Sina war 22 Jahre alt. Und er? Er war ein alter Sack.

»Na, dann willkommen im Team«, sagte Berber. »Weißt du schon, wie du eingesetzt wirst?«

»Morgen hat Koller vor, uns seinen neuen Plan vorzulegen. Wir sehen uns um 8:00 Uhr im Kommissariat.« Wie eine Eiskunstläuferin drehte sich Sina Bachmann um und stolzierte energiegeladen die Liliengasse hinauf. Borg und Berber blickten ihr nach.

»8:00 Uhr? Das höre ich zum ersten Mal«, brummte Borg.

»Wollte ich dir noch sagen«, sagte Berber.

Als Borg zuhause ankam und die Wohnungstür öffnete, hörte er, dass der Fernseher lief.

»Paul? Ich bin wieder da!«, rief er.

»Es ist schon nach sechs«, beschwerte sich Paul. Er hatte die Füße auf dem Wohnzimmertisch ausgestreckt, und ein Glas Nutella mit einem darin steckenden Löffel stand auf dem Tisch.

»Du hast also schon gegessen«, stellte Borg fest. »Mach bitte mal den Fernseher leiser.«

»Wir waren vor über einer Stunde verabredet«, sagte Paul, ohne zu seinem Vater aufzublicken.

»Nicht meckern jetzt. Lass uns ins Eiscafé gehen. Ich lade dich ein.«

Paul deutete mit einem Blick auf den Fleck neben Borg an der Wand, den der Cocktail dort hinterlassen hatte.

»Habt ihr euch gestritten?«, fragte Paul.

»Nein. Das ist eine neue Form von Entzug. Ich schenke mir ein und werfe die Gläser dann gegen die Wand. Wollen wir los, oder willst du vorher noch ein Glas Nutella essen?«

Oliver Borg und sein Sohn fuhren mit dem Wagen aus Watenbüttel, wo Borg seine Wohnung hatte, zum Eiscafé Dolomiti am Schwarzen Berg. Sie ließen den Wagen stehen und bestellten sich zwei Waffeln mit jeweils drei Kugeln Eis zum Mitnehmen.

»Wenn Sie uns viel Sahne geben, dann gibt es ein ordentliches Trinkgeld«, sagte Borg.

Er bekam seine Sahne und sollte 8 Euro bezahlen. Er gab 15 Euro und folgte damit seinem Motto ›Erwartungen schaffen und sie übererfüllen‹. Er ging oft so vor, denn, das war sicher, bei seinem nächsten Besuch in diesem Eiscafé würde er überdurchschnittlich gut behandelt werden und mehr für sein Geld bekommen als andere Gäste.

Vater und Sohn gingen in Richtung Ölpersee.

Paul war nicht sehr redselig und hatte sein Eis schon fast aufgegessen, während sein Vater noch nicht einmal zur Hälfte damit fertig war, weil er verzweifelt versuchte, ein Gespräch zu beginnen, das am Laufen gehalten werden konnte.

»Willst du jetzt die ganze Zeit mit mir quatschen, Olli?«, fragte Paul gelangweilt.

»Ich würde es gut finden, wenn du mich nicht Olli nennst.«

»Aber du heißt Olli«, sagte Paul.

»Ja, aber ich fände es besser, wenn du Papa zu mir sagst.«

»Du sagst ja auch nicht Sohn zu mir.« Mit diesem Argument hatte Paul seinen Vater zumindest für fünf Minuten zum Schweigen gebracht. Die beiden kamen am Ölpersee an und bogen in den Rundweg ein, der einmal komplett um den See herum führte.

»Ich bin ab übermorgen zwischendurch bei dir. Ist das okay?«, fragte Paul.

»Hä? Wie kommt's?«

»Mama ist für eine Woche in Florenz, und sie hat gesagt, ich kann bei dir essen und Hausaufgaben machen, wenn ich will.«

»Wenn deine Mama das sagt, dann wird es stimmen.« Borg freute sich insgeheim, seinen Sohn in der kommenden Woche öfter zu sehen.

Von vorn kam ein Mann angelaufen, dessen Körper unter der Last seiner Muskeln bei jedem Schritt bebte.

Oliver Borg kniff die Augen zusammen. Die Gestalt hatte er schon einmal gesehen. Der Mann kam näher. Er trug einen schwarzen Jogginganzug, und sein Schnaufen wurde lauter, als er sich den beiden näherte. Jetzt erkannte Borg den Jogger: Es war der Mann, der nachts auf der Straße gestanden hatte, als der Kugelblitz an ihm vorbeigeschossen war.

Du meine Güte. Der joggt auch?, dachte Borg. Machen die Menschen denn nichts anderes mehr?

Es schien wirklich so zu sein. Schon seit dem ersten Corona-Lockdown fiel der ganzen Welt die Decke auf den Kopf. Alle wollten raus, alle wollten joggen. Borg drehte sich um und schaute den Weg entlang. Es stimmte. Hinter ihnen wimmelte es nur so von Joggern. Von vorn kam dieser Muskelmann, und hinter dem liefen auf einem parallel verlaufenden Weg weitere drei Joggerinnen.

Der große Schwarzgekleidete passierte Oliver Borg und seinen Sohn und stieß Laute wie eine alte Dampflok aus. Ein übler Schweißgestank drang in Borgs Nase. Er schaute dem Fremden hinterher.

»Kennst du den Mann? Der stinkt!«, sagte Paul.

»Das kannst du laut sagen. Ich kenne ihn noch nicht. Aber morgen werde ich ihn mal kennenlernen.«

KAPITEL 4

Diamanten sind fuer immer

»Sie wissen ja«, begann Jan-Hendrik Koller, der Leiter der Mordkommission, »ein Team wird bei uns nach den speziellen Anforderungen des jeweiligen Falls zusammengestellt. So können auch Polizisten hinzugezogen werden, die sich auf die Bereiche Raub oder organisierte Kriminalität spezialisiert haben. Oder wie in diesem Fall die liebe Frau Bachmann, die beste Spurenleserin, die wir je hatten. Aber«, er wandte sich direkt an Sina Bachmann, »keine Angst: Sie müssen nicht mehr selbst pinseln. Sie sagen jetzt, wo's langgeht. Ich bin sicher, dass Sie die Zusammenarbeit in dem neu zusammengestellten Team genießen werden.« Jan-Hendrik Koller freute sich wie ein Schneekönig. Koller war ein Unikat, keinesfalls aber im positiven Sinne. Er hatte ein spitzes Wieselgesicht und einen klapprigen Körper. Besonders auffällig waren seine schrulligen Angewohnheiten und der üble Atem, den er seit Jahren mit seltsamen Pastillen der absurden Geschmacksrichtung Lavendel-Blaubeere zu überdecken versuchte.

Er aß diese Pastillen wie andere Leute Popcorn.

Auf den Stühlen im Besprechungsraum saßen Oliver Borg, Timm Berber, Sina Bachmann und, mit zwei Plätzen Abstand zu Borg, Erwin Brammel. Auch er war dem Team als Unterstützung zugeteilt worden.

Borg konnte es nicht fassen. Er hatte Brammel schon auf dem Flur des Präsidiums gerochen, als er (zehn Minuten zu spät) zur Besprechung und Teameinteilung gekommen war.

Koller rollte die Vorfälle der letzten Tage noch einmal in umgekehrter Reihenfolge auf: Eine verschwundene Frau aus der Liliengasse, von der nur zwei Ohren aufgetaucht waren, die man dem Ehemann in einem Umschlag in den Briefkasten gesteckt hatte, und ein verschwundener Mann aus der John-Steinbeck-Straße, dessen Finger seiner Ehefrau in einer Zigarettenschachtel geliefert worden waren. Keine eindeutig Verdächtigen, keine Zeugen, kein genauer Plan, wo man anfangen sollte.

Jeder der Anwesenden durfte sich zum Fall äußern.

Borg fing an: »Der erste Verschwundene hat sich Reizwäsche von einer russischen Firma bestellt. Halterlose Strümpfe und Slips und so'n Zeug. Er ist aber schon 12 Jahre mit seiner Frau verheiratet.«

»Willst du damit sagen, ein Mann will seine Frau nicht in Reizwäsche sehen, wenn er länger mit ihr verheiratet ist?«, fragte Sina.

Borg hatte ganz vergessen, dass sie neben ihm saß.

»Die Nachbarin, Frau Irina Komarow, trägt solche Wäsche. Ich hab' ähnliche Modelle bei ihr in der Waschmaschine gesehen. Die im Haus gegenüber wohnende Frau Jeschke will beobachtet haben, wie sich Thomas Frohberg und Frau Komarow häufiger zum Joggen getroffen haben. Vielleicht haben sie mehr gemacht als nur gejoggt.«

Brammel schaltete sich ein: »Vielleicht wollte er die Wäsche selbst tragen?«

Borg und Berber warfen Brammel verächtliche Blicke zu.

»Wir haben noch ein paar andere Dinge herausgefunden«, sagte Sina. »Die Finger in der Zigarettenschachtel stammen von beiden Händen des Mannes. Es sind der Daumen und der Zeigefinger der rechten Hand und die drei anderen Finger der linken Hand gewesen. Außerdem rauchte Herr Frohberg Zigaretten der Marke HB, und die glimmende Zigarette, die seine Frau auf der Treppe ausgetreten hatte, ist eine der Marke Marlboro gewesen. Das könnte eine Spur sein.«

Borg fand das interessant. Sina konnte dem Team wirklich eine große Hilfe sein.

»Wir müssen aber auch in Betracht ziehen, dass sich der Mann die Finger selbst abgeschnitten hat«, sagte Brammel.

»Sehr schlau, Brammel!«, maulte Borg. »Und mit welcher Hand hat er sich die Finger von der zweiten Hand abgeschnitten, nachdem er schon Daumen und Zeigefinger von der ersten Hand abgeschnitten hatte?«

Brammel überlegte.

»Meine Herren, wir kommen so nicht weiter«, unterbrach Koller.

»Nochmal zu Frau Komarow: Sie trägt an der einen Hand drei Ringe, die sehr teuer aussehen. Ich würde sogar behaupten, es sind echte Diamantringe. Wie kann sich eine alleinstehende Frau, die im Fitnesscenter arbeitet, solche Ringe leisten?«

»Du magst die Frau nicht, deshalb setzt du sie auf die Verdächtigenliste«, sagte Berber.

»Du stehst auf ihren Arsch, deshalb darf ich sie nicht auf die Verdächtigenliste setzen, was?«

»Meine Herren, wir kommen so nicht weiter«, sagte Koller erneut.

»Ich würde heute gerne noch einmal mit dem Muskelmann sprechen. Der mit dem Kugelblitz«, sagte Borg. Berber erinnerte sich an die dunkle Gestalt in der Straße des ersten Opfers.

»Der Typ joggt. Ich hab' ihn gestern gesehen …«, begann Borg.

Es klopfte an der Tür. Ein Beamter trat ein. Borg segnete ihn in Gedanken, weil er durch das Öffnen der Tür frische Luft in die Brammel-Gaskammer gelassen hatte.

»Herr Oberinspektor, wir haben eben einen Anruf von den Kollegen erhalten. Es sind weitere Körperteile aufgetaucht. Diesmal in einem Haus in Watenbüttel. Eine Frau wird dort vermisst.«

Sina drehte sich zu Borg um. »Wohnst du nicht in Watenbüttel?«, fragte sie leise.

»Ja, aber ich war's nicht«, sagte Borg und stand auf.

Gemeinsam verließ das Team den Besprechungsraum und machte sich auf den Weg zum dritten Tatort. Die Ringelnatzstraße war nur fünf Gehminuten von Borgs Wohnung entfernt. Er kannte den Ort wie seine Westentasche. Als Paul noch klein gewesen war, hatte er seinen Sohn im Kinderwagen oft durch diese Gegend geschoben.

Der Mann, der die Polizei alarmiert hatte, wirkte verstört. Er hatte ganz offensichtlich geheult.

»Es tut mir sehr leid, Herr Stecher. Können Sie mir sagen, wann Sie Ihre Frau zum letzten Mal gesehen haben?«, fragte Borg den dreißigjährigen Mann des Opfers, der offenbar einen Schwächeanfall erlitten hatte, denn er saß auf der Laderampe eines Krankenwagens, der vor dem Haus stand.

Die Kollegen Meyer und Müller waren mit dem Absperrband beschäftigt, das im warmen Wind ein Eigenleben entwickelt hatte.

Auf der Regentonne vor Herrn Stechers Haus lag ein menschlicher Unterarm mit einer Hand daran, der ganz klar einer Frau gehört hatte. Die Fingernägel waren rot lackiert. Der Arm war sauber und fachmännisch abgetrennt worden. Es gab keine Spuren von Blut.

»Meine Frau …« Stecher wirkte wie unter Drogen und starrte geradeaus an Borg vorbei.

Borg drehte sich zum Sanitäter, der neben ihm stand. »Was haben Sie ihm gegeben?«

»Nur eine leichte Dosis Beruhigungsmittel«, antwortete er.

Auch Oberkommissar Koller war mitgekommen und stand hinter Borg. Sina Bachmann und Timm Berber gingen ins Haus. Brammel war noch nicht eingetroffen. Da ihm niemand angeboten hatte, im Wagen mitzufahren, war er auf sein Fahrrad gestiegen.

Stecher setzte neu an: »Meine arme Frau. Sie ist heute Morgen aus dem Haus gegangen, und als ich eine Stunde später den Müll rausbringen wollte, da …«

»Wo wollte Sie hin? Zur Arbeit?«, fragte Borg.

»Nein. Sie hat Urlaub. Unser Sommerurlaub. Sie wollte joggen.« Stecher vergrub sein Gesicht in den Händen.

Borg und Koller sahen sich an. »Beruhigen Sie sich, Herr Stecher. Wir sprechen später«, sagte Borg und ging mit Koller auf das Haus zu, in dem die Stechers wohnten.

Der Flachdachbungalow mit Steingarten davor wirkte wenig einladend. Alles war viel zu steril.

»Jetzt haben wir fünf Finger, ein Paar Ohren und einen Arm. Bald können wir uns einen eigenen Leichnam zum Beerdigen zusammenbauen«, sagte Borg.

»Alle Opfer waren joggen. Ist Ihnen das aufgefallen?«, fragte Koller.

»Sehr gut beobachtet. Sie sollten bei der Polizei anfangen.« Borg hatte nie etwas für Dienstgrade übrig gehabt, aber jetzt war er eine Spur zu weit gegangen.

Koller blieb stehen. »Ich weiß nicht, wen Sie hier vor sich zu haben glauben. Ich bin noch immer Ihr Vorgesetzter. Ihre freche Art ist unhaltbar.

Und das ist noch nicht alles. Ich hätte Sie ohnehin noch einmal zum Vieraugengespräch gebeten. Ein Kollege hat mir erzählt, dass Sie im Dienst getrunken haben. Ich werde Sie im Auge behalten, Borg. Wenn Sie Ihre Spielchen weitertreiben und das Ganze als großen Spaß sehen, dann sind Sie flott raus aus der Nummer! Verstanden?«

Das saß. »Verstanden«, sagte Borg und ging mit gesenktem Kopf zur Regentonne, auf der der Arm lag.

Ein Polizeifotograf machte gerade Blitzlichtaufnahmen von dem abgetrennten Körperteil.

Borg wollte ursprünglich nur einen kurzen Blick auf den Arm werfen, doch dann erregte etwas seine Aufmerksamkeit. An einem Finger der Hand war der weiße Rand mangelnder Sonnenbräune als Hinweis auf einen fehlenden Ring zu erkennen. Borg ging durch die geöffnete Wohnungstür. Er ging an Sina Bachmann vorbei. Berber war offensichtlich auf der Toilette.

»Was suchst du?«, fragte Sina.

Borg schaute sich die Bilder an der Wand an: zwei Familienbilder fremder, wahrscheinlich längst verstorbener Personen, daneben zwei Nahaufnahmen der Stechers und mehrere gerahmte Gemälde. Das half alles nichts.

Er wandte sich der Vitrine im Wohnzimmer zu. Da war das, was er gesucht hatte. Auf dem Vermählungsfoto der Stechers konnte man ganz deutlich den Ehering von Frau Stecher erkennen. Sie trug ihn an der linken Hand. Die Hochzeit konnte noch nicht lange her sein. Tom Stecher sah noch genauso aus wie auf dem Bild.

Berber kam aus der Toilette.

»Was gefunden?«, fragte er und schaute auch auf das Bild.

Borg stand noch schweigend vor der Aufnahme.

»Nichts bekommt einem so gut wie eine Hochzeit«, sagte Berber. »Natürlich die eigene ausgenommen.«

Borg sagte noch immer nichts, aber er dachte, Berber lag gar nicht so falsch mit seiner flapsigen Bemerkung: Die meisten Ehen addierten die Menschen nicht miteinander, sondern subtrahierten sie voneinander.

»Stimmt was nicht?«, fragte Berber.

»Nee, ich vermisse was. Den Ring hier. Der fehlt an der Hand da draußen.« Er deutete aufs Bild. »Ich will noch einmal zwei Leute befragen. Frau Komarow und den Muskelmann.«

»Glaubst du, der Ring könnte ein Hinweis sein?«, fragte Berber.

»Leichen kann man verschwinden lassen«, sagte Borg. »Aber Diamanten sind für immer.«

Als Borg und Berber in der John-Steinbeck-Straße ankamen, sahen sie schon Frau Jeschke am Zaun stehen. Sie hatte offenbar Birnen vom Baum gepflückt.

»Herr Kommissar!«, rief sie, als die beiden aus dem Wagen ausstiegen.

»Sie meint dich!«, sagte Borg.

»Vergiss es!«

Sie gingen auf Frau Jeschke zu.

»Was gibt es denn, Frau Jaschke?«, fragte Borg.

»Jeschke, bitte. Mit ›e‹. Möchten Sie eine Birne?«, fragte sie und hielt eine pralle Landsberger Malvasierbirne über den Zaun.

»Nein, danke«, wehrte Borg ab. Als Brand hätte er sie nicht abgelehnt.

»Wissen Sie, Herr Kommissar, es ist vielleicht nicht so wichtig, aber …«, begann Jeschke.

»Alles ist wichtig«, sagte Borg und hoffte nun, nicht mit Belanglosigkeiten gequält zu werden.

»Die Frau Komarow war mit dem Arthur – Sie wissen schon, der Schulhausmeister – joggen. Und die beiden haben sich geküsst.«

»Das dürfen sie nicht!«, sagte Borg gespielt dominant. Jeschke ignorierte das.

»Letzte Woche hat sie noch den Herrn Frohberg geküsst. Dieses Flintenweib! Jetzt ist der Herr Frohberg tot!«

»Immer mit der Ruhe, Frau Jeschke«, sagte Borg. »Warum haben Sie mir das vorgestern nicht gesagt, dass sich Frau Komarow und Herr Frohberg geküsst haben?«

»Ach, Herr Kommissar. Ich bin nicht so eine Tratschtante …«, sagte Jeschke.

»Vielen Dank für den Hinweis. Wenn Ihnen noch etwas einfällt …«, Borg notierte rasch eine Telefonnummer auf einem kleinen Zettel und gab ihn der Seniorin, »dann rufen Sie gerne auf Herrn Berbers Handy an.«

Berber öffnete den Mund vor Empörung, sagte aber nichts.

Ein Mann mit kurzen Hosen und einer schwarzen Sporttasche, die schwer zu sein schien, kam aus einer Nebenstraße herangejoggt. Er öffnete die Gittertür zu einem großen Grundstück, lief den Weg hinauf und verschwand in seinem Haus.

»Wissen Sie, wer das war?«, fragte Borg.

»Das? Das war der Herr Doktor!« Es schien ihr völlig unverständlich zu sein, dass Borg den ›Herrn Doktor‹ nicht kannte.

»Doktor Leibnitz«, ergänzte Berber. »Der hat hier in der Straße vor kurzem ein Haus gekauft. Seine Praxis ist in der Innenstadt.« Borgs Kollege hatte gute Vorarbeit geleistet und sich schon mit den Personen in der Nachbarschaft beschäftigt.

Borg und Berber ließen Frau Jeschke am Zaun zurück und gingen auf das Haus von Irina Komarow zu.

»Mit dem Arzt will ich auch noch sprechen«, sagte Borg.

»Warum? Weil er joggt?«

»Zum einen das, und zum anderen, weil er mit einer schweren schwarzen Sporttasche joggt. Das finde ich sehr seltsam.«

Borg klingelte bei Irina Komarow.

»Die ist nicht da!«, rief Frau Jeschke von der anderen Straßenseite.

Borg hob dankend die Hand.

»Wissen Sie, wo sie ist?«, rief Berber hinüber.

»Wollen wir wetten, dass sie joggen ist?«, sagte Borg.

»Die ist joggen!«, rief Jeschke zurück und zeigte mit der Hand, in der sie die Birne hielt, rechts die Straße hinunter.

»Los. Zum Muskelmann, diesem Hausmeister«, sagte Borg, und sie gingen die Straße zum Wendehammer hinunter, wo vor zwei Tagen der Kugelblitz alle Ermittlungen der Polizisten hätte beenden können.

Im Rinnstein vor dem Haus lag ein toter Spatz, und das schon seit längerer Zeit, das war deutlich. Die Federn des Tierchens, das bereits in Verwesung übergegangen war, wirkten verklebt.

Borg las das Klingelschild ›Arthur Kusnezow‹.

»Das ist der Schulhausmeister, von dem Jeschke gesprochen hat. Russischer Nachname – passt ja gut zu Frau Komarow«, sagte Borg und betätigte die Klingel.

KAPITEL 5

Der Mann mit der goldenen Waffe

Im Flur des Hauses von Arthur Kusnezow waren schwere Schritte zu hören, und es dauerte nur wenige Augenblicke, bis den beiden Beamten geöffnet wurde.

»Herr Kusnezow? Mein Name ist Borg, und das ist Herr Berber, wir sind von der Polizei und untersuchen das Verschwinden von Herrn Frohberg. Dürfen wir kurz reinkommen?«

Die kalten Augen von Kusnezow musterten die beiden Beamten. Borg erinnerten die Augen an die eines Haies. Sie wirkten bedrohlich und starr.

Kusnezow öffnete die Tür ein Stück weiter und signalisierte den beiden damit, dass sie eintreten könnten.

Es roch nach ausländischen Gewürzen und kaltem Zigarettenrauch, und die Luft im Vorflur war abgestanden. Kusnezows Haus am Ende der Straße war das größte der Reihenhäuser und vom Schnitt her völlig anders aufgebaut als der Rest der Gebäude in der John-Steinbeck-Straße. Borg versuchte sich zu orientieren.

Der ganze Flur sah aus wie ein Museum. Überall hingen ausgestopfte Tiere. Eichhörnchen, Marder, Vögel, ein Tier, das wie eine Ratte aussah, und sogar eine präparierte Schlange.

»Sind die alle echt?«, fragte Borg.

»Ja. Das Fangen und Ausstopfen von die Tier ist meine Hobby. Ich habe nur nicht ausreichend Platz hier oben. Die meisten Präparate habe ich in die Keller«, sagte Kusnezow in schlechtem Deutsch, als wäre es das normalste Hobby der Welt.

»Gute Arbeit. Man sieht kaum, dass die Tiere tot sind.« Berber meinte das völlig ernst.

»Ja, ich bin mittlerweile eine Spezialist im Öffnen und Ausnehmen von die Körper – das ist eine … wie sagt man? Eine Berufung. Meine Nähte sind so gut, dass sogar der Biologielehrer auf der Schule, in der ich als Hausmeister arbeite, einige Tiere von mir abgekauft hat.« Stolz stand Kusnezow im Gesicht.

Oliver Borg betrachtete den Russen. Er erinnerte ihn an einen entfernten Verwandten, einen Cousin dritten Grades. Der wollte beruflich unbedingt etwas mit Tieren machen und war dann Schlachter geworden.

Durch eine alte, mehrfach weiß überstrichene Tür mit milchigem Sichtfenster, das sich fast über das ganze Türblatt zog, betraten die drei Männer das wahllos eingerichtete Wohnzimmer.

Borg sah eine Wand, an der mehrere Hieb- und Stichwaffen hingen.

»Sie sammeln Messer?«, fragte Borg.

»Das sind Dolche, Säbel und zwei Schwerter«, sagte Kusnezow.

Alles in allem waren es rund zwanzig verschiedene Waffen, die dort durch Nägel gestützt an der Wand ausgestellt waren.

»Benutzen Sie die auch?«, fragte Berber.

»Nein. Das sind seltene Stücke. Diese Dolch hier ist aus purem Gold. Ihnen kann ich ja vertrauen. Sie sind ja von der Polizei.« Kusnezow lachte kurz.

Borg ging an der Wand entlang und versuchte, jeden Dolch und jeden Säbel einmal genau zu betrachten.

Die Tapete im Wohnzimmer war vom Nikotin deutlich verfärbt, und diese Tatsache machte Borg auf etwas aufmerksam: Einer der Dolche war offensichtlich von der Wand genommen und anschließend etwas anders wieder auf den Nägeln platziert worden. Dadurch saß er aber nicht mehr deckungsgleich auf dem Abdruck, den er zuvor an der Wand hinterlassen hatte. Der Nikotinrand begann einige Zentimeter neben der Waffe.

Berber beobachtete Borg, und Kusnezow beobachtete seinerseits die beiden Männer. Er schien nervös zu sein und nahm seine Zigarettenschachtel und ein Feuerzeug vom Tisch.

Borg sah das und bemerkte auch die Zigarettenmarke: Marlboro. Bei Frohberg auf der Treppe hatte eine Kippe dieser Sorte gelegen.

Kusnezow klopfte eine Zigarette aus der Schachtel, zündete sie an und sog den Qualm tief in seine Lunge. Nur Augenblicke später ließ er ein ungesund klingendes Husten hören.

»Ich dachte, Sie sind Sportler? Ist da das Rauchen nicht kontraproduktiv?« Borg lächelte.

»Wie kommen Sie darauf, dass ich Sportler bin?«, fragte Kusnezow.

»Na, bei Ihren Muskeln! Und außerdem habe ich Sie gestern am Ölpersee laufen gesehen«, erklärte Borg.

»Ja, ich versuche mich in Form zu halten. Gewichte und Joggen. Der Job als Schulhausmeister ist nicht sehr aktivierend, Sie verstehen? Noch bis letztes Jahr habe ich bei die Braunschweiger Stadtwerken gearbeitet. Sie wissen schon: Diese Heizkraftwerk mit die große Turm, aber da gab es Probleme …« Er sog wieder an der Zigarette, und die Glut wurde zum Leben erweckt.

»Wo waren Sie am Tag des Verschwindens von Herrn Frohberg?«, fragte Borg.

Kusnezow stieß den Rauch über seine Nasenlöcher aus wie ein Drache.

»Ist Paul Ihr Sohn? Das ist so ein höflicher Junge. Ich mag ihn«, sagte Kusnezow überlegen.

Borgs Herz stolperte. »Sie kennen Paul?«

»Ja, er geht auf das Lessinggymnasium. Da arbeite ich.«

Borg überlegte. Paul hatte Arthur Kusnezow am Ölpersee gesehen und mit keinem Sterbenswörtchen erwähnt, dass er ihn kannte. Ganz im Gegenteil.

»Ja. Er ist ein Prachtkerl«, sagte Borg. »Also? Wo waren Sie vorgestern?«

46

»Erst habe ich gearbeitet. Dann habe ich hier die Straße gefegt, und abends hat uns fast der Blitz getroffen. Sie erinnern sich?« Der Mann lächelte falsch.

»Haben Sie etwas Verdächtiges bemerkt? Sind alle Ihre Waffen noch da? Ist Ihnen Herr Frohberg begegnet?«

»Nein ... Ja ... Und nein«, erwiderte Kusnezow.

Unglaublich, dachte Borg. Dieser Mann hatte seine Zigarette mit nur vier Zügen fast bis zum Filter aufgeraucht. Das sprach für ein extrem großes Lungenvolumen.

Nach weiteren sechs Minuten war Kusnezow schon bei der dritten Zigarette.

»Bitte melden Sie sich bei uns, wenn Ihnen noch etwas einfällt«, sagte Borg.

Die Männer verabschiedeten sich, und Kusnezow trat aus seiner Qualmwolke und brachte die beiden zur Haustür.

»Und, was meinst du?«, fragte Berber auf der Straße.

»Zwei Minuten länger in dem Haus, und ich hätte mir nachher Nikotinpflaster zur Entwöhnung kaufen müssen.« Borg hob seine Unterarme und schnüffelte an den Ärmeln seines Langarmshirts.

»Nein, ich meine, was hältst du von dem Typen?«

»Tja. Wenn er hier vorgestern die Straße gefegt hat, dann muss jemand den verwesten Vogel hinterher dort hingelegt haben«, sagte Borg und deutete auf das Federbündel auf der Straße, an dem bereits rege Ameisentätigkeit erkennbar war.

»Ein goldener Dolch – und dann so unprofessionell an der Wand angebracht«, sagte Berber.

»Sicher sind die Waffen scharf genug, um Finger, Ohren und einen Arm abzutrennen. Und er raucht Marlboro«, sagte Borg.

Eine Fahrradklingel war zu hören.

»Oh nein! Hast du ein Glück. Jetzt kommt auch noch dein Freund.« Berber lachte.

»Oh nein.« Brammel kam herangeradelt. »Dieser Typ ist sowas von ungeeignet für den Polizeiberuf.«

»Worauf beziehst du das?«, fragte Berber.

»Auf alles. Das ist so ein Typ, wenn dem das Wasser bis zum Hals steht, fängt er an, Kopfstand zu machen.«

Brammel hatte kein Gespür dafür, sich normal anzuziehen. Er war von jeglichem Geschmack verlassen. Hat jemand schon eine gelbliche Haut, so muss er sie freilich behalten, dachte Borg, aber er musste nicht, wie Brammel, noch ein tief ausgeschnittenes, cremefarbenes T-Shirt dazu anziehen, sodass einem vor lauter Gelb die Augen übergingen.

»Frau Bachmann hat mich hierhergeschickt«, rief Brammel, als er fast bei ihnen war.

»Und sie war mir erst so sympathisch«, sagte Borg leise.

»Was?«, fragte Brammel.

»Nichts, nichts. Schön, dass Sie da sind. Herr Berber und ich wollen gerade noch einmal zu Herrn Dr. Leibnitz dort drüben ins weiße Haus gehen. Sie können gerne hier warten«, sagte Borg.

»Ach wissen Sie, wir sind doch ein Team. Da komme ich einfach mit.« Brammel kickte mit seinem Fuß den Fahrradständer heraus und stellte sein grün glitzerndes Peugeot Trekkingfahrrad am Rand des Gehsteigs ab.

Borg sah zum ersten Mal Brammels Hände genauer: Sie sahen in den Innenflächen jung und auf den Handrücken alt aus, was Borg äußerst seltsam fand.

Die drei Männer gingen zum Haus des Arztes, und diesmal war es Berber, der klingelte.

»Moment!«, rief eine Frauenstimme von drinnen.

Als sich die Tür öffnete, sahen die Polizisten eine junge hübsche Frau mit goldblonden, nassen Haaren, die sich einen blutroten Frotteebademantel umgeworfen hatte.

»Äh. Ist Ihr Mann zuhause?«, fragte Berber.

»Sie meinen meinen Vater? Dr. Igor Leibnitz?«

»Ja, natürlich. Entschuldigen Sie«, sagte Borg.

»Haben Sie gerade gebadet?«, fragte Brammel von hinten.

»Ja. Ich war duschen. Mein Vater ist nicht da. Der war nur kurz hier und ist dann los. Er macht Hausbesuche«, sagte die attraktive junge Frau.

Berber hoffte darauf, dass sich das locker zu einem Kreuz zusammengeworfene Band des Bademantels lösen würde.

»Würden Sie ihm wohl diese Karte geben und ihn bitten, uns anzurufen, wenn er wieder da ist?«, fragte Borg. Er reichte der Frau die Visitenkarte mit Timm Berbers Namen und dessen Handynummer darauf. Er dachte nie daran, seine eigenen Visitenkarten einzustecken, und nahm deshalb bei jeder Fahrt mit Berbers Wagen ein paar von dessen Karten aus dem Handschuhfach – das war mittlerweile schon beinahe ein Running Gag.

»Natürlich. Um was geht es denn?«, fragte Leibnitz' Tochter.

»Wir ermitteln im Fall des verschwundenen Herrn Frohberg«, erklärte Berber.

»Und es sind noch zwei weitere Personen verschwunden«, sagte Brammel von hinten.

Borg und Berber drehten sich zeitgleich um und warfen Brammel unfreundliche Blicke zu.

»Ich werde es ihm ausrichten«, erwiderte die junge Frau, und Borg verabschiedete sich. Die anderen taten es ihm nach.

Auf der Straße kam ein Polizeiwagen zum Stehen. Am Steuer saß Sina Bachmann.

Sie ließ das Seitenfenster herunter und rief den Kollegen zu: »Wenn ihr hier fertig seid, dann springt mal ins Auto. Herr Koller will uns sprechen. Er hat jetzt einen Plan, wie wir vorgehen sollen.«

Als der BMW vor dem Präsidium anhielt, wurden alle Türen gleichzeitig aufgerissen. Vom Beifahrersitz sprang Borg auf den Bürgersteig. Sina hatte bereits ein Bein auf der Straße, als sie den Motor abstellte, und mit gerümpfter Nase schwang auch Berber seinen Körper von der Rückbank aus dem Wagen. Brammel hatte sein Fahrrad in der John-Steinbeck-Straße stehenlassen und war mit seinen drei Kollegen im Auto mitgefahren. Keine besonders teambildende Maßnahme, wie Borg im Treppenaufgang des Präsidiums zu Berber sagte.

Jan-Frederik Koller bat alle, in den Besprechungsraum zu kommen.

In der Luft lag ein Veilchengeruch.

»Ihr Einsatzplan ab morgen Vormittag sieht wie folgt aus: Sie mischen sich alle vier unter das joggende Volk rund um den Schwarzen Berg, Watenbüttel und den Ölpersee. Ich will, dass Sie beobachten, die Bereiche sichern und mal schauen, wer sich da alles herumtreibt.«

»Was? Das kann doch nicht Ihr Ernst sein!«, platzte Borg heraus. »Wir sollen joggen? Wie diese ganzen Proleten?«

»Ganz richtig. Völlig unauffällig, aber ständig einsatzbereit. Und da, wo wir ermitteln müssen, sind die Wege für Polizeiwagen ohnehin zu schmal«, sagte Koller.

»Ich bin doch kein Sportstudent«, protestierte Borg.

Berber dachte über diesen Plan nach. »Vielleicht ist die Idee gut«, sagte er.

»Natürlich ist sie gut«, bekräftigte Koller. »Die drei Opfer sind beim Joggen verschwunden. Die Verdächtigen, soweit ich das verstanden habe, joggen auch alle. Und ich möchte um jeden Preis verhindern, dass wir morgen wieder Finger, Arme, Ohren oder was weiß ich finden.«

Borg machte kleine schüttelnde Kopfbewegungen.

»Die Idee ist super. So ermitteln wir und halten uns gleichzeitig fit. Ich jogge gern«, freute sich Sina.

»Sie bilden Zweierteams. Jedes Team joggt zwei Stunden. Dann ist das nächste Team an der Reihe. Täglich gibt es zwei Einsätze pro Team. So kommen Sie auf vier Stunden«, sagte Koller.

»Ich weiß ja nicht, ob Sie schonmal gejoggt sind«, warf Borg ein, »aber wenn Sie vier Stunden am Tag laufen, dann kann man Sie hinterher im Eierbecher servieren.«

»Polizisten sollten körperlich fit sein. Und Sie müssen ja nicht überdurchschnittlich schnell joggen. Ich möchte nur, dass alle drei Teams genauso unterwegs sind wie die Opfer und auch nicht durch stumpfes Rumstehen oder Rumsitzen auf Bänken die Aufmerksamkeit auf sich lenken«, sagte Koller.

Brammel meldete sich zu Wort: »Ich habe gar keinen Jogginganzug.«

»Dann kaufen Sie sich einen. Morgen früh um 8:00 Uhr startet Team 1. Das sind Sie, Herr Berber, und Sie, Herr Borg. Um 10:00 Uhr übernehmen Frau Bachmann und Herr Brammel und dann um 12:00 Uhr das Team Nummer 3. Getauscht wird dann wieder um 14:00 Uhr, 16:00 Uhr und 18:00 Uhr. Noch weitere Fragen?«

»Äh, Entschuldigung. Sie sprechen von drei Teams. Ich zähle nur zwei«, sagte Borg und schaute nach rechts und links zu Bachmann, Berber und Brammel.

»Ja, gut beobachtet. Meyer und Müller sind Team Nummer 3. Die beiden sind jetzt mit in den Fall einbezogen.«

Borg war sprachlos, aber da seine Kollegin und seine Kollegen keine Einwände hatten und er sich ohnehin schon auf der Abschussliste von Koller befand, unterdrückte er jeden Kommentar.

»Und ich habe noch eine Überraschung für Sie.« Koller öffnete eine Schublade im Schrank hinter sich. »Jeder von Ihnen bekommt eine Smartwatch. Damit kann ich Sie jederzeit orten, und Sie können einen Notruf absetzen, falls etwas passieren sollte.«

Koller legte vier Uhren auf den Tisch. »Meyer und Müller tragen ihre schon und sind sehr zufrieden. Mit diesen Armbändern kann ich sogar Ihre Herzfrequenz überwachen. Wer also nur spazierengeht, statt zu joggen, der wird sofort ertappt.« Koller lachte. »Bedienen Sie sich.«

Es waren drei Smartwatches mit dunkelblauen Armbändern, und eine hatte ein rosafarbenes Armband. Brammel und Berber nahmen je eine blaue Uhr.

»Du hast doch nichts dagegen, wenn ich die hier nehme?«, fragte Sina und lächelte. »Rosa steht mir nicht.« Damit ergriff sie die letzte blaue Uhr.

»Das ist jetzt nicht dein Ernst, oder?« Borg gab sich jedoch geschlagen und nahm die Uhr mit dem rosafarbenen Armband vom Tisch.

Ab jetzt war er also bei der Mordkommission und musste sich durch eine rosafarbene Armbanduhr beim Joggen tracken lassen. Das Ganze klang wie ein richtig schlechter Witz.

KAPITEL 6

Nur fuer Ihre Augen

Oliver Borg aß vier Rühreier und stark gebuttertes Toastbrot. Er trank einen halben Liter Milch und einen sehr kräftigen ungesüßten Kaffee. Dann nahm er sich noch ein Stück ›Faulpelzkäse‹ aus dem Kühlschrank – er nannte ihn so, weil der Käse in portionierten Ecken verpackt war – und schob sich ein Stück in den Mund.

Es war 7:30 Uhr. Borg räumte Geschirr von der Spüle in die Geschirrspülmaschine. Mehr als die Hälfte musste er stehen lassen, denn die Maschine war randvoll. Er warf eine Reinigungstablette in das dafür vorgesehene Fach und schickte das Geschirr auf die Reise.

Vor dem Fenster fuhr Timm Berber in seinem privaten Scirocco GT2 vor. Borg schüttelte den Kopf, als er Berber aussteigen sah. Sein Kollege und Freund hatte sich ein Schweißband um die Stirn gebunden, ein weiteres hatte er am Handgelenk. Er trug kurze Hosen und ein viel zu großes T-Shirt in Neon-Orange mit der Aufschrift »Let's Jogg!«

Borg öffnete die Tür, und beide zelebrierten ihr Händeschütteln. »Wir sollen nicht auffallen, das hast du aber schon mitbekommen, oder?«, fragte Borg.

»Das musst du gerade sagen mit deiner schicken Armbanduhr für Prinzessinnen.« Berber lachte schallend auf. »Was willst du denn anziehen?«

»Ich würde jetzt das graue T-Shirt hier anziehen und eine Leinenhose«, sagte Borg.

Er tat das, und die beiden Männer traten auf die Straße. Berber startete eine Jogging-App auf seinem Handy. »Richtung Ölper«, sagte er und lief los.

Borg sah auf die Uhr und ärgerte sich. Es war 7:55 Uhr. Der Sommertag hatte noch nicht alle Geschütze aufgefahren. Die Luft war frisch, und die Vögel zwitscherten. Borg schloss zu Berber auf.

»Nicht so schnell. Ich bin 41«, sagte er, und tatsächlich spürte Borg, wie sein Puls unangenehm beschleunigte.

Von Watenbüttel, dem Nachbarort von Ölper, liefen die beiden zunächst einige hundert Meter neben der Hauptstraße und bogen dann an einer Auffahrt der Tangente auf eine Landstraße ab.

Borgs Mund, durch den er ausschließlich atmete, wurde innen trocken. Seine Lungenflügel begannen zu brennen, und seine Waden schmerzten. »Langsamer!«, keuchte er.

»Noch langsamer?«, fragte Berber.

»Ja …« Borg hechelte wie eine Frau bei der Entbindung. »Wenn du so weitermachst, dann werde ich heute wahrscheinlich einen Herzinfarkt bekommen, und das sind noch die optimistischen Aussichten.«

Berber lachte. »Das ist ein guter Ansatz. Wirklicher Optimismus unterscheidet sich vom Pessimismus nicht darin, ob ein Glas halb leer oder halb voll ist. Wirklicher Optimismus ist es, wenn man sich über das noch vorhandene Glas freut.«

Borg ließ das unkommentiert – ihm fehlte auch die Luft zum Sprechen –, und sie liefen weiter.

»Ich weiß, dass dich die Sache mit Finja runterzieht, aber was soll ich sagen? Jenny hat mich vor zwei Jahren verlassen. Und? Bin ich deshalb depressiv?« Berbers gut gemeinte Worte waren wenig aufmunternd.

»Warum hat sie sich eigentlich von dir getrennt?«, fragte Borg, während er stoßweise ausatmete.

»Tja«, sagte Berber. »So genau weiß ich das gar nicht. Ich glaube, sie wollte einen Garten, wo man Grillen und Vögel hören konnte, ich wollte einen Garten, wo man vögeln und grillen konnte.«

Minus zehn, dachte Borg.

Der Weg war alles andere als gut. Die in regelmäßigen Abständen stehenden Krim-Linden hatten mit ihren Wurzeln unter den Asphalt gegriffen. Die Pflanzen an der der Bundesstraße abgewandten Seite, hauptsächlich Unkraut, standen hoch und ragten wie Fangarme auf den Weg, sodass sie die Schienenbeine der beiden joggenden Polizisten ab und zu streiften.

»Warum müssen wir hier schon joggen und fangen nicht erst am Ölpersee an?«, fragte Borg.

Berber antwortete nicht, sondern konzentrierte sich auf seinen Atemrhythmus.

»Hier ist weit und breit kein Mensch. Also kann hier auch keiner umkommen … außer mir, wenn ich einen Herzstillstand erleide. Also, falls der Gerichtsmediziner fragt …«

»So schnell stirbt man nicht«, unterbrach Berber.

Ganz richtig lag Borg nicht. Unter der Brücke, die in Ölper über der Straße verlief, war ein Radfahrer zu sehen.

Borg merkte, wie sein Puls stieg und stieg. Schweißperlen bildeten sich auf seiner Stirn. Vom Startpunkt in Watenbüttel bis zur Brücke waren es ca. drei Kilometer, und es waren erst rund 15 Minuten vergangen.

Eine alte Dame, die vornehm kränklich aussah, fuhr ihnen entgegen und passierte die beiden Jogger. Berber grüßte. Borg atmete ihr zu. Als sie an den Betonwänden der Brücke angekommen waren, blieb Borg stehen. Er hielt sich mit einer Hand an der kalten Fläche des Betonpfeilers fest und würgte.

»Alles in Ordnung?«, fragte Berber.

Borg würgte weiter. Es fehlte nicht viel, und er würde sich übergeben müssen. Die Eier, die Milch und der Buttertoast hatten genug vom Sport.

»Ey, Alter, wir sind noch einen halben Kilometer vom See weg, dann gehen die Ermittlungen erst los!«, sagte Berber.

»Noch ein Wort von dir, und sie werden gegen mich ermitteln!«, erwiderte Borg und atmete tief ein. »Ich bin einfach alt!«

»Wer alt wird, sollte sich nicht fortwährend über das Alter beschweren – schlimmer wär's, früh gestorben zu sein«, sagte Berber.

»Ja, aber ich bin steinalt!«

»Steinalt werden nur Steine. Du scheinst ja echte Probleme mit deinem Alter zu haben.«

»Früher sagte man ›der ist 40‹, ›der ist 50‹ und ›der ist 65‹, das waren aber nur Zahlen. Ab einem gewissen Alter – und das habe ich jetzt erreicht – kann man diese Zahlen greifen und verstehen, und plötzlich hat man einen Überblick über Zeitspannen … und dann erst kann man abschätzen, wie lang sich ein ganzes Menschenleben anfühlt: zu kurz!«

»Du liebe Güte. Das klingt final. Du musst mal entspannen, dann fühlst du dich auch wieder jünger. Was hältst du davon, wenn wir uns mal zur Sauna verabreden?«, fragte Berber.

»Ich bin kein Saunafan«, ächzte Borg. »Wenn ich schwitzen will, dann esse ich mexikanisch oder fahre bei meinem Vater als Beifahrer mit.«

Berber schüttelte sich vor Lachen, und um seinem Freund nicht die Laune zu verderben, ging er nun langsamer weiter und joggte nicht. Borg lief neben ihm her. Sie bogen, nachdem sie ein Stück an der Hauptstraße Ölpers gegangen waren, nach links ab, und eine schmalere Straße führte leicht bergab zum Ölper Wehr.

Berber hatte eine unglaubliche Energie und meist gute Laune. Das beeindruckte Borg schon lange. Berber lebte in seinen Augen dem Jungsein entgegen, Borg aber nicht. Es hatte ihn damals erschreckt, als er erkannt hatte, dass der Mensch ein kurzer Moment war. Borgs Miene verfinsterte sich. Irgendwann war ihm klar geworden, nun so alt zu sein, dass er mehr Vergangenheit als Zukunft hatte und seine Lebensminuten mit jedem Schritt, den er machte, verstrichen. Vielleicht war auch das der Grund, warum er dem Joggen nichts Positives abgewinnen konnte – da lief man ja noch schneller als üblich.

Als hätte Berber seine Gedanken lesen können, sagte er: »Der beste Moment im Leben ist der jetzige. Denn das Leben ist jetzt«. Er scherte vor Borg ein, weil der Weg schmaler wurde, und beschleunigte sein Tempo wieder.

Die Oker floss unter einer Brücke hindurch, und als sie sie überquert hatten, waren die beiden Männer auf einem kurzen Stück Weg, der direkt in den Rundweg führte, der um den See verlief

»Vielleicht musst du einfach öfter trainieren«, sagte Berber nach einer Weile, als er Borg japsen hörte.

»Ich trainiere mehr, als du denkst.«

»Ja? Wie denn?«

»Ich mache es wie viele andere Ausdauersportler: Ich trainiere, indem ich bei Ikea einkaufe«, keuchte Borg, obwohl ihm die Lust am Scherzen längst vergangen war.

Als Borgs Japsen und Ringen nach Luft lauter wurde, versuchte er, einen letzten rettenden Anker zu werfen. »Ich kann nicht mehr, lass uns anhalten.

Wir joggen morgen weiter …«

»Auf keinen Fall. Mach' es wie beim Sex«, sagte Berber.

»Hä?«

»Na, überleg doch mal. Sex ist ausgesprochen anstrengend, oder? Glaubst du, ein einziger Mann auf diesem Planeten hat jemals während seiner sportlichen Höchstleistung beim Sex zu seiner Partnerin gesagt: ›Ich kann nicht mehr, lass uns morgen weitermachen‹? Beim Sex ist das allen Männern egal, wie anstrengend es ist, bis sie schließlich am Ziel sind. Also: Weiterlaufen!«

Borg fand, der Vergleich würde hinken. Er konnte beim besten Willen keine Gemeinsamkeit zwischen sexueller Aktivität und dem in seinen Augen unsinnigen Gelaufe erkennen, und seine Beine ließen sich nur schwer zu weiteren Schritten motivieren.

Der Rest der Welt schien damit weniger Probleme zu haben: Der Ölpersee war ein beliebtes Ziel für joggende Menschen; überall waren sie in Bewegung.

»Ich weiß nicht, was alle an diesem See finden. Ich wäre lieber woanders«, sagte Borg.

»Woanders ist es auch nicht anders«, bekam er von Berber als unbefriedigende Antwort.

»So stelle ich mir eine Welt vor, in der die Menschen wissen, wann sie sterben werden«, sagte Borg.

»Warum? Wie lebt man denn dann?«

»Alle rennen!« Rennen herum wie Hühner, denen man den Kopf abgehackt hatte. Kommt ja vielleicht noch, dachte Borg.

Von links kam eine junge Frau angejoggt. Ihre rückenlangen Haare trug sie offen, und mit jedem ihrer Schritte warf sich das Haar von einer Schulterseite auf die andere. Ihre Brüste wippten im Takt der Schritte. Berber begann wieder schneller zu joggen und scherte hinter ihr in den Weg ein.

Die Frau trug eine knielange Leggings und schwarze Laufschuhe. Ihr Poloshirt lag eng an.

Borg schloss zu Berber auf. »Sieh mal, das motiviert dich doch, oder?«, fragte Berber.

»Das macht mich eher depressiv«, gab Borg zurück. »Ich hatte seit Monaten keinen Sex mehr.«

»Ah, daher hast du so einen festen Händedruck. Bist gut im Training, was?« Berber grinste debil.

»Nein, ich nehme immer die linke Hand, dann fühlt es sich so an, als würde es jemand anders machen.«

Berber lachte laut.

»Ich hatte zwei, drei Verabredungen, aber da ist nichts draus geworden«, sagte Borg.

»Man kann nicht erwarten, dass jedes Los einen Gewinn bringt.«

»Außer man ist der Losverkäufer.«

»Wir sind keine typischen Beamten, deswegen haben wir Pech mit Frauen«, erwiderte Berber. »Das Verhältnis der Frauen zu den typischen Beamten ist, glaube mir, sehr schwer oder vielmehr sehr leicht zu beurteilen. Hier fehlt es an Liebe nie. Unglückliche Beamtenliebe gibt es nicht. Glaube mir: Ich weiß, dass Frauen nicht anders können, als Beamte zu lieben, wenn sich diese ihnen einmal zuwenden; ja, sie lieben die Beamten schon vorher, so sehr sie es leugnen wollen. Nur auf uns trifft das leider alles nicht zu.«

»Du würdest einen guten TV-Prediger abgeben, aber ich verstehe kein Wort.«

Von hinten kamen zwei junge Frauen angelaufen und passierten die beiden Polizisten. Auch diese Frauen waren überaus ansehnlich. Sie drehten sich kurz zu ihnen um und lächelten.

»Das wird ja immer besser und besser hier am Ölpersee!«, sagte Berber.

»Außer man ist eine Frau«, sagte Borg, dann spannten sich plötzlich alle seine Muskeln an. Von vorn kam auch eine Frau angelaufen, aber es war Irina Komarow.

»Die Komarow!«, sagte Borg leise zu seinem Laufpartner.

»Sehe ich.«

Borg scannte ihren Körper mit seinen Blicken. Es ging ihm weniger um ihr erotisches Erscheinungsbild, das ihm aber auch auffiel, sondern vielmehr darum, ob sie etwas bei sich hatte, das man als Waffe verwenden könnte.

Komarow trug kabellose weiße Kopfhörer in den Ohrmuscheln, und ihre knöchellange, enganliegende Laufhose war im selben Grau gehalten wie ihr Seamless Sleeve Crop Top.

Borg blieb stehen: »Guten Morgen Frau Komarow«, sagte er. Sie verlangsamte ihren Schritt nicht.

»Morgen. Entschuldigen Sie, aber wenn ich anhalte, komme ich aus dem Rhythmus.« Und schon war sie an den Männern vorbei. Borg bemerkte, wie sich der graue Stoff ihrer Laufhose an den Rändern der Pobacken dunkel verfärbt hatte.

Er überlegte kurz und wandte sich dann an Berber: »Lauf du uns entgegen«, sagte er und folgte ihr. Nun liefen die beiden Männer in entgegengesetzte Richtungen um den See. Borg musste sich sehr anstrengen, um zu Irina Komarow aufzuschließen.

»Es macht Ihnen doch nichts aus, wenn ich hinter Ihnen her bin?«, fragte er, als er nur noch einen Meter von ihr entfernt war.

»Meinen Sie, Sie können mit mir mithalten?«, fragte sie.

»Solange ich die Aussicht genießen kann.« Borg stieg auf das Spiel ein.

»Genießen Sie die Aussicht, solange Sie können, aber ich muss Sie warnen. Ich habe sehr lange Beine.« Kaum hatte sie das ausgesprochen, schon beschleunigte sie.

Borg verfluchte seine Unsportlichkeit. Seine Oberschenkel machten sich deutlich bemerkbar. Komarow war gut trainiert – was auch nicht ungewöhnlich war, wenn man ihren Beruf berücksichtigte.

»Sie haben einen gut durchtrainierten Körper.« Er wollte das mit Leichtigkeit sagen, aber sein Japsen dominierte.

»Ja, ich will in Form bleiben«, sagte sie.

»Für Herrn Komarow?«, fragte Borg.

»Wird das ein Verhör?«

»Nur ein kleines«, log Borg.

Die beiden wichen einem Radfahrer aus. Sie waren jetzt auf einer Seite des Sees angekommen, an dem zwei Wege verliefen. Eine große Rasenfläche mit Bäumen führte zum Ufer des Ölpersees, dessen Wasseroberfläche durch die Sonnenstrahlen Diamanten zum Leben erweckte.

Borg spürte das Pumpen seines Blutes im Brustkorb. Die Energieleistung seines Akkus erreichte langsam den roten Bereich.

»Es gibt keinen Herrn Komarow. Männer bremsen mich. Das ist Ihnen sicher schon aufgefallen, oder?« Jetzt war das wieder diese zickige Art, die sie vor ein paar Tagen schon einmal gezeigt hatte. Dieses Bissige kam ganz plötzlich. Borg musste sich vorsehen, dass jetzt nicht eine Barriere zwischen ihnen entstand. Sollte das der Fall sein, dann würde er nichts aus ihr herausbekommen.

Er sah roten Ausschlag an den Händen der Frau, die sie zu Fäusten geballt hatte und die sich gegengleich zu ihren Füßen nach vorn und hinten bewegten.

»Was ist Ihnen denn passiert? Sind sie jetzt gegen Katzenhaare allergisch?«, fragte er.

»Ich vertrage bestimmte Lebensmittel nicht«, sagte sie rasch.

Er musste sich etwas anderes einfallen lassen, um zu ihr durchzudringen.

»Dieser Laufanzug sitzt an Ihnen wie angegossen«, sagte er, um das Thema zu wechseln.

»Nur für Ihre Augen«, sagte sie. »Ich würde es wesentlich bequemer finden, wenn ich nackt laufen würde.« Sie beschleunigte noch ein weiteres Mal, und jetzt war Borg aus dem Rennen. Als er schmerzhaft spürte, dass er sowieso keine Chance hatte, mit ihr Schritt zu halten, ließ er sich zurückfallen.

Komarow wurde kleiner und kleiner, folgte dem Bogen des Weges und verschwand hinter Gebüschen. Dort, wo sie verschwunden war, kam Berger hervorgelaufen. Er hatte ein breites Grinsen auf dem Gesicht.

»Ich dachte, wir joggen uns entgegen?«, fragte er, als er bei Borg angekommen war. Borg hatte sich nach vorn gebeugt, die Hände auf die Oberschenkel gestützt, und versuchte seine Atemfrequenz zu normalisieren.

»Wir sind nicht einmal 45 Minuten unterwegs. Los, weiter!« Berber entwickelte sich zum Fitnesscoach. Er griff Borg von hinten auf die Schultern und begann sie zu massieren.

»Timm, bitte. Mir fallen die Beine ab. Lass meine Schultern los«, stöhnte Borg, als er plötzlich eine vertraute Stimme rufen hörte.

»Olli? Was machst du denn hier?« Das war Oliver Borgs Exfrau, Finja Borg. Auch sie joggte heute. Offenbar war die ganze Welt verrückt nach diesem Sport. Neben ihr lief ein sonnengebräunter junger Mann, der südländisch wirkte. Vielleicht war er Italiener. Er trug ein weißes Sportunterhemd, eine Goldkette, hatte eine Sonnenbrille im Haar stecken, und seine schwarzen Strähnen lagen nach hinten gegelt, ordnungsgemäß in Reih' und Glied. Die Goldkette passte irgendwie zu ihm, und noch im selben Moment, als sich Borg fragte, woran das lag, sah er die Iris des Fremden in der Sonne glänzen. Der Mann hatte tatsächlich eine goldgelbe Regenbogenhaut. Das Gold war so stark ausgeprägt, dass es schon unnatürlich wirkte.

Als Borg nur verblüfft schaute und nicht antwortete, fragte seine Exfrau erneut: »Was machst du denn hier?«

»Schwitzen«, sagte Borg.

»Seit wann treibst du denn Sport?«, fragte sie weiter.

»Seit man hier in Braunschweig in Einzelteile zerschnitten wird, wenn man joggt.« Ihm war jetzt nicht nach einem Gespräch mit seiner Exfrau zumute. Schon gar nicht, wenn dieser Schönling zuhörte, und außerdem fehlte ihm die Puste.

»Das ist Luigi«, stelle sie den Mann vor. »Luigi, das ist mein Ex-Mann.«

»Noch bin ich dein Mann. Wir sind noch nicht geschieden«, sagte Borg mit leicht wütendem Unterton. »Timm, würdest du jetzt bitte aufhören, mich zu massieren!« Von allen Seiten prasselten die Bedrohungen auf Borg ein, so fühlte es sich jedenfalls an.

»Das müssen wir ja nicht jetzt besprechen«, sagte Finja, die der Eskalation aus dem Weg gehen wollte. »Komm Luigi, wollen wir nochmal?« Sie beschrieb mit ihrem Kopf einen Halbkreis und meinte damit den Weg um den See.

»Aber sicher. Ich wollen immer!«, sagte Luigi mit italienischem Akzent. Borg hätte am liebsten augenblicklich gekotzt, aber sein Magen hatte sich wieder beruhigt. Glück für Luigi.

»Lauft ihr auch noch eine Runde?«, fragte Finja.

»Nein, süße Mause«, antwortete Luigi für Borg. »Du schaust doch: Die beiden massieren sich nur!«

Borg machte sich größer. Was fiel diesem italienischen Gigolo ein?

»Komm, wir laufen weiter«, sagte Berber. »Eine Stunde müssen wir noch.« Er zog an Borgs Arm.

»Wenn die Zeit rum ist, dann du sehen es auf deiner schicken Armband-uhr.« Luigi deutete auf das rosafarbene Uhrenarmband, das Oliver Borg trug.

»Ich habe die rosa Uhr, weil meine Kollegin von der Mordkommission die blaue Uhr haben wollte!« Borg musste sich wirklich beherrschen, sprach das Wort ›Mordkommission‹ aber viel zu deutlich aus.

Plötzlich erklang das Lied ›Y.M.C.A.‹ auf Borgs Handy. Er wäre am liebsten im Erdboden versunken.

»Euer Song?«, fragte Luigi.

Borg stürmte vor. Sein Faustschlag verfehlte den Dreitagebart des Italieners nur um wenige Millimeter. »Ich schlag dir alle Zähne aus!«, stieß er hervor. Berber war reaktionsschnell. Er hielt Borg fest.

»Aufhören!«, rief er wütend, und da war auch schon wieder alles vorbei.

Finja schüttelte verständnislos und angewidert den Kopf. »Komm«, sagte sie zu Luigi, und die beiden joggten davon.

Seinem typischen italienischen Temperament folgend, fluchte Luigi noch, als er zum Weiterlaufen gedrängt wurde. »Kannst du hier weiter an die stinkende See laufen! Finja und ich geh'n Italien!«

Borgs Unterbewusstsein verstand ›Genitalien‹, und er wurde noch wütender.

Wieder begann das Lied der Village People zu spielen. Borg riss sich förmlich das Handy aus der Hosentasche.

»Was?«, maulte er hinein, nachdem er auf das grüne Symbol gedrückt hatte.

Mit finsterer Miene lauschte er der Stimme am anderen Ende der Leitung. »Ja, wir sind hier an diesem scheiß See, und es bringt nichts!«, wetterte er. »Ja! Wir kommen!«

»Wer war das?«, fragte Berber.

»Das war die liebe Sina. Man hat Herrn Frohberg im Mittellandkanal gefunden – oder besser gesagt, das, was man noch von ihm übriggelassen hat.« Langsam verflog Borgs Wut, aber sie war noch nicht ganz weg.

Berber schickte sich an, wieder loszulaufen.

»Du glaubst doch nicht im Ernst, dass ich jetzt nach Watenbüttel laufe?«

Borg wählte eine Nummer und bestellte ein Taxi zu einer Straße, die vom Ölpersee abging.

KAPITEL 7

Ein Ausblick
auf einen Mord

Nachdem sie sich mit dem Taxi nach Watenbüttel hatten fahren lassen, waren Borg und Berber in den Privatwagen von Borg umgestiegen und damit zur Stahlbogenbrücke an der Celler Heerstraße gefahren. Borg hatte sein Auto dort auf einem Parkplatz abgestellt.

Als die beiden Beamten, noch immer in Joggingkleidung, über die Brücke gingen, sahen sie bereits verschiedene Personen an der Uferbefestigung auf der rechten Seite des Mittellandkanals Richtung Sophiental. Ein kleines Polizeiboot lag im Wasser, und offensichtlich war schon ein Taucher in den Kanal gestiegen, denn vor dem Boot hüpfte der Kopf des Mannes mit einer schwarzen Tauchermaske wie ein Ball im Wasser. Am Ufer lag eine weiße Plane oder Decke, mit der anscheinend ein Körper abgedeckt worden war.

Eine Treppe und auch ein stark abfallender befestigter Weg führten von der Brücke zum Kanal hinunter. Berber und Borg entschlossen sich, die Treppe zu nehmen. Borg taten die Beine weh, aber er sagte nichts.

Als sie am Schauplatz des Geschehens angekommen waren, kam ihnen Sina Bachmann entgegen.

»Es sieht ganz danach aus, dass wir unseren Radius etwas erweitern müssen. Das ist die Leiche von Thomas Frohberg. Jemand muss ihn erst getötet und dann ins Wasser geworfen haben«, sagte Sina.

Tatsächlich war noch ein Taucher im Wasser. Borg grüßte ihn und war insgeheim dankbar, hier auf dem Trockenen zu sein und nicht im bundeswehrgrünen kalten Wasser des Kanals schwimmen zu müssen.

Unter den Personen vor Ort befand sich auch Brammel. Der hatte sich zehn Meter weiter weg ins Gras gekniet und schien nach Spuren zu suchen.

Borg ging auf die abgedeckte Leiche zu. Egal, wie oft man ein Leichentuch zurückgeschlagen hatte, die Gesichter des Todes machten einem immer wieder bewusst, wie sehr man das Leben schätzen sollte, aber sie verdeutlichten auch, dass hier niemals jemand lebend rauskam, dachte Borg. Er ging in die Hocke und warf die Decke, die auf dem Körper lag, an der einen Seite nach hinten.

»Das sind die Füße«, sagte Sina.

»Das sehe ich auch.« Borg schlug die Decke zurück.

»Erschrick nicht, wenn du den Kopf abdeckst«, sagte sie.

Borg war auf alles gefasst, dennoch schien ihm ein Stromstoß durch die Glieder zu fahren, als er die andere Seite der Leiche abdeckte. Vom Kopf des Toten war nicht viel übrig. Jemand hatte aus nächster Nähe mit einer Schrotwaffe darauf geschossen – und getroffen.

»Du meine Güte. Das saß!«, sagte Borg.

»Können wir sicher sein, dass es Thomas Frohberg ist?«, fragte Berber zu Recht, denn ein Gesicht war nicht mehr vorhanden.

»Ich glaube schon. Es sei denn, du findest eine weitere Leiche, bei der an der einen Hand zwei und an der anderen Hand drei Finger fehlen«, sagte Borg, der die Hände gesehen hatte.

»Jagdlich werden Flintenlaufgeschosse normalerweise auf Entfernungen von 30 bis 50 Metern verwendet, wobei mit einem Streukreis von etwa 10 cm zu rechnen ist. Erlaubt ist die Verwendung in Deutschland auf alles Schalenwild. Ihm hier wurde allerdings aus ca. zwei Metern Entfernung das Licht ausgeblasen. Da ist die Wucht einer solchen Schrotladung natürlich verheerend.« Sina verstand ihren Job. Sie war auf zahlreichen Gebieten absolut versiert. Borg wusste das zu schätzen.

»Und noch etwas ist auffällig«, sagte sie. »Der Mörder muss über beeindruckende medizinische Kenntnisse verfügen. Die Finger wurden nicht nur abgetrennt, sie wurden amputiert. Die Stümpfe sind sauber vernäht. Offenbar wollte der Mörder nicht, dass weiter Blut aus den Wunden austrat. Der Schuss in den Kopf ist viel später erfolgt.«

Sauber vernäht …, dachte Borg, und ihm schossen verschiedene Gedanken durch den Kopf.

»Wie lange trieb die Leiche im Wasser?«, fragte er und deckte den Körper wieder zu, als würde er einen Schlafenden zudecken.

»Schwer zu sagen«, meinte Sina, »aber wir haben mal die Strömung geprüft. Es gibt kaum Wasserbewegung. Wir haben eine recht große Metallspirale an seiner Kleidung gefunden, die sich dort verhakt hat, vielleicht ist das eine Spur.«

»Wie kann uns das ein Hinweis sein?«, fragte Berber.

»Der Mittellandkanal ist tief, und die Spirale hat kaum Rost angesetzt. Sie lag also noch nicht lange an Land, als sie an seinem Körper hängengeblieben ist.«

Borg und Berber warteten auf ihre Einschätzung.

»Etwa zwei Kilometer in diese Richtung ist der Braunschweiger Hafen, und dort wird Schrott abgeladen.« Sina zeigte in die Richtung, aus der Borg und Berber gekommen waren.

Oliver Borg kannte sich hier aus. Er schaute skeptisch unter der Stahlbogenbrücke hindurch. In der Entfernung von einem Kilometer lag eine weitere Brücke, und gleich dahinter zeichneten sich durch Kräne und einige Gebäude die Umrisse des Hafens ab.

Die Sisyphosarbeit würde jetzt ungeahnte Ausmaße annehmen, überlegte Borg, als er aus seinen Gedanken gerissen wurde.

Auf der anderen Uferseite bewegte sich eine Person. Borg traute seinen Augen kaum, als er den Jogger genauer fokussierte: Es war Dr. Leibnitz.

»Da drüben!«, sagte er.

Berber staunte: »Das ist doch dieser Arzt.«

»Ja, genau, das ist er.«

Leibnitz hatte für sein Alter eine beeindruckende Geschwindigkeit drauf. Seine Kleidung wirkte eher, als würde er sich auf einem Tennisplatz als beim Joggen befinden.

Borg drehte sich um und ließ den Rücken zum Wasser zeigen.

»Was machst du denn jetzt?«, fragte Berber.

»Hat er dich schon gesehen?«, fragte Borg.

»Nein … ich glaube nicht«, sagte Berber.

In diesem Moment gab es einen mädchenhaften Schrei, und das Wasser des Mittellandkanals spritzte hoch auf, als Erwin Brammel kopfüber hineinstürzte. Im Moment des Schreis schaute Leibnitz zu ihnen hinüber.

»Jetzt hat er mich gesehen!«, sagte Berber.

Brammel tauchte aus dem wenige Grad kalten Wasser auf und spuckte und prustete.

»Ich hab'… ich hab' das Gleichgewicht verloren!«, schrie er.

»Jetzt wird sich sein Körper gewundert haben, dass er mit Wasser in Berührung gekommen ist«, sagte Borg.

»Ja, ich denke, alle im Team können jetzt aufatmen«, sagte Sina und lachte.

Doktor Igor Leibnitz war auf der anderen Seite unter der Brücke an der Celler Heerstraße hindurchgelaufen und so gut wie aus ihrem Blickfeld verschwunden.

»Nun gut. Dich hat er also gesehen. Mein Gesicht kennt er nicht.« Das hatte Borg damit bezweckt, als er sich von Leibnitz weggedreht hatte. »Ich will unserem Doktor einen Besuch abstatten. Aber nicht offiziell«, sagte Borg.

»Was hast du vor?«, fragte Berber.

»Mach' bitte für mich einen Termin in seiner Praxis, Sina.« Borg ging einen Schritt auf seine Kollegin zu. Da die anderen vier Personen am Tatort damit beschäftigt waren, Brammel aus dem Mittellandkanal zu helfen und wild durcheinanderredeten, musste Borg gar nicht leise sprechen.

»Ich möchte, dass du dich als meine Frau ausgibst und so tust, als ob du dir Sorgen um mich machst. Lass dir etwas einfallen, damit er mich untersucht. Ich werde ihn in seiner Praxis unter die Lupe nehmen.«

»Ist er deiner Meinung nach verdächtig?«, fragte Berber.

»Erstmal ist jeder verdächtig, aber Sina sagt, die Finger wurden amputiert. Klingelt was?«

»Ja, damit wäre Leibnitz auf der Liste, hast recht. Als Arzt kann er das ganz sicher. Aber auch Frau Irina Komarow ist auf der Liste«, sagte Berber.

»Warum?«, fragte Sina.

»Weil sie früher als OP-Schwester gearbeitet hat. Hat sie uns zumindest erzählt. Auf der Unfallchirurgie.« Berber zog seine Augenbrauen hoch. Er freute sich über sein Gedächtnis.

»Ja. Und der Muskelprotz, der als Schulhausmeister arbeitet, wie heißt er noch … Arthur Kusnezow ist auch auf der Liste. Er präpariert Tiere, und ich zitiere: ›Seine Nähte sind die Besten.‹« Borg hielt kurz inne. »Und da wir grade von ihm sprechen: Schaut mal, wer da oben auf der Brücke steht.«

Timm Berber und Sina Bachmann drehten sich um und blickten zum Brückengeländer hinauf. Im Grunde war Arthur Kusnezow nur eine Silhouette, weil er sich wieder ganz schwarz gekleidet hatte, doch anhand seiner ungewöhnlichen Physionomie konnte man ihn deutlich erkennen.

»Was macht der denn da?«, fragte Sina.

Borg trat nahe an ihr rechtes Ohr heran und sagte leise: »Ich glaube, er genießt die Aussicht auf einen Mord.«

Borg schlug Berber vor, einmal den Hafen unter die Lupe zu nehmen, und da er das Gefühl hatte, sein Körper wäre wieder ein wenig zu Kräften gekommen, joggten beide langsam unter der Brücke Richtung Hafen hindurch. Arthur Kusnezow war ebenso schnell wieder verschwunden, wie er aufgetaucht war.

Dieser Fall war absolut suspekt. Die Liste der Verdächtigen wurde nicht kürzer, ganz im Gegenteil: Jeder, der auf der Liste stand, bot in regelmäßigen Abständen wieder Anlass, ihn darauf zu belassen.

Der Weg am Mittellandkanal war eben, und es ließ sich gut darauf laufen, aber Borg hatte sich überschätzt. Die Schmerzen in seinen Waden kamen schon nach wenigen Metern wieder, und das Brennen in seiner Lunge fing schneller wieder an als noch beim ersten Lauf.

Er verfluchte sich innerlich.

Berber merkte, dass es Borg nicht sonderlich gut ging, und versuchte, nicht zu schnell zu laufen.

Sie passierten die Stelle, an der die Oker unter dem Kanal hindurchgeführt wurde, und kamen an einen Bereich, in dem zur Linken einige Bäume standen. Rechts, zur Wasserseite hin, waren dichte Sträucher gewachsen. Irgendwo gab ein Häher ein Geräusch von sich.

Borg fielen die Bäume auf, weil jemand Banderolen um die Stämme gewickelt hatte, auf denen ›VORSICHT! Eichenprozessionsspinner‹ stand, er dachte sich aber nichts dabei.

Es war mittlerweile 12 Uhr. Die Sonne stand im Zenit, und die Hitze wurde unerträglich. Schweißtropfen von Borgs Stirn wurden durch seine Augenbrauen nach außen abgeleitet und liefen seitlich über sein Gesicht. Er merkte, wie ihm das T-Shirt am Körper klebte und sein Schlüpfer zwischen den Beinen zu scheuern begann. Sich gestern im Genitalbereich rasiert zu haben, war eine der dümmsten Ideen, die Borg seit langem gehabt hatte, dachte er.

Sie kamen an eine leichte Steigung und erreichten die letzte Brücke vor dem Hafen. Jetzt konnte man die Kräne deutlich erkennen. In Bewegung war nichts. Die Hafenarbeiter machten vermutlich ihre Mittagspause.

Auf der linken Seite des Ufers lag ein großes Binnenschiff. Es war voll beladen, was man daran erkennen konnte, dass es tief im Wasser lag.

Das Duo lief den Weg links neben der Brücke entlang. Obwohl dieses Teilstück bergab führte, spürte Borg keine Erleichterung in seinen Waden.

Sie machten vor dem Schiff halt.

»Schrott!«, sagte Berber, als er die Ladung des Schiffes sah.

»Ja. Passt also zu diesem Auftrag.« Borg versuchte, seine Atemfrequenz wieder zu normalisieren.

Vielleicht war die Leiche Thomas Frohbergs von hier aus ins Wasser geworfen worden.

Borg hielt seine rechte Hand an die Stirn, als würde er salutieren. Jetzt, da er die Sonne abschirmte, konnte er deutlich die gegenüberliegende Seite des Hafens erkennen. Dort waren auch drei riesige Schrotthaufen aufgeschüttet worden. Also hätte die Metallspirale, die sich in Frohbergs Kleidung verfangen hatte, ebensogut von dort stammen können.

»So kommen wir nicht weiter. Bitte Koller darum, von ein paar Männern den Hafen unter die Lupe nehmen zu lassen. Sie sollen die Hafenarbeiter befragen, ob sie etwas gesehen haben. Ich gehe jetzt duschen.«

Borg war völlig geschafft. Obwohl er höchstens fünf Stunden im Einsatz gewesen war, fühlte er sich wie ein sehr alter Mann. Er schleppte seinen Körper zurück zum Auto und fuhr sehr langsam – irgendwie hatte er den Eindruck, schnell zu fahren wäre zu anstrengend – zu sich nach Hause.

Er stand regungslos unter der Dusche, hatte die Augen geschlossen und ließ die harten Wasserstrahlen über seinen ermüdeten Körper laufen. Der Vorhang aus Wasser schoss über seinen Kopf, und er schnappte nach Luft, während ihm das Haar in die Augen gespült wurde. Erst nachdem er fast fünf Minuten so dagestanden hatte, begann er sich einzuseifen und seine Haare zu waschen.

Er spülte das nach Orangen duftende Shampoo aus und nahm sich noch einmal eine Hand voll Duschgel, um seinen Oberkörper einzuschäumen.

Plötzlich sprach jemand mit ihm. Borg riss die Augen auf und sah sich ruckartig um.

»Borg? Sind Sie da?«, fragte die Männerstimme, die er zwar kannte, aber nicht gleich zuordnen konnte.

Es dauerte nur wenige Sekunden, bis sich Oliver Borg klar darüber wurde, woher die Stimme erklang, und im selben Augenblick stieg Ärger in ihm auf: Die Stimme kam aus seiner rosafarbenen Smartwatch, und sie gehörte Jan-Frederick Koller. Zum Glück konnte er seinen Lavendel-Blaubeere-Atem nicht riechen.

»Ich wusste nicht, dass wir auch privat überwacht werden«, sagte Borg sauer.

»Sie werden nicht überwacht«, sagte Koller. »Ich habe die Kamerafunktion nicht eingeschaltet. Ich wollte nur einmal Kontakt zu Ihnen aufnehmen.«

»Hatten Sie uns darüber informiert, dass Sie jederzeit mit uns sprechen können, selbst wenn wir überhaupt keinen Knopf gedrückt haben, um ein Gespräch mit Ihnen anzunehmen?« Borg hatte die Uhr an seinen Mund herangeführt und sprach laut.

»Brüllen Sie nicht so. Das Mikrofon der Uhr ist sehr empfindlich. Nein, ich hatte Sie darüber nicht informiert, aber wir haben durch die Techniker in der Abteilung einige Modifikationen an der Uhr durchführen lassen«, sagte Koller.

Borg drehte das Wasser ab. Er hatte sich noch nicht den ganzen Schaum vom Körper gewaschen, doch er trat aus der Dusche, glitt dabei fast auf den Badezimmerfliesen aus, ergriff ein großes braunes Frotteehandtuch und begann sich abzurubbeln.

»Was ist denn so wichtig?«, fragte er.

»Ich wollte wissen, ob die Ermittlungen voranschreiten. Sie sind doch eben noch im Dienst und mit Timm Berber eingeteilt. Meine Ortung zeigt mir aber, dass er sich in der Virchowstraße in Braunschweig befindet und Sie in Watenbüttel sind.«

»Das liegt vielleicht daran, dass ich es vorziehe, allein zu duschen und nicht mit Berber. Wir waren joggen und haben auch den Fundort der Leiche Frohbergs aufgesucht. Bisher gibt es keine weiteren Spuren, aber wir arbeiten daran.«

Das Gespräch war völlig überflüssig und führte nur dazu, dass Borg sich überwacht fühlte. Andererseits, dachte er, hatte er jetzt zumindest mehr Informationen darüber, was die Uhr alles konnte. Er musste auf der Hut sein.

Borg war zwar weitestgehend trocken, aber noch nackt, als er im Flur Geräusche vernahm. Jemand hatte leise die Wohnungstür geöffnet. Borg zog die Badezimmertür einen kleinen Spalt auf und blickte durch den Schlitz nach draußen. Im Flur standen zwei Gestalten mit schwarzen Kapuzenpullis. Borg hielt die Luft an und zog die Tür leise zu. Hier im Bad hatte er nichts zur Verteidigung. Seine Dienstwaffe lag im Auto, und mit einem Föhn würde er kaum etwas gegen zwei Gegner ausrichten können.

Im Flur wurden Schubladen geöffnet. Offenbar suchten die beiden Männer etwas. Borg blickte an seinem nackten Körper herunter. Egal. Er nahm den Porzellandeckel vom Spülkasten der Toilette ab und hob ihn mit beiden Händen. Mit dem schweren Deckel würde man zumindest einen Gegner ausschalten können. Die Klinke der Badezimmertür wurde langsam heruntergedrückt. Borg ging einen Schritt auf die Tür zu, die sich in Bruchteilen von Sekunden öffnen würde. Sein Adrenalinspiegel stieg merklich. Als sich die Tür öffnete und Borg mit großen Augen in Pauls Gesicht schaute, vergaß er, dass er nackt war.

»Was zum Teufel schleichst du dich hier rein?«, schrie Borg und ließ den Toilettendeckel sinken.

»Ich muss mal pinkeln!«, sagte Paul verwundert. Hinter ihm war die zweite Person aufgetaucht: Leander, der die gleiche Klasse besuchte.

»Hallo, Herr Borg«, sagte Leander und schaute ins Bad.

»Du weißt doch, dass Mama in Florenz ist. Wir haben Schulschluss und Hunger«, sagte Paul. »Können wir uns ein paar Eier in die Pfanne hauen?«

Jetzt erst wurde Oliver Borg wieder bewusst, dass er nackt war.

KAPITEL 8

Das lebendige Tageslicht

Nachdem sich Oliver Borg angezogen hatte, setzte er sich zu den beiden Jungs in die Küche und aß mit ihnen.

Mit Paul gab es den üblichen Vater-Sohn-Smalltalk. Leander hörte fast nur zu und sagte nichts.

Wie es in der Schule liefe, ob Paul noch Interesse an dieser Emma aus seiner Klasse habe (darauf antwortete Paul nicht) und ob schon ein neuer Trainer für die Fußballmannschaft gefunden sei.

Du meine Güte, dachte Borg, wann war sein Sohn so groß geworden? Er beobachtete Paul und erfreute sich an seinem Wesen. Immer wieder gruben sich Borgs Gedanken in die Vergangenheit, und er versuchte, Erinnerungen aus der Tiefe zu fördern, die aus der Zeit stammten, als Paul zu laufen und zu sprechen begonnen hatte. Noch schlimmer als das Vergessen war das Wissen darüber, etwas vergessen zu haben. Konnte dieses Gehirn beim Zerfall keinen fairen Weg finden, Daten zu löschen und diesen gemeinen Prozess dabei übergehen? Wie unausgereift Menschen doch waren.

Die Jungs berichteten, sie seien heute noch verabredet und wollten noch ein bisschen Sport an der frischen Luft machen. Paul wollte auch wissen, was für eine hässliche neue Armbanduhr sein Vater da hatte. Borg erklärte die Uhr, ging nicht auf das rosafarbene Armband ein und pries die Ortungs- und Überwachungsfunktionen an. Paul drehte die Uhr beeindruckt in seinen Fingern.

So vergingen dreißig Minuten, und es war fünfzehn Minuten vor zwei, als es an der Tür klingelte.

Timm Berber stand im Treppenhaus. Er hatte ein frisches Laufoutfit angezogen und tippte wortlos mit seinem Zeigefinger auf seine Smartwatch, als Borg öffnete. Um 14:00 Uhr waren sie für weitere zwei Stunden Joggen eingeteilt. Borgs Hüften taten schon weh, wenn er nur daran dachte. Berber streckte ihm die Hand entgegen, und Borg schüttelte sie, obwohl sie sich heute schon gesehen hatten – die verrückte Masche.

»Denk dran, wenn wieder eine Corona-Welle durch Deutschland läuft, dann dürfen wir wieder nicht.« Berber lächelte.

Borg drehte sich zur Küche um: »Ruft keine 0180er-Nummern an. Ich muss arbeiten und komme erst gegen fünf Uhr zurück!«, rief er Paul und Leander zu. Er wechselte noch schnell seine Hose, schlüpfte in die Turnschuhe und fuhr mit Berber zum Ölpersee.

Sie parkten am Wehr, stiegen aus und begannen unmittelbar mit leichtem Joggen.

»Wir hätten heute Morgen auch mit dem Auto herfahren sollen. Dann würden sich meine Knie jetzt nicht so anfühlen, als wäre Sülze drin«, sagte Borg, und sein Kollege lachte.

Zwar waren Sina Bachmann und Erwin Brammel heute nicht gelaufen, weil der Fund von Frohbergs Leiche dazwischengekommen war, aber zumindest Meyer und Müller hatten mehrere Runden um den See gedreht. Als Borg und Berber um die Kurve hinter dem Wehr gelaufen kamen, sahen sie die beiden Kollegen auf einer Bank am Wegrand sitzen.

»Es ist ja schon nach 14:00 Uhr«, sagte Meyer. Auch er trug eine der Notfall-Uhren.

»Ihr habt wohl noch einen Drink genommen?«, fragte Müller.

Borg und Berber reagierten gar nicht auf die Kommentare der beiden im Kommissariat nicht sehr geschätzten Kollegen, sondern liefen wortlos an der Bank vorbei.

Die beiden joggten ein Stück Weg zwischen Oker und See, viel langsamer als noch am Vormittag. Dann beschlossen sie, dem Verlauf der Oker zu folgen und in Richtung Heizkraftwerk Hamburger Straße zu joggen. Sie sprachen über den toten Thomas Frohberg und die möglichen Zusammenhänge der anderen beiden Verschwundenen. Berber wollte nach dem Joggen noch ein paar Erkundigungen einholen und schauen, ob die Opfer etwas gemeinsam hatten. Dann schweiften sie ab und sprachen über verschiedene andere Dinge.

Die Luft war zwar warm, und schnell stand ihnen der Schweiß auf der Stirn, aber wegen des geringen Tempos war alles noch erträglich.

Borg amüsierte sich darüber, dass Erwin Brammel in den Mittelandkanal gefallen war.

Die beiden Männer überquerten eine kleine, auf den ersten Blick wie aus Beton gebaut wirkende Brücke, aber als ihre Füße auf deren Belag Geräusche machten und sie leicht zu vibrieren begann, merkten sie, dass sie über eine Metallkonstruktion liefen. »Hier war vor Kurzem noch eine Holzbrücke«, sagte Berber. »Die hier scheint neu zu sein.«

Sie liefen jetzt auf der rechten Uferseite der Oker Richtung Stadt.

Die Wege waren nicht so gut fürs Joggen geeignet. Es gab einen schmalen unbewachsenen Trampelpfad, und entweder sie liefen beide hintereinander, oder einer musste im Gras laufen.

Nach ein paar Minuten erreichten sie eine Brücke, die quer zu ihrem Weg verlief und auf der nur Leitungen und Rohre vom Heizkraftwerk zu erkennen waren. Zum Überqueren der Oker war dieses Bauwerk nicht geeignet. Auch stand die Brücke so störend in der Landschaft, dass man sich bücken und schmal machen musste, um unter der seltsamen Konstruktion hindurch zu gelangen und seinem Weg an der Oker weiter zu folgen. Gleich hinter dem Hindernis lag die Ringgleisbrücke.

Borg schaute zum Turm des Heizkraftwerks hinauf. Dieses graue schmale Bauwerk zu seiner Linken hatte zwischen 1983 und 1984 angefangen, zum Himmel zu zeigen. Der 198 Meter hohe Schornstein war das höchste Bauwerk Braunschweigs. Früher hatte es auf dem Turm Führungen gegeben, und Borg hatte sich immer vorgenommen, mal an einer teilzunehmen, doch es war nie dazu gekommen. Nun war die Turmspitze nicht mehr für die Öffentlichkeit zugänglich.

Vor dem Turm standen mehrere Gebäude und eine riesige, silberne Kugel, die aussah, als hätten Außerirdische sie hier vergessen. Vor vielen Jahren war einmal ein Mann, der den äußeren Bereich der Kugel anstreichen sollte, aus großer Höhe abgestürzt und ums Leben gekommen.

Borg war damals noch ein Kind gewesen und hatte die Geschichte von seinem Opa gehört. Bis heute hatte er sie nicht vergessen.

Er fragte sich, was für eine Position Arthur Kusnezow im Heizkraftwerk bekleidete, warum er seinen Job gewechselt hatte und aus welchem Grund er nun als Schulhausmeister arbeitete.

Berbers Schuh begann seltsame Geräusche von sich zu geben. Es klang, als würde mit jedem Schritt Luft aus der Sohle austreten.

»Das kommt davon, dass du deine Schuhe immer im Internet bestellst«, sagte Borg.

Sie erreichten die Wendenringbrücke, liefen an der einen Seite hinauf, überquerten die Brücke, liefen an der anderen Seite wieder hinunter und waren damit auf dem Rückweg Richtung Ölpersee.

Borg konnte am Joggen keinen Gefallen finden. Er hatte versucht, sich damit abzulenken, dass er die Menschen beobachtete, die sie passierten. Es waren mittlerweile fast zwanzig Jogger, einige Fußgänger und auch zahlreiche Fahrradfahrer. Menschen mit Hunden waren an der Oker unterwegs, aber keinen von ihnen hatte Borg am Vormittag schon gesehen. Er hielt das Laufen hier für reine Zeitverschwendung.

»Sieh mal, da drüben!« In Berbers Stimme schwang Verblüffung mit, und diese Reaktion konnte Borg gut nachempfinden, als er die drei Personen auf der anderen Uferseite sah: Es waren Paul und Leander, die sich Sportkleidung angezogen hatten. Neben ihnen, und das fühlte sich für Borg wie ein Schlag in die Magengrube an, lief der Schulhausmeister Arthur Kusnezow.

»He! Paul!«, rief Borg zum anderen Ufer hinüber, aber das Dreiergespann dachte gar nicht daran, das Tempo zu verlangsamen.

»Bleibt doch mal stehen!« Erst jetzt reagierten sie, und Paul hob seine Hand und grüßte.

»Was macht ihr denn da?«, fragte Borg laut und in einem Ton, der deutlich machte, dass ihm nicht gefiel, was er sah.

»Wir joggen!«, rief Paul.

Borg sah Berber an. »Wir kommen auf eure Seite! Bleibt da!«, rief er hinüber, und die beiden Polizisten liefen den Weg über die Wendenringbrücke zurück. Da sie ein schnelleres Tempo gewählt hatten, stieg Übelkeit in Borg auf, und er versuchte, wieder die Kontrolle über seinen Körper zu bekommen, indem er tief ein- und ausatmete.

Als er vor Paul, Leander und Herrn Kusnezow zum Stehen kam, musste er einige Sekunden verschnaufen, bevor er genug Luft hatte, um wieder zu sprechen.

»Kann mir mal jemand diese Konstellation erklären?«, fragte Borg.

Paul setzte an: »Arthur hat uns heute Morgen gefragt, ob wir mit ihm Joggen wollen, und da wir sowieso zum Sport verabredet waren …«

»Herr Kusnezow, das ist mein Sohn. Wie kommen Sie auf die Idee, mit ihm zu joggen?«, fragte Borg.

»Ich laufe oft mit die Schüler vom Lessinggymnasium. Sport tut den Jungs und junge Mädels gut.«

»Jetzt erkläre mir nur eine Sache«, sagte Borg zu seinem Sohn. »Warum hast du am Ölpersee so getan, als würdest du ihn nicht kennen?«

Arthur Kusnezow war tatsächlich vor Kurzem an Paul und Oliver Borg vorbeigejoggt, und Paul hatte zwar angemerkt, Kusnezow stinke nach Schweiß, hatte aber mit keiner Silbe erwähnt, dass er ihn kannte.

Paul antwortete nicht.

»Mitkommen!«, sagte Borg streng zu seinem Sohn.

Als sie wieder in Watenbüttel waren und Oliver Borg seinem Sohn gegenübersaß (Leander war bereits nach Hause gegangen), hatte sich Borgs Ärger schon etwas gelegt.

»Ich will jetzt von dir wissen, warum du mich angelogen hast und warum zum Teufel du mit diesem Arthur Kusnezow joggst!«

Paul überlegte kurz. »Ich hab' dich nicht angelogen.«

»Du hast so getan, als ob du ihn nicht kennst, als wir ihn am Ölpersee getroffen haben.«

Paul überlegte wieder. Er räusperte sich. »Sag aber nichts Mama, ja?«

»In Ordnung.«

»Arthur hat mir und Leander BCAAs besorgt. Mama will aber nicht, dass ich das nehme, und hat mir verboten, Arthur weiter zu treffen.«

»Was sind BCAAs?«, fragte Borg.

»Das sind nur Proteine, die nicht mehr von der Leber verstoffwechselt werden müssen. Das ist total geil, die gehen sofort in die Muskeln. Ich hab' die gleich nach dem Training genommen, um meine Kraftreserven wieder aufzufüllen. Das gibt Muckis!«

Borg war verblüfft. »Paul, du bist 14 Jahre alt!«, sagte er.

»15!«, korrigierte Paul.

»Trotzdem. Du darfst doch noch keine Muskelaufbaupräparate schlucken!«

»Arthur macht das auch. Und hast du mal seine Muskeln gesehen?«

»Der Typ ist mindestens 40 Jahre alt und sieht aus wie ein Berg Hackfleisch! Hast du mal seine Haut gesehen? Überall Pickel und entzündete

Stellen. Willst du so rumlaufen? Na, dann wird Emma aber ganz schnell die Kurve kratzen.«

Paul sagte nichts.

»Also, ich sage Mama kein Wort darüber, aber ich will nicht, dass du dich mit diesem Typen abgibst, und vor allem möchte ich nicht, dass du weiter dieses Zeug schluckst. Verstanden?«

»Aye, Sir«, sagte Paul, stand auf und ging aus dem Wohnzimmer.

Die Village People begannen aus dem Nichts für Borg zu singen.

»Ja?«, fragte er, als er den Anruf entgegengenommen hatte.

Sina Bachmann war in der Leitung.

»Ich habe eine gute und eine schlechte Nachricht für dich«, sagte sie.

»Ich höre.« Borg war überzeugt: Die schlechte Nachricht würde ihn jetzt kaum aus der Bahn werfen.

»Die gute Nachricht ist: Du hast schon morgen um 10:00 Uhr einen Termin bei Dr. Leibnitz. Er hat seine Praxis im Schlosscarree.«

»Und die schlechte?«, fragte Borg.

»Koller möchte, dass morgen das erste Team schon um 6:00 Uhr mit dem Joggen beginnt. Das sind dann Berber und du. Dann kommen Brammel und ich und danach um 10:00 Uhr, wenn du bei Leibnitz bist, Müller und Meyer.«

»Na, ein Traum«, sagte Borg. Er erhob seinen geschundenen Körper und ging hinüber zu einem kleinen Schrank, in dem sich die Bar befand. Er holte den Cognac heraus und mixte sich mit dem Rest aus der Flasche und dem Peychaud's Bitters einen Sazerac.

Als die Sonne untergegangen war, saß Borg im Arbeitszimmer am Schreibtisch. Er hatte leichte Kopfschmerzen bekommen, von der Sonne beim Joggen oder vom Alkohol. Auf jeden Fall war er nicht in der besten Verfassung, denn auch seine Beine, seine Hüften und sein Rücken taten weh.

Borg saß vor dem Laptop und gab ›Hafen Braunschweig‹ bei Wikipedia ein. Er las einige Abschnitte, die ihn ermüdeten: »Unter den in Braunschweig umgeschlagenen Gütern befinden sich hauptsächlich Kleidung, Getreide, Möbel, Autos und Spirituosen«, stand dort, und weiter: »Zudem ist die Versorgung der Region mit Heizöl und Dieselkraftstoff von Bedeutung und der Transport von Schrott zum benachbarten Stahlwerk von Relevanz ...« Gequält schob Borg den Laptop von sich weg.

Er hatte im Laufe des Abends eine zweite Flasche Cognac geöffnet, und als er aufstand, um sich aus dem Badezimmer eine Aspirin zu holen, kam er kaum aus dem Stuhl hoch. Als er stand, überfiel ihn ein leichtes Schwindelgefühl.

Mein Gott, er war 41 Jahre alt. Wie sollte er sich erst als 80-Jähriger fühlen?

Borg warf die Tablette in ein Glas, wo sie klingend landete, drehte den Wasserhahn auf und füllte das Glas zur Hälfte mit lauwarmem Wasser. Noch bevor das Sprudeln aufgehört hatte, trank er das Glas in einem Zug leer, kaute ein kleines Überbleibsel der käsig schmeckenden Tablette und setzte sich wieder an den Schreibtisch.

Er holte ein leeres Blatt Papier aus der Schublade und schrieb mit einem feinen Tintenroller die drei Namen der Personen auf, die im Fall der ermordeten beziehungsweise verschwundenen Personen auf seiner Verdächtigenliste standen: Irina Komarow, Arthur Kusnezow und Igor Leibnitz. In der Hälfte teilte er das Blatt quer mit einem dicken Strich und schrieb in denselben Abständen wie die Namen oben die Namen der drei Opfer auf: Thomas Frohberg, Anja Fischer und Anja Stecher.

Er überlegte, welche Gemeinsamkeiten die Opfer haben könnten. Die ersten beiden wohnten im Schwarzen Berg, die dritte Person in Watenbüttel. Das sagte nichts aus. Sie hatten sich einfach zur falschen Zeit am falschen Ort befunden. Alle drei wollten joggen, und alle drei waren zunächst verschwunden und bis auf Frohberg bisher nicht wieder aufgetaucht.

Borg nahm sein Glas und trank den letzten Schluck Sazerac. Das Zeug schmeckt doch gar nicht, dachte er. Vielleicht hatte er auch einfach das Limit überschritten, und sein Körper versuchte ihm mitzuteilen, dass ein weiteres Glas fatale Auswirkungen haben würde.

Borg malte ein übergroßes Fragezeichen auf den Zettel mit den Namen, sodass die Linie des Zeichens jeden der sechs Namen einmal streifte, dann klappte er den Laptop zu. Er stand ein weiteres Mal mit schmerzenden Gliedern auf, ging ins Schlafzimmer und ließ sich angezogen mit dem Gesicht nach unten aufs Bett fallen.

Borg fiel in einen traumlosen Schlaf.

Es fühlte sich an, als seien noch keine zehn Minuten vergangen, als es an der Tür klingelte.

»Großer Gott!«, stöhnte er und rollte sich auf den Rücken. Es klingelte wieder. Diesmal länger. Borg setzte sich auf den Bettrand. Er fühlte sich wie überfahren. Einmal dem Fehlläuten der Nachtglocke gefolgt – es ist niemals gutzumachen, dachte er. Ein unheimlich schlechter Geschmack in Borgs Mund und die Tatsache, dass es draußen aussah, als würde der Morgen grauen, ließen ihn stutzen.

Prophylaktisch, nur um ein drittes Klingeln zu unterbinden – es hatte in seinem Kopf wehgetan – rief er laut, aber mit rostiger Stimme: »Ich komme, ich komme!«

Mühsam schleppte er seinen geschundenen Körper zur Wohnungstür. Das Joggen hatte die Muskeln überbeansprucht, der Alkohol den Kopf. Schon ohne nur eine der beiden Körperfunktionen fühlte er sich schwach und hilflos, jetzt war er doppelt angeschlagen.

Borg öffnete und sah im Halbdunkel Timm Berber in Joggingkleidung im Treppenhaus stehen.

»Sag nicht, du hast verschlafen?« Berber streckte die Hand aus, aber Borg ignorierte sie.

»Oh, Gott«, stöhnte er. »Wie spät ist es?«

»Fünf nach Fünf. Ich bin deshalb so früh, weil wir im Schwarzen Berg joggen sollen«, erwiderte Berber »Der Morgen graut.«

»Mir graut auch«, brummte Borg. »Ich kann jetzt unmöglich joggen … Mir platzt der Kopf, und meine Beine sind im Arsch …«

»Sag nicht, du hast wieder gesoffen? Ich rieche es doch! Du hast wieder gesoffen!«, sagte Berber enttäuscht. »Wie einsam kann ein 40-Jähriger eigentlich sein, dass er sich abends alleine vollaufen lässt?«

»Es ist nicht der Alkohol«, log Borg, »Es sind die Beine … außerdem bin ich 41.« Borg überlegte, wie er der Situation entkommen konnte. »Du musst mir einen Gefallen tun.«

»Was kommt jetzt?«

»Lauf du alleine. Schau dir die ganzen Hintern der Morgenjoggerinnen an und mach Koller glücklich, aber ich kann nicht mitkommen. Ich bin platt!«, sagte Borg.

»Koller hat dich auf dem Radar. Der sieht doch sofort, wenn du nicht dabei bist.« Berber deutete auf Borgs Handgelenk.

Richtig! Da war was: die Tracking-Uhr.

»Du musst die Uhr ummachen«, sagte Borg.

»Ich hab' doch selbst eine«, widersprach Berber.

»Ja. Aber wir joggen doch eh nebeneinander, und so genau ist die Satellitenerfassung nicht. Trag' einfach meine Uhr rechts am Arm und deine links. Dann denkt Koller, ich wäre mit dabei. Würdest du mir den Gefallen tun?« Borg war froh, dass ihm dieser Einfall gekommen war. Er machte das rosafarbene Armband der Uhr ab und hielt sie Berber hin.

Timm Berber nahm die Smartwatch widerwillig und legte sie um sein rechtes Handgelenk an.

»Um 12:00 Uhr bei der zweiten Runde bist du aber dabei, verstanden?« Berber hob drohend den Zeigefinger.

»Ja, ja, natürlich. Bis dahin bin ich fit. Um 10:00 Uhr habe ich einen Termin bei Dr. Leibnitz. Vielleicht weiß ich dann mehr. Behalte du für mich die Hintern im Auge«, sagte Borg.

Er war froh, einen Kollegen wie Timm zu haben, aber noch froher war er, als er die Tür wieder geschlossen hatte. Sprechen tat weh. Zuhören auch.

Er fühlte sich nicht lebendig, als er zurück ins Schlafzimmer ging und sich sachte aufs Bett zurücklegte. Draußen auf der Straße sprachen Männer. Sein Kater legte sich nicht, weder der im Kopf noch der Muskelkater. Er spürte beide Raubkatzen bei jeder Bewegung, die er tat. Das einzige, was von Minute zu Minute an Kraft zu gewinnen schien, war die Sonne. Es konnte nicht mehr lange dauern, und das lebendige Tageslicht würde den Raum fluten und diese Matratzengruft vom Staub der Dunkelheit befreien wollen. Hätte er doch mindestens noch eine ganze Nacht vor sich, dachte Borg, atmete tief ein und versank wieder im Schlafland. Es war allerdings kein tiefer Schlaf, er hörte die Worte sprechender Menschen unten auf der Straße, vielleicht besser als während des früheren todmüden Wachens. Wort für Wort schlug an sein Ohr, aber das lästige Bewusstsein war geschwunden, er fühlte sich frei. Nicht einmal die unten quatschenden Leute hielten ihn mehr, nur manchmal tastete er nach dem Bettrand hin, er war noch nicht im tiefsten Schlaf angekommen, aber eingetaucht in ihn war er. Niemand sollte ihm das mehr rauben. Und es war ihm, als sei ihm damit ein großer Sieg gelungen. Dann, plötzlich, hörte Borg sein Handy klingeln, doch baute er das in seinen Traum ein und war jetzt selbst der Sänger einer schrecklichen Band in grausamen Kostümen. ›Y.M.C.A.‹ spielte gefühlt eine Ewigkeit, aber das war Borgs großer Auftritt mit den Jungs. Was er im Traum nicht wahrnahm, war, dass die Mailbox ansprang und das Lied verstummte. In Borgs Traum spielte das Stück, das im Februar 1979 die Hitparaden angeführt hatte, ununterbrochen weiter. Dann gab es eine Störung. Ein anderer Ton war in die so bekannte Melodie eingedrungen, der dazu nicht passte. Borg drehte sich zu den Kollegen in seiner Band um, und alle sahen sich fragend an. Sie trugen alle die Kleidung von Müllmännern. Was war jetzt? Borg erwachte, der Traum verblasste. Es klingelte kurz an der Tür, wieder war es die Klingel hier oben an der Wohnungstür. Sie wurde aber diesmal nur einen kleinen Moment gedrückt, als wolle jemand ankündigen, da zu sein, ohne dass Borg hätte aufstehen und öffnen sollen. So war es auch. Der Schlüssel wurde im Schloss herumgedreht, und Finja Borg betrat die Wohnung. Sie ging direkt zu ihm ins Schlafzimmer.

»Hast du wieder in Sachen gepennt?«, fragte sie.

Mein Gott, dachte Borg, warum musste sie immer so laut sprechen? »Nein, das ist ein Bodypainting«, gab er zurück. »Ich dachte, du bist in Florenz? Was machst du denn mitten in der Nacht hier?« Borg versuchte, beim Aufstehen so locker wie möglich zu wirken.

»Zum einen hat Paul seine Schultasche hier stehen lassen, er sitzt unten im Auto, und ich fahre ihn hin. Zum anderen hat sich Florenz erledigt«, sagte sie sauer.

»Warum?«, fragte Borg. Wollte er das wirklich wissen? Er stand auf und ging auf sie zu. Vorbei ließ sie ihn nicht, da sie mitten im Türrahmen stehengeblieben war.

»Luigi ist gestern nicht aufgetaucht. Wir wären zusammen nach Düsseldorf gefahren, hätten im Maritim Airport Hotel übernachtet und wären dann heute Morgen in den Flieger gestiegen. Aber er ist einfach nicht aufgetaucht, und an sein Handy geht er auch nicht«, sagte sie, und es klang, als könne sie es noch immer nicht glauben.

»Wahrscheinlich hat schon eine andere seinen sonnengebräunten italienischen Schwanz im Mund«, mutmaßte Borg.

Zack! Das saß! Die Ohrfeige hatte Oliver Borg aus heiterem Himmel getroffen.

»Macht nix, wenn die Backe weh tut. Passt zum Rest des Körpers«, sagte er und rieb seine Wange. Sein Kopf pochte vor Schmerz, als wolle sich der Kater über den Schlag beschweren.

Finja ging mit stampfenden Schritten ins Wohnzimmer, stürmte mit Pauls Schulsachen ohne ein Wort an der Schlafzimmertür vorbei und verließ die Wohnung, wobei sie die Tür, wie immer seit der Trennung, geräuschvoll zuknallen ließ.

Borg massierte seine Ohren. Der Tag konnte nur großartig werden, dachte er voller Ironie. Jetzt musste er sich etwas einfallen lassen, um auf Arbeitstemperatur zu kommen, denn in nicht ganz drei Stunden hatte er einen wichtigen Arzttermin.

KAPITEL 9

Grosse Hafen-rundfahrt

Oliver Borg fuhr mit seinem Privatwagen in die Braunschweiger Innenstadt. Auf dem Weg kam er am Astor Kino vorbei und überlegte, ob es nicht wirklich an der Zeit sei, sich mal wieder einen Film mit Paul anzuschauen.

Er parkte in der Tiefgarage gegenüber dem Bohlweg, die bis vor Kurzem noch die des Kaufhauses Galeria Kaufhof gewesen war. Die Filiale hatte schließen müssen. Sicher war auch der Rückgang der Kunden durch die Corona-Pandemie 2020 dafür verantwortlich, aber seit die Schloss Arkaden standen und dort verschiedene Geschäfte eröffnet hatten – das ›Einkaufsschloss‹ existierte seit 2006 – war es um die anderen Kaufhäuser im Umfeld ohnehin schlecht bestellt.

Am 26. August 2006 waren Portikus und Westfassade des Schlosses unter großer Anteilnahme der Öffentlichkeit feierlich eingeweiht worden, wobei die Feier, Borg hatte auch teilgenommen, mehr als peinlich gewesen war. Der 620 Quadratmeter große Vorhang, der zur musikalischen Untermalung durch Tschaikowskys Dornröschensuite fallen sollte, klemmte angeblich und wollte sich nicht senken, sodass die Enthüllung kläglich scheiterte.

In Wirklichkeit war die Quadriga nicht rechtzeitig fertig geworden, weil bestimmte Schrauben nicht geliefert worden waren, und man wollte sie nicht halbfertig der Öffentlichkeit zeigen.

Borg fühlte sich jetzt schon besser. Er gelangte über einen Treppenaufgang aus der Parkgarage und überquerte die große Kreuzung am Schloss. Durch die Bewegung hatten sich seine Muskeln etwas entspannt. Nun blickte Brunonia, die Schutzpatronin von Herzog Wilhelm, des Herzogtums und der Stadt Braunschweig, von der Quadriga auf Borg hinab, und er spürte, dass sie lächelte. Oder lachte sie ihn aus?

Er zog das Handy aus seiner Gesäßtasche. ›Anruf in Abwesenheit‹ und eine Nachricht auf der Mailbox. Nicht jetzt, dachte er und ging rasch auf seinen Schatten zu, der sich aber mit jedem Schritt, den er tat, in exakt denselben Abstand zu ihm begab – Physik im Alltag.

Das Gefühl von Neugierde hatte sich in Borg ausgebreitet. Er wollte unbedingt wissen, was für ein Mensch Dr. Leibnitz war und ob sich der Verdacht gegen ihn erhärten würde.

Bis jetzt wäre Borg allerdings keine Wetten eingegangen, wer der Mörder von Thomas Frohberg war und wer dafür verantwortlich zeichnete, dass zwei weitere Menschen verschwunden waren.

Sina Bachmann hatte Borg per SMS die genaue Adresse von Dr. Leibnitz' Praxis geschrieben.

Das Schlosscarree Braunschweig galt mit seinen vielen Arztpraxen darin als das Gesundheitszentrum in der Innenstadt. Es befand sich schräg gegenüber des Schlosses.

Obwohl schon reger Verkehr herrschte, ließ die Sommerluft nicht darauf schließen, dass Borg sich mitten in der Stadt befand. Es schien ein wundervoller Tag zu werden.

Etwas wehmütig trat Borg in die Passage ein, denn die Sonnenstrahlen und die frische Luft schienen seinem Körper gut getan zu haben. Er kam an einen Eingang im Carree, der auf einem Schild verschiedene Namen von Ärzten und deren Behandlungsgebiete auflistete. Borg überflog das Schild nur und sah, was er sehen wollte: ›Dr. Leibnitz – 1. OG‹

Zunächst wollte Borg die Treppe nehmen, aber als er sich bewusst wurde, dass er in gut zwei Stunden schon wieder joggen sollte, vollführte er eine scharfe Drehung nach links und huschte in den Fahrstuhl. Der arme Timm, dachte er, der hat schon zwei Stunden lang seine Runden gedreht, und das für nichts und wieder nichts.

Borg drückte auf den Knopf für die erste Etage und pries den Fortschritt.

Als sich die Fahrstuhltüren im ersten Obergeschoss öffneten, kam ihm ein Mann entgegen, der offensichtlich aus der Praxis von Dr. Leibnitz trat.

Der höfliche Herr hielt Borg die Tür auf, und dieser bedankte sich. Borg blieb vor einem weißen Empfangstresen stehen und schaute sich in der modern eingerichteten Praxis um. Hinter dem Tresen saß eine junge Frau mit kurzen roten Haaren, die zu ihm aufschaute.

»Guten Tag. Mein Name ist Oliver Borg. Meine Frau hat für mich einen Termin bei Herrn Dr. Leibnitz gemacht.«

»Um 10:00 Uhr«, bestätigte die Frau und bat um Borgs Versichertenkarte. Er schob die orangefarbene Karte über den weißen, glänzenden Tresen.

»Bitte nehmen Sie noch einen Augenblick im Wartezimmer Platz. Der Herr Doktor wird sie gleich zur Untersuchung hereinrufen«, sagte die Frau, gab Borg seine Karte zurück, und schon klingelte ihr Telefon. Hinter Borg wurde die Tür geöffnet, und eine weitere Patientin trat ein.

Im Wartezimmer saß niemand, und Borg wählte einen Stuhl am Fenster, von dem aus er den ganzen Raum überblicken konnte. Das Fenster bot eine Aussicht auf den Bohlweg, Braunschweigs bekannteste Einkaufsstraße.

In der Mitte des Wartezimmers stand ein kniehoher Tisch, auf dem zahlreiche Zeitschriften und Illustrierte lagen. Borg hatte eigentlich nicht vor, sich am Tisch zu bedienen, aber obenauf lag die heutige Ausgabe der Braunschweiger Zeitung mit der Schlagzeile ›Jogger noch in Angst‹. Das Foto unter der Überschrift zeigte eine Aufnahme, die von der Brücke am Mittellandkanal gemacht worden war. Borg nahm die Zeitung und begann zu lesen:

»Der Weg am Mittellandkanal ist nur zwei Meter breit, und doch tummeln sich dort rund zehn Personen und schauen wie gebannt ins Wasser, als der Polizeitaucher die Leiche eines Mannes, die im Kanal treibt, an das

Ufer schiebt. Als der Tote geborgen ist, nehmen die Spurensicherer der Braunschweiger Polizei ihre Arbeit auf. ›Es waren Algen am Körper des Toten zu finden, aber keine Hinweise, die uns weiterhalfen. Auf dem Weg gab es keine Reifen- oder Schleifspuren. Dennoch können wir sicher sein, dass es sich um ein Gewaltverbrechen handelt‹, sagt Sina Bachmann, die mit dem Fall betraut ist. Sie arbeitet in einem speziell zusammengestellten Team, das unter der Leitung vom 1. Kriminalhauptkommissar Jan-Frederik Koller steht …«

Borg, der das las, verspürte plötzlich den Wunsch, die Zeitung zurück auf den Tisch zu werfen, aber er las weiter: »… Der Tote war am Dienstag von seiner Frau als vermisst gemeldet worden, nachdem er vom Joggen im Schwarzen Berg, wo das Opfer auch wohnte, nicht zurückgekehrt war.

Wie die BZ berichtete, sind auch an den folgenden beiden Tagen zwei Frauen verschwunden, die joggen wollten. ›Wir müssen vom Schlimmsten ausgehen‹, so Koller im Telefoninterview. Grund zur Panik bestehe nicht, aber er rate dazu, niemals allein Sportarten im Freien auszuüben und dabei auch Zeiträume vor Sonnenaufgang und nach Sonnenuntergang zu meiden.

Koller weiß, was er tut, er hat bisher jeden Mord in seinem Zuständigkeitsbereich aufgeklärt, und er zeigt sich optimistisch. Dennoch sind viele Menschen im Schwarzen Berg und den umliegenden Stadtteilen im Norden und Nordwesten Braunschweigs verunsichert …«

»Herr Borg, bitte in das Behandlungszimmer 2!« Eine Frauenstimme riss Borg förmlich aus den Buchstaben, und er stand ruckartig auf, als habe er einen militärischen Einsatzbefehl erhalten. Sein Herz schlug schneller, und er merkte, wie seine Handinnenflächen feucht wurden.

Die ›2‹ an der Tür gegenüber dem Wartezimmer war nicht zu übersehen, und er trat ohne anzuklopfen ein.

Das erste, was Borg im Zimmer sah, war ein mittig aufgestellter Stuhl mit Beinstützen, wie er ihn aus der Frauenarztpraxis kannte, die er damals, als Finja mit Paul schwanger gewesen war, mehrfach gesehen hatte. Auf dem dunkelblauen Stuhl mit den grauen Unterschenkelstützen war eine weiße Papierdecke ausgebreitet. Links vom Untersuchungsstuhl stand eine spanische Wand. Vor ihm war ein runder Hocker im selben Blauton wie der Behandlungsstuhl vor einem Schreibtisch geparkt.

Leibnitz war nicht im Zimmer. Auf dem Schreibtisch stand ein Monitor, vor dem eine schwarze Tastatur lag. Die Jalousien der beiden kleinen Fenster waren heruntergelassen, und die Behandlungslampe, die auf den Liegestuhl strahlte, mischte ihr Licht mit dem zweier in die Decke eingelassenen Strahler und tauchte den ganzen Raum in ein schmutziges Gelb.

Borg drehte sich um und schnappte mit seinen Fingern das Türblatt der fast zugefallenen Tür. Er öffnete sie wieder, doch konnte er nicht hinaustreten: Dr. Leibnitz versperrte ihm den Weg.

»Herr Borg?«, fragte er.

»Ja, das bin ich«, sagte dieser unsicher.

»Dann sind Sie hier richtig. Ich bin Dr. Leibnitz.« Leibnitz trat näher, und Borg verspürte das Gefühl, in den Raum gedrängt zu werden.

»Seien Sie so gut und machen Sie sich einmal untenherum frei, dann sehen wir mal, was wir für Sie tun können.« Leibnitz deutete mit dem Klemmbrett, das er in der rechten Hand hielt, auf die spanische Wand.

»Ich verstehe nicht ganz …?«, sagte Borg.

»Ihre Frau hat uns angerufen und einen Termin zur Prostatauntersuchung für Sie gemacht.«

Borg fiel die Kinnlade herunter. Leibnitz war Urologe. Wie hatte er das an den Schildern, die zur Praxis führten, übersehen können?

»Ganz so dringlich sind die Probleme nicht«, sagte Borg hastig, aber er konnte Leibnitz nicht ausweichen und ging rückwärts mitten ins Behandlungszimmer.

»Na ja, das werden wir sehen. So wie Ihre Frau uns das beschrieben hat, sollten wir das nicht auf die leichte Schulter nehmen.« Leibnitz sah auf den Zettel, der auf dem dunkelblauen Klemmbrett festgemacht war, und las vor: »Schmerzen im Becken, Beschwerden beim Wasserlassen, gestörtes Erektionsvermögen … Das klingt so, als sollten wir uns das dringend ansehen.«

Warum sprachen Ärzte immer in der ersten Person Plural? Borg sagte nichts. Konnte er aus dem Fenster springen? Dann würde er sterben. War das vielleicht besser?

Leibnitz schien zu bemerken, dass Borg sich unwohl fühlte. Er legte das Klemmbrett neben die Tastatur und blieb mit einem Meter Abstand vor Borg stehen.

»Wenn Sie wirklich Probleme mit der Prostata haben, dann befinden Sie sich in guter Gesellschaft, mein Lieber. Prostataprobleme gehören zu den häufigsten Leiden des Mannes im Sexualbereich. Die Weltgesundheitsorganisation schätzt, dass sich in den westlichen Industrienationen fast jeder Mann mindestens einmal im Leben wegen Prostataproblemen in ärztliche Behandlung begibt. Glauben Sie mir, mein Lieber, ich habe schon tausende Männer untersucht. So ungewöhnlich Sie diese Situation auch empfinden mögen, es ist nichts anderes, als ob Sie beim Zahnarzt untersucht werden.«

Zahnärzte mochte Borg auch nicht.

»Meine Frau hat da etwas übertrieben«, sagte Borg, und er spürte, wie ein Schweißtropfen unter seiner linken Achsel losrollte und eine kribbelnde Bahn über seinen linken Rippenbogen beschrieb.

»Sie rief gestern an und sagte, es sei sehr dringend. Ich habe extra Ihretwegen einen anderen Patiententermin auf nächste Woche verschoben. Also machen Sie sich frei, mein Lieber.« Schwang da ein leichter Befehlston mit?

Borgs Gedanken drehten sich umeinander. Er ging auf die spanische Wand zu und schluckte.

Leibnitz setzte sich auf den kleinen runden Hocker, rollte mit gezieltem Schwung an die Schreibtischplatte heran und tippte etwas auf der Tastatur.

Borg blieb im Verborgenen stehen. Was sollte er jetzt tun?

»Haben Sie die Beschwerden schon lange?«, fragte Leibnitz.

»Im Moment bin ich beschwerdefrei«, sagte Borg und öffnete langsam seine Gürtelschnalle.

»Wann treten die Beschwerden denn in der Regel auf? Haben Sie da ein Muster feststellen können?«

»Schwer zu sagen.« Borg zog seine Hose herunter, behielt die Unterhose aber an. Jetzt merkte er, dass er noch seine Schuhe anhatte. Er entkleidete sich wie ein Vierjähriger. Ohne die Schleifen zu öffnen, trat er mit dem einen Schuh auf die Hacke des anderen und schlüpfte heraus. Danach tat er dasselbe mit dem schuhlosen Fuß auf der anderen Seite.

»Treten die Schmerzen bei körperlicher Belastung auf, also bei der Arbeit oder wenn Sie joggen?«, fragte Leibnitz.

Borg sah auf die spanische Wand, als könne er hindurchblicken. War seine Tarnung aufgeflogen?

»Nein … Nur bei der Arbeit … aber schon lange nicht mehr …«, antwortete er zögerlich. Borg trat hinter der ihn abschirmenden Wand hervor, Leibnitz drehte sich zu ihm um. »Bitte noch die Unterhose, Herr Borg«, sagte Leibnitz.

Borg ging wieder zwei Schritte zurück. Wie war er bloß hier hineingeraten? Diese Sina hatte doch nicht alle Latten am Zaun! Zum Glück, dachte Borg, hatte er noch einmal geduscht. Er hatte das zwar getan, um die Müdigkeit von sich abzuwaschen, aber jetzt sah er, dass es ihn vor einer noch peinlicheren Situation bewahrt hatte.

Borg sah einen kleinen Stuhl mit Kleiderlehne hinter der Trennwand. Er hob die Jeans auf und legte sie darüber, dann zog er mit einer hastigen Bewegung seine Unterhose herunter und sah auf sein Glied. Er hatte es nie so betrachtet. Jetzt wollte er sich vergewissern, dass es normal aussah.

»Sind Sie soweit?«, fragte Dr. Leibnitz.

Borg hörte, wie Leibnitz aufstand und einmal quer durch den Raum ging. Auf der gegenüberliegenden Seite des Schreibtisches stand ein Medizinschrank mit mehreren Geräten, zwei Flügeltüren und einigen Schubladen. Eine dieser Schubladen wurde jetzt aufgezogen.

Borg hatte sein T-Shirt und die schwarzen Socken anbehalten. Er fühlte sich hilflos, als er ohne Unterhose in den für Leibnitz einsehbaren Bereich trat.

»Bitte setzen Sie sich einmal auf den Untersuchungsstuhl. Die Beine da drauf.« Leibnitz steckte seine rechte Hand soeben in einen Latexhandschuh, und der Zeigefinger dieser Hand deutete auf die Beinstützen.

Und wenn alles nur ein böser Traum ist?, dachte Borg. Er ging in die Mitte der beiden Stützen, drehte sich um und setzte sich auf die kalte Unterlage. Mit seinen Armen schob er seinen Körper etwas hinauf und fühlte sich schon jetzt völlig ausgeliefert.

»Die Beine bitte.« Leibnitz hatte jetzt beide Handschuhe an und trat auf den Stuhl zu. Er stand nun direkt vor dem Sitzenden, und sein Gesicht hatte den letzten Funken von Freundlichkeit verloren.

Borg atmete tief ein, dann hob er zunächst das linke Bein und legte es in die dafür vorgesehene Einbuchtung des Beinhalters. Als er das rechte Bein hob und seine Schenkel spreizen musste, um in die richtige Position zu gelangen, glaubte er, den Rest seiner Würde verloren zu haben.

»So ist es gut«, sagte Leibnitz. »Sie waren noch nie bei einem Urologen, stimmt's?«

»Wie haben Sie das so schnell bemerkt?« Irgendwie wollte diese Frage nicht humorvoll klingen.

An den Unterarmen hatte Leibnitz einen roten Ausschlag. Einen ähnlichen Ausschlag hatte Borg auch schon bei Irina Komarow an der einen Hand gesehen. Leibnitz Rötungen hatten aber größere Flächen der Arme bedeckt. Dieser Mann war einfach ekelerregend.

»Die normale Prostata ist ein kastaniengroßes Organ, das normalerweise 20 bis 25 Gramm wiegt«, begann Leibnitz. »Sie besteht aus Millionen Drüsen-, Muskel- und Fettzellen und befindet sich am Blasenausgang zwischen Enddarm und Blase. Um sie untersuchen zu können, muss ich sie abtasten. Dazu werde ich Ihnen meinen Zeigefinger in den After stecken. Das tut aber nicht weh. Ich habe den richtigen Beruf gewählt, denn meine Finger sind sehr dünn. Sehen Sie?« Leibnitz hob die rechte Hand.

Etwas stimmte nicht. Borg wusste nicht sofort, was ihm an der Hand ungewöhnlich vorkam, aber Leibnitz schien Borgs seltsamen Blick zu bemerken und gab eine Antwort, ohne eine Frage gehört zu haben.

»Ein Unfall. Ich hab' vor zwei Jahren meinen Ringfinger bei einem Motorradunfall verloren. Nichts Wildes. Mein Zeigefinger ist ja noch da.«

Leibnitz beugte den Zeigefinger mehrmals schnell, und der unausgefüllte Bereich des Latexhandschuhs, wo im Normalfall der Ringfinger seinen Platz gefunden hätte, schlackerte leer vor der Handfläche des Arztes.

Leibnitz drückte ein durchsichtiges Gel aus einer Tube, die er in der linken Hand hielt, auf den Zeigefinger der rechten, setzte sich auf seinen kleinen Hocker zwischen Borgs Beine und neigte so den Kopf nach unten, dass man sein Gesicht nicht mehr sehen konnte.

Borg schluckte. Jetzt würde es unangenehm werden. Noch nie hatte er sich irgendetwas in den Hintern stecken müssen. An die Zäpfchen seiner Kindheit erinnerte er sich nicht mehr. Das war auch besser so. Der After war eine Austrittspforte. Da gehörte nichts hinein.

Borgs Körper verkrampfte sich, als Leibnitz' Hand nach unten schnellte. »Ganz locker lassen«, sagte dieser. »Die Prostata umschließt die männliche Harnröhre. Daher stellt eine Vergrößerung der Prostata bei Männern häufig die Ursache für Probleme beim Wasserlassen und häufigen Harndrang dar.«

Borg gab ein leises Stöhnen von sich. Dünne Finger?, dachte er. Das konnte er seinem Fleischereifachverkäufer erzählen.

Jede Bewegung, jedes Drehen des Fingers und die Berührungen am Schließmuskel und im Inneren seines Darms ließen Borg höher auf den Stuhl rutschen.

Der Arzt hob seinen Kopf. »Wie oft pro Woche ejakulieren Sie?«, fragte Leibnitz monoton und mit einem belanglosen Ausdruck im Gesicht, als würde er einen Plausch über das Wetter halten.

Borg sagte nichts. Er atmete nur heftig aus. Der Finger war noch immer in ihm.

»Regelmäßiges Ejakulieren kann sich positiv auf den Gesundheitszustand der Prostata auswirken. Denn auf diese Weise kommt es regelmäßig zur ›Spülung‹ des gesamten Reproduktionstraktes.«

Der Kopf des Arztes beugte sich wieder nach vorn. Leibnitz' Finger machte Drehungen im Körper Borgs, als würde ein Klempner versuchen, mit seinem Zeigefinger tiefsitzenden Schmutz aus einem Abflussrohr herauskratzen zu wollen.

Wann hatte dieses grausame Spiel ein Ende?

Mit einem Ruck verließ Leibnitz' Finger seinen Platz im Enddarm Borgs. Der Arzt stieß sich mit den Füßen am Boden ab und rollte mit dem Stuhl nach hinten.

»Bleiben Sie bitte sitzen. Ich muss noch einmal rein, aber ich muss ein Instrument aus dem Desinfektionsbad holen. Augenblick bitte.« Leibnitz stand auf, zog mit den üblichen Griffen eines Arztes die Handschuhe aus, sodass sie sich ineinander verschlangen, und ging aus dem Behandlungszimmer.

Was für ein Instrument?, dachte Borg. Eine Klarinette? Auf jeden Fall ein Folterinstrument.

Borg ließ resigniert seinen Kopf nach hinten auf die Unterlage fallen, da hörte er draußen auf dem Flur Stimmen.

»Dr. Leibnitz!« Das war die Stimme der Sprechstundenhilfe. »Dr. Leibnitz, können Sie bitte einmal ans Telefon kommen? Das ist Herr Krause. Es geht da noch einmal um die Medikation.«

»Ja, ich komme«, hörte Borg Leibnitz sagen. Nun begann der Arzt draußen zu telefonieren. Borg verstand zwar nichts, aber er musste seine Chance nutzen, andernfalls wäre sein Besuch in dieser Praxis für den Arsch gewesen, dachte er.

Ungelenk riss er seine Beine aus den Stützen und lief auf Socken zum Schreibtisch. Er bewegte den Zeiger der Maus in das Feld Nachname, in dem momentan noch sein eigener Name stand. Borg tippte den Namen ›Frohberg‹ ein und drückte auf ›Enter‹.

Das Ergebnisfeld blieb leer.

Borg lauschte. Leibnitz telefonierte noch. Borg tippte ›Fischer‹ ein. Vier Personen mit diesem Nachnamen wurden in der Patientenkartei angezeigt. Eine Anja Fischer war aber nicht dabei. Borg lauschte wieder. Noch immer sprach Leibnitz am Telefon mit einem Patienten.

Auch der eingegebene Name des dritten verschwundenen Opfers, ›Stecher‹, führte zu keinem Ergebnis.

Borg lief mit trippelnden Schritten und schnell schlagendem Herzen zurück zum Behandlungsstuhl und stolperte dabei fast über den kleinen runden Stuhl des Arztes. Er hüpfte zurück in die Position, die er zuvor verlassen hatte und war sich der Lächerlichkeit dieser Zirkusnummer durchaus bewusst.

Leibnitz telefonierte noch immer. Das Gespräch schien sich in die Länge zu ziehen.

Borg überlegte. Was konnte er noch tun? Dann hatte er einen Geistesblitz und zuckte. Sollte er es riskieren, noch einmal zum PC zu laufen? Auch auf die Gefahr hin, ohne Unterwäsche vor dem Computer ertappt zu werden?

Borg schwang sich aus dem Behandlungsstuhl. Es ging schon einfacher als beim ersten Versuch. Übung macht den Meister, dachte er. Er klickte mit der Maus wieder ins Namensfeld und gab den Namen ›Komarow‹ ein. Treffer! ›Komarow, Irina‹ wurde angezeigt. Sie war also schon einmal Patientin bei Leibnitz gewesen. Borgs Herz begann zu rasen. Er klickte erneut ins Namensfeld und tippte: ›Kusnezov‹ – Nichts. Aber hatte Borg den Namen richtig geschrieben? Er machte noch einen Versuch: ›Kussnezov‹ – Kein Treffer. Er wagte einen letzten Versuch: ›Kusnezow‹. Bingo! ›Kusnezow, Arthur‹ wurde angezeigt.

Gott im Himmel, was ist das für ein Zufall?, dachte Borg.

Leibnitz verabschiedete sich draußen, und Schritte kamen auf die Tür des Behandlungszimmers zu.

Borg flog förmlich zurück in den Untersuchungsstuhl. Die Tür wurde geöffnet, und Leibnitz kam mit einem Borg unbekannten Gegenstand ins Zimmer.

»Verzeihen Sie die Wartezeit. Ein Patient wollte mich sprechen«, entschuldigte sich Leibnitz. Er öffnete wieder eine Schublade, holte ein frisches Paar Handschuhe heraus und schlüpfte mit seinen neun Fingern hinein.

Wieder parkte der Mediziner seinen kleinen rollenden Stuhl zwischen den Beinen Borgs.

Der biss sich auf die Lippen, als der Finger des Arztes heute zum zweiten Mal in seinen Enddarm eindrang.

Verdammt! Waren die Finger des Arztes in der Zwischenzeit dicker geworden? Oder hatte dieser Urologe zur Abwechslung mal den Daumen genommen?

»Ihr Analkanal, also die Schließmuskel-Spannung, ist überdurchschnittlich gut ausgeprägt«, behauptete Leibnitz.

»Ich trainiere auch regelmäßig …« stöhnte Borg.

»Spüren Sie hier einen Druckschmerz?«

Borg riss die Beine hoch und stieß einen leisen Schrei aus. War das ein Messer in seinem Rektum?

»Die Samenblase. Ich bin gleich fertig, Herr Borg. Sie machen das großartig. Gleich nehme ich meinen Finger raus, und dann wird der sich nur noch auf der Tastatur mit Ihnen beschäftigen, wenn ich die Ergebnisse in Ihre Akte eintippe«, sagte Leibnitz.

Borg spürte, wie sich jeder Muskel in seinem Körper anspannte. Diesmal aber nicht wegen des Fingers in seinen Eingeweiden. Der Computer! Borg hatte verschiedene Namen ins Suchfeld eingegeben und war, nachdem ihm der Name Arthur Kusnezow angezeigt worden war, nicht wieder zurück auf seine eigene Akte gesprungen, die Dr. Leibnitz zuvor am PC geöffnet hatte!

Borg starrte zum Monitor hinüber, aber er stand zu weit entfernt, die Buchstaben waren zu klein, und Borg konnte nichts lesen. Wenn Leibnitz den geöffneten Eintrag sah, wusste er, dass Borg in den digitalen Patientenakten geschnüffelt hatte.

Sollte er dem Arzt einen Tritt ins Gesicht verpassen, die Verwirrung nutzen und den PC vom Schreibtisch reißen? Borg wollte einfach kein schlauer Plan einfallen.

Er spürte, wie der Arzt seinen Zeigefinger langsam aus seinem Po zu ziehen begann.

Borg spannte den Schließmuskel an. Er musste den Mann hier festhalten. Das unangenehme Gefühl erfasste seinen gesamten Unterleib.

»Ganz locker lassen, mein Lieber«, sagte Leibnitz.

Plötzlich wurde die Tür geöffnet und die Sprechstundenhilfe betrat das Zimmer.

»Was ist denn?«, fragte Leibnitz, und sein Finger war aus Borg raus.

Die junge Frau schaute Borg eine Sekunde zwischen die geöffneten Beine. Oder bildete er sich das ein?

»Entschuldigen Sie, Herr Doktor. Darf ich mal eben an den PC? Ich will nur das Rezept für Herrn Burkhard Kling rauslassen«, sagte sie.

Leibnitz nickte. Borg vergaß für einen Moment, dass er untenrum unbekleidet war, und sah, wie sich die Mitarbeiterin der Praxis über den PC beugte und einen Namen in das Patientenprogramm eingab. Dann drückte sie offenbar auf ›Drucken‹, sagte »Das war's schon« und verließ das Behandlungszimmer wieder.

Borg fühlte, wie sein Körper entspannte.

Leibnitz rollte mit dem Stuhl zum PC, schloss die Kartei von Herrn Burkhard Kling, öffnete Borgs Patientenakte und tippte etwas ein, wobei er mit Borg zu sprechen begann.

»Sie können sich jetzt wieder anziehen, Herr Borg. Ihre Prostata ist leicht vergrößert. Das erklärt aber die Schmerzen nicht. Ich würde das gerne noch einmal engmaschig kontrollieren. Auch sollten wir den PSA-Wert bestimmen.«

Ja, quatsch du nur, dachte Borg. Er überlegte kurz, das Zimmer nackt zu verlassen und so über den Schlossplatz in die Parkgarage zu schlendern, doch dann ging er mürbe, wie ein gebrochener Mann, hinter die spanische Wand und zog sich an.

Bevor er die Praxis verließ, nahm die Arzthelferin noch Blut bei Borg ab. Er ließ die Prozedur völlig teilnahmslos über sich ergehen und dachte über seine letzten Minuten im Nachbarraum nach.

Das war sie also, seine erste große Hafenrundfahrt.

KAPITEL 10

Kleine Vögel

Borg ging erschöpft über den Schlossplatz. Die Stadt hatte sich beträchtlich mit Menschen gefüllt, die ungeordnet in verschiedene Richtungen eilten. Borg passierte zahlreiche Gitter, die er auf dem Hinweg nicht gesehen hatte und auch jetzt kaum wahrnahm. Die Stadt hatte sich die Gitter für die bevorstehende Kulturnacht am übernächsten Wochenende anliefern lassen. Sie standen im wahrsten Sinne des Wortes wie bestellt und nicht abgeholt am Rand des großen Platzes und warteten darauf, aufgestellt zu werden.

Borgs Handy klingelte in der Gesäßtasche. Der übliche Klingelton ging ihm mit jedem Anruf mehr auf die Nerven. Er nahm das Gespräch entgegen und schnitt den sechs Sängern nach dem gesungenen ›Y‹ den Ton ab.

Sina Bachmanns Name wurde auf dem Display angezeigt.

»Bist du noch beim Arzt drin?«, fragte sie.

»Frag' lieber, ob er noch drin bei mir ist!«, gab er wütend zurück. »Der Mann ist Urologe!«

»Ja, weiß ich. War's schön?«, fragte sie, und er konnte ihr Grinsen förmlich hören.

»Das war eine ganz miese Nummer, und dafür wirst du büßen! Alles das, was der bei mir gemacht hat, mache ich mit dir! Ich geb' dir mein Wort!« Borg musste jetzt selbst schmunzeln, obwohl er noch immer ein unangenehmes Gefühl rund um seinen Schließmuskel spürte.

»Hast du etwas rausfinden können?«, fragte Sina.

»Ja. Tatsächlich. Aber ich weiß nicht, ob es uns weiterhilft: Dieser Hausmeister Arthur Kusnezow und Irina Komarow haben beide eine Patientenakte bei Leibnitz.«

»Nun gut. Die wohnen alle drei in derselben Straße. Die kennen sich. Und wenn der Arzt ohnehin ein Bekannter ist, dann ist es auch nicht unwahrscheinlich, dass sie ihn auswählen, oder?« Sina hielt das für keine wichtige Information.

»Auffällig war das Datum, an dem die Einträge gemacht wurden. Beide waren Anfang letzter Woche das erste Mal bei Leibnitz in der Praxis.«

»Kann auch ein Zufall sein«, sagte Sina.

»Beide am 5. Juli«, sagte Borg. »In den Dateien waren keine Untersuchungsergebnisse oder andere Anamnesen eingetragen.«

»Ja, gut, wir behalten das im Hinterkopf«, sagte sie und wirkte wenig überzeugt. »Aber ich habe etwas herausgefunden.«

»Ich bin ganz Ohr.« Borg hatte die Fußgängerampel auf der Seite des Platzes vor dem Schloss erreicht, auf dem das Reiterdenkmal von Herzog Friedrich Wilhelm stand. Er blieb stehen und wartete auf das grüne Licht der Ampel.

»Dr. Igor Leibnitz hatte 2018 einen schweren Motorradunfall mit seiner Frau. Sie ist dabei ums Leben gekommen. Er hat nur einige Rippenbrüche davongetragen und einen Finger verloren.«

»Ja, einen Finger hat er verloren, einen weiteren hat er heute in meinen Arsch gesteckt, und die anderen benutzt er vielleicht für tödlichere Dinge.« Borg hatte ein Flashback und versuchte den Gedanken, der ihn an seinen Praxisbesuch erinnerte, aus dem Gedächtnis zu schieben.

»Keine voreiligen Anschuldigungen«, sagte Sina Bachmann.

»Hast du noch mehr herausgefunden?«, fragte Borg. Die Ampel sprang auf grün, und er ging über die vierspurige Straße, durch deren Insel in der Mitte zwei Straßenbahngleise verliefen.

Zahlreiche Fußgängerinnen und Fußgänger kamen ihm entgegen. Eine Person nickte ihm zu. Er grüßte mit einer ebensolchen Kopfbewegung zurück.

»Ja, da ist noch mehr«, sagte Sina. Sie war wieder fleißig gewesen. »Leibnitz' Frau starb im Krankenhaus, und auch er war ins Krankenhaus Holwedestraße gebracht worden. Er war dort drei Wochen lang in Behandlung. Rate mal, wer zu dieser Zeit als OP-Schwester in der Unfallchirurgie gearbeitet hat!«

»Na, bestimmt die russische Irina. Hab' ich Recht?« Borg bog vor dem leerstehenden Kaufhaus nach links ab und ging aufs Rizzi-Haus zu.

»Treffer! Und vier Wochen nach seiner Entlassung hat Irina Komarow im Krankenhaus gekündigt.«

»Dass sie und der Doktor zusammenhängen, hat uns schon die Nachbarin, diese Frau Jeschke, erzählt. Aber was ist mit diesem Hausmeister?« Aus allen Zusammenhängen, denen, die Sina herausgefunden hatte, und denen, die er selbst heute hatte in Erfahrung bringen können, konnte sich Borg absolut keinen Reim machen.

»Wir müssen weiter die Augen offenhalten«, sagte Sina. »Jetzt bist du erstmal dran, deine Runden zu drehen.«

Borg bekam schlagartig schlechtere Laune. Es war halb zwölf. Er war hungrig und musste in dreißig Minuten mit Berber laufen.

»Eure zweite Runde ist im Hafengebiet in Watenbüttel geplant. Wie war es denn vorhin?« Sina wusste nicht, dass Borg Berber alleine hatte joggen lassen.

»Gut«, sagte er nur »Hat aber nichts ergeben.« Borg war am Eingang zum Parkhaus angekommen. »Ist noch etwas? Ich gehe jetzt in die Tiefgarage. Da bricht uns der Empfang weg.«

»Ja, eine Sache noch«, sagte Sina etwas zögerlich. »Hast du Lust, heute Abend mit mir Essen zu gehen? Ich zahle auch. Das ist das mindeste, was ich für dich tun kann, nachdem du beim Arzt so leiden musstest.«

Borgs Laune hellte sich wieder auf. Er war überrascht und fühlte sich geschmeichelt. Selten hatte eine Frau so die Initiative ergriffen. Er warf sein Motto ›Besser ›Nein‹ sagen, wenn man ›Ja‹ meint, statt umgekehrt‹ über den Haufen, sagte zu, und sie verabredeten sich für 20:00 Uhr im La Cosa.

Borg brauchte rund 15 Minuten, bis er wieder vor seiner Haustür in Waten-büttel stand. Der Weg hinaus aus der Stadt war im Normalfall nicht schneller zu schaffen als der Weg hinein, denn der Verkehr in Braunschweig war manchmal schlimmer als in London, aber heute war das Glück auf seiner Seite.

Nachdem Sina ihm vorgeschlagen hatte, mit ihm essen zu gehen, sah er vieles positiver.

Oben schlüpfte er in Sportbekleidung, die er jetzt für ein zweistündiges Joggen am Hafen als sinnvoll erachtete.

Er zog ein giftgrünes Lauf-Shirt über, das er sich einmal für den Braunschweiger Nachtlauf 2012 gekauft hatte. Der Lauf war von einem Mitarbeiter aus der Polizeibehörde organisiert worden. Borg hatte sich zwar mit angemeldet und auch das Startgeld bezahlt, war aber an jenem Abend in Guidos Pizzeria essen gewesen und hatte nur beobachtet, wie tausende Läuferinnen und Läufer an ihm vorbeigerannt waren. Er hatte damals die Pizza und den Rotwein mit Finja und vor allem die Tatsache, nicht selbst laufen zu müssen, genossen. Dass sein Beruf ihn dann doch zum Laufen bringen würde, hätte er damals nie für möglich gehalten.

Es war fünf vor zwölf, und Timm Berber war noch nicht da. Ungewöhnlich.

Borg erinnerte sich, dass sein Handy ihm noch einen Anruf in Abwesenheit angezeigt hatte, und er lag richtig: Der Anruf war von Berber.

»Olli, ich bin hier am Hafen und wollte dir noch ein paar Sachen mitteilen, die ich herausgefunden habe, bevor du nachher bei Leibnitz in der Praxis bist.« Borg hörte die Nachricht der Mailbox ab, die Berber hinterlassen hatte. Offensichtlich joggte Berber schon, als er den Anruf getätigt hatte, denn es gab dumpfe regelmäßige Geräusche, als würden schnelle Schritte gesetzt werden, sein einer Schuh machte das quietschende Geräusch vom letzten Mal, und Berber japste etwas, als er sprach. »Die Spurensicherung hat weder DNA-Spuren an der Leiche von Thomas Frohberg gefunden, noch an der ausgetretenen Zigarette auf Frohbergs Eingangstreppe. Das ist äußerst ungewöhnlich, denn wer eine Zigarette in den Mund steckt, der hinterlässt immer einen genetischen Fingerabdruck daran. Also hat jemand die Zigarette nur zum Spaß dort platziert, das war das eine, und …« Das Tönen eines Schiffshorns war zu hören, dann sprach Berber weiter: »… Meyer und Müller haben Dr. Leibnitz gestern noch in seinem Haus aufgesucht und ihn befragt. Er hat ein lupenreines Alibi, denn zum Zeitpunkt des Verschwindens von Herrn Frohberg war er mit seiner Tochter im Harz joggen. Die Nachbarin Frau Jeschke hat das bestätigt. Dann muss es stimmen!« Berber lachte. »Er war den ganzen Tag im Harz, und das sind über 70 Kilometer Distanz bis zum Haus der Frohbergs …« Das kann jeder sagen, dachte Borg, und Leibnitz' Tochter würde ihren Vater hundertprozentig decken.

»Natürlich müssen wir das noch überprüfen …«, fuhr Berber fort. »Also dann, wir sehen uns nachher bei dir, um ein paar Runden am Hafen zu drehen. Halt die Ohren steif, Alter.« Damit endete die Nachricht auf Borgs Mailbox.

Sollte Leibnitz wirklich im Harz gewesen sein, dann wäre das unpraktisch, dachte er, denn Borg wünschte diesem groben Urologen nicht das Beste.

Es war 12 Uhr. Berber war noch immer nicht da, und Borg wählte seine Nummer auf dem Handy. Auch bei Berber sprang nur die Mailbox an.

Borg beschloss zu warten. Er stellte sich an sein Fenster der Wohnung in der dritten Etage und sah hinunter auf die Straße. Berber musste jede Sekunde mit dem Wagen vorfahren.

Fehlanzeige. 12:15 Uhr. Borg versuchte ein weiteres Mal, Berber telefonisch zu erreichen, aber er hatte wieder keinen Erfolg. Dann traf er eine Entscheidung. Er wählte die Nummer seines langjährigen Kollegen ein weiteres Mal und sprach auf die Mailbox: »Timm, ich kann dich nicht erreichen. Es ist jetzt 12:15 Uhr. Ich fahre jetzt los zum Hafen und jogge Richtung Thune, da können wir uns nicht verfehlen, wenn wir an den Ufern bleiben. Bis gleich.« Er machte sich auf den Weg.

Keine fünf Minuten später war Borg mit seinem Wagen auf dem Parkplatz angekommen, auf dem er auch gestanden hatte, als sie wenige Meter weiter Thomas Frohberg aus dem Kanal gezogen hatten. Borg hielt es für schlau, hier zu laufen. Killer, so wusste er aus seiner Ausbildung, hatten oft den Hang dazu, zu ihren Tatorten zurückzukehren. Außerdem war hier am Kanal nicht nur Leibnitz, sondern auch Arthur Kusnezow aufgetaucht.

Borg lief wieder über die Brücke. Als er in der Mitte stand, die dem Hafen abgewandt war, schaute er auf die Wege am Ufer. Zwar lief dort eine Joggerin, aber von Berber fehlte jede Spur.

Borg joggte die kleine Treppe auf der anderen Brückenseite hinunter und orientierte sich dann in die Richtung, die er sich vorgenommen hatte.

Thune, ein Stadtteil von Braunschweig, lag ungefähr 8 Kilometer nördlich der Kernstadt unmittelbar an der Grenze zum Landkreis Gifhorn.

Auch wenn er das Stück bis zum Hafen schon einmal mit Berber gelaufen war, so fühlte sich der Weg heute völlig anders an. Der Wind wehte ihm entgegen. Einerseits war das eine nette Abkühlung – der Sommer zog wieder alle Register – aber der Wind bremste ihn auch ab, und er bemühte sich, dagegen anzujoggen.

Von vorn kam ein anderer Läufer, der sehr schnell war. Das baute Borg etwas auf, denn da der fremde Mann so zügig auf ihn zu kam, vermittelte ihm das den Eindruck, auch er würde sehr schnell laufen. Diese kleine Sinnestäuschung hatte er zwar durchschaut, doch er erfreute sich daran.

Von hinten kam ein Binnenschiff gemächlich durch den Kanal gekrochen, als würde es durch zähen Brei fahren statt durch Wasser. Es überholte ihn, und er las den Namen: ›Seven Heaven‹.

Der Weg führte Borg wieder dort vorbei, wo die Oker den Mittellandkanal unterquerte. Da waren auch wieder die Warnhinweise an den Bäumen: ›VORSICHT Eichenprozessionsspinner‹. Er joggte etwas näher an die Bäume heran. So einen Eichenprozessionsspinner hatte er noch nie gesehen. Als einer seiner Schritte am Rand des Unterholzes ein Knacken auslöste, gab plötzlich etwas im Gebüsch einen Ruck von sich, der Borg zusammenfahren ließ. Ein Haufen kleiner Vögel war aufgeflogen und raste, allen Ästen und Bäumen ausweichend, in Richtung Himmel. Was für ein Schreck. Borg trat einen Schritt zurück. Die sollten die Warnbänder ändern. ›Vorsicht! Kleine Vögel‹ sollte darauf stehen.

Borg lief weiter. Er passierte die nächste Brücke und den Hafen. Heute war hier nicht viel los. Lediglich ein Bagger mit Abbruchgreifer bewegte sich wie ein urzeitlicher Dinosaurier auf dem Hafengelände. Mit dem Greifer schnappte das gelbe Monster mehrere Baumstämme, die auf dem Betonboden des Hafens lagen, hob sie mit Leichtigkeit an und machte eine Drehung nach rechts. Borg kniff die Augen etwas zusammen, um erkennen zu können, was dort geschah.

Der Abbruchgreifer stieß die an einer Seite herausragenden Baumstämme gegen einen großen Betonblock, sodass diese zumindest auf dieser Seite auf dieselbe Länge geschoben wurden. Auf der anderen Seite ragte jeder astlose Stamm individuell aus dem Greifer heraus. Nun drehte sich der Bagger in die entgegengesetzte Richtung und legte die Stämme gut geordnet auf einem vor der Kaimauer vertäuten Binnenschiff ab.

Borg hatte nie darüber nachgedacht, was hier am Hafen alles vor sich ging. Nun war er von der Effektivität dieses Vorgangs beeindruckt.

Er joggte weiter, und der Mittellandkanal teilte sich: Ein Arm lief nach rechts in eine Sackgasse auf das Hafenbecken zu, der andere Arm führte am Hafen vorbei weiter nach Thune. Da sich Borg auf der Seite des Kanals befand, die keine Abzweigung bot, musste er auf dem Weg bleiben. Er kam Thune näher. Sein Körper schien einen Rhythmus gefunden zu haben. Er atmete kontrollierter als bei seinem ersten Laufversuch. Zwei kurze, aber tiefe Züge Luft fluteten seine Lungen über zwei Schritte, die er machte, und auf den kommenden beiden Schritten stieß er die Luft wieder durch den Mund aus. Er war jetzt auch eine Maschine, wie der Bagger, dachte er.

Borg behielt das Ufer auf der anderen Seite regelmäßig im Blick. Irgendwo musste sich doch Berber herumtreiben.

Plötzlich, wie ein kleiner Vogel im Nest landet, sauste von hinten ein Mensch heran und drosselte sich neben Borg auf dessen Geschwindigkeit herab.

Borg erschrak, weil er die Person nicht kommen gehört hatte, und schaute verblüfft in ein Gesicht, das er kannte, aber nicht sofort zuordnen konnte.

»Hallo«, sagte die junge Frau mit den goldblonden Haaren.

»Hallo«, sagte Borg.

»Wir kennen uns doch.«

Borg überlegte kurz, dann fiel es ihm ein.

»Ja, Sie wohnen im Haus bei Dr. Leibnitz«, sagte Borg und fragte sich im selben Moment, woran sie ihn erkannt hatte, obwohl er mit dem Gesicht abgewandt vor ihr in dieselbe Richtung gelaufen war.

»Genau. Ich bin seine Tochter Dunja«, sagte sie.

Obwohl Dunja Leibnitz etwas verschwitzt war, sah sie prächtig aus. Die blonden Locken tanzten locker auf ihrem Kopf, das weite Stirnband saß wie ein nach unten gerutschter Heiligenschein auf ihrem Kopf und versuchte das Haar zu bändigen. Borgs animalische Instinkte wurden angesprochen, und er konnte sich einen Blick auf die üppigen Brüste der jungen Frau nicht verkneifen – obwohl er wusste, dass Frauen das hassten.

»Haben Sie schon etwas herausfinden können über die Morde?«, fragte Dunja.

»Wir verfolgen mehrere Spuren«, sagte Borg.

»Ich finde es großartig, dass es Männer wie Sie gibt«, sagte sie und kam näher an Borg herangelaufen, um einer Radfahrerin Platz zu machen, die mit ihrem Hund an der Leine von vorn angefahren kam.

Borg roch das Pfirsichdeodorant seiner unerwartet aufgetauchten Laufpartnerin.

»Sie sollten nicht alleine joggen. Haben Sie nicht die Zeitung gelesen?«

»Mache ich doch nicht«, sagte sie. »Oder stört es Sie, wenn wir zusammen laufen? Es ist für mich kein Problem, mich an Ihre langsame Geschwindigkeit anzupassen.«

Danke!, dachte Borg. »Nein, ganz im Gegenteil, es ist eine gute Unterhaltung für mich, da mein Partner sich offenbar verlaufen hat.«

So attraktiv Borg diese Frau auch fand, er musste professionell bleiben und durfte seinen Auftrag nicht aus den Augen verlieren.

»Sie waren mit Ihrem Vater neulich im Harz, stimmt's?«, fragte er.

»Sie sind gut informiert. Überwachen Sie uns?«

»Nein, meine Kollegen haben mit Ihrem Vater gesprochen. Reine Routine.«

Das Sprechen tat Borg nicht gut. Er merkte, wie er seinen Atemrhythmus verlor und sich Seitenstiche ankündigten.

Sie liefen unter einer weiteren Brücke hindurch.

»Wie weit wollen Sie denn?«, fragte Dunja.

»Ich denke, an der nächsten Brücke werde ich umkehren. Jeder Schritt, den ich mache, hat als Konsequenz auf dem Rückweg einen weiteren zur Folge. Und ich bin ja nicht mehr so jung wie Sie.«

»Sie haben genau das richtige Alter für einen Mann«, sagte Dunja verlegen und schaute kurz auf den Boden.

Borg merkte, wie er ungewollt beschleunigte. Baggerte sie ihn an? Ihr verlegener Blick und ihre Äußerungen passten irgendwie nicht zusammen, und dennoch machte genau das den Reiz aus. Die, die vor Verlegenheit nicht wissen, wo sie hinsehen sollen, sind, nach einem kurzen Vorstudium, immer noch die besten, aber die eigentlichen Femmes fatales erwiesen sich jedes Mal als eine Enttäuschung. Wo sollte es am Ende auch herkommen?

Dunja riss Borg aus seinen Gedanken. »Eine Frau sollte immer einen Mann haben, der ihr im Alter weit voraus ist. Ich bin jetzt 25 Jahre alt«, sagte sie.

Du meine Güte!, dachte Borg. Warum hatte er sein Diktiergerät nicht dabei? Das würde Berber niemals glauben.

Die beiden liefen wie ein eingespieltes Team nebeneinander. Borg schaute immer wieder nach hinten, weil er wissen wollte, ob noch andere Jogger unterwegs waren.

»Sie dürfen niemals zurückschauen – das mache ich auch nicht«, sagte Dunja unvermittelt.

»Warum? Haben Sie vielleicht Angst, dass Ihnen etwas auf den Fersen ist?«, fragte er.

»Nein, aber wer immer zurückschaut, lebt ständig in der Vergangenheit.«

Sie erreichten die zweite Brücke nach der Hansestraße – Borgs Gefühl nach viel zu schnell – liefen an einer Steigung nach oben und überquerten den Kanal. Als sie die Mitte der sehr kleinen Brücke, die keine Fahrbahn aufwies, passiert hatten, fühlte sich Borg plötzlich sehr ermattet. Sein Körper gab ihm das Signal, dass er sich jetzt langsam ausruhen sollte.

Borgs Blick fiel auf einen der Metallträger der Brückenkonstruktion. Dort hatte jemand schräg mit einer Sprühflasche ›R.I.P. Oliver‹ auf das Metall geschrieben. Borg schluckte. Dunja Leibnitz schien das nicht gelesen zu haben – außerdem kannte sie seinen Vornamen nicht.

Sie bogen nach der Brücke rechts ab, liefen erhöht neben dem Kanal ein Stück Weg, dann über eine Wiese an einem kleinen Waldstück vorbei, bis eine sehr steile Treppe mit über zwanzig Stufen wieder auf den Weg direkt neben den Mittellandkanal führte.

Offenbar schien die Frau zu merken, dass Borgs Kräfte schwanden. »Wollen Sie eine kurze Pause machen?«, fragte sie.

Borg nickte. Sie gingen unter einer Brücke hindurch, und der Verkehr hoch über ihnen ließ das Bauwerk dumpf grummelnde Geräusche von sich geben.

»Sind Sie verheiratet?«, fragte Dunja.

»Kann sein, dass es noch so ist«, sagte Borg. Er war sich im Klaren darüber, dass Finja die Scheidung wollte.

»Sie tragen keinen Ring. Wollen Sie nicht, dass andere Frauen sehen, dass Sie eine Frau haben?«, fragte sie.

»Das hat damit nichts zu tun. Der Ring liegt bei mir zuhause. Ich trage nie gerne Schmuck.«

»Ich finde es äußerst spannend, wenn ein Mann verheiratet ist. Es macht ihn wertvoller. Dann kann man sicher sein, dass er schon auf Herz und Nieren geprüft und für gut befunden wurde. Er hat dann eine Art Gütesiegel.« Sie lächelte verlegen.

Wie meint sie das jetzt wieder?, dachte Borg. Sie gingen ein Stück weiter und kamen wieder zum Hafen, wo nun mehrere Kräne und LKW zum Leben erwacht waren.

»Ich habe nie einen festen Freund. Das würde mir meine Spontanität rauben. Wenn Sie verstehen, was ich meine …«, sagte sie.

Dieses kleine Luder, dachte Borg. Sie versucht, mich von diesem Fall abzulenken.

Borg blieb stehen und blickte zum Hafen hinüber. Er hoffte, Berber irgendwo zu sehen. So langsam machte er sich Sorgen.

»Baggern, das würde Ihnen Spaß machen, oder?«, fragte Dunja.

Borg stutzte. »Also … genaugenommen …« Er wusste nicht, was er jetzt sagen sollte.

Dann kam die Ernüchterung: »Diese riesigen Maschinen mit ihren Schaufeln da drüben. Die haben schon eine gewaltige Kraft. Alle Männer träumen doch davon, mal in einem Bagger zu sitzen – oder zumindest in einem Trecker, stimmt's?«

Da sang unerwartet Borgs Handy los. Er zog das Telefon, so schnell es ging, aus der Gesäßtasche, um zu vermeiden, dass Dunja Leibnitz das Lied erkannte, aber das war wohl unmöglich.

›Koller‹ wurde angezeigt – Borgs Vorgesetzter.

»Ja, Herr Koller?«, fragte Borg.

»Warum antworten Sie nicht auf meine Anrufe auf Ihrer Uhr? Wofür haben Sie denn dieses Ding?«, fragte Borgs Chef wütend – er konnte ja nicht wissen, dass Berber beide Uhren trug.

»Hier ist es zu laut. Wir sind nahe der Autobahn Hansestraße«, log Borg.

»Sie müssen sofort ins Zentrum kommen«, sagte Koller. »Hier gibt es einiges zu klären. Ihr Kollege Berber hatte einen Unfall und liegt auf der Intensivstation. Warum haben Sie ihn allein gelassen?« Borg gefror das Blut in den Adern. Er ging einen Schritt von Dunja weg.

»Was ist passiert?«, fragte er.

»Das klären wir besser hier!«, sagte Koller und ordnete an, dass Borg umgehend ins Krankenhaus Holwedestraße kommen solle.

»Ich bin unterwegs«, sagte Borg. Er drehte sich um und wollte Dunja mitteilen, dass er sich ein Taxi rufen müsse, doch die Frau war verschwunden. Er sah sich verwirrt um. Dieser kleine Vogel war genauso schnell wieder ausgeflogen, wie er angeflattert gekommen war.

KAPITEL 11

Goldenes Auge

Im Taxi dachte Borg über den Tag nach. Er dachte daran, wie er Koller klarmachen konnte, warum er die Uhr nicht mehr trug. Er fragte sich, was Berber zugestoßen sei, und er dachte auch an Dunja Leibnitz. Sie hatte ihn problemlos um den Finger gewickelt. Er musste aufpassen. Sie war die Tochter des Mannes, der seiner Meinung nach – Alibi hin oder her – noch immer auf der Liste der Verdächtigen stand. Und Dunja … ja, das war ungewöhnlich: Sie hatte ihn von hinten erkannt. Oder hatte sie ihn schon vorher beobachtet, vielleicht sogar verfolgt? Außerdem hatte sie gefragt, ob er ›bei den Morden‹ schon etwas herausgefunden hatte. Aber es war doch bisher nur ein Mord bekanntgegeben worden. Die anderen beiden Personen galten immer noch nur als vermisst.

Borg nahm sich vor, noch einmal den ganzen Bericht in der Braunschweiger Zeitung zu lesen und auch mit dem Pressesprecher der Polizei Rücksprache zu halten.

Der Ruck des haltenden Taxis riss Oliver Borg aus seinen Gedanken.

»Krieg ich 19 €«, sagte der Fahrer, der sichtlich froh darüber war, dass Borg aussteigen würde. Borg stank nach Schweiß, und er konnte seinen Geruch selbst kaum ertragen.

Er lief in den Eingangsbereich des Krankenhauses, fast schneller, als die sich öffnenden Schiebetüren das zuließen. Unten rechts neben dem Empfang an einer Treppe stand Sina Bachmann. Er ging schnell auf sie zu und sie auf ihn.

»Was macht ihr denn? Koller tobt!«, sagte sie wütend.

»Was ist mit Timm?«

»Er wurde angefahren. Unfallflucht. Es sieht nicht gut aus. Warum habt ihr euch getrennt?«

»Das ist eine lange Geschichte.«

Sina ging vor. Sie erreichten einen Flur, von dem aus man in zwei Aufzüge gelangen konnte.

»Wir wissen noch nicht viel, außer dass wahrscheinlich was mit der Wirbelsäule ist. Die Schwester sagte etwas, was darauf schließen lässt. Sie haben ihn operieren müssen. Er liegt noch im künstlichen Koma.«

Borg hatte Gewissensbisse, und da kam ihm auch schon Koller entgegen.

»Was fällt Ihnen eigentlich ein, sich von Ihrem Kollegen zu trennen?«, fragte Koller wütend.

»Wir haben uns darauf verständigt, dass wir einen größeren Radius erfassen können, wenn wir getrennt laufen«, sagte Borg. »Kann ich zu ihm?«

»Er liegt im künstlichen Koma. Gehen Sie rein. Sehen Sie, was Sie angerichtet haben.« Koller war wirklich gut darin, einem ein schlechtes Gewissen zu machen.

Borg trat in das Krankenzimmer, in dem das Bett stand. Berber war nicht zu erkennen. Sein Gesicht war mit Bandagen umwickelt, in den Mund liefen Schläuche, ein Bein war geschient, und ein Urinbeutel am Bettrand hatte sich mit einer rotbräunlichen Flüssigkeit gefüllt.

Borg ging näher ans Bett.

In jeder schlechten Krankenhausserie – und die schlechteste war wohl Grey's Anatomy – würde er jetzt mit dem dort Liegenden sprechen und seine ganzen Fehler monologisieren, aber das hier war keine schlechte Serie, das hier war die Realität. Borg hatte Grey's Anatomy längst von seinem Rechner gelöscht und darüber geschmunzelt, weil er damit selbst ein Serienkiller geworden war. Er sagte nichts. Er ging um das Bett herum und hob die Bettdecke an der rechten Seite an.

Berber hatte einen Zugang im Arm, einen zentralen Venenkatheter am Hals, und über einen Tropf lief eine Flüssigkeit durch einen durchsichtigen Schlauch in seinen Körper.

Ein Gerät am Kopfende des Bettes machte pumpende Geräusche.

Borg sah sich Berbers Handgelenk an. Hier trug er keine der beiden Uhren. Borg ging auf die andere Seite und schlug auch dort die Bettdecke hoch. Auch keine Uhr. Man hatte sie ihm wahrscheinlich abgenommen, als er ins Krankenhaus eingeliefert worden war.

Hier konnte er nichts tun, dachte Borg. Er verließ das Zimmer wieder.

»Das war aber ein kurzer Besuch, dafür, dass Sie beide so lange Kollegen waren«, sagte Koller, der draußen vor der Tür gewartet hatte, emotionslos.

»Wo ist der Unfall passiert?«, fragte Borg.

»Das wissen wir nicht so genau. Das Krankenhaus rief uns an, als Berber eingeliefert worden war. Sie hatten seine Identität über sein Handy ermitteln können«, antwortete Koller.

»Können Sie nicht anhand der Überwachungsuhr nachvollziehen, wo er gelaufen ist?«, fragte Borg.

»Normalerweise ja, aber seine Uhr sendet kein Signal mehr. Sie scheint defekt zu sein, wir konnten nur Ihre Uhr orten, und als ich Sie angefunkt habe, haben Sie ja keine Rückmeldung gegeben.« Koller blickte an Borgs Handgelenk. »Wo ist sie?«, fragte er.

»Das wüsste ich auch gern. Können Sie die Uhr orten?«, fragte Borg.

Das war möglich, allerdings nur aus dem Kommissariat, und da Borg darauf drängte, den momentanen Standort seiner Uhr zu erfahren, fuhren Koller, Borg und Bachmann einmal quer durch die Stadt zur Dienststelle der Kriminalpolizei.

Der Verkehr war mörderisch und floss zäh durch die Hauptverbindungsadern Braunschweigs. Es dauerte fast zwanzig Minuten, bevor sie das Amt erreicht hatten.

Koller führte die beiden in sein Büro und fuhr den Computer hoch. Er gab ein zwölfstelliges Passwort ein. Dann dauerte es nicht lange, und auf dem Bildschirm erschien eine Karte, die fünf kleine rote Punkte zeigte.

»Das ist Frau Bachmann«, sagte Koller und deutete mit seinem dürren Zeigefinger auf den roten Fleck. »Der Punkt ist in der Stadt in diesem Haus.«

Borg drehte sich zu Sina: »Big Brother is watching you«, sagte er, und Koller warf ihm einen verächtlichen Blick zu.

»Wo ist meine Uhr?«, fragte Borg.

»Moment«, sagte Koller, und die Karte vergrößerte sich. »Das sind Müller und Meyer, die tun, was sie tun sollen, und laufen im Moment in Lehndorf.« Mit der Maus schob Koller die Karte, und in wenigen Sekunden stellte sich ein anderes Gebiet scharf. Es wurde grün angezeigt und befand sich in der Nähe des Ölpersees.

»Hier ist Ihre Uhr. Wer trägt sie?«, fragte Koller.

»Wie? Wer trägt sie?«, wiederholte Borg die Frage.

»Na, sie sehen doch, dass sich der Punkt hier in diesem Waldbereich bewegt. Jemand hat die Uhr bei sich«, sagte Koller.

Tatsächlich bewegte sich der kleine rote Punkt, der den Standort von Borgs rosafarbener Uhr anzeigte, abseits der angezeigten Waldwege über die Karte.

Borg überlegte. »Können Sie mein Handy orten?«, fragte er.

»Ja«, sagte Koller. »Aber nicht mit diesem Programm.«

Borg überlegte wieder: »Kann ich Ihr Computerprogramm auf dem Handy verwenden und die Uhr damit orten?«

»Nein, das geht nicht«, sagte Koller. »Ich kann diese Frequenz nur über dieses Programm hier an unseren Rechnern im Gebäude laufen lassen. Es geht auch um Datenschutz.«

Borg überlegte weiter, dann schien er eine Idee zu haben. »Sina, gib mir deine Uhr«, sagte er, und es klang fast wie ein Befehl.

»Was haben Sie vor?«, fragte Koller.

»Ich trage Frau Bachmanns Uhr. Sie können mich hier mit dem PC orten, und da sie auch den Punkt meiner wunderschönen rosa Uhr orten können, die dort im Wald unterwegs ist, bleiben wir in Telefonkontakt, und Sie navigieren mich direkt dorthin.«

»Warum so kompliziert? Wir können doch auch direkt über die Uhr sprechen«, sagte Koller. Ein Hauch von Lavendel-Blaubeer-Aroma schoss aus Kollers Mund und gelangte in Borgs Nase. Der versuchte es zu ignorieren, aber es gelang ihm nicht.

»Wir benutzen das Handy, damit Sie in der Umgebung nicht gehört werden. Wer auch immer meine Uhr bei sich trägt, soll nicht merken, dass ich mich ihm nähere«, argumentierte Borg.

Jan-Frederick Koller war etwas beeindruckt, und auch Sina schaute so, als ob sie diese Idee für grandios hielt.

»Blau steht mir sowieso besser!«, sagte Borg und machte sich die Uhr Sinas ums Handgelenk. »Ich fahre mit dem Dienstwagen zum Wehr am Ölpersee, dann melde ich mich mit dem Handy«, sagte Borg.

Er verließ das Büro und bog im Gang in einen Nachbarraum ab: das Büro von Brammel. Der saß am Schreibtisch und telefonierte. Auf seinem PC war eine Word-Datei geöffnet. Er hatte offenbar einen Bericht getippt. Die Ansicht war so klein eingestellt, dass die Buchstaben wie Augenpulver aussahen. Winziges Zeug, das ein Beamter mit einem Achselzucken erledigt, man versucht nur, es bis auf den Grund zu verstehen, und man wird ein ganzes Leben zu tun haben und nicht zum Ende kommen, dachte Borg, doch das war jetzt nicht sein Problem.

»Brammel, ich brauche Ihre Dienstwaffe, meine liegt zuhause«, sagte Borg.

»Warte mal, Mama«, sagte Brammel und legte den Telefonhörer zur Seite. Er öffnete seine Schublade und holte seine P99 hervor. Er richtete den Lauf direkt auf Borg. Borg reagierte schnell und umfasste den Lauf mit seiner rechten Hand.

»Niemals die Waffe auf einen Kollegen richten!«, sagte Borg ernst, zog ihm die Pistole aus der Hand und eilte auf den Flur.

Es dauerte weitere 15 Minuten, bis Borg in Ölper angekommen war. Er trug noch seine Sportkleidung, und die war gerade wieder getrocknet, als er aus dem Wagen stieg. Er ließ den metallic-silbern lackierten Mittelklasse-Kombi unabgeschlossen neben der Wehr-Brücke stehen und lief los. Zeitgleich wählte er die Telefonnummer Kollers, der sich auch augenblicklich meldete.

»Das ging schnell, Borg. Sind Sie über rote Ampeln gefahren?«, fragte Koller.

»Weiß ich nicht, hab' ich nicht drauf geachtet. Können Sie mich sehen?«

Koller bestätigte das. »Sie müssen über die Brücke vor sich in Richtung Schwarzer Berg laufen«, sagte Koller. Er verfolgte gespannt die Bewegung der Punkte, als würde er sich einen Krimi im Fernsehen anschauen. Sina Bachmann stand neben dem Schreibtisch und verfolgte das Schauspiel ebenso.

Borg war schneller als beim Joggen, und seine Quittung dafür bekam er nach wenigen Metern. Die Seitenstiche, da waren sie wieder.

»Sie müssen sich beeilen, der Punkt entfernt sich von Ihnen. Biegen sie jetzt vom Weg nach links ab«, manövrierte Koller.

Borg rannte an einer Frau mit Kinderwagen vorbei und musste sich auf eine kleine Anhöhe kämpfen. Nach diesem Auftrag, so schwor er sich, würde er nichts mehr in seinem Leben schneller als im normalen Schritttempo erledigen.

Rechts von ihm lagen Häuserreihen, und Straßen gingen von dem Weg ab, auf dem er lief.

»Sie müssen jetzt links in das kleine Waldgebiet. Der Punkt ist zum Stehen gekommen«, sagte Koller am Telefon.

»Na toll«, stöhnte Borg »Wieder bergauf.« Er begann zu japsen. Seine Füße schmerzten schon seit gestern, und jetzt kündigte sich ein Wadenkrampf an. Borg blieb stehen und massierte seine rechte Wade. Das Telefon hielt er mit der linken Hand ans Ohr.

»Was ist jetzt? Sind Sie stehengeblieben?«, fragte Koller. »Der andere Punkt bewegt sich weiter!«

»Nein, ich bewege mich senkrecht nach oben, was denken Sie denn?«, fluchte Borg. Er setzte sich trotz der Schmerzen wieder in Bewegung. Jetzt war er im Wald. Zwar lief er auf einem befestigten Weg, aber der war uneben und wurde schmal. Er schaute nach oben, wo die Baumkronen verschmolzen. Der Wald stellte sich dar wie ein Dreitagebart aus der Sicht einer Laus; der Dreitagebart der Natur, dachte Borg.

»Jetzt nach rechts!«, sagte Koller.

»Wo? Hier?«, fragte Borg.

»Ja, jetzt!«, antwortete Koller.

»Hier ist kein Weg. Da laufe ich mitten ins Unterholz!«

»Machen Sie schon, der Punkt bewegt sich weiter!«, drängte Koller.

Borg machte einen großen Schritt in die Büsche hinein. Vor ihm lag der Wald in gedämpften Farben. Die Baumkronen schirmten das Sonnenlicht gut ab.

Das dicht bewachsene Waldstück hier war schwer zu durchqueren. Überall lagen umgekippte Baumstämme. Die Pflanzen, die gewachsen waren, gingen Borg in manchen Bereichen bis zur Hüfte.

»Stopp!«, rief Koller plötzlich. »Der Punkt bewegt sich auf Sie zu!«

»Wie weit noch?«, fragte Borg leicht verunsichert. Er war abrupt stehengeblieben und zog die P99 hinten aus seinem Hosenbund.

»Vielleicht 30 Meter. Können Sie jemanden sehen?«

»Nein.«

»20 Meter und kommt näher.«

»Ich sehe nichts.«

Borg wartete auf Durchsagen seines Chefs. Das dauerte ihm zu lange.

»Warum sagen Sie nichts?«, fragte er leise ins Handy.

»Borg!«

»Ja?«

»Der Punkt ist weg!«

»Wie? Weg?«, fragte Borg.

»Verschwunden! Ich kann ihn hier auf der Karte nicht mehr sehen. Ich sehe nur Sie!« Jetzt schwang auch in Kollers Stimme eine leichte Panik mit.

»Sag ich doch! Scheiß Technik!« Borgs Wut hielt ihn für einen Augenblick davon ab, sein Angstgefühl wahrzunehmen, und das war auch gut so. Angst lähmte.

Er fokussierte seine Umgebung wie eine Raubkatze, versuchte jede noch so kleine Bewegung in seinem Umfeld wahrzunehmen. Weiter hinten fielen die Sonnenstrahlen spärlich wie Laserschwerter durch die Baumkronen auf den Waldboden, und die wenigen Pflanzen am Boden griffen ausgehungert danach und reckten sich ins Licht.

»Ich sehe nichts«, sagte Borg leise ins Telefon.

»Bewegen Sie sich weiter nach vorn. Die Uhr ist direkt vor Ihnen. Vielleicht zehn Meter!«

»Sagen Sie mir sofort, wenn sich der Punkt wieder bewegt.« Borg hielt die Waffe vor sich gerichtet. Da stand eine Reihe dicker Eichen. Ideal, um sich dahinter zu verstecken. Borg ging, so leise es möglich war, auf die Bäume zu, die Koller als Ziel genannt hatte. Schweiß lief ihm übers Gesicht. Unter Borgs Füßen knackten die Äste, und er verfluchte sich dafür, dass er sich hier ins Unterholz des Waldes hatte locken lassen.

»Borg! Sie ... nach ... wenig ...«, Was war denn jetzt mit dem Handy los? Borg warf einen raschen Blick aufs Display. Das Symbol für ›Akku schwach‹ blinkte.

»Was haben Sie gesagt?«, fragte Borg leise.

»Sie ... weiter ... vor ...«, da brach die Verbindung ab. Das Handy ging aus.

So viel Pech kann man doch nicht haben, dachte Borg, und ein Zitat schoss ihm durch den Kopf: »Glück und Unglück sind Namen für Dinge, deren äußerste Grenzen wir nicht kennen.«

Mit jedem Schritt, den er weiter auf die Baumreihe zuging, stieg sein Adrenalinspiegel. Am liebsten hätte er sich umgedreht und wäre davongelaufen. Wer oder was war hinter diesen Bäumen?

Hinter ihm gab ein Vogel ein absurdes Geräusch von sich. Pollen flogen an Borg vorbei. Er blieb stehen und lauschte. Nichts war zu hören, nur die typische Sprache des Waldes.

Ungewissheit war eine schlimmere Folter als Waterboarding, dachte Borg und fasste einen Entschluss.

Mit einem lauten Schrei, den er nicht geplant hatte, stürzte er nach vorn und zwischen zweien der Baumstämme hindurch. Vor ihm war nichts außer einer weiteren Facette des Waldes und, so sah es aus, der Böschung der Oker, die hier, sich wie eine Schlange windend, durch die Auen lief und ab und an kleine Waldstücke streifte oder durchquerte.

Borg merkte, dass er wütend wurde. War das jetzt das bessere Ergebnis, als vor einem Feind zu stehen? Er sah sich nach links und rechts um. Als er auf den Waldboden schaute, blieben seine Augen an einer Farbe hängen, die hier nicht hergehörte: rosa.

Das war seine Armbanduhr. Sie lag nur zwei Meter von ihm entfernt, neben etwas, das auf den ersten Blick wie zwei Knollenblätterpilze aussah, deren Stiele verdeckt lagen. Borg trat einen Schritt heran, und dann erkannte er, was wirklich neben der Uhr lag: So makaber es ihm auch vorkam, er fühlte sich beobachtet, als er in die Hocke ging und die zwei menschlichen Augäpfel von Nahem betrachtete. Bindegewebe und Teile von Muskelfasern, die an den Augen hingen, machten den Anblick noch unerträglicher. Aber waren das wirklich menschliche Augen? Alle Säugetiere besitzen ein vom gleichen Prinzip aufgebautes Auge. Deshalb ähnelt das Rinder- beziehungsweise Schweineauge dem des Menschen, das wusste Borg. Allerdings waren Rinderaugen ungefähr zweimal so groß wie die von Schweinen und schieden damit aus.

Geruch von warmem Torf stieg Borg in die Nase. Er ging vorsichtig, ohne etwas zu berühren, um die Fundstelle herum und achtete darauf, ob er abgebrochene Zweige oder Äste erkennen konnte, die darüber hätten Aufschluss geben können, von welcher Seite die Person gekommen war, die diese unangenehme Überraschung hier platziert hatte.

Als Borg auf der anderen Seite der Augen stand, konnte er von einem Auge die Pupillen deutlicher sehen, und plötzlich musste er schlucken: Diese goldgelbe Regenbogenhaut hatte er schon einmal gesehen. Das konnte kein Zufall sein. Es waren die goldenen Augen von Finjas neuem Freund Luigi.

KAPITEL 12

Im Sog

Borg drückte den Notfallknopf der Smartwatch, die er Sina Bachmann abgenommen hatte. ›STÖRUNG‹ zeigte das Display. Er versuchte es noch einmal mit demselben Ergebnis. Diese Uhren waren einfach nicht ausgereift. Er hatte keine Möglichkeit, Kontakt zur Polizei aufzunehmen: Der Akku seines Handys war leer, und die Armbanduhr, die vor ihm lag, konnte wichtige Spuren vom Täter aufweisen. Er durfte sie unter keinen Umständen berühren.

Borg ging vorsichtig in die Richtung zurück, aus der er gekommen war. Er versuchte, sich einzuprägen, wie man zu dieser Stelle im Wald gelangen konnte, aber es sah alles gleich aus. Schon nach zwanzig Metern musste er sich neu orientieren, um in die Richtung des Fundorts blicken zu können.

Die arme Finja! Um diesen Italiener tat es ihm nicht so leid. War das ethisch korrekt? Finjas Schock, wenn sie von diesem Fund erfuhr, konnte er sich aber leibhaftig vorstellen.

Hatte sie nicht gesagt, dieser Luigi wäre nicht aufgetaucht, und aus diesem Grund sei der Florenz-Urlaub ins Wasser gefallen? Mein Gott, dachte Borg. Wie hing dieser ihm fremde Italiener in der Geschichte drin, und wie kamen dessen Augen und seine Uhr hier in den Wald?

Lebhaft sah er Luigi vor seinem geistigen Auge: weißes Sportunterhemd, Goldkette, Sonnenbrille, schwarze gegelte Haare. Ob er noch lebte? Zumindest die Sonnenbrille würde er nicht mehr brauchen, dachte Borg. Da ertönte hinter ihm im Wald ein deutliches Knacken. Er wirbelte herum und richtete die P99 von Brammel in die Richtung, aus der er das Geräusch gehört zu haben glaubte.

Die schwarze Gestalt huschte hinter ein Gebüsch.

»Stehenbleiben!«, brüllte Borg. Jetzt hatte das Phantom einen Körper bekommen. Er kannte diesen Körper. Schwarz und muskulös.

»Stehenbleiben, Kusnezow! Ich habe Sie erkannt! Ich bin bewaffnet!«

Die Büsche bewegten sich. Borg sprintete nach vorn. Er fühlte sich jetzt überlegen. Die Angst war der Selbstsicherheit gewichen. Äste kratzten durch sein Gesicht, als er versuchte, Kusnezow einzuholen.

Der brach jedoch in einer Schrecksekunde aus dem Unterholz hervor und warf Borg, nachdem er den grünen Theatervorhang aus Blättern aufgestoßen hatte, wie ein zorniger Regisseur zu Boden.

Borg richtete die Mündung der Waffe auf das Gesicht des Angreifers. Die muskulösen Hände des Hausmeisters waren wie Schraubzwingen, und mit der einen presste er die Waffe nieder. Borgs Fingerknochen schmerzten. Noch mehr Druck, und sein Handgelenk würde brechen. Der schwere Mann drückte die Luft aus den Lungen des Polizisten. Borg gab ein würgendes Geräusch von sich. Lange würde er dem Druck nicht standhalten können. Eine Hand Kusnezows griff an Borgs Kehle. Borg unternahm eine letzte Kraftanstrengung mit allen ihm noch verbleibenden Reserven. Er drückte seine Hand mit der Waffe, so stark er konnte, nach rechts. Die Augen Kusnezows weiteten sich, als wüsste er, was jetzt passieren würde.

Borg hatte keine Wahl. Der Griff um seinen Hals wurde noch einmal verstärkt. Eine manuelle Sicherung, wie sie bei den meisten Selbstladepistolen üblich war, gab es bei der P99 nicht. Diese Waffe war im geladenen Zustand sofort schussbereit.

Borg presste die kleine, tödliche Öffnung der P99 weiter nach oben. Das schwarze Auge schaute jetzt direkt in Kusnezows Gesicht. Der Killer öffnete seine feuchten Lippen vor Verblüffung, und vielleicht schoss ihm die Gewissheit durch den Kopf, dass er gleich nur noch ein Haufen überflüssiges Fleisch sein würde, aber es half nichts. Borg drückte ab. Kein Schuss! Es hatte nur einmal ›klick‹ gemacht. Und nochmals: ›Klick‹. Es war keine Munition im Magazin.

Kusnezow grinste breit und zeigte den Sieg in seinen Augen, die weit aufgerissen auf Borg starrten. Doch der gab nicht auf. Er wechselte die Kraftrichtung seines Arms und stieß die Waffe mit dem Lauf direkt in Kusnezows linkes Auge.

Der Gorilla schrie auf und warf sich nach hinten. Das hatte gesessen! Borg rang nach Luft, aber er musste auf die Beine kommen.

Arthur Kusnezow rollte sich wie ein verwundetes Tier auf dem Boden. Die beiden Kontrahenten lagen nur einen Meter voneinander entfernt, aber keinem war es im Moment gegeben, die jeweils andere Person auszuschalten.

Kusnezow war schneller wieder auf den Beinen. Er hatte offenbar so große Schmerzen, dass er sich zum Rückzug entschloss. Die kegelhaften Waden mit den kleinen Füßen daran trugen den Fleischberg unglaublich schnell zurück in das Buschwerk.

Borg sprang auf. Er durfte Kusnezow nicht entkommen lassen. Lichtblitze flimmerten vor seinen Augen auf, als er wieder auf den Beinen war. Er gab sich keine Zeit, um auf diese Impulse seiner Nervenenden zu reagieren.

Borg schmiss seinen Körper förmlich in die grüne Pflanzenmauer.

Etwas überrascht stand er plötzlich auf einem schmalen Weg, der offenbar das Teilstück eines Nebenweges der Strecke rund um den Ölpersee darstellte.

Dort vorn rannte der Fleischberg. Borg beschleunigte.

Kusnezow wich einem Radfahrer aus, der von vorne kam. Der Mann schimpfte, und als er auch Borg auf sich zurennen sah, betätigte er wütend seine Klingel.

Borg war alles egal. Er preschte am Radfahrer vorbei und schloss zu Kusnezow auf. Sie erreichten die Brücke am Wehr. Genau in der Mitte der Brücke warf sich Borg mit einem Sprung nach vorn und packte das große Becken des Flüchtenden. Dieser geriet ins Taumeln, und sein schwerer Körper prallte an das Metallgeländer auf der linken Brückenseite. Das Wasser der Oker, die unter der Brücke am Ölper Wehr durchrauschte, war deutlich zu hören.

Borg holte aus und wollte seinem Gegner einen Schlag ins Gesicht verpassen, verfehlte den kantigen Kopf aber und wurde durch seinen eigenen Schwung fast von den Füßen gerissen.

Statt selbst einen Treffer gelandet zu haben, traf ihn nun ein Faustschlag an der Stirn, und es fühlte sich an, als würde sein Kopf explodieren. Borg drehte sich um die eigene Achse. Er kam direkt vor Kusnezow wieder zum Stehen. Mit voller Wucht stürmte er nach vorn und stieß seinen Körper mit ganzer Kraft in die dunkle Gestalt, aus deren linkem Tränenkanal Blut lief.

Was dann geschah, überwältigte ihn, weil er nicht damit gerechnet hatte.

Die beiden Körper schienen sich um die eigene Querachse zu drehen. Oben war unten, unten war oben, aber die glänzenden, schwammigen Arme Kusnezows ließen ihn nicht los. Die Schwerkraft zog an ihnen, und mit einem dumpfen Schlag, der ihnen die Luft aus den Lungen pumpte, schlugen sie auf dem Betonsteg auf, der die auf das Wehr zulaufende Oker in zwei Teile schnitt. Rechts von ihnen stürzte das dunkelgrün schimmernde Wasser über eine Kante in eine Welt aus Schaum und Blasen, während links von ihnen am Steuerhaus für das Ölper Wehr eine Schräge verlief, die Wassersportler nutzten, um mit ihren Kanus oder anderen Booten von diesem Wehr aus nach Veltenhof und dann Watenbüttel zu gelangen.

Kusnezow riss an Borgs Hemd, und die beiden Körper rollten wie Liebende von rechts nach links.

Als Borg klar wurde, dass er durch seinen Stoß seinen Gegner und sich selbst über das Brückengeländer befördert hatte, spürte er ein weiteres Kribbeln in seiner Magengegend. Obwohl der weitere Fall kürzer war, fühlte es sich erneut wie ein Sturz in die Unendlichkeit an. Aber das kalte Wasser begann einige von Borgs Lebensgeistern wieder zu wecken.

Er empfand die ihn umfangende Schwärze als Schreck, und instinktiv riss er seinen Kopf hoch. Das war die falsche Richtung! Wo war oben? Er öffnete die Augen und versuchte, sich unter der Oberfläche zu orientieren. Die Luftblasen zeigten ihm die Richtung an. Als Borg wie ein Fisch aus dem Wasser auftauchte und sein Oberkörper nach oben schoss, während sein Handy den anderen Weg wählte und zum schlammigen Grund des Flusses sank, sah er zwei Meter von sich entfernt die aufgewühlte Oker, in der sich Kusnezow wie eine Schlange wand.

Die beiden Körper kamen umgehend in Bewegung. Da war die Kante am Wehr, über die das Wasser gezwungen wurde. Sie waren also auf der gefährlichen Seite in die Oker gefallen.

Borg erinnerte sich an eine Schlauchboottour mit Paul. Hier, an dieser

Wehrseite, stand fünfzig Meter flussaufwärts ein Schild mit der Aufschrift ›Vorsicht! Lebensgefahr!‹ Wer über diese Kante gespült wurde, musste damit rechnen, von den nachströmenden Wassermassen so stark auf den Grund gedrückt zu werden, dass er ertrinken würde.

Borgs Arme flogen durch die Luft und peitschten das Wasser auf. Er versuchte, zur Fischtreppe hinüberzuschwimmen. Im Augenwinkel beobachtete Borg, wie sich die schwarz wirkenden Arme Kusnezows in die Luft streckten, als wolle er sich am Himmel aus dem Wasser ziehen. Wer sich einmal im Sog des Wehrs befand, der hatte kaum eine Chance.

Kusnezow stieß einen Schrei aus, und dann wölbte sich der Muskelhaufen über die Kante. Die Beine wurden nach oben gerissen, und mit einem Gurgeln, das Borg sonst nur beim Spülen mit Mundwasser gehört hatte, verschwand der Körper von Arthur Kusnezow wie ein Teigklumpen im Wasserfall auf der anderen Seite der Wehrkante.

Borg ergriff die glitschigen Steine an der Fischtreppe.

Auf der Wehrbrücke war ein kleines Mädchen mit ihrem Fahrrad zum Stehen gekommen und schaute interessiert zu Borg hinunter.

»Was machen Sie da?«, rief das höchstens achtjährige Mädchen Borg zu.

Er versuchte, sich auf die Hände aufzustützen und aus dem Wasser zu drücken, aber die Kraft reichte nicht aus. Sein Körper glitt bis zur Brust wieder in die Oker.

»Sport, meine Liebe, Sport!«

KAPITEL 13

Kollers
Aroma

Die Spurensicherung hatte die Position der Augen problemlos finden können. Soweit hatte Borg nicht gedacht, als er im Wald versucht hatte, sich die Stelle einzuprägen, wo er die Augäpfel gefunden hatte: Die Smartwatch lag ja direkt neben ihnen.

Borg war, nachdem er aus dem Polizeifahrzeug, das am Wehr parkte, über Funk Verstärkung gerufen hatte, zu einem Hauseingang hinübergegangen. Er hatte sich als Polizist ausgewiesen und um trockene Kleidung gebeten.

Die Hose und das karierte Hemd, die ihm der verwunderte alte Mann gegeben hatte, der das Haus bewohnte, saßen so eng, dass Borg Mühe gehabt hatte, den Reißverschluss der Cordhose und die Knöpfe des Hemds zu schließen. Da die Kälte seinen Körper aber im Würgegriff gehabt hatte, war das die beste Alternative.

Die Kollegen waren in wenigen Minuten zur Stelle gewesen.

Zwei Krankenwagen parkten in der Sackgasse vor dem Wohngebäude, wo sich früher einmal die alte Mühle befunden hatte.

Borg erzählte Koller und Sina Bachmann in allen Einzelheiten, was passiert war. Er ließ nicht unerwähnt, dass Brammel der größte Vollidiot der Stadt sei, weil er ihm eine ungeladene Waffe mitgegeben hatte. Das, so Borg, werde er ihm aber auch noch persönlich sagen.

Die ganze Spannung war von Borg abgefallen. Zwar war der Killer nicht in die Hände der Polizei gefallen, aber er war zumindest ausgeschaltet worden.

»Wahrscheinlich werden wir jetzt nie klären können, was Kusnezows Motivation war, diese Menschen umzubringen.«

Ein Helikopter flog niedrig über Ölper. Zuerst hatte Borg gedacht, man würde von dort oben die Landschaft absuchen, aber bei genauem Hinsehen erkannte er, dass es kein Polizeihubschrauber war, der dort flog. Es war ein Helikopter von Primary Copter, also ein VIP-Shuttle oder ein eiliger Frachtflug, der am Flughafen Braunschweig gestartet war.

»Er muss ertrunken sein. Spätestens am Wehr in Watenbüttel sollte die Leiche auftauchen. Wir haben schon Männer rausgeschickt, die die Oker von unten nach oben absuchen«, sagte Koller.

Wir brauchen das Wasser zum Leben, aber wir können im Wasser nicht leben, dachte Borg. Er hatte genug frische Luft abbekommen und wollte weg hier.

»Sie halten sich bitte bereit, falls ich noch Fragen habe, und schreiben Sie mir bitte einen Bericht«, sagte Koller und ging zu einem weiteren Polizisten, der sich auf der Wehrbrücke befand.

»Das wird wohl nichts mit unserem Essen heute Abend?«, fragte Sina.

»Vielleicht nächste Woche«, sagte Borg. So verlockend das Angebot auch war, aber er fühlte sich, als habe man ihn durch die Mangel gedreht.

Da er noch barfuß war, wollte er seine Schuhe wieder anziehen – die waren jetzt in der Sonne zumindest teilweise getrocknet. Als er sich bückte, riss ihm die Hose im Gesäß mit einem lauten Geräusch.

Sina lachte.

»Lach nur!«, sagte er und stieg in den Wagen.

Es war gegen 20:00 Uhr, als Borg das erste Mal wieder die Augen öffnete. Er hatte fast drei Stunden auf seinem Sofa geschlafen. Eingeschlafen war er augenblicklich, sobald er sich in eine unbequeme Position hatte fallen lassen.

Es klingelte an der Tür.

Er schleppte seinen Körper durch die Wohnung.

Draußen standen zwei Polizisten und Koller.

»Was ist nun los?«, fragte Borg.

»Ich muss Sie bitten, mit aufs Revier zu kommen«, sagte Koller.

»Jetzt? Warum?«, fragte Borg verwundert.

»Sie stehen unter Mordverdacht.«

Das konnte alles nur ein schlechter Traum sein. Borg hatte sich noch nicht einmal umgezogen. Wie er das Treppenhaus hinuntergegangen war, konnte er nicht mehr in seine Erinnerung zurückrufen, aber als er das erste Mal das Gefühl gehabt hatte, richtig wach zu sein, saß er schon im Streifenwagen.

Jetzt fuhr er zum Präsidium, aber nicht, um sich um die bösen Jungs zu kümmern, sondern um sich anzuhören, warum man ihn nun für einen bösen Jungen hielt.

Schon auf der Fahrt hatte er Koller eindringlich vor voreiligen Schlüssen gewarnt. Alles müsse sich um ein großes Missverständnis handeln.

Er wurde in einen Befragungsraum gebracht, und in Anwesenheit zweier ihm bekannter Kollegen, die die Situation offenbar äußerst unangenehm fanden, begann eine Befragung, bei der er zumindest auch einige Antworten erhielt.

»Ihre Exfrau hat Luigi Franco Romano als vermisst gemeldet, nachdem man ihr seine Goldkette per Post geschickt hatte. Im Umschlag waren auch zehn Zähne des Vermissten«, sagte Koller.

»Ja? Was hat das mit mir zu tun?«

»Ihre Exfrau hat angegeben, dass Sie sich Herrn Romano gegenüber feindselig gezeigt haben. Sie hätten gedroht, ihm alle Zähne auszuschlagen!« Koller sah den Kollegen fragend an.

Das war richtig. »Ja«, sagte Borg, »aber das wollten sicher viele Leute!« Er hasste es, auf der falschen Seite des Tisches zu sitzen. »Ist Ihnen klar, dass ich im Wald fast umgebracht worden wäre? Und Sie haben nichts Besseres zu tun, als mich zu verdächtigen?«

»Wo ist denn Ihr Angreifer? Bis jetzt haben wir in der Oker noch keine Leiche gefunden. Und auch im Krankenhaus ist niemand aufgetaucht. Selbst Zeugen können Sie nicht vorweisen. Außerdem finde ich es äußerst auffällig, dass die zweite vermisste Person nahe ihrer Wohnung verschwunden ist und wir die Leiche von Thomas Frohberg nur einen Kilometer Luftlinie entfernt von dort gefunden haben.«

Borg platzte fast vor Wut. »Ich halte nichts von Ihren Verschwörungstheorien …«

»Können Sie sie widerlegen?«

»Da war doch dieses kleine Mädchen mit dem Fahrrad. Fragen Sie die. Die hat bestimmt alles gesehen!«, sagte er laut.

»Von einem kleinen Mädchen mit einem Fahrrad erzählen Sie mir zum ersten Mal.« Der fragende Gesichtsausdruck Kollers wich einem skeptischen.

»Da ist noch etwas«, sagte er. »Die Spurensicherung hat an der Uhr nur Ihre DNA und die von Berber gefunden. Und: Berbers Uhr ist mittlerweile aufgetaucht. Sie hat wieder gesendet, und wir fanden Sie in Ihrem Wagen.«

»Was?« Borg kam da nicht mehr mit. Seine Uhr lag neben den Augen des Italieners, Berbers war in seinem eigenen Auto gefunden worden? Absurd!

»Ihr Wagen wies Spuren eines Unfalls auf, und wir fanden Berbers Blut auf der Motorhaube. Er wurde also mit Ihrem Wagen angefahren. Können Sie mir das erklären?«

»Ich will jetzt sofort meinen Anwalt sprechen!«, sagte Borg. Diesen Satz hatte er oft in Verhören gesagt bekommen. Dass er ihn einmal selbst sagen würde, das wäre ihm im Traum nicht in den Sinn gekommen.

»Sie sind vorläufig festgenommen. Hier ist der Haftbefehl«, sagte Koller und hielt einen Zettel hoch. »Tut mir leid.«

»Tut Ihnen gar nicht leid«, sagte Borg. Er spuckte die Worte fast aus.

Die Tür wurde geöffnet, und Sina Bachmann trat unaufgefordert ein.

»Sie können ihn gehen lassen«, sagte sie. »Wir haben das Haus von Arthur Kusnezow auf den Kopf gestellt. Er ist der Mörder. Im Keller fanden wir neben zahlreichen ausgestopften Tieren auch einen blutverschmierten Stuhl und eine Zange. Einen Zahn des Opfers hat er am Tatort vergessen. Der ist ihm, nachdem er ihn dem Opfer aus dem Mund gerupft hat, unter den Tisch gefallen«, berichtete Sina.

Koller machte den Eindruck, als wisse er nicht, ob ihm diese Nachricht gefallen sollte oder nicht.

Borg nahm mit einem ruckartigen Griff den Haftbefehl aus dessen Hand und riss ihn in der Mitte durch. Er warf das Papier auf den Tisch.

»Damit können Sie sich den Arsch abwischen!«, sagte Borg wütend.

Brammel kam ins Zimmer. »Wir haben eine Leiche am Hafen gefunden. Dem Opfer wurde in den Kopf geschossen«, sagte er.

Koller atmete überfordert aus. »Na gut. Das Spiel geht in die letzte Runde. Der Mörder ist tot. Jetzt gilt es, den Kriegsschauplatz aufzuräumen.«

»Da bin ich mir nicht so sicher«, sagte Borg.

»Was meinen Sie?«, fragte Koller.

»Bis jetzt ist mir nicht klar, welche Motivation Arthur Kusnezow hätte haben sollen, um diese brutalen Morde zu begehen.«

»Kann ich Sie mal unter vier Augen sprechen?«, fragte Koller.

Borg stimmte zu, und die anderen verließen den Raum.

»Meinetwegen. Sie spielen wieder mit! Aber ich sage Ihnen eins: Ich mag Sie nicht. Ich mochte Sie noch nie. Wenn es auch nur einen Zwischenfall gibt, dann nagle ich Ihren Arsch an die Wand! Die Sache mit Berber, der Uhr und Ihrem Wagen ist noch nicht geklärt. Also sehen Sie sich vor!« Koller hatte die intime Distanzzone unterschritten, und Borg konnte seinen schlechten Atem riechen.

»Haben Sie noch etwas zu sagen?«, fragte Koller, weil er merkte, dass Borg Anstalten machte.

»Ich würde es mit mehr Lavendel-Blaubeer-Pastillen versuchen. Es ist noch viel wirksamer, schlechte Worte mit parfümiertem Atem auszusprechen, finden Sie nicht?«

Borg ließ Koller stehen und ging auf den Flur, wo Sina auf ihn wartete.

»Der Mann ist untragbar«, sagte Borg.

»Heute ist es besonders schlimm«, sagte Sina. »Wie geht es dir? Fühlst du dich fit, weiterzumachen?«, fragte sie.

»Ja. Auf jeden Fall.« Borg blieb vor seiner Kollegin stehen. »Ich will noch einmal Danke sagen. Du hast mich da heute rausgeboxt. Koller wollte mich in U-Haft stecken. Absolut absurd!« Borg konnte es noch immer nicht fassen.

»Gern geschehen. Aber wenn du nicht frei wärst, wäre aus unserem Essen nichts geworden. Also habe ich das nur aus Eigennutz gemacht, und du musst mir nicht danken.« Sina lächelte.

Draußen dämmerte es. Wenn sie am Hafen ankamen, würde es dunkel sein.

Auf dem Weg zum Hafen machten sie einen kurzen Halt bei Borgs Wohnung. Er bestand darauf, sich umzuziehen. Im Bad putzte er sich auch schnell die Zähne, dann sprintete er die Stufen im Treppenhaus wieder hinunter und sprang in Sinas Privatwagen: ein quietschgelber Citroën 2CV – einer der letzten dieser Baureihe aus dem Jahr 1990.

Borg verkniff sich jegliche Bemerkung über das Fahrzeug. Sie parkten direkt am Hafenbecken. Einsatzteams der Polizei hatten Strahler aufgebaut. Alle Kolleginnen und Kollegen hielten Taschenlampen in den Händen, und der Bereich an der Kaimauer war mit Absperrband gesichert.

Die Leiche, die man aus dem Wasser gezogen hatte, war eine Frau. Ihr fehlte ein Arm, es handelte sich also offensichtlich um Anja Stecher – die dritte vermisste Person.

Da, wo die Frau einst ein hübsches Gesicht gehabt hatte, grub sich ein tiefer Krater in den Schädel.

Borg ekelte sich kaum. Dieser Körper hatte alles, was einen Menschen ausmachte, verloren, und was er sah, wirkte so absurd, dass sein Gehirn es kaum zuordnen konnte.

»Ein Hafenarbeiter hat den im Wasser treibenden Körper gefunden«, sagte Brammel, der vor ihnen am Fundort der Leiche angekommen war. Er hatte schon mit einigen Kollegen gesprochen, auch mit der Spurensicherung und einem Gerichtsmediziner, den man kurzfristig hatte hinzuziehen können.

»Können wir einmal mit dem Gerichtsmediziner sprechen?«, fragte Borg.

»Klar«, sagte Koller. »Netter Mann. Er ist in Braunschweig recht bekannt und arbeitet auch als Dozent für die Universität: Dr. Tom Logan. Er steht dort drüben.« Brammel wies mit seinem Finger zu dem gutaussehenden Mann hinüber, der im Begriff war, einen Koffer in einen Wagen mit offener Beifahrertür zu stellen.

Tom Logan. Tatsächlich hatte Borg den Namen schon häufiger gehört. Er meinte, sich zu erinnern, dass Logan der Leiter einer Art Body Farm werden sollte, die im nächsten Jahr in Watenbüttel ins Leben gerufen werden sollte. Borg hielt das Konzept für gut, den Standort aber für absolut falsch. Er wollte sich mit dem Gedanken, ein Gelände voller Leichen in der Nähe seiner Wohnung zu haben, nicht anfreunden.

»Dr. Logan? Das ist Frau Bachmann, ich bin Oliver Borg. Können Sie uns kurz etwas zu der Leiche sagen?«

Logan drehte sich zu ihnen um. Er wandte sich mehr an Sina, obwohl Borg ihn angesprochen hatte.

»Natürlich. Einen vollständigen Bericht kann ich Ihnen aber erst nach der Obduktion geben, einige Fakten sind jedoch schon auf dem Tisch.« Logan wirkte patent und professionell.

»Was haben Sie für uns, Doktor?«, fragte Borg.

»Das Opfer ist weiblich, ca. 30 Jahre alt. Wir vermuten, es handelt sich um die verschwundene Anja Stecher. Der linke Unterarm fehlt vollständig. Besonders ist, dass der Arm nicht einfach nur abgetrennt, sondern eindeutig amputiert worden ist. Der Stumpf ist sauber vernäht. Todesursache war ein Schuss mit einer Schrotwaffe aus kurzer Distanz in den Kopf des Opfers. Der Todeszeitpunkt war nach jetzigem Stand heute um ca. 20:00 Uhr.«

»Was?«, platzte Borg heraus. Er hatte es befürchtet! Wenn das stimmte, was Logan sagte, dann hatte Arthur Kusnezow einen Komplizen. Wieder tauchte ein Bild von Dr. Leibnitz vor seinem geistigen Auge auf.

»Aber die Leiche schwamm doch auf der Wasseroberfläche, als der Hafenarbeiter sie gefunden hat«, sagte Sina ungläubig. »Wenn sie erst vor drei Stunden ins Wasser geworfen worden wäre, hätte sie nicht darauf treiben können, sondern wäre versunken, oder?« Sina hatte recht, und ohne etwas zu sagen, nickte Borg.

Logan hingegen schüttelte den Kopf. »Natürlich haben Sie recht. Ein Leichnam würde zunächst untergehen. Grundsätzlich einmal gehen Menschen im Wasser unter, sonst könnten sie nicht tauchen. Allerdings können Menschen auch nach dem archimedischen Prinzip auf dem Wasser schwimmen, und das war hier der Fall.«

Logan sah, wie ihn die beiden Gegenüberstehenden fragend anblickten. Trotz der Dunkelheit konnte er die Neugierde auf ihren Gesichtern erkennen.

Er holte tief Luft: »Das hat sich der Täter oder die Täterin sicher auch anders vorgestellt, aber das Opfer hatte eine Plastikregenjacke an und war in eine Baufolie eingewickelt. Da sich unter der Folie und unter der Bekleidung der Leiche Luft angesammelt hatte, trieb der Körper an der Oberfläche. Glück für uns, Pech für den Täter. Die Baufolie war offenbar auch der Spritzschutz beim Mord, damit beim Kopfschuss keine Blutspritzer am Tatort hinterlassen wurden. Die Spurensicherung hat die Folie bereits eingepackt.«

»Das heißt also, der Frau wurde der Arm amputiert, sie wurde aber nicht umgehend danach getötet?«, fragte Borg.

»Genau. Und da können wir sicher sein, denn der Körper war noch warm, als wir die Leiche geborgen haben, und die Armwunde scheint bereits einem Heilungsprozess unterworfen gewesen zu sein. Und wie ich Herrn Brammel verstanden habe – übrigens: Riecht Ihr Kollege immer so stark? Das sollte ihm mal jemand sagen – also, wie ich ihn verstanden habe, wurde der Arm der Frau schon vor einigen Tagen gefunden.«

Borg und Bachmann sahen sich an. Mehr Informationen hatte Logan vorerst nicht, aber das war mehr als genug. Die Jagd ging also weiter.

»In der Pathologie wird man noch Genaueres herausfinden, ich bin ja nur hier, weil so kurzfristig niemand anderes aus der Gerichtsmedizin Zeit hatte und ich gerne an der frischen Luft arbeite statt in Leichenhallen. Die Kollegen werden sich bei Ihnen melden.« Tom Logan verabschiedete sich. Er ging um seinen Wagen herum.

»Viel Erfolg mit Ihrer Body Farm«, sagte Sina. »Wann startet das Projekt?«

Logan schien sich zu freuen, dass sie davon gehört hatte. »In zwei bis drei Wochen werden die ersten Leichen platziert. Vielleicht ist die der gesichtslosen einarmigen Dame ja mit dabei. Würde mich freuen.« Logan, der nicht ahnen konnte, dass sich sein Projekt noch ein ganzes Jahr verzögern sollte, stieg in seinen Wagen, ließ den Motor an und fuhr davon.

Borg und Sina gingen in einen wenig von den Polizeischeinwerfern beleuchteten Bereich des Hafens, der rund dreißig Meter von der abgedeckten Leiche entfernt lag. Sie sprachen die Fakten durch.

»Alles lässt darauf schließen, dass zwei vermisste Personen zwar verstümmelt worden sind, aber noch leben könnten: Anja Fischer, die Frau ohne Ohren und dieser Luigi, der nun kein Auge mehr auf meine Exfrau werfen wird«, sagte Borg.

Sina wusste nicht, ob sie den Spruch lustig finden sollte. »Makaber«, sagte sie.

»Ich glaube, wir sollten das Haus von Dr. Leibnitz unter die Lupe nehmen«, sagte Borg.

Plötzlich bewegte sich ein Tier, erst langsam, dann schneller, über das Hafengelände. Borg, der auch eine Taschenlampe in seiner rechten Hand hielt, leuchtete in die Richtung, in der das Tier vorbeigehuscht war. Sein Lichtstrahl verwandelte die Augen einer Katze in zwei grünlichgelb leuchtende Punkte. Sie blieb stehen, als fühle sie sich ertappt, und starrte in die Lampe.

»Nur eine Katze!«, sagte Sina.

»Beweg dich nicht!« Für Borg passte das ›nur‹ nicht. Er ging langsam auf die Katze zu. »Miez, miez, miez!« Wie dämlich er sich dabei vorkam, als er das für alle typische Katzengeräusch aus dem Mund eines Menschen diesmal aus seinem eigenen kommen hörte. Die Katze setzte sich wieder in Bewegung.

»Verdammt!«, sagte Borg leise zu sich selbst. Das Tier würde blitzschnell verschwinden und nie wieder auftauchen.

Hinter ihm machte Sina Geräusche, als würde sie ungeduldig den Hals eines Liebhabers abküssen. Die Katze blieb stehen. Sina machte weiter. Ihre Kussgeräusche hatten auch etwas Zwitscherndes. Die Katze richtete ihre Augen auf Sina, und die beiden Lichtbälle waren hier im düsteren Bereich des Hafens wieder voll zu sehen.

Borg ging einen Schritt weiter nach vorn, doch Sina stoppte ihn: »Nicht!« Die Katze hatte Anstalten gemacht, weiterzulaufen, aber Sina verfiel wieder in ihre Zwitschergeräusche.

Borg beobachtete gespannt, was nun geschah: Die Katze war dermaßen angetan oder neugierig auf das, was sie hörte, dass sie auf Sina und Oliver Borg zugelaufen kam. Sina hockte sich hin. Die Katze lief direkt zwischen ihre Beine und ließ sich dort schnurrend von ihr kraulen.

»Die Sprache der Haustiere«, sagte Sina. »Klappt auch bei Hunden.«

»Würde wahrscheinlich auch bei mir klappen«, sagte Borg und hockte sich ebenfalls hin.

Er ließ den Lichtstrahl der Taschenlampe über die Katze fahren, die sich mittlerweile mit ihrem Kinn an Sinas Knie rieb.

Völlig unvermittelt sprang Borg auf und durchschnitt mit dem Strahl seiner Taschenlampe die Dunkelheit. Die Katze zuckte zusammen und rannte davon. »Hol' Verstärkung. Wir müssen den Hafen durchsuchen!«, rief er.

»Was? Warum?«, fragte Sina, die sich von seiner plötzlichen Aufregung hatte anstecken lassen.

»Das ist die Katze von Irina Komarow – die folgt ihr überall hin, hat sie gesagt! Los, hol' die Kollegen!«

Borg rannte über das Gelände. Vielleicht würde heute Abend alles hier enden …

KAPITEL 14

Das Puzzle zerlegt sich

Borgs Gewicht ließ die kleinen Steinchen unter seinen Sohlen knirschen, als er über eine freie Fläche am Hafenbecken lief. Die Katze war von der anderen Seite des Beckens um den Hafen herumgeschlichen und in Gebüschen verschwunden, die in der Nähe eines Gleisbettes standen.

Borg passierte das geschlossene Hafen-Bistro, bog rechts ab und rannte nun am Delta Fleischhandel vorbei die Hafenstraße hinunter. Auf der anderen Seite des Ufers sah er die Kolleginnen und Kollegen mit ihren Lampen wie menschliche Glühwürmchen in verschiedene Richtungen ausschwärmen. Sina hatte also die Spieler seiner Mannschaft mobilisiert. Ihr Taschenlampentanz sah aus wie eine unprofessionelle Lichtershow der Autostadt in Wolfsburg.

Als Borg die AGRAVIS Mischfutter Leine-Weser GmbH erreicht hatte, sah er eine Gestalt zu seiner Linken. Er war also doch auf der richtigen Spur! Es würde ewig dauern, bis sein Team hier angekommen wäre. Er konnte jetzt nicht stehenbleiben und auf sie warten. Borg verließ die Hafenstraße und sprintete auf einen Platz zu, auf dem Sand- und Kiesberge aufgeschüttet waren.

Tatsächlich war er der flüchtenden Person, die er im Augenwinkel gesehen hatte, noch auf den Fersen. Der Fremde hatte Ausdauer und Kraft und lief einen der Kiesberge mit solcher Leichtigkeit hinauf, als würde er an Seilen gezogen.

Borg versuchte den Lichtkegel der Taschenlampe auf sein Ziel zu richten, aber er konnte jeweils nur eines tun: entweder schnell laufen oder die Taschenlampe ruhig halten.

Die Person hatte die Spitze des Kiesbergs erreicht und tauchte auf der anderen Seite ab. Borg war erst jetzt am Rand des Berges angekommen. Da er nicht absehen konnte, was sich auf der anderen Seite befand, wählte er auch den mühsamen Weg über den fast zwanzig Meter breiten und acht Meter hohen Berg.

Als er die Spitze erklommen hatte und erkannte, dass er auf einem kleinen Plateau stand, versuchte er sich zu orientieren und mit der Taschenlampe sein Ziel wiederzufinden. Schräg rechts hinter ihm hatte die Firma Rüdebusch Baustoffe und Transporte einen Standort. Dort waren Teile des Hafens beleuchtet, obwohl die Arbeiten wegen des Leichenfundes heute Nacht hatten eingestellt werden müssen.

Vor Borg erstreckte sich eine Fläche mit weiteren aufgeschütteten Bergen aus Kies, Sand, Altmetall und anderen Materialien. Wieder dahinter lagen bewaldete Bereiche, die man nur erreichen konnte, wenn man es schaffte, über die hohen Zäune zu gelangen, die den Bereich des Hafens von dieser Seite aus absperrten.

Er fluchte. Das Phantom war ebenso schnell verschwunden, wie es aufgetaucht war.

Aber die Katze hatte Irina Komarow wieder voll in den Fokus der Verdächtigen gerückt. Leibnitz oder Komarow, eine von beiden Personen, vielleicht auch beide, hatten mit Arthur Kusnezow unter einer Decke gesteckt. Aber wenn es wirklich so war, was war die Motivation dieses mörderischen Trios?

Als Sina Bachmann den Platz erreichte, an den sie durch Borgs Taschenlampe gelockt worden war, saß er bereits am unteren Ende des Kiesbergs und leerte seine Schuhe aus.

»Unser Geist ist weg«, sagte Borg. Er hatte einen Entschluss gefasst. »Stell zwei Teams zusammen. Wir nehmen noch heute Nacht Leibnitz und Komarow hoch.«

Polizeichef Koller wurde informiert. Borg forderte zwei Haftbefehle an.

Als Borg und seine Kollegin wieder im Präsidium eintrafen, wartete Koller bereits auf sie.

»Haben Sie die Haftbefehle?«, fragte Borg.

»Wegen einer Katze und weil Körperteile amputiert wurden? Ihre Faktenlage reicht nicht einmal, um einen Strafzettel auszustellen!« Koller blähte sich auf. »So schnell bekommt man keinen Haftbefehl.«

»Ach was! Aber wenn ich im Wald Augen und 'ne Armbanduhr finde, dann wollen Sie mir fünfzehn Jahre verpassen? Das ist doch lächerlich!« Borg zweifelte an diesem Rechtssystem.

»Geben Sie uns zumindest einen Durchsuchungsbefehl für die Häuser der beiden Tatverdächtigen«, sagte Sina.

»Das wird machbar sein …« Koller warf sich eine seiner Aroma-Kapseln in den Rachen.

Nützt nichts!, dachte Borg.

Die erforderlichen Unterlagen waren in dreißig Minuten ausgestellt. Man teilte zwei Teams ein. Borg führte die eine Gruppe an, zu der Brammel und drei weitere Kollegen gehörten. Sina Bachmann hatte die Leitung des zweiten Teams, das neben Meyer und Müller mit einem weiteren Kollegen und einer Kollegin verstärkt worden war.

Die letzten Tage steckten Borg in den Knochen. Jetzt, hinten in einem Streifenwagen sitzend, merkte er, wie sein Körper Ruhe einzufordern begann.

Die vier Streifenwagen fuhren ohne Martinshorn und Blaulicht in die John-Steinbeck-Straße. Während Borgs Team vor Leibnitz' Haus parkte, fuhren die anderen Wagen einige Häuser weiter.

Borg sah, wie bei der Nachbarin Frau Jeschke das Wohnzimmerlicht eingeschaltet wurde. Wie schaffte es diese Frau, innerhalb von Sekunden aus dem Bett aufzuspringen, nachdem sie die Geräusche der herankommenden Wagen gehört hatte? Borg war ein wenig beeindruckt.

Das Haus von Leibnitz hatte seinen strahlendweißen Glanz verloren. Es lag in der Nacht da wie Draculas Schloss. Die Polizisten gingen die Einfahrt hinauf.

»Lassen Sie mich vorgehen«, sagte Borg zu Brammel. »Ich habe meine Gründe.«

Borg klingelte an der Tür und hörte innen Geräusche.

»Haltet euch bereit. Man weiß nicht, ob er durchdreht«, sagte Borg.

Als die Tür geöffnet wurde, blickte Borg in die verschlafenen Augen von Dunja Leibnitz.

»Sie? Das ist ja eine Überraschung. Was gibt es denn mitten in der Nacht?«, fragte sie.

»Mitten in der Nacht?«, fragte Borg. »Es ist nicht einmal zwölf Uhr. Ist Ihr Vater da?«

»Nein«, antwortete Dunja wahrheitsgemäß und schaltete die Außenbeleuchtung des Hauses ein. Im Licht zeichneten sich jetzt auch Brammel und die anderen drei Personen ab, die auf dem Weg vor der Haustür gewartet hatten.

»Wen haben Sie da mitgebracht?«

So, so, Igor Leibnitz war also nicht da, dachte Borg. Er sah seinen Verdacht noch immer bestätigt. Wo sollte sich Leibnitz um diese Zeit rumtreiben? Düstere Gestalten suchen die Dunkelheit, dachte er.

»Wissen Sie wo Ihr Vater ist? Ich habe hier einen Durchsuchungsbeschluss für sein Haus.«

Dunja guckte ungläubig. »Warum?«, fragte sie.

»Ihr Vater steht unter Mordverdacht. Also? Wo ist er?«, fragte Borg.

»Er ist in London. Seit gestern, aber er kommt morgen wieder. Es ist nur ein Wochenendtrip!«

»London?« Borgs fast fertiges Puzzlespiel zerfiel in seine Einzelteile. »Sind Sie sicher?«

»Ja, na sicher bin ich sicher! Ich habe ihn zum Flughafen gefahren, und er hat auch schon geschrieben, dass er angekommen ist«, erzählte Dunja glaubhaft. »Soll ich ihn anrufen?«

Borg wusste auch nicht, wie man jetzt vorgehen sollte. Damit war Leibnitz unerwartet von der Verdächtigenliste gefallen … Das konnte und wollte Borg nicht glauben. War eine Hausdurchsuchung jetzt noch gerechtfertigt?

»Was macht Ihr Vater denn in London?«, fragte Borg.

»Er verbringt dort das Wochenende mit seiner Freundin«, sagte Dunja. »Sie kennen sie. Es ist Frau Komarow, die in Nummer 29 wohnt.«

Borg hielt sich am Geländer der Außentreppe fest.

»Alles in Ordnung? Wollen Sie reinkommen und sich setzen?«

»Alles gut. Die letzten Tage waren nur sehr anstrengend«, sagte Borg.

Er drehte sich zu seinen Kollegen um. »Schaut mal, was ihr finden könnt. Aber macht euch keine großen Hoffnungen.«

Borg ging an seinen Kollegen vorbei, die sich ihrerseits auf die Eingangstreppe des Hauses zubewegten.

Dunja Leibnitz ließ die Männer eintreten. Sie blickte Oliver Borg hinterher, der mit den Schritten eines alten Mannes unter der Straßenlaterne hindurch auf das Haus von Irina Komarow zuging. Sina und ihr Team standen ratlos davor.

»Es öffnet niemand. Wir werden die Tür gewaltsam öffnen müssen«, sagte Sina.

»Ja, ich weiß«, sagte Borg. »Die liebe Frau Komarow und Leibnitz sind zusammen in London und machen da Doktorspiele.« Kein einziges Puzzleteil saß noch dort, wo es Borg vor Kurzem platziert hatte. Genaugenommen lagen alle Teile wieder einzeln vor seinem geistigen Auge.

Die Hausdurchsuchungen ergaben nichts.

Nach einer viel zu kurzen Nacht, die für Borg gleich nach zwei randvollen Gläsern Sazerac begonnen hatte, waren Sina und er bei den Kollegen der Spurensicherung, um sich anzuhören, was man für Hinweise an Borgs Wagen gefunden hatte, mit dem jemand Timm Berber hatte töten wollen.

»Ich muss Sie enttäuschen, wir …«, begann der blonde schlanke Mann im weißen Schutzanzug seinen Satz, als Borg und Bachmann nach den Ergebnissen der Spurensuche gefragt hatten.

»… haben keine DNA gefunden außer meiner!«, fiel Borg dem Mann ins Wort.

»Genau!«, bestätigte der Spurenexperte Jona Kiel.

Vor Borgs Wagen, dessen Motorhaube ramponiert aussah und dessen Windschutzscheibe sich in ein riesiges Spinnennetz verwandelt hatte, stand eine Art Servierwagen, auf dem die Ermittler der Spurensicherung zahlreiche Gegenstände und Arbeitsmaterialien platziert hatten: Pulver, Folien, Material als Träger gesicherter, daktyloskopischer Spuren, Behältnisse und Tüten und natürlich Gerätschaften zum Aufbringen von Pulvern.

»Hier gibt es nichts zu finden. Ich kann meine Schutzhandschuhe und den Anzug getrost ausziehen.« Die Schutzhaube und seine Schuhüberzieher hatte der Spurenexperte Jona Kiel bereits abgelegt.

»Rauchen Sie oder Menschen, die in Ihrem Fahrzeug unterwegs sind?«, fragte Kiel beiläufig.

»Nein«, sagte Borg.

»Dann haben wir vielleicht doch etwas. Das hier lag zwischen den Sitzen. Ist unbenutzt und weist auch keine Fingerabdrücke oder ähnliches auf. Wahrscheinlich ist es jemandem aus der Tasche gefallen.« Der Mann hielt eine durchsichtige Folie hoch, in der sich ein kleiner Plastikstab befand.

»Was soll das sein?«, fragte Sina.

»Das ist ein kurzer Zigarettenhalter aus Kunststoff«, sagte Kiel.

Borg nahm ihm das Tütchen aus der Hand und betrachtete es eingehend. »Nie gesehen …«

»Eine solche Zigarettenverlängerung ist eine Hülse zwischen Zigarette und Mund des Rauchers. Anfang des 20. Jahrhunderts kamen diese Hülsen bei Charleston-Tänzerinnen in Mode«, ergänzte der Spurenleser.

»Na, dann wissen wir ja, wo wir unseren Mörder suchen müssen. In einer Tanzschule«, sagte Borg und warf das kleine Plastiktütchen auf den Metallwagen, auf dem auch ein aufgeklappter Spurensicherungskoffer stand.

Dieser ganze Fall bestand nur aus Sackgassen.

Borg stieg frustriert zu Sina in die Ente, und sie fuhren zum Präsidium. Koller wollte sie sprechen.

»Der Tag fängt genauso beschissen an, wie der letzte aufgehört hat«, sagte Borg.

Im Besprechungsraum saßen Müller, Meyer, Brammel und die fünf Beamten, die bereits gestern Abend Unterstützung geleistet hatten. Koller stand vor einer Leinwand am oberen Ende des Raumes, als Borg und Sina Bachmann hereinkamen.

»Ah. Gut, dass Sie endlich da sind. Es ist schon 9:00 Uhr, und es gibt viel zu tun«, begann Koller.

Borg setzte sich mit zwei Stühlen Abstand neben Brammel. Sina nahm links neben Borg Platz.

»Es ist, wie es ist«, sagte Koller. »Wir haben keine Spuren. Unsere Haupttatverdächtigen haben ein wasserdichtes Alibi, Kollege Berber liegt noch im Koma, und es sieht nicht gut aus. Zwei Personen werden noch vermisst, die Hausdurchsuchungen ergaben nichts, die Leiche von Arthur Kusnezow, den Herr Borg hat ausschalten können«, er nickte in Borgs Richtung, »wurde bisher nicht gefunden, niemand hat etwas gesehen, und die Braunschweiger Bevölkerung ist nach wie vor verunsichert.«

Im Raum wurde geschwiegen.

»Hat jemand Ideen?«, fragte Koller.

Brammel hob seine Hand leicht.

»Ja, Brammel?«, sagte Koller.

»Nichts, nichts, nur ein Krampf im Schulterblatt …«, sagte Brammel und kreiste mit dem linken Schultergelenk.

Borg ließ resigniert den Kopf nach vorn fallen.

»Dann werden wir um weitere Außeneinsätze nicht herumkommen. Es geht darum, die Augen offen zu halten und die Braunschweigerinnen und Braunschweiger zu schützen. Wir werden wieder mehrere Teams bilden, die sich joggend unter die Bevölkerung mischen, denn alle vier Opfer waren in jedem Fall Jogger …« Koller sprach noch weiter, aber da hatte Borg bereits abgeschaltet. Jetzt ging das wieder los! Diese elende Joggerei! Er hörte sich bereits keuchen und spürte auch schon fast wieder die Schmerzen.

»Lass uns versuchen, in ein Team zu kommen«, sagte Sina leise und holte Borg wieder in die Wirklichkeit zurück.

»… mehrere Teams werden die Okerauen durchkämmen, und auch Taucher werden den Mittellandkanal nach den beiden vermissten Personen absuchen«, referierte Koller noch. Dann betätigte er eine kleine Fernbedienung, woraufhin eine Luftaufnahme Braunschweigs auf die Leinwand hinter ihm projiziert wurde.

Die Karte, die den Darstellungen von Google Maps sehr nahekam, vielleicht sogar von dieser Plattform stammte, zeigte die Luftansicht von Braunschweig. Rechts im Bild war der Bereich rund um den Ölpersee bis hin zur Hamburger Straße mit dem Heizkraftwerk zu erkennen, am anderen Ende der Karte waren ein Gebiet bis zum Hafen und der Mittellandkanal abgebildet, der dann in der Nähe vom Sophiental, einem Ortsteil der Gemeinde Wendeburg, abgeschnitten wurde.

»Die zwei roten Punkte markieren die Fundorte der Leichen, die grünen Kreise die Wohnorte der vier verschwundenen Personen, die blauen Punkte zeigen an, wo genau diese Menschen wohnten«, erklärte Koller. Mit jedem Druck auf seine Fernbedienung erschienen nacheinander die genannten Markierungen auf der Karte.

»Ich habe eine Einteilung vorgenommen, mit wem Sie laufen werden. Und Sie laufen niemals allein! Verstanden?« Koller sah Borg drohend an.

»Ist es möglich, dass Herr Borg und ich ein Team bilden?«, fragte Sina in der nettesten echt wirkenden Tonlage, die sie schauspielerisch darbieten konnte.

»Das passt nicht in meinen Plan. Als Frau sind Sie sicherer, wenn Sie im Dreierteam laufen … und zwar zusammen mit Herrn Meyer und Herrn Müller.« Die Augen der beiden Kollegen weiteten sich freudevoll.

Borg saß mit versteinerter Miene da und wartete auf den Todesstoß. Der kam auch augenblicklich.

»Sie, Borg, laufen mit Herrn Brammel.« Irgendwie sagte Koller das mit Genugtuung.

Das lange Schweigen hatte Koller nicht erwartet, er hatte fest mit dem Einspruch Borgs gerechnet. Da dieser jedoch ausblieb, fuhr Koller mit seinen Ausführungen fort.

Die von Borg so verhassten Armbanduhren wurden wieder verteilt.

»Wir haben die Uhren von der Technikabteilung noch einmal checken lassen. Es dürfte jetzt keine Probleme mehr geben«, hatte Koller mitgeteilt und die Funkarmbänder ausgegeben. Borg hatte das Vergnügen in den Augen seines Chefs gesehen, als dieser ihm wieder das rosafarbene Armband zuteilte. Dieser Chef war untragbar, dachte Borg, dennoch meldete er sich.

Koller sah ihn an, und Borg verstand das als Aufforderung, sprechen zu dürfen.

»Ich glaube, der oder die Täter wollen mir den Schwarzen Peter zuschieben. Dieser Arthur Kusnezow hat mitbekommen, wie ich mit dem Freund meiner Exfrau am Ölpersee aneinandergeraten bin. Daher hat er ihn als Opfer ausgesucht und versucht, mir die Schuld in die Schuhe zu schieben. Berber hat es erwischt, weil er bei den Befragungen von Kusnezow dabei war. Kusnezow hat ihn mit meinem Wagen überfahren, weil er Angst hatte, aufzufliegen«, erläuterte Borg.

»Auch wenn das plausibel klingt, ist es nur eine Theorie. Außerdem scheint sie Lücken aufzuweisen. Kusnezow hatte gar keinen Führerschein, wenn ich mich recht erinnere«, sagte Koller, und Meyer nickte ihm deutlich zu.

»Was ist denn das für eine schwachsinnige Begründung? Mein Sohn hat auch keinen Führerschein, und er fährt besser als jeder hier im Raum«, sagte Borg.

Sein Einwand blieb unkommentiert, und die Unterhaltung, die sich auf Borgs Theorie bezog, endete.

Als alle ihre Einsatzzeiten bekommen hatten und man sich auf die zu laufenden Strecken verständigt hatte, blieb Borg noch im Raum, als alle im Begriff waren hinauszugehen. Borg signalisierte Sina, schon vorzugehen.

»Ist noch etwas, Borg?«, fragte Koller und schaute dabei auf die Unterlagen auf seinem Tisch, die er zu ordnen begann.

»Zwei Dinge«, sagte Borg.

Koller blickte zu ihm auf.

»Zum einen möchte ich einmal wissen, warum Sie etwas dagegen haben, dass ich im Team mit Frau Bachmann laufe …«

»Glauben Sie, ich bin blind?«, unterbrach ihn Koller. »Ich sehe doch genau, dass sich zwischen Ihnen etwas anbahnt. Das kann ich nicht gebrauchen in meinem Team«, sagte Koller scharf.

»Na, dann sollten Sie Meyer und Müller auch nicht zusammen joggen lassen. Die verbringen mehr Zeit im Gebüsch als auf den Wegen!«

»Was noch?«, fragte Koller wütend.

»Ich hab's mir überlegt. Die zweite Sache sage ich Ihnen erst, wenn wir den Killer geschnappt haben, sonst spielen Sie wieder Ihre Machtposition aus und ziehen mich womöglich von dem Fall ab.« Borg drehte sich um und ging aus dem Besprechungsraum.

Er hatte nicht mehr den leisesten Schimmer, was er als Zweites hatte sagen wollen. Als Koller ihn unterbrochen hatte, war es ihm einfach entfallen. Durch diesen Abgang hatte er das Gespräch aber zumindest nicht als völliger Verlierer beendet.

Vor der Tür wartete Brammel auf ihn.

»Sind Sie einsatzbereit?«, fragte er und freute sich, wie sich dumme Menschen freuen, wenn es nichts zum Freuen gibt.

»Wir laufen hintereinander, Sie hinter mir«, sagte Borg und ging an ihm vorbei.

KAPITEL 15

Jogger

Die nächsten zwei Tage verliefen ereignislos. Borg und Brammel joggten zu den ihnen zugeteilten Zeiten die zuvor besprochenen Strecken.

Am ersten Tag waren sie von 12 Uhr bis 14 Uhr unterwegs, liefen wieder am Ölpersee und am Schwarzen Berg, und absolvierten ihre zweite Runde von 18 Uhr bis 20 Uhr.

Brammel redete in einer Tour, aber nur unwichtiges Zeug. Er trug bei jeder Runde ein zu kleines nikotingelbes Käppi, das ihn noch dämlicher aussehen ließ als einen Zirkusclown. Borg kommentierte diese modische Entgleisung nicht, denn sie passte zum Rest von Brammels Erscheinungsbild.

Am zweiten Tag hatte Borg Kopfhörer dabei. Sie joggten am Mittellandkanal Richtung Marina Bortfeld und beim folgenden Einsatz an diesem Tag an der Hauptstraße, die von Watenbüttel entlang der Peiner Straße nach Völkenrode führte, von dort bis zum Kreisel nach Bortfeld, um dem geraden Weg am Mittellandkanal zurück nach Watenbüttel zu folgen. Es war eine Tortur.

Brammel schien nicht zu bemerken, dass Borg ihn nicht hörte. Er redete unentwegt weiter.

Borg konzentrierte sich auf die Gesichter der Menschen, die ihnen begegneten. Tatsächlich trafen sie am zweiten Tag mehrere Personen, die ihnen schon am ersten Tag über den Weg gelaufen waren.

Als sie am dritten Tag, wieder am Ölpersee, an einer Bank verschnauften, kamen zwei hübsche Joggerinnen vorbei und blieben bei ihnen stehen, weil eine sich den Schnürsenkel binden musste.

Borg verwickelte die beiden in ein Gespräch. Er fragte nach auffälligen Personen oder ungewöhnlichen Beobachtungen, die die beiden Frauen vielleicht gemacht haben könnten.

»Nö. Hier ist alles wie immer«, sagte die eine der beiden, die ihre roten Haare zu einem Pferdeschwanz nach hinten gebunden hatte.

Die andere, etwas kräftiger, aber sehr weiblich gebaute Joggerin hatte einen Laufanzug an, der alle Regenbogenfarben enthielt. Die beiden waren wirklich etwas fürs Auge.

»Ich bin Larissa, und das ist Nadja«, sagte die Rothaarige.

»Ich bin Olli, und das ist Brammel«, sagte Borg. Und er freute sich, dass sein Kollege mit dem Sprechen aufgehört hatte. Brammel war in Anwesenheit von Frauen wohl etwas zurückhaltend.

»Ihr seid ja gestern schon hier gelaufen, macht ihr das jetzt öfter?«, fragte Larissa und zog ihren Zopf fest.

»Nur solange, bis wir umgebracht werden«, sagte Borg.

»Ach, hast du auch in der Zeitung gelesen, dass hier Jogger abgemurkst werden?« Die beiden Frauen lachten.

Das Gespräch lief weitere fünf Minuten und wurde dann interessanter.

»Wir treffen uns immer um 15:00 Uhr am Ölpersee, trinken noch einen Prosecco und laufen anschließend eine Stunde«, sagte die Regenbogenfrau. »Kommt doch morgen einfach dazu. Wir bringen Gläser für euch mit.«

Borg nahm die Einladung an. Vielleicht konnte man, wenn man noch tiefer in das Joggervolk eintauchte, mehr herausbekommen.

Die Frauen liefen wieder weiter, und Borg fühlte sich beim Hinterherschauen und dem Blick auf ihre Gesäße unweigerlich an zwei aufrechtstehende Brötchen erinnert.

»Brammel, ich habe nur eine Bitte für morgen!«, sagte Borg, als die Frauen weitergelaufen waren, ihn nicht mehr hören konnten und er es endlich geschafft hatte, seinen Blick von ihren im Einklang schwingenden Hintern abzuwenden.

»Ja, was denn?«, fragte Brammel.

»Stell dich bitte morgen unter die Dusche, bevor wir laufen. Sonst ist mir das peinlich, wenn wir uns mit den Mädels da treffen«, sagte Borg. »Und setz nicht wieder dieses schreckliche Käppi auf!«

»So viel Duschen ist gar nicht gesund«, sagte Brammel. »Ich habe vorgestern erst geduscht.« Es klang aus seinem Mund wie eine Selbstverständlichkeit. »Außerdem brennt meine Haut!«

»Bitte, keine Einzelheiten!«, sagte Borg.

»Das sind diese verdammten Eichenspinner! Ich bin allergisch …« Brammel hielt seine geröteten Unterarme nach vorn.

»Was?« Borg durchfloss die Aufmerksamkeit eines Wachhundes. »Du meinst Eichenprozessionsspinner.« Er sah sich Brammels Arme genau an. »Dieser Ausschlag kommt von diesen Viechern?«, fragte er, nur um sicher zu gehen, dass der starke Hautausschlag nicht von Brammels mangelnder Hygiene herrührte.

»Ja, ich bin bei der Spurensuche an diesen Bäumen am Kanal gewesen. Da haben mich die Spinner wohl berührt«, sagte Brammel.

Borgs Herz schlug schneller. Diesen Ausschlag hatte er schon mehrfach gesehen: An den Armen von Dr. Igor Leibnitz und auch an denen von Irina Komarow. Jetzt war in seinem Kopf wieder alles durcheinander. Das zuvor zerfallene Puzzle lag nicht nur in Einzelteilen vor ihm, es waren auch noch Teile, die gar nicht zueinander passen konnten. Wenn Leibnitz und Komarow als Mörder nicht infrage kamen, warum führten alle Spuren immer wieder zu ihnen?

Borg und Brammel liefen weiter. Trotz der körperlichen Belastung hatte Borg das Gefühl, das Joggen würde ihm guttun.

Sein Herzschlag beruhigte sich schneller, wenn er zum Stehen kam, er empfand das Schwitzen als angenehmer, und der Schmerz in seinen Beinen war besser auszuhalten als noch am Anfang dieser wohl ungewöhnlichsten Mission, an der Borg jemals beteiligt gewesen war.

Sie liefen an einer Engstelle zwischen Oker und Ölpersee entlang. Borg hatte am Abend zuvor Kartenmaterial angesehen und auch etwas über den See gelesen. Erstaunt hatte er festgestellt, dass der Ölpersee genau am 24. Mai 1979, seinem Geburtstag, eingeweiht worden war. Aus diesem Blickwinkel betrachtet, hatte sich der künstliche See besser gehalten als er. Alles blühte und lebte. Die Luft war gut, und die Natur pulsierte. Hätte Borg seinen Körper und seine Verfassung beschreiben müssen, wäre er wohl nicht so gut dabei weggekommen.

Zwei Fahrradfahrer sausten an Borg und Brammel vorbei, deren Gesichter er nicht hatte erkennen können.

Auf dem Weg laufend und in seinen Gedanken schwimmend, starrte Borg auf seine unentwegt nach vorn ausgreifenden Füße, die den grauen Asphaltweg nach hinten wegzogen, als würden diese kleinen Sportschuhe wie die klebenden Zungen von Fröschen herausschnellen und den ganzen Erdball Meter für Meter unter ihren Sohlen durchrollen lassen wollen.

Die Hitze hatte zugenommen und war fast unerträglich.

»Wir haben bestimmt 30 Grad im Schatten«, sagte Brammel.

»Ja, nur leider ist hier nirgends Schatten«, kommentierte Borg lustlos.

Er sah auf die Uhr. Wie lange würden Sie noch laufen müssen? Als die Uhr keine Zeit zeigte, fühlte er sich in seiner Meinung bestätigt: Diese Smartwatches von Koller waren Schrott.

»Meine Uhr ist aus. Geht deine noch?«, fragte Borg.

»Ja. Läuft. Willst du wissen, wie spät es ist?«

»Neee!« Borg klopfte auf das Display seiner Uhr, und als sich nichts tat, versuchte er diesen unnötigen und nutzlosen Technikballast an seinem Arm zu ignorieren. Es dauerte fast zehn Minuten, bis er den Ärger über die leere Batterie oder den Defekt der Uhr vergessen hatte.

Hundert Meter weiter kam ein Jogger auf sie zugelaufen, der freundlich die Hand hob und grüßte.

Borg kannte den Mann vom Sehen. Es war ein Spieler von Eintracht Braunschweig. Zwar hatte Borg den Fußballer nie persönlich kennengelernt, aber da er öfter in der Zeitung abgebildet gewesen war, hatte Borg ihn erkannt. Er war den Polizisten nun schon mehrere Male beim Joggen begegnet, und Menschen, die die gleichen Leidenschaften haben (oder die das gegenseitig annehmen), sind einander freundlicher gesinnt.

Gespannt wartete Borg auf die nächste Begegnung, mit wem auch immer. Von weitem sah er einen Mann angelaufen kommen: Leibnitz.

»Brammel! Ab ins Gebüsch. Da kommt Dr. Leibnitz. Ich hänge mich an ihn ran, und du verfolgst uns auf Abstand!« Borg stieß Brammel an die Schulter, und der verschwand im Gebüsch an der Oker. Hoffentlich hatte Leibnitz ihn nicht gesehen.

Borg lief schnurstracks auf den Urologen zu. Der schaute erst irritiert, dann erkannte er Borg offenbar.

»Ach, hallo! Ich wusste gar nicht, dass Sie dieses Hobby haben«, sagte Leibnitz übertrieben freundlich.

»Ich auch nicht«, erwiderte Borg.

»Das ist ein schöner Zufall, dass ich Sie hier treffe. Ich wollte meine Sprechstundenhilfe bitten, Sie zu kontaktieren. Wir haben einen erhöhten PSA-Wert feststellen können, als wir Ihr Blut untersucht haben. Es scheint so, als wären Sie krank. Wie fühlen Sie sich?«

»Mir geht es sehr gut«, sagte Borg. Insgeheim überlegte er. Ging es ihm wirklich ›sehr gut‹? Wollte Leibnitz ihn auf der psychischen Ebene schwächen? »Wie war es in London?« Er hatte genug von der Maskerade.

»Woher wissen Sie davon?«, fragte sein Gegenüber und runzelte die Augenbrauen.

»Das kann ich Ihnen gerne alles erzählen. Was dagegen, wenn wir ein Stück zusammen laufen?«

Leibnitz' Gesicht zeigte Abscheu. »Na gut. Wenn Sie mit mir Schritt halten können?«

Und schon beschleunigte er, lief in die Richtung, aus der Borg gekommen war.

Keine Schwäche zeigen! Das ist jetzt zu wichtig!, dachte Borg, und er schloss zum Arzt auf.

»Wer hat Ihnen denn erzählt, dass ich in England war?« Leibnitz starrte stur geradeaus, als wolle er mit seinen Blicken in der Entfernung eine Zielscheibe treffen.

»Ihre Tochter hat es mir erzählt.«

»Sie kennen Dunja?« Jeder Vater hätte spätestens jetzt den Mann angesehen, der seine Tochter kannte, besonders wenn dieser Mann fast doppelt so alt war wie sie selbst, doch Leibnitz war weit entfernt davon, seinen Kopf zu Borg zu drehen.

Borg deutete dieses Zeichen: Leibnitz wusste bereits, dass Dunja und er miteinander gesprochen hatten.

»Warum war ich Thema?«, fragte Leibnitz.

»Ich arbeite für die Polizei und versuche, die Morde und das Verschwinden der Jogger hier in Braunschweig aufzuklären.«

Leibnitz sagte nichts. Offenbar überlegte er.

Borg blickte einmal unauffällig hinter sich: Ja, Brammel lief in hundert Metern Entfernung hinter ihnen her – zumindest das schien zu funktionieren.

Auf einer Rasenfläche vor dem See war eine mobile Pommesbude aufgebaut worden, und das Geschäft schien gut zu laufen. Die Menschen standen Schlange.

Erst rennen sie sich die Kilos ab, dann fressen sie sie sich wieder an, dachte Borg. Und er war etwas enttäuscht von sich selbst, als der Geruch der Fritten in seine Nase drang und auch in ihm ein Hungergefühl auslöste.

Der gleichbleibende Rhythmus von Borgs Füßen auf dem Weg versetzte ihn in eine Art Trance. Er lief immer weiter und weiter. Er konnte sich jetzt voll auf Leibnitz konzentrieren. Wie würde er ihn aus der Reserve locken können?

»Sind Sie schon einmal diesen Weg gelaufen?«, fragte Leibnitz und bog scharf nach links ab. Ja, diese Steigung kannte Borg. Sie führte zu dem Wäldchen, in dem er mit Kusnezow konfrontiert worden war und die beiden Augäpfel gefunden hatte.

»Ich zeige Ihnen ein paar nette abgelegene Wege voller Natur«, sagte Leibnitz. »Ihre Augen werden an dieser Idylle kleben, das verspreche ich Ihnen.«

Ein mulmiges Gefühl stieg in Borg auf. Er ließ sich eine Schrittlänge zurückfallen und schaute auf die Taschen von Leibnitz Sporthose – wieder dieses tennisartige Outfit. Als er sicher war, dass sich in Leibnitz' Hosentaschen keine Waffen – zumindest keine großen Waffen – befinden konnten, holte er den Abstand wieder auf. Hoffentlich hatte Brammel gemerkt, dass sie abgebogen waren.

Der Weg führte zunächst über eine zwei Meter breite Schneise in den Wald, verengte sich jedoch mehr, und mehr und dann bog Leibnitz noch einmal scharf nach links ab. Hier war Borg noch nie gelaufen. Er versuchte, sich den Stand der Sonne einzuprägen. Vielleicht wäre das noch wichtig.

Jetzt war der Weg so schmal, dass die beiden Männer, deren gegenseitige Sympathie auf Null gesunken war, kaum noch nebeneinander laufen konnten, ohne die Äste zu streifen, die sich wie Arme und Finger auf den Weg ausstreckten, um die Lücke des Weges dazu zu nutzen, die Sonnenstrahlen einzufangen.

»Laufen Sie mal vor. Geben Sie das Tempo an, Sie sind ja der langsamere von uns, und ich kann Ihnen sagen, wo Sie lang müssen«, sagte Leibnitz.

Borg hielt das für eine sehr schlechte Idee, aber ehe er sich versah, war der Doktor schon hinter ihm.

Borg nutzte den Moment, um sich einmal umzudrehen und nach Brammel zu sehen. Keine Spur von seinem Kollegen. Mist!, dachte Borg, Brammel hat's versaut. Jetzt fühlte er sich noch unwohler, und er wusste nicht, ob der Schweiß, der ihm nun über das Gesicht lief, vom Joggen kam oder von der Beklemmung, die er verspürte.

Der ganze Ölpersee hatte von joggenden Menschen nur so gewimmelt, und hier, wo man streckenweise auch im Schatten laufen konnte, war keine Menschenseele.

Borg konzentrierte sich auf sein Gehör. Er vernahm das monotone Atmen des Mannes hinter ihm und auch dessen Schritte auf dem Waldweg.

»Was haben Sie denn bis jetzt über die Morde herausfinden können?« Leibnitz' Stimme hatte diesen überlegenen Ton, der so gar nicht zu der gestellten Frage passte.

»Wir haben einige Verdächtige und auch zahlreiche Spuren gefunden, die momentan ausgewertet werden. Es kann nicht mehr lange dauern, und wir werden den Mörder dingfest machen«, log Borg.

Er bekam eine Gänsehaut, als er spürte, wie er mit seinem Gesicht durch Spinnweben lief, die eines dieser widerlichen Tiere hier über den Weg gespannt hatte.

»Glauben Sie, hier läuft man Gefahr, beim Joggen umzukommen?«, fragte Leibnitz von hinten.

Was sollte man darauf antworten? »Das ganze Gebiet wimmelt nur so von Polizisten. Die haben alles unter Kontrolle«, sagte er.

»Auch hier auf den abgelegenen Wegen?«, fragte Leibnitz.

Eine Hummel flog an Borg vorbei. Sein Herz begann noch schneller zu schlagen, als es das ohnehin schon tat.

»Jetzt sind Sie mal dran, vorzulaufen.« Ruckartig wurde Borg langsamer. Leibnitz überholte und ließ es sich nicht nehmen, Borg an der Schulter zu rammen, als er ihn passierte.

»Verzeihung!«, sagte er. »Sie haben es so gewollt. Ich gebe das Tempo vor.«

Du meine Güte, dachte Borg, das ist kein Joggen mehr, das ist Sprinten. Borg hätte sich peitschen müssen, um eine annähernde Geschwindigkeit, wie dieser Mann sie vorgab, länger als eine Minute durchhalten zu können. Aber vielleicht bluffte Leibnitz mit seiner Kondition, er war schließlich auch nicht mehr der Jüngste.

Borg atmete tiefer ein und sah sich um. Von Brammel keine Spur.

Seine Lungen begannen zu stechen wie bei einem Apnoetaucher, der sich zu weit in die Tiefe gewagt hatte und merkte, dass sein Sauerstoff bis zum Auftauchen nicht mehr reichen würde.

Borg wollte Leibnitz auf keinen Fall aus den Augen verlieren. Der Arzt war jetzt schon zehn Meter weiter vor ihm. Der Waldweg schien kein Ende zu nehmen.

Leibnitz hatte Spaß daran, wie ein Karnickel auf der Flucht, plötzlich Haken zu schlagen und in noch schmalere, in die Abgelegenheit führende Waldwege einzubiegen. Borg quälte sich in die grünen Tunnel hinterher.

Leibnitz hielt sich mit dem Daumen seiner rechten Hand das rechte Nasenloch zu und schoss aus seinem linken eine kleine Schleimfontäne in das Unterholz. Als er dasselbe mit dem anderen Nasenloch machte, flog ein grünlicher Schleimpfropf auf seinen rechten Unterarm.

Der Kommissar verzog angeekelt sein Gesicht. Im selben Moment riss etwas an seiner Balance, und er stolperte. Er war in eine Vertiefung im Waldboden getreten, und durch den Ruck wäre er fast gestürzt. Das war Glück im Unglück. Borg sah wieder in Leibnitz' Richtung. Aber wo war der Mann? Als hätte ihn der Wald verschluckt, gähnte der Weg ohne Ziel in völliger Leere in seinem satten Dunkelgrün.

Borg lief schneller. Der Weg gabelte sich weiter vorn in zwei Richtungen. Beide Richtungen waren menschenleer. Wo war dieser Bastard hingelaufen?

»Mist!« Borg fluchte. Er lief weiter und schneller. Intuitiv folgte er dem Weg nach rechts. Keine zwanzig Meter weiter stand Borg vor einer weiteren Gabelung.

»Verdammte Scheiße!« Er zischte. War die Chance, auf dem richtigen Weg hinter Leibnitz her zu sein, bis eben noch bei 50 Prozent gewesen, so hatten sich seine Chancen hier noch einmal halbiert.

Borg entschied sich wieder für die rechte Abzweigung. Schweiß tropfte von seiner Stirn.

Jetzt war der Spaß vorbei. »Nicht alleine laufen«, hatte Jan-Frederick Koller gesagt. Borg wünschte, er hätte sich an diese Anweisung gehalten.

Links von Borg knackte es im Gebüsch. Unweigerlich erinnerte er sich an die gewalttätige Konfrontation mit Kusnezow, dessen Leiche man noch immer nicht gefunden hatte. Wahrscheinlich hatte sich der mittlerweile aufgedunsene Körper unter der Last der Oker an irgendeinem unter Wasser liegenden Baumstamm verklemmt und faulte vor sich hin.

Es knackte im Unterholz. Borg blieb stehen. Er lauschte. War da etwas? War da jemand?

Er musste aus diesem Labyrinth der Stämme und Büsche entkommen. Hier war er in einer unterlegenen Position, wenn es ein Angreifer auf ihn abgesehen hätte.

Borg lief schneller und kam sich trotzdem langsam vor. Der menschliche Körper war keine Maschine, und dennoch lief er mit den unterschiedlichsten Treibstoffen viel effizienter als etwas künstlich Erschaffenes. Füllte man in den Tank eines Autos auch nur etwas geringfügig anderes als das dafür bestimmte Benzin, war der Motor sofort tot. Der menschliche Körper lief mit Nutellatoast, Nudeln, Steaks, Salaten und Zuckerwasser. Sogar mit Sazerac, dachte Borg – aus allem gewann er Energie. Was für ein perfektes System – und doch hatte es Schwächen: Schmerz, Krankheit, Schwäche, Tod.

Schwäche und Schmerz breiteten sich in Borgs System bereits aus. Nach Leibnitz' Angaben war da auch Krankheit – was würde heute noch kommen?

Borg sah sich immer wieder um, während er lief. Büsche, die dicht am Weg standen und in die er nicht hineinsehen konnte, passierte er mit größtmöglichem Abstand.

Wo war der Ausweg aus diesem nervenzermürbenden Waldgefängnis? Die Natur hatte für ihn jegliche Schönheit verloren.

Borg glaubte, überall im Gehölz Gesichter zu sehen. Diese Clustering-Illusionen waren kein Spaß. Sie erschreckten Borg. Er kam auf eine weitere T-Gabelung zu, in deren Mitte eine hölzerne Bank stand.

In jeder anderen Situation und mit diesem Gefühl der Erschöpfung hätte Borg sich für Stunden auf dieser Bank niedergelassen, aber daran war jetzt nicht zu denken. Vielleicht war er Freiwild, und ein Jäger wartete nur auf den richtigen Moment. Borg bog wieder rechts ab.

Er lief bis zur Übelkeit. Sein Zahnfleisch schmerzte, und sein Hinterkopf pochte. Das musste irgendwann ein Ende haben. Als er auf das rosafarbene Armband seiner Uhr sah, stieg wieder der Ärger in ihm auf. Die Anzeige war tot; er vielleicht auch bald, und das war alles Kollers Schuld.

Borgs Fußsohlen fühlten sich an, als wäre er über glühende Kohlen gelaufen. Wieder verjagte er sich, weil sich Äste bewegten. Nur der Wind! Er rannte und rannte … da kam er wieder auf eine T-Gabelung zu. Was war das? Diese Bank kannte er doch!

»Verdammt!«, schnaubte er. Hier war er vor fünf Minuten schon vorbeigekommen. Borg orientierte sich nach links.

Das T-Shirt klebte an seinem Körper. Jeder Muskel war gespannt. Fest davon überzeugt, gleich wieder voll gebraucht zu werden, vielleicht in einem Überlebenskampf, verspannte sich jede einzelne Faser in Borgs Körper. Er lief wie ein gejagtes Tier, das nur in der Flucht seinen Ausweg sah. Borgs linker Knöchel begann zu schmerzen. Mit jedem Schritt kroch der Schmerz im Unterschenkel höher, und Borg hatte auch das unangenehme Gefühl, als würde der Knöchel anschwellen.

Wie viele Kilometer war er heute schon gelaufen?

Wieder bog er ab. Das war einer dieser Albträume, die sich immer und immer wieder wiederholten und aus denen man nur dann aufwachte, wenn etwas Schreckliches passierte.

Borg atmete eine Fliege ein und hustete erbärmlich. Wenn jemand in der Nähe war, dann konnte diese Person sein Husten und jetzt auch das Würgen kaum überhört haben.

Mach dich nicht selbst zum Ziel!, dachte Borg. Reiß dich zusammen!, ermahnte er sich gedanklich. Schritt für Schritt stampften seine träge gewordenen Füße über Sand, Erde und Laub.

Nein! Das konnte nicht sein! Da war sie wieder! Diese verdammte Bank an der T-Kreuzung. Vor seinen Augen flimmerte es. Er taumelte nun zum dritten Mal auf dieselbe Bank zu. Seine Hände stützten sich auf das Holz der Rückenlehne, und er japste. Mit den letzten Kräften dehnte sich seine Lunge aus und ließ die lebensnotwendige Luft hinein, auch wenn sie sich den Schmerzen am liebsten unterworfen und ihre Arbeit eingestellt hätte.

Borg sank langsam nach vorn, und da entdeckte er das Blut auf der Lehne und der Sitzfläche. Neben der Bank lang Brammels schreckliches gelbes Käppi. Sein Atem stockte. Er sah sich ruckartig um. Hinter ihm stand Leibnitz mit einem verrückten Lächeln im Gesicht. Das weiße Tennis-Shirt des Mannes war mit mehreren roten Klecksen besprenkelt.

KAPITEL 16

Kein Weg fuehrt zurueck

Borg ballte seine Fäuste und rechnete mit dem ihn womöglich überwältigenden Angriff. Leibnitz hielt etwas in seinen Händen, aber das war keine Waffe. Was war es?

»Alles in Ordnung?«, fragte Leibnitz. »Sie sehen aus, als hätten Sie einen Geist gesehen!«

Borg versuchte zu verstehen, was hier geschah. Er erkannte die beiden Portionen Pommes in Leibnitz' Händen.

»Ich habe uns etwas zur Stärkung besorgt. Ihr Kollege kommt auch gleich. Sehen Sie mich mal an. Ich laufe rum wie ein Ferkel. Ihr Kollege ist mit seinen Pommes über die Baumwurzel hier gestolpert und hat alles mit Ketchup vollgespritzt. Wir sind noch einmal losgelaufen, um neue Pommes zu holen. Er müsste auch gleich hier sein. Ist nicht besonders fit, der Mann.« Leibnitz lachte schallend auf.

Borg sah noch einmal hin. Ja, es waren zwei Schälchen Pommes, die Leibnitz da in den Händen hatte. Das Laufshirt des Mannes war mit Ketchup besprenkelt, und auch die Bank neben Borg war nur voller Ketchup – es war kein Blut. Wie absurd war diese Situation? Jetzt sah Borg auch überall am Boden verstreut einzelne Pommes liegen. Die waren ihm vorher gar nicht aufgefallen … Sein Fokus hatte nur auf dem gelegen, was er für Blut gehalten hatte. Borg blickte zwischen der ketchupbeschmierten Bank und Leibnitz hin und her. Der Arzt hatte die Wahrheit gesagt.

»Ich wusste, dass Sie hier vorbeikommen würden!« Wieder lachte er schallend. »Das ist ein tückischer Rundweg im Wald, der Ausgang zum See ist fast ganz zugewachsen, den habe ich am Anfang auch immer übersehen und bin wie ein Hamster im Rad Kreise gelaufen.«

Borg merkte, wie ihm das Blut in die Beine sackte. Nicht mehr lange, und er würde einen Kreislaufkollaps erleiden.

»Pommes!«, rief Brammel, der von rechts den Weg entlangkam. Er hatte in der einen Hand drei kleine Wasserflaschen, deren Hälse er geschickt zwischen die Finger geklemmt hatte, in der anderen Hand trug er eine Portion Pommes mit Ketchup.

»Ich hatte dich verloren, und dann sah ich Herrn Dr. Leibnitz in der Schlange am Pommesstand. Geile Idee von ihm, oder?« Brammel freute sich wie ein Kind.

Borg setzte sich auf die Bank und ignorierte, dass er sich in den Ketchupklecksen niedergelassen hatte.

Dieser Kollege war untragbar. Er musste alle Hebel in Bewegung setzen, um in Zukunft mit Sina laufen zu können, dachte Borg. Wahrscheinlich hing sogar sein Leben davon ab.

Es war gegen 19:00 Uhr, als Borg noch immer unter den stechenden Strahlen seiner Dusche saß. Die feuchten Stacheln brannten auf seiner Haut,

147

denn dadurch, dass er auf dem Boden der Dusche saß, trafen sie seinen matten Körper mit mehr Kraft.

Er hatte die Pommes, die Dr. Leibnitz besorgt hatte, mit Widerwillen gegessen, und seine Wahrnehmung im Wald war wie durch eine Wand dicker Watte von der Außenwelt abgeschirmt worden, während er monoton gekaut hatte.

Brammel hatte ihn darauf hingewiesen, dass er sich in das Ketchup gesetzt hatte, aber das war Borg egal gewesen. Er hatte die Wasserflasche, die Brammel ebenfalls am Pommesstand am Ölpersee besorgt hatte, in einem Zug geleert.

Die Worte und Wortfetzen, die zu ihm durchgedrungen waren, hatten keinen Sinn ergeben. Borg war körperlich am Limit gewesen und hatte kurz vor einem Hitzschlag gestanden. Sein Nervensystem hatte alles Unwichtige von ihm abgehalten.

Nun saß er in seiner Wohnung unter der Dusche und spülte seit fast dreißig Minuten die Last des Tages von seiner Haut. War er wirklich nervlich so angeschlagen, dass er einem Phantom hinterherjagte? War Dr. Leibnitz doch nur Dr. Leibnitz und mehr nicht?

Borg dachte an Berber, der noch immer auf der Intensivstation des Krankenhauses lag. Was hätte er nun getan? Was hätte er aus den Ereignissen geschlussfolgert?

Als Borg versuchte, seine Beine zu strecken und sich aufzurichten, packte ein Krampf seine rechte Wade, und er zog das Bein unter Schmerzen in die ursprüngliche Position zurück.

Er würde sich für morgen krank melden, dachte er, verwarf den Gedanken aber wieder, als er sich entsann, dass er eine Verabredung am Ölpersee hatte: Larissa und Nadja waren keine Frauen, die man versetzen sollte.

Es dauerte fast weitere zwanzig Minuten, bevor Borg die kleine Duschwanne verlassen hatte. Er frottierte seinen Körper und fragte sich, warum seine Arme so schlapp waren, obwohl er doch mit den Beinen gelaufen war.

Dr. Leibnitz hatte sein Durchhaltevermögen gelobt, aber auch darauf hingewiesen, man solle die Warnsignale des Körpers nicht ignorieren. Jetzt, als sich Borg an die Worte des Arztes erinnerte, musste er schmunzeln. Dieser widerliche Quacksalber, dachte Borg, was führte er im Schilde, und wie war er mit seinen Machenschaften in diesen ganzen Fall verstrickt?

Die Wohnungstür wurde aufgeschlossen.

»Olli, ich bin's!«, rief die vertraute Stimme von Paul.

Borg trat aus dem Badezimmer in den Flur.

»Mann, ey!«, rief Paul. »Zieh dir gefälligst was an!«

Borg verdeckte mit seinen Händen sein Glied. Da stand ein Mädchen neben Paul – vermutlich Emma – und ihr verstörter Gesichtsausdruck sagte ihm, dass sie nicht mochte, was sie sah.

»Tschuldigung. Ich hab' heute mal nackt geduscht.« Borg taumelte rückwärts ins Bad zurück und verschloss die Tür.

Als er wieder herauskam, hatte er einen Bademantel an. Seine Haare standen vom Frottieren igelartig ab, und seine nackten Füße patschten schwerfällig auf den Bodenfliesen im Flur.

»Was macht ihr denn hier?«, fragte Borg seinen Sohn.

»Wir holen nur meine Sachen«, erklärte Paul, und Borg sah, wie der Junge verschiedene Mappen, einen Zauberwürfel, Bücher und Kleidungsstücke in einen Wäschekorb legte.

»Warum packst du denn die Sachen ein?«, fragte Borg.

Emma, die wortlos neben Paul stand, war wohl tief in die Familienverhältnisse eingeweiht, denn sie schenkte Borg keine netten Blicke und hatte ihn nicht einmal begrüßt.

»Mama sagt, ich soll vorerst keinen Kontakt zu dir haben. Sie hat mich hergeschickt, um meine Sachen zu holen.« Paul konnte seinem Vater auch nicht in die Augen sehen. »Die Blu-rays hole ich nächste Woche ab«, sagte er und schob einen Stapel verschiedener Filme, die nicht mehr in den Korb gepasst hatten, nach hinten an die Wand des Regals links neben ihm.

»Hör mal, Paul, das mit Luigi tut mir leid. Ich tue alles, was ich kann, um herauszufinden, wer dafür verantwortlich ist, aber ich habe mit der Sache nichts zu tun, das musst du mir glauben!«

»Das kannst du Mama erzählen. Ich halte mich da raus«, sagte Paul.

»Ja. Du hältst dich so weit raus, dass du den Kontakt abbrichst. Findest du das fair?« Borg war wütend, mehr noch: Er war besorgt.

»Du mischt dich immer in meine Sachen ein, du bist nicht da, wenn wir verabredet sind, und du trinkst immer Alkohol!«

Was sollte Borg darauf sagen? Paul hatte ja recht.

»Dieser Hausmeister war ein Killer! Du warst mit einem Killer joggen! Ist dir das klar? Wer passt auf dich auf, wenn ich es nicht tue?«, fragte Borg.

»Du hast Arthur ja aus dem Verkehr gezogen, wie ich hörte, also musst du nun nicht mehr auf mich aufpassen!«, sagte Paul und hob unter Anstrengung den viel zu vollen roten Wäschekorb vom Tisch auf den Fußboden.

»Da draußen wimmelt es nur so von Menschen, die einem Böses wollen!« Borg ging auf Paul zu, der zurückwich.

»Ich bin kein kleines Kind mehr«, sagte Paul und meinte es ernst. »Mama hat recht, wir sollten erstmal ein bisschen Abstand voneinander haben.«

Borg atmete resigniert aus.

Paul merkte, wie sehr seinen Vater die Situation belastete, und er versuchte, mildernde Worte zu finden.

»Wir laufen uns bestimmt hin und wieder beim Joggen über den Weg«, sagte er.

Borg richtete schlagartig seinen kraftlos gesenkten Kopf auf.

»Kommt nicht in Frage! Du gehst auf keinen Fall Laufen!«, sagte er laut.

»Jetzt willst du mir schon wieder was verbieten!« Paul wurde sauer.

»Da draußen läuft ein Mörder frei rum! Dein Hausmeister war nur ein Tentakel des Tintenfischs. Hier werden Menschen geschlachtet! Ich will auf keinen Fall, dass du weiterhin joggst!« Borg meinte es ernst, und das konnte man aus seiner Stimme auch klar heraushören.

»Keine Sorge, Herr Borg«, mischte sich Emma ein. »Ich werde Paul immer begleiten und auf ihn aufpassen«, sagte sie beschwichtigend.

»Kleines Mädchen. Pass lieber auf, dass du in einem Stück bleibst.« Borg hob seinen rechten Zeigefinger. »Da draußen, diese Wege, die für dich eine lustige bunte Schmetterlingswelt sind, da verschwindet ein kleines Mädchen wie du ganz plötzlich und taucht dann tot an zwei verschiedenen Orten wieder auf – und zwar zur selben Zeit!« Schon als er das ausgesprochen hatte, wusste Borg, dass er maßlos über das Ziel hinausgeschossen war.

Paul hob den Wäschekorb mit einem Ruck an. »Komm«, sagte er zu Emma. Beide gingen an Borg vorbei und verließen die Wohnung.

Die Tür knallte. Borg war wieder allein. Er überlegte. Wenn man alleine ist, kann man mit dem Schuldigen alle Fehler besprechen, dachte er. Er schüttelte resigniert den Kopf. Gab es irgendetwas Positives, woran er sich aus der Schlucht dieser in ihm aufsteigenden Depression herausziehen konnte? Borg dachte an seine Kindheit. Damals war alles so leicht erschienen. Wenn auch er in der Zukunft sagen würde: »Früher war alles besser«, dann müsste doch die Vergangenheit dieser Zukunft das Jetzt sein.

Mit anderen Worten: »Jetzt ist es besser!« Er sollte damit anfangen, das zu genießen.

Borg ging ins Wohnzimmer. Er öffnete die Minibar und nahm vier noch verschlossene Flaschen heraus. Es waren je zwei Cognac- und Peychaud's Bitters-Flaschen. Er trug sie fest entschlossen in die Küche, stellte sie auf die Arbeitsplatte, drehte eine nach der anderen auf und goss den Inhalt in den Ausguss.

Bei der letzten Flasche schüttete er einen Fingerbreit Cognac nicht aus, sondern hob die Flasche zum Mund und trank diesen Rest in einem Schluck.

»Zum Abschied!«, sagte er. Es half nichts, sich an der Vergangenheit festzuklammern. Die Zeit machte alle Menschen gleich. Wer mehr über das Vergangene nachdachte als über das Zukünftige, der war der beste lebende Beweis für das Altern. Borg musste nach vorn schauen. Es führte ohnehin kein Weg zurück.

Am Abend wusste Borg nichts mit sich anzufangen. Im Fernsehen lief nichts, was ihn interessierte, keines seiner Bücher konnte ihn dazu bewegen, vom Sofa aufzustehen, und ohne Alkohol – war es die richtige Entscheidung gewesen, den wegzukippen? – kam er sich völlig nutzlos vor.

Borg ging ins Arbeitszimmer und fuhr den Computer hoch. Er hoffte, dass das Hochfahren nicht ein typischer Computerstart werden würde: Man glaubt, es funktioniert, doch nichts passiert. Borgs Befürchtungen traten nicht ein, die Technik war heute auf seiner Seite.

Er öffnete sein Facebook-Profil und gab in der Suchleiste Sinas Namen ein. Irgendwie musste er mit ihr kommunizieren, und ohne Handy sah er nur den Weg über die sozialen Netzwerke, die sich auch auf dem Rechner öffnen ließen.

Sina empfing seine Nachrichten übers Handy. Sie antwortete ihm sofort.

»Wenn wir uns Mittwoch mit Koller treffen, dann werde ich ihm sagen, dass ich nicht mehr mit Brammel laufe. Wenn er nicht drauf eingeht, dann kündige ich. Gibt es bei dir was Neues?«, schrieb er.

»Berber geht es schlechter. Die Ärzte machen sich nicht viel Hoffnung auf eine baldige Besserung, ganz im Gegenteil«, antwortete Sina.

»Hast du etwas herausfinden können? Ich war heute mit Leibnitz laufen und werde langsam paranoid!«

»Leibnitz hat viel Kohle. Er besitzt eine Mini-Jacht. Rate mal, wo.« Sina machte es wieder besonders spannend.

Borg hatte zwar keine Lust, viel zu tippen, aber sie hatte seine Neugierde geweckt. »An der Themse«, riet er.

»Nöö. Bei Kanalkilometer 217,5 des Mittellandkanals hier in Braunschweig gibt es einen Jachthafen. Da liegt das Boot. Das ist keinen halben Kilometer von dem Ort entfernt, wo wir Nr. 1 aus dem Wasser gefischt haben!«

»Schauen wir uns bei Gelegenheit mal an«, tippte Borg.

»Und zum Essen sind wir auch noch verabredet.« Die Nachricht Sinas kam schnell.

»Auf jeden Fall.« Borg freute sich, aber ganz ungetrübt war seine Freude nicht. So, wie sich sein Körper im Moment anfühlte, würde er zwar essen können, doch für die Nachspeise würden ihm wohl die Kräfte fehlen.

»Bitte informiere das Team, dass wir für morgen die Einsätze zeitlich tauschen. Ich brauche den Einsatz von 14:00 Uhr bis 16:00 Uhr. Brammel und ich haben ein paar Jogger kennengelernt, mit denen wir uns treffen.« Er schrieb bewusst Jogger, obwohl es Joggerinnen waren.

Sina bestätigte, dass sie das Team vom Tausch in Kenntnis setzen würde.

Sie schrieben sich noch einige Minuten, und dann verebbte die Unterhaltung so rasch, wie sie aufgeschäumt war. War Sina vielleicht nicht allein? Borg wischte diesen Gedanken beiseite.

Es war kurz nach 22:00 Uhr, und obwohl Borg normalerweise vor der Geisterstunde niemals zu Bett ging, machte er heute eine Ausnahme. Morgen würde er hellwach und ausgeruht sein müssen. Zunächst würde er wieder mit Brammel joggen und damit Kollers grenzdebilen Plan in die Realität umsetzen, aber vielleicht würde die zweite, spätere Runde etwas angenehmer werden: Er hatte um 15:00 Uhr eine Verabredung mit zwei jungen hübschen Frauen. Unerfreulicherweise würde Brammel zwar auch mit dabei sein. Aber, dachte Borg, wenn Brammel wirklich so schüchtern war wie bei der ersten Begegnung mit den Frauen, dann würde er zumindest schweigen.

KAPITEL 17

Vergiftete Komplimente

Am nächsten Tag war Borg wie ein Bewohner eines Altenheims aus dem Bett geklettert. Er hatte zehn Minuten gebraucht, bevor er annähernd das Gefühl gehabt hatte, jedes Gelenk in seinem Körper würde sich so bewegen, wie es vorgesehen war.

Er nahm die rosafarbene Smartwatch vom Schreibtisch. Erstaunt stellte er fest, dass die Uhr zu neuem Leben erwacht war. Sie zeigte die Zeit an, und der Vergleich mit der Wanduhr bestätigte: Sie ging richtig. Um nicht wieder den Zorn Kollers auf sich zu ziehen, legte er die Uhr an.

Aufgrund der getauschten Einsatzzeiten, die Sina spät am letzten Abend noch einmal per Facebook bestätigt hatte, war Brammel nun erst um 7:45 Uhr statt zwei Stunden früher bei Borg in Watenbüttel. Ihre erste Runde sollte um 8:00 Uhr beginnen.

Der Weg führte laut Kollers Vorgaben diesmal von Watenbüttel Richtung Südwesten die Bundesallee hinauf.

Nach rund einem Kilometer hatte Borg das Gefühl, schlecht Luft zu bekommen. Er sagte aber nichts, da er Brammel unter keinen Umständen aus seinem mittlerweile seit drei Minuten andauernden Schweigen herausreißen wollte.

Nach weiteren fünfhundert Metern musste Borg anhalten. Sein Brustkorb schien ihn einzuschnüren, und er musste mehrere Male kontrolliert schlucken, um kein Opfer des in ihm aufsteigenden Würgereizes zu werden.

Was war denn jetzt los? Borg überlegte, ob er etwas Falsches zum Frühstück gegessen hatte. Vier Scheiben stark gebutterter Toast, vier fettige Rühreier, ein Glas fade schmeckender Orangensaft sowie eine Tasse Kaffee. Nichts Ungewöhnliches und auch nicht zuviel aus seiner Sicht.

»Alles klar?«, fragte Brammel.

»Ja, ja«, sagte Borg. »Die ganz normalen Verfallserscheinungen eines 41-Jährigen.« Er sammelte sich kurz und begann, im langsamen Tempo weiterzulaufen.

Sie passierten die Physikalisch-Technische Bundesanstalt und joggten die leichte Steigung bis zum Johann Heinrich von Thünen-Institut, wo sie schließlich nach links abbogen, um über das Kanzlerfeld bis nach Lehndorf auf die Saarbrückener Straße zu gelangen.

Borg merkte einen deutlichen Unterschied der Belastung in den Beinen und in der Wirbelsäule, wenn er auf asphaltierter Straße lief. Die Schritte jagten die Kräfte mit gemeiner Wucht in seine Gliedmaßen und durch den Körper, und Borg war froh, als Brammel nach links abbog und die Strecke nun durch ein Waldstück führte.

Brammel täuschte vor, völlig orientiert zu sein, aber Borg, als Experte für Körpersprache, sah an den schnellen Kopfbewegungen seines heute nicht ganz so schlimm riechenden Kollegen, dass er kaum wusste, wo er war, geschweige denn, wo er langlaufen müsse.

»Wenn wir hier weiterlaufen, dann kommen wir zum Ölper Waldhaus, von da geht es über Ölper zurück nach Watenbüttel«, sagte Borg.

Wieder fiel ihm auf, dass Brammel sich am Arm kratzte. Diese Eichenprozessionsspinner hatten ihm übel mitgespielt.

Zwei Frauen kamen auf sie zugelaufen, die Borg noch aus der Zeit kannte, als Paul in Watenbüttel in den Kindergarten gegangen war. Sie hatten beide ebenfalls ihre Kinder in der Einrichtung.

»Hallo Svenja, hallo Ines!«, rief Borg den beiden Joggerinnen entgegen, als sie kurz davor waren, ihn zu passieren.

Die Frauen starrten ihn an. Sie wurden nicht langsamer und antworteten im Vorbeilaufen.

»Ich bin Sonja.«

»Und ich heiße Iris.«

Wenn ich nicht an meinem Namensgedächtnis arbeite, dachte er, dann bin ich nach der Trennung von Finja zum lebenslangen Singledasein verdammt.

Die Strecke führte durch den Wald, und es gab keine weiteren Begegnungen. Borgs Beschwerden waren wieder verschwunden, und er hoffte, sie würden auch nicht allzu schnell wieder auftreten.

Nach den ersten zwei Stunden im Einsatz trennten sich die Wege der beiden Ermittler. Borg duschte zuhause, und da er seinen Wagen noch nicht zurückbekommen hatte – die Spurensicherung hatte das Auto noch nicht wieder freigegeben – fuhr er mit einem Taxi ins Präsidium.

Es war kurz nach 11, als er in den Besprechungsraum kam. Nur Meyer und Müller waren anwesend. Sina war einem anderen Kollegen zugeteilt worden und joggte momentan im Namen des Gesetzes. Borg schmunzelte, als er sich vorstellte, wie sie diesen Auftrag genoss: immer an der frischen Luft, nette Gespräche und die Sonne im Gesicht. Das war Sinas Welt. Er durfte keine Dummheiten machen. Diese Frau war es wert, die Anstrengungen einer funktionsfähigen Beziehung auf sich zu nehmen, und alle Zeichen, die sie bisher ausgesandt hatte, sprachen dafür, dass sie Interesse an ihm hatte.

Meyer und Müller berichteten, dass man die Leiche von Arthur Kusnezow noch immer nicht gefunden habe und aus Hannover ein Team angefordert worden war, das systematisch die Oker abtauchen solle. Auch erzählten sie, dass die Suche nach den noch vermissten Personen jetzt auf die weiter umliegenden Orte und Stadtteile ausgeweitet worden war: Wenden, Schwülper, Wendeburg, Vechelde, Meinholz, Vordorf und Thune waren jetzt ebenfalls im Radius der Ermittlungen. Es war eine Belohnung in Höhe von 10.000 Euro für die Person ausgesetzt worden, die Hinweise zur Ergreifung der Täter liefern könne. Meyer merkte an, dass aufgrund des mangelnden Personals bei der Polizei nicht genug Beamte im Einsatz waren, um den Hinweisen nachzugehen. Über hundert Menschen aus Braunschweig waren, angelockt durch die Belohnung, plötzlich Zeugen von irgendetwas oder glaubten, Hinweise liefern zu können.

Borg hielt das alles für großen Quatsch. Das Ausschreiben einer Belohnung verwässerte die eingehenden, vielleicht wirklich hilfreichen Fakten dermaßen, dass sie kaum wieder aus dem Wirrwarr von Unsinnigkeiten gefischt werden konnten.

Borg drängte darauf, man solle ihm sein Auto wiederbeschaffen, andernfalls werde er alle Taxirechnungen beim Betriebsrat einreichen.

Nach zwanzig unergiebigen Minuten verließ Borg das Hauptquartier genauso schlau, wie er gekommen war. Einzig seine bevorstehende Verabredung hellte seine Stimmung etwas auf.

Brammel war pünktlich dort, wo sie sich treffen wollten.

Borg wartete bereits auf ihn. Er stand auf der Brücke am Ölper Wehr und schaute in das schäumende Wasser, das Arthur Kusnezow verschlungen und bisher nicht wieder ausgespuckt hatte. Geschieht ihm recht!, dachte er.

Brammel hatte wieder sein gelbes Käppi auf.

»Danke, dass du mich so gut aussehen lässt«, sagte Borg zur Begrüßung. Brammel verstand die Anspielung nicht, und beide liefen los. Wieder hatte Borg leichte Stiche in der Brust. Vielleicht sollte er das mal kardiologisch abklären lassen. Er hatte keine Zeit zu sterben.

Sie umrundeten den Ölpersee gegen den Uhrzeigersinn zu drei Vierteln und kamen nach zehn Minuten auf die Wiese zu, auf der man zahlreiche Menschen sitzen sehen konnte.

Ein am See verlaufender Steg ließ die Schritte der Jogger hölzern klingen. Borg verzog sein Gesicht, als ihm der Gestank von Verwesung in die Nase stieg. Er blickte rasch nach links ins Wasser. Dort schwamm, auf der Seite liegend, der Kadaver eines Europäischen Welses. Das Tier war überraschend groß, und Borg war froh, als er dem Dunstkreis der Fäulnis entkommen war. Brammel schien den Geruch überhaupt nicht zu bemerken.

Enten und Schwäne, die hier am Ufer eine Art tierischen Basar abhielten, bildeten so etwas wie eine Einflugschneise. Als Borg und Brammel den Menschen näherkamen, konnte man die Stimmen der Personen hören, und sie mischten sich mit dem Schnattern der Enten, als würden sich Menschen und Tiere miteinander unterhalten.

Da saßen sie. Borg staunte nicht schlecht, als er erkannte, dass die beiden hübschen Frauen, die mit Prosecco gedroht hatten, weitere Freundinnen um sich herum versammelt hatten. Alles in allem bestand diese kleine Modenschau der knappsten Sportbekleidungen, die Borg jemals gesehen hatte, aus acht Frauen der unterschiedlichsten Typen. Eine von ihnen war offenbar sogar eine Afrikanerin.

Zwei Frauen saßen mit dem Rücken zu Borg, und er konnte deren Gesichter nicht sehen, aber er erkannte zumindest Larissa und Nadja in dem Kreis der Weiblichkeit, weil sie hektisch winkten und mit ihren hellen aufgeregten Rufen selbst die Enten und Schwäne kurz zum Zuhören bewegten.

»Guten Morgen, meine Damen«, sagte Borg und schlüpfte auf einen freien Platz zwischen zwei Frauen.

Brammel blieb im Außenkreis stehen. Die Frauen bemerkten das, und an einer Stelle wurde der Abstand zwischen zwei der Sitzenden verbreitert. Alle anderen rutschten dichter zusammen, und Borg fühlte sich wie die Bulette auf einem Hamburger, als er die parfümierten Körper neben sich spürte.

»Ich bin Olli«, sagte er und sah sich im Kreis um.

Eine der Frauen saß im Schneidersitz und hatte einen kleinen Havaneser Welpen auf dem Schoß.

»Hi, ich bin Patricia«, sagte eine schlanke Brünette direkt rechts neben ihm. Dann fielen Schlag auf Schlag die Namen Tory, Elsa, Rina, Jessica – Borg konnte sie den Sprechenden kaum zuordnen. Rina nannte auch den Namen ihres Hundes: »Das ist Stalker!« Sie musste ihn offenbar immer, wenn sie sich wieder seiner bewusst wurde, knuddeln. Zwangserkrankung, dachte Borg.

Larissa und Nadja hatten ihre Namen nicht genannt, und die junge Frau, die direkt links neben ihm saß und die er noch nicht betrachtet hatte, schwieg ebenfalls.

Als Borg sich ihr zuwandte und ihr Gesicht sah, wich das Blut aus seinem: Es war Dunja Leibnitz. Die Tochter seines Hauptverdächtigen, die sich nach einer gemeinsamen Stunde des Joggens am Braunschweiger Hafen genau so urplötzlich entfernt hatte, wie sie zuvor neben Borg aufgetaucht war.

»Dunja!«, sagte er.

»Tu nicht so überrascht. Jogger treffen Jogger, ist doch ganz normal, oder?« Sie warf ihm ein süßes Lächeln zu, und ihre Grübchen unterstrichen die freche Erotik, die in ihrem Gesicht zu feiern begonnen hatte.

»Ihr kennt euch?«, fragte Larissa. Schwang da Eifersucht mit?

»Ja. Klar. Ich war schon hinter ihm her«, sagte Dunja. »Nur beim Joggen natürlich, aber dann hab' ich überholt, und dann war er …« Alle lachten, außer Borg, der nur milde lächelte. Er fühlte sich hier so sehr in der Unterzahl, dass seine Selbstsicherheit auf den Nullpunkt sank. Er und ein Brammel gegen acht Frauen, die jede Jury eines Schönheitswettbewerbs um den Verstand gebracht hätten.

Nadja hatte neben sich vier Flaschen Prosecco stehen. Zwei davon waren bereits leer. Aus einer dritten, die schon geöffnet war, schenkte sie Borg und Brammel zwei Becher ein.

Wie die Hälse von Küken, die gefüttert werden wollten, streckten die anderen sieben Frauen ihre weißen Plastikbecher in die Mitte des Kreises, und es gab keine andere Möglichkeit, als auch noch die vierte Flasche zu öffnen.

Borg nahm seinen Becher entgegen, wartete höflich darauf, dass alle wieder etwas zu trinken hatten, und hob dann seinen Becher zum Zuprosten leicht nach oben.

Prosecco war durch die künstlich hergestellte Kohlensäure das für den Magen aggressivste Getränk, das wusste Borg, und es kam ihm vor, als würde er flüssiges Brausepulver trinken.

»Lecker!«, sagte er, so überzeugend er konnte, und rieb seine Zunge an seinem Gaumen.

Die jungen Frauen brachen plötzlich in schallendes Gelächter aus. Eine Taube oder ein anderer Vogel war über sie hinweggeflogen und hatte einen dicken weißen Klecks auf Brammels Schirmmütze fallen lassen. Jetzt lachte auch Borg. Der Vogel tat das Einzige, was man gegen diese Mütze Sinnvolles tun konnte, dachte er.

»Wo joggst du denn heute lang?«, fragte Dunja.

»Willst du wieder hinter mir her sein?« Borg wollte wissen, was seit der letzten Begegnung von ihren Avancen übriggeblieben war.

»Oder du diesmal hinter mir?«

Na gut, dachte er, sie muss sich nicht warmlaufen. Sie ist wieder voll in ihrem Element. Während sie weiter mit Doppeldeutigkeiten jonglierten, bemerkte Borg, dass eine der Frauen, es war wohl die, die Jessica hieß, seiner Nachbarin zur Rechten, Patricia, etwas signalisierte.

Borg war zu gut in seinem Fach, als dass er die Körpersprache nicht hätte deuten können. Jessica wollte mit Patricia die Plätze tauschen, sie wollte also neben ihm sitzen.

Na, mal sehen, was jetzt kommt, dachte er und konzentrierte sich zunächst wieder auf Dunja.

»Wollen wir uns heute Abend in Watenbüttel am Grasplatz treffen und dann eine Runde zusammen laufen? So gegen 21:30 Uhr?«, fragte Dunja.

»21:30 Uhr? Da ist es ja schon dunkel!«

»Heiß wird uns von ganz alleine, da brauchen wir keine Sonne mehr«, sagte Dunja und nippte an ihrem Becher. Als sie mit ihrer Zungenspitze den feuchten Proseccorand von ihrer Oberlippe in den Mund zog, hatte Borg keine andere Wahl. »Na gut. 21:30 Uhr«, sagte er, und schon startete ein Angriff von rechts.

»Sie sind Polizist? Das ist ja so aufregend«, sagte Jessica. Ihr Gesicht mit den feinen Sommersprossen wirkte kindlich. Sie sah verspielt aus, und doch, und das beunruhigte Borg etwas, war das eine Frau, die einen Plan zu haben schien.

Wenn das männliche Gehirn nur früher ausgereift wäre, so würden sich für die meisten jungen Männer im richtigen Alter viel bessere Möglichkeiten ergeben, Paarungspartnerinnen finden zu können, dachte Borg. Wenn das Gehirn aber schließlich den Reifegrad erreicht hatte, der notwendig gewesen wäre, waren die meisten Männer schon wieder zu alt. Das galt auch für Borg. Jetzt mit über 40 hätte er reihenweise zuschlagen können – aber es war auch ein gutes Gefühl, seinen Verstand einzusetzen und nicht jede Gelegenheit auszunutzen.

Sie sprachen kurz über seinen Beruf, und als Jessica merkte, dass er nichts preisgeben würde, was spannend war, griff sie ein Thema auf, über das sich zwei andere Frauen in der Gruppe angeregt unterhielten: das Fremdgehen.

»Bin ich schuld, wenn jemand mit mir fremdgeht?«, hatte Larissa als offene Frage in die Runde gestellt.

»Wenn man artig ist, dann bekommt man einen Mann. Wenn man nicht artig ist, dann bekommt man viele!«, rief Patricia dazwischen.

Jetzt begannen alle durcheinanderzureden. Selbst Stalker auf Rinas Schoß bellte aufgewühlt.

»Wie siehst du denn das, Olli?«, gab Jessica die Frage an ihn weiter.

Du gute Güte, wie komme ich da jetzt wieder raus? Er überlegte kurz.

Sein Proseccobecher wurde wieder gefüllt.

»... Oder liegt die Verantwortung allein bei der Person, die eigentlich in einer festen und monogamen Beziehung ist und den Partner oder die Partnerin hintergeht? Bist du eigentlich vergeben?«, hakte Jessica nach, als er mit seiner Antwort zu lange auf sich warten ließ.

»Ich bin verheiratet«, sagte Borg. Jetzt hatte er sein Ass aus dem Ärmel gezogen, indem er behauptete, er wäre nicht mehr auf dem Markt.

Erstaunlicherweise, das wusste Borg, hatten verheiratete Männer mehr Erfolg bei Frauen. Ihm war das damals besonders nach der Hochzeit mit Finja aufgefallen, weil die Angebote, die auf ihn einprasselten, kein Ende zu nehmen schienen. Auch vorher hatte er bereits gut ausgesehen, war selbstbewusst, humorvoll und – zumindest aus seiner Sicht – intelligent gewesen, eine gewisse Kaltschnäuzigkeit an den Tag gelegt und über Einfühlungsvermögen verfügt. Und sicher hatte es auch vor Finja einige Frauen gegeben, die ihn genommen hätten, aber zur Zielscheibe hatte er sich erst durch die Heirat gemacht. Das war wohl die magische Zutat für den Attraktivitätszaubertrank. Nie im Leben wäre er darauf gekommen, diese Trumpfkarte auszuspielen, denn er war ja in festen Händen, aber die vielen Angebote schmeichelten ihm schon. Jetzt war er solo. Warum also nicht behaupten, er wäre verheiratet?, dachte Borg. Außerdem stimmte das im Moment noch.

Er erlangte die Aufmerksamkeit der Gruppe. Selbst Brammel schaute jetzt interessiert zu ihm herüber. Vielleicht dachte Brammel, er könne etwas lernen.

Damals, mit Finja, noch bevor Paul geboren worden war, hatte Borg in Gesprächen mit Kolleginnen, auf Fortbildungen oder wenn er auf Polizeiveranstaltungen mit anderen Frauen gesprochen hatte, immer in Nebensätzen erwähnt, dass er in einer festen Bindung sei. Seine Frau lese gerne Bücher von Tucholsky, oder wenn das Thema sich um Urlaube drehte, berichtete er, dass sie auch einmal nach Schweden wolle oder schon einmal in Italien gewesen war und dergleichen. Anfangs hatte Borg an einen Irrtum geglaubt, eine Fehlwahrnehmung seinerseits, wenn diese kleinen Informationsschnipsel die mit ihm flirtenden Frauen nicht abschreckten. Dann wurde ihm aber klar: Sie wurden durch die Informationen in ihren Absichten deutlicher.

Dass er eine Frau hatte, geriet ihm nicht zum Nachteil, und er hätte unzählige Situationen schamlos ausnutzen können. Offenbar reizte es viele Frauen jetzt erst recht, mit ihm anzubandeln. Und zwar umso mehr, je höher er Finja lobte und pries. Er sprach offen über ihre Hochzeit, wie viele Jahre sie ein Paar waren oder wo die nächste Urlaubsreise hinführen sollte. Borg hatte damals erkannt, dass derartige Informationen fast wie Hypnose auf andere Frauen wirkten.

»Tja«, sagte Borg, er musste die offene Frage mit der Untreue ja noch beantworten. »Einen Treuebruch sollte jeder mitverantworten, auch die Person, die in keiner festen Beziehung steckt. Juristisch gesehen ist das Beihilfe. Frauen sehen das allerdings häufiger so als Männer.«

Er erntete acht Dackelblicke und einen Havaneser-Welpen-Blick.

»Das ist so romantisch und gut durchdacht«, sagte Jessica, die rechts neben ihm saß und offensichtlich ein Stück näher an ihn herangerückt war. Oder bildete er sich das ein?

Romantisch?, dachte Borg. Hatte sie etwas anderes gehört, als er gesagt hatte?

»Meine Frau ist jedenfalls derselben Meinung wie ich«, fügte Borg hinzu und spürte plötzlich Jessicas Hand auf seinem Rücken.

Sie hatte die Finger der Hand langsam einmal von oben nach unten über seinen Rücken bis hin zum Ansatz seiner Laufhose kraulen lassen. Er warf ihr einen überraschten Blick zu, sagte aber nichts, und sie schmunzelte ihn an.

Das war wieder der Beweis! Er saß keine dreißig Minuten hier, und schon zeigte der Zaubertrank seine Wirkung. Tja, dachte Borg, es konnte nur eine Erklärung geben: Einen Single vom nächtlichen Bar-Buffet wegzuknabbern, das ist für eine Frau keine besondere Herausforderung. Ging es allerdings darum, einen vergebenen Mann aufzureißen, so wertete das die banale Sache des One-Night-Stands erheblich auf. Ein vergebener Mann, dachten die Frauen wohl – so glaubte Borg jedenfalls –, würde doch nicht wahllos seine Freundin betrügen, sondern nur zugreifen, wenn ihn etwas Besseres erwartete.

Jessicas Hand auf seinem Rücken deutete er als Kompliment, aber es war ein leicht vergiftetes Kompliment.

»Ich finde das toll, was du da gesagt hast«, lobte ihn Patricia, die nun, da sie mit Jessica den Platz getauscht hatte, gegenüber auf der anderen Seite des Kreises saß und Prosecco trank.

»Viele Männer würden sich niemals die Schuld geben, wenn sie etwas mit einer Frau anfangen würden, die in einer festen Beziehung steckt«, fügte sie hinzu.

»Ja, ich kenne auch viele Männer, denen die Beziehungen der anderen völlig egal sind.« Borg warf einen kaum merkbaren Blick in Brammels Richtung, den jeder hier sah – außer Brammel selbst.

Borg freute sich über diese kleine Gemeinheit, zumal er Brammel die Sache mit der ungeladenen P99 noch nicht heimgezahlt hatte.

»Diese Männer nutzen die Frauen nur aus, ohne Reue. Sie überlassen die Verantwortung des Fremdgehens eben derjenigen, die sich zukünftig damit auseinandersetzen muss. Nach dem One-Night-Stand machen sie dann einen Haken an die Sache. Dass die Frau in einer festen Bindung war, interessiert sie nicht. Getreu dem Motto: ›Lass uns Spaß haben, du wirst schon wissen, was du tust.‹ Sie denken, solange sie den Typen der Frau nicht kennen oder der nicht gerade den schwarzen Gürtel in Karate hat, warum sollten sie sich für seine Seite der Medaille interessieren?«, sagte Borg und trank seinen Prosecco-Becher leer. Er hatte aus dem Augenwinkel gesehen, dass auch alle Flaschen leer waren, also bestand nicht die Gefahr, dass man ihm dieses Bollchenwasser nachfüllen konnte.

»Ich halte nichts vom Fremdgehen, und ich wäre froh, wenn das die anderen Menschen auch so sehen würden. Es schwimmen so viele Erbsen in der Suppe, warum sollte ich eine von denen essen, die schon auf einem fremden Löffel liegt?«

Alles, was Borg gesagt hatte, war nur ein riesig großer Bluff gewesen. Er hatte herausfinden wollen, wie weit er als alter Hahn in der Gruppe der jungen Hühner vorpreschen konnte.

Der Erfolg gab ihm recht. Von hinten hatte es ein Kraulen gegeben, von links eine Verabredung und von vorn Lob. Der Tag war gerettet.

Wie nach einer unterhaltsamen Schulstunde erhoben sich die Frauen. Die Tanks waren gefüllt, jetzt konnte das Joggen beginnen.

Borg hätte jetzt gerne um Gnade gefleht, aber er musste seine Ausdauer und Sportlichkeit unter Beweis stellen, dann passte alles noch besser zusammen.

Er sammelte ein paar Becher auf und ging durch die hinter ihnen sitzenden Enten, die genervt aufstanden und Platz machten, hinüber zu einem Mülleimer. Jessica kam hinter ihm her.

Auch sie fragte nun, ob er nicht Lust hätte, sich mit ihr zu treffen.

Borg musste jetzt vernünftig sein. Er hatte einen Sohn, da brauchte er jetzt nicht noch eine Tochter.

Jessica pries die Vorzüge ihrer Eigentumswohnung mit dem Sonnendach an, doch Borg hörte schon gar nicht mehr zu. Er sah, wie Brammel mit Dunja sprach. Brammel sprach mit einer Frau, das war auffällig genug. Aber um was ging es? Borg konnte nichts hören. Er versuchte Jessica unauffällig auszublenden und analysierte die Körpersprache der beiden Sprechenden.

Dunja Leibnitz hatte die Augenbrauen hochgezogen und nickte. Brammel machte Bewegungen mit den Händen in der Luft, als ob irgendetwas wackele, das er beschrieb. Dann sah er Brammel auf seine Uhr blicken, und beide Gesprächspartner nickten. Borg schaute skeptisch. Jetzt lag sein Fokus wieder auf der jungen Frau vor ihm. Jessica trug hellgraue Tights, die den Anschein machten, als wären sie auf ihren Körper gepinselt worden. Das nahtlose Kleidungsstück im ›Ocean Washed‹-Look lenkte von allem ab, was die Natur am Ölpersee hier zu bieten hatte. Was hätte erst eine Hose in knalliger Farbe mit meinem Verstand gemacht?, dachte Borg.

Jessica hatte irgendwoher, vielleicht aus einer versteckten Tasche, Borg wollte gar nicht darüber nachdenken, woher wohl sonst, einen kleinen Zettel und einen Stift zutage gefördert. Sie schrieb rasch etwas auf – zuviel, als dass es nur eine Telefonnummer sein konnte – und gab Borg den kleinen Notizzettel unauffällig.

»Ruf mich an«, sagte sie, und ihr Gesicht wirkte so, als würde sie all das, was noch passieren könnte, schon jetzt vor ihrem geistigen Auge sehen.

Borg sagte nur »Danke«. Er steckte den Zettel in seine Tasche, ohne die Nummer darauf zu lesen. Wer mochte wissen, wofür er Jessica noch gebrauchen konnte? Schließlich hatte sie Kontakt zu Dunja.

Er freute sich auch über die handschriftliche Botschaft. So etwas war viel sicherer, wenn es geheim bleiben sollte. Während Nachrichten in der digitalen Welt mit bestimmten Programmen selbst nach der Löschung immer wiederhergestellt werden konnten, so warf man eine handschriftliche Notiz einfach in den Kamin, und weg war sie. Eine kommende Generation, dachte Borg, sollte sich ruhig einer Briefschreibpassion hingeben, weil sie dann gefahrlos, ganz ohne spätere Entdeckung, kommunizieren konnte.

Borg ging auf Brammel zu. Jetzt würden die beiden Männer versuchen müssen, für eine halbe Stunde eine gute Figur neben den Joggerinnen zu machen. Dann, wenn sie wieder alleine waren, würde Borg seinen Kollegen fragen, ob das Gespräch mit Dunja Neues ans Licht gebracht hatte. Er war neugierig.

Die jungen Frauen rückten ihre Kleidungsstücke zurecht. Borg wusste gar nicht, wo er zuerst hinsehen sollte. Um nicht in eine kompromittierende Situation zu geraten, entschied er sich, auf den Welpen zu blicken.

Es würde ein anstrengender Tag werden – und ein langer: Heute Abend hatte er seine Verabredung mit Leibnitz' Tochter. Vielleicht sollte er, um auf andere Gedanken zu kommen, doch realisieren, dass seine Exfrau seine Exfrau war.

KAPITEL 18

Der Tod ist fuer immer

Die Gesellschaft der Attraktiven geriet in Bewegung, und Borg und Brammel schlossen sich an. Wie eine Eskorte liefen die Frauen rings um Borg und Brammel und machten nur dann und wann Öffnungen in den die Männer einschließenden Kokon, wenn von vorn andere Jogger, Radfahrer, Menschen auf Rollerblades oder spazierende Senioren auf sie zukamen.

Stalker wurde von Rina unter einem Arm gehalten, und er genoss diesen Luxus wie ein Pascha und ließ sich die verschiedenen Gerüche in seine Hundenase wehen.

Das Tempo war gar nichts für Borg, und er wünschte sich insgeheim, mit Stalker tauschen zu können, aber eingeschlossen in Rundungen von acht Körpern hatte er keine Wahl: Er musste selbst joggen.

Seine Kehle wurde trocken. Er zwang sich, durch die Nase zu atmen, sonst würde er beim nächsten Schluckreflex wieder einen Würgereiz bekommen – eine Erfahrung, die er in der vergangenen Woche schon mehrfach gemacht hatte. Die halbe Stunde zog sich wie Kaugummi.

Plötzlich sah Borg drei Menschen etwa zwanzig Meter vor ihm auf sie zujoggen, und ihm erschloss sich beim Näherkommen ein bekanntes Gesicht: Es war Finjas markanter Kopf mit den hochsitzenden Wangenknochen. Und, ja, jetzt erkannte er auch die anderen beiden Personen: Neben Finja lief Paul. Und neben Paul – Borg fiel die Kinnlade herunter – lief Irina Komarow, die Geliebte von Leibnitz, und wenn man Frau Jeschke Glauben schenken konnte, dann auch die Geliebte des Mannes, den er getötet hatte.

Die amorphe Gruppe zauberte wieder eine neue Form herbei, Borg und Brammel blieben der Kern.

Finja, Paul und Irina Komarow passierten die Frauen, die Borg und seinen Kollegen umschlossen, ohne wahrzunehmen, dass zwei Männer in der Mitte dieses so ausgeklügelten, einem Fischschwarm ähnelnden Gebildes aus monoton abrollenden Fußsohlen eskortiert wurden.

Diese Begegnung, auch wenn Borg nicht gesehen wurde, war wieder ein Schlag in seine Magengrube. Er fragte sich, wie die Konstellation hatte zustande kommen können. Woher kannte Finja diese Frau? Er sorgte sich um Paul. Er sorgte sich auch um Finja, und vor allem ärgerte er sich über sich selbst, dass er weder Hinweise hatte, um diese russische Ex-Krankenschwester hinter Schloss und Riegel zu bringen, noch begriffen hatte, wie alles zusammenhing und ob es überhaupt einen Zusammenhang gab. Er hatte nichts gegen Komarow in der Hand, aber ein Gefühl ließ ihn seit der ersten Begegnung mit ihr nicht los: Sie hatte ihre Hände mit den rot lackierten Fingernägeln auf irgendeine Weise tief in dieser Geschichte …

Als die Gruppe der Frauen sich unter höchst emotionalem Gebaren, als gäbe es niemals ein Wiedersehen, aufgelöst hatte (Borg und Brammel waren herzlich eingeladen worden, morgen wieder beim Prosecco dabei zu sein), erschien das Rufen der Vögel, das Rauschen der Blätter und das Vorbeifliegen einer einmotorigen Cessna am wolkenlos hellblauen Himmel wie Grabesstille.

Die Gespräche der Frauen hatten Borgs Trommelfell so unter Dauerfeuer gesetzt, dass er augenblicklich glaubte, ertaubt zu sein, als sie wie Ameisen, in deren Mitte ein Halsbandschnäpper saß, in alle Richtungen davongelaufen waren.

Jessica hatte Borg noch einmal einen netten Blick zugeworfen, und Dunja hatte sich ebenfalls mit einem Blick bei ihm vergewissert, dass das Date heute Abend stehen würde, dann waren auch sie verschwunden.

Borg und Brammel gingen langsam den Weg zum Wehr entlang.

»Was hast du denn mit Dunja Leibnitz besprochen?«, fragte Borg seinen Kollegen.

»Ich? Nix.«

»Aber ihr habt euch doch so angeregt unterhalten. Was hat sie gesagt?«, bohrte Borg weiter.

»Sie? Nix.«

Borg blieb stehen. »Du hast doch mit ihr gesprochen, und da haben sich eure Münder bewegt. Was kam da raus? Geformtes Schweigen?« Borg wurde spürbar sauer, und das merkte Brammel.

»Ach so. Wir haben nur übers Joggen gesprochen und übers Wetter«, sagte Brammel.

Borg glaubte kein Wort, aber er fragte nicht weiter. Er traf nur eine Entscheidung: niemandem mehr zu vertrauen.

Keine zwei Stunden später hatte sich Borg völlig unvoreingenommen auf seine Waage gestellt, nachdem er zuhause aus der Dusche geklettert war. Die Digitalanzeige pendelte sich bei 79 kg ein.

Nicht schlecht, dachte er. Vor einer Woche hatte die Waage 83 kg angezeigt. Es war aber auch kein Wunder, dass er abgenommen hatte. So viel Sport, wie er sich in den letzten Tagen zugemutet hatte, hatte er im gesamten letzten Jahr nicht getrieben.

Plötzlich hörte Borg Kollers Stimme: Auf dem Waschbeckenrand lag die Smartwatch, und sein Chef hatte einmal mehr die Möglichkeit genutzt, über das Überwachungsarmband, wie Borg es nannte, Kontakt zu ihm aufzunehmen.

»Borg? Sind Sie da? Melden Sie sich!«

Borg sicherte den Knoten des Frotteehandtuchs, das er sich um die Hüften gebunden hatte, und ergriff die Uhr.

»Natürlich bin ich da. Ich tue doch nichts mehr ohne diese tolle Uhr«, antwortete er mit deutlich hörbarer Ironie.

»Das will ich auch hoffen. Da Sie ja kein Handy mehr haben, bleibt mir nichts anderes übrig, als die Uhr zu benutzen.« Koller war nicht zu Späßen aufgelegt. »Kommen Sie umgehend zum Hafen. Wie haben die dritte vermisste Person tot aufgefunden.«

»Das dauert etwas«, sagte Borg. »Ich hab' nicht nur kein Handy, ich hab' auch kein Auto, wie Sie wissen.«

»Joggen Sie doch her. Sie wohnen doch in der Nähe des Hafens«, sagte Koller.

Das konnte ihm so passen, diesem faulen Sack, dachte Borg. Mein Gott, wie vermisste er Kommissar Swanbeck, Kollers Vorgänger. Swanbeck war leider im Ruhestand. Das war auch bitter nötig gewesen. Borg erinnerte sich, wie sich Swanbeck in seinen letzten Tagen das Handgelenk gebrochen hatte, weil er mit Schwung eine Tür aufstoßen wollte, aber die Person, die oben im Haus den Türöffner hatte summen lassen, hatte auch im selben Moment ihren Finger von der entriegelnden Taste genommen. Armer Swanbeck, ob er wohl noch lebte?

»Borg, sind Sie noch da?« Koller hatte ein Talent dafür, Menschen aus ihren Erinnerungen zu reißen, um sie in die grausame Gegenwart zurückzuholen.

»Ja, doch. Ich mache mich auf den Weg«, sagte Borg und beendete das Gespräch mit einem Druck auf eine Taste an der Seite der Uhr. Joggen würde er auf gar keinen Fall. Er rief sich ein Taxi.

Der Taxifahrer war alles andere als erfreut, als er das Ziel »Braunschweiger Hafen« hörte, aber er, wie auch Borg, hatte sich verschätzt. Aus Watenbüttel dauerte die Fahrt 11 Minuten, und als sie die über 6 Kilometer zurückgelegt hatten, wurde Borg einmal mehr klar, wie viel Strecke man sich zu Fuß sparen konnte, wenn man die Gehwege nutzte, die kreuz und quer durch Braunschweig führten.

Am Hafen herrschte wieder reges Treiben.

Sina kam auf Borg zu.

»Wir hätten nach dem letzten Fund gleich hierbleiben können. Die Leiche liegt dort auf einem der Schiffe«, sagte sie.

»Wer ist es?«

»Luigi Franco Romano. Todesursache war ein Kopfschuss mit einer Schrotflinte mitten ins Gesicht.«

»Na, dann wären seine Augen ohnehin im Eimer gewesen«, sagte Borg.

Luigi war ihm schon zu Lebzeiten unsympathisch gewesen, deshalb hielt sich sein Mitgefühl in Grenzen. Andererseits tat ihm Finja leid. Sie würde eine Weile brauchen, um die Nachricht zu verkraften, wenn sie sie erreichen würde.

»Konnte schon jemand sagen, wann der Todeszeitpunkt war?«, fragte Borg.

»Es muss heute passiert sein, während deiner zweiten Runde mit Brammel, als ihr noch joggen wart. Die genaue Uhrzeit kommt aber erst noch.«

»So genau muss ich das nicht wissen. Aber wenn es passiert ist, als wir gelaufen sind, dann hat Irina Komarow ein Alibi. Ich habe sie zusammen mit meiner Frau und meinem Sohn am See gesehen. Dort haben wir übrigens auch Dunja Leibnitz getroffen. Aus der versuche ich heute Abend noch mehr herauszubekommen. Können wir feststellen, wo ihr Vater zum Tatzeitpunkt war?« Dr. Igor Leibnitz war aus Borgs Sicht der einzige Verdächtige.

»Leibnitz kann es nicht gewesen sein. Der hat heute bei der Braunschweiger Kulturnacht auf dem Platz vor dem Schloss mit vielen weiteren Ärzten musiziert.«

Richtig! Heute war Kulturnacht. Borg hatte das völlig vergessen. Die ganze Stadt sollte im Laufe des Tages Kopf stehen. Heute Abend würden zahlreiche Bands auftreten.

»Ist das gesichert, dass Leibnitz auch da war?«, fragte Borg.

»Er ist noch immer vor Ort. Hat noch weitere Auftritte«, sagte Sina. »Ich stehe mit Sven Uwe Mertens vom Kulturamt der Stadt in Kontakt. Er informiert mich, wenn Leibnitz die Veranstaltung verlässt.«

»Kann man diesem Mertens trauen?« Borg hatte sich ja vorgenommen, niemandem mehr zu vertrauen.

»Guter Mann, heißt es. Zuverlässig, schlau, einfallsreich …«

»Ja, ja, ist ja gut«, sagte Borg. »Wisch' ihn bei Tinder nach rechts und lass mich jetzt die Leiche sehen.«

Alle bisher Verdächtigen hatten ein Alibi. Das passte Borg gar nicht. Spätestens jetzt war der Moment gekommen, da er ganz von vorn anfangen musste.

Frau Bachmann hatte bemerkt, dass der Kommissar schlechte Laune hatte, und verkniff sich, noch einmal auf das Essen zu sprechen zu kommen.

Borg sah sich um und scannte die Gesichter der Kolleginnen und Kollegen am Tatort.

»Wo ist eigentlich Brammel?«, fragte er.

»Der hat sich vorhin krank gemeldet«, sagte Sina.

»Seltsam. Am Ölpersee war er noch bei bester Gesundheit. Was hat er denn?« Borg war skeptisch.

»Er sagt, er habe sich so einen multiresistenten Keim eingefangen.«

»Tja, hat sich Brammel den Keim eingefangen oder hat der Keim sich Brammel eingefangen?«, fragte Borg und ging hinüber zur Hafenmauer, an der ein Polizeifotograf aus verschiedenen Winkeln ein Schiff fotografierte, das dort festgemacht war.

Tatsächlich: Auf dem Binnenschiff lag der nackte Körper des Opfers. Das Gesicht war eine nach innen gedrückte, formlose Masse. Fliegen hatten sich bereits auf dem Leichnam niedergelassen.

Der Tote lag auf einem Haufen Altmetall. Selbst einem bereits leblosen Körper mussten diese vielen Spitzen, Stacheln, Drähte, aufgerissenen Blechdosen und vieles mehr ungeheure Schmerzen beim Daraufliegen zufügen, dachte Borg.

Dieser sonnengebräunte Körper hätte optisch auch zu einem lebenden Menschen passen können. Nichts am Torso deutete darauf hin, dass es sich um eine Leiche handelte. Die Muskeln saßen straff unter der typisch italienisch behaarten Haut des Opfers.

»Er hat wohl immer gut auf seinen Körper geachtet«, sagte Sina.

»Ja, aber etwas mehr Gesicht würde ihm gut zu Gesicht stehen«, sagte Borg.

Sie schüttelte den Kopf und schloss dabei die Augen. Dieses Humorfeuerwerk wollte nicht zünden.

»Er wollte mit meiner Frau nach Florenz. Und bestimmt nicht nur, um die Architektur der Stadt zu bewundern, also erwarte jetzt nicht Mitleid von mir.«

»Nein. Ich erwarte kein Mitleid. Aber auch keine Genugtuung. Das ist nicht professionell.«

»Glaubst du, ich sehe ihn lieber hier als in Florenz am Strand liegen?«

»Florenz hat keinen Strand«, sagte Sina.

»Strand oder nicht. Florenz kann er sich erstmal abschminken, er ist tot.«

»Weißt du, was mir jeder Tag in diesem Beruf klarmacht?«, fragte Sina nach einer Pause ernst. Borg sah sie fragend an.

»Wir leben nicht ewig«, sagte sie.

»Das stimmt«, antwortete Borg, »aber der Tod ist für immer.«

Das Bett aus Metallresten ließ den darauf Aufgebahrten wie ein absurdes Kunstwerk erscheinen. Die Kollegen vor Ort hatten große Mühe, sich auf dem Berg des zum Teil verrosteten Schrotts zu bewegen. Immer wieder mussten sie sich mit den Händen abstützen, und ihre weißen Ganzkörperanzüge machten es ihnen nicht leichter, ihr Ballett der Spurensicherung aufzuführen.

Borg hatte genug gesehen. Er sprach noch mit Sina, ließ sich bei Koller sehen, holte sich eine Rüge ab, weil noch keine Spuren gefunden wurden und alle Verdächtigen offensichtlich völlig unbegründet auf der Liste der bösen Buben gestanden hatten, und beschloss dann, den Rest des Tages faul auf dem Sofa zu liegen, um Kräfte für seine Verabredung mit Dunja Leibnitz zu sammeln, die zwar ebenfalls eine Sackgasse auf dem Weg zur ihrem Vater geworden war, allerdings andere Wege zu bieten hatte, die nicht zu beruflichen Zielen Borgs führten. Er freute sich auf eine Ablenkung, bei der ausnahmsweise einmal eine lebendige Person eine Rolle spielte.

KAPITEL 19

Doppelschuss

Die Zeiger der Uhr waren in ihrem kleinen Rennen kurz davor, das Ziel 21:00 Uhr zu erreichen, und die größte Hitze des Tages hatte sich verzogen – augenscheinlich, um Kräfte zu sammeln und morgen wieder mit ganzer Macht zuschlagen zu können.

Erwin Brammel hatte seine Haare nach hinten gegelt. Er war mit seinem Fahrrad aus der Stadt gekommen und zunächst in Richtung Watenbüttel gefahren. Von der Celler Heerstraße war er dann allerdings vor dem Ort, in dem Oliver Borg wohnte, nach rechts Richtung Veltenhof abgebogen, weil eine Stimme aus seiner Tasche, das Navigationssystem seines Handys, angeordnet hatte: »Biegen Sie links ab!« Brammel war, obwohl er schon seit 25 Jahren in Braunschweig lebte, ohne Navi völlig aufgeschmissen. Er hatte in einen hohen Gang geschaltet, und nach der abschüssigen Abzweigung war er mit hoher Geschwindigkeit durch Veltenhof hindurch bis zur Ernst-Böme-Straße geradelt. Sein Weg führte ihn in das Braunschweiger Industriegebiet.

Brammel hatte es für unwahrscheinlich gehalten, dass ihn einer seiner Kollegen sehen würde, zumal die Sonne bereits am Untergehen war. Die Frauenstimme, die aus seiner Navigations-App so vertraut zu ihm sprach, hatte ihn noch nie im Stich gelassen.

Die kühle Abendluft wehte Brammel um die Nase, und er freute sich auf einen ganz besonderen Abend.

Er fuhr an der Niederlassung der DEKRA Automobil GmbH vorbei und erreichte sein Ziel. Seine Verabredung wollte ihn auf dem Parkplatz von Louis Braunschweig, einem Fachgeschäft für Motorradbekleidung, treffen.

»Sie haben ihren Bestimmungsort erreicht«, sagte die Stimme.

Brammel stellte sein Rad ab und sah sich auf dem Parkplatz um. Wenige Autos fuhren auf der Hauptstraße hier an der großen Kreuzung vorbei.

Offenbar waren bereits alle in der Stadt, um bei der Kulturnacht zu feiern. Brammel hatte sich ohnehin gewundert, dass seine Verabredung nicht vorgeschlagen hatte, sie dort zu treffen, wo der Bär steppte, sondern hier im Industriegebiet Braunschweigs. Aber, hatte Brammel gedacht, auch hier gab es sicher Restaurants oder Cafés.

Plötzlich bog von der Hauptstraße aus ein weißer Lieferwagen ab und fuhr an Brammel vorbei über den Parkplatz.

Hier stand kein anderer Wagen, und dennoch fuhr der Van bis ganz nach hinten durch. War das seine Verabredung?

Die Fahrertür öffnete sich, und als habe die Person, die ausstieg, Brammel nicht gesehen, ging sie um den Wagen herum, öffnete die beiden hinteren Flügeltüren, stieg auf die Ladefläche und kletterte geschickt hinein.

Brammel hatte seine Verabredung erkannt. Oft genug war er versetzt worden, und heute Abend schien sein Abend zu sein. Voller Vorfreude spazierte er über den Parkplatz zu dem weißen Lieferwagen.

Er ging ebenfalls um das Auto herum und blickte in den Laderaum.

Seine Augen glänzten vor Freude, als er seine Verabredung im Inneren des Vans sah, und er wollte gerade etwas zur Begrüßung sagen, als ein brennender Schmerz seinen Kopf erfasste. Die Wucht des Schlags, der ihn von hinten getroffen hatte, war so stark, dass Brammel augenblicklich zu Boden ging.

Etwa zur selben Zeit, als es Nacht um Brammel wurde und sich auch in Braunschweig die Nacht ankündigte, war Oliver Borg von seiner Wohnung aus losgegangen, um seine Verabredung am Grasplatz in Watenbüttel zu treffen.

Es stieß ihm sauer auf, dass Dunja Leibnitz mit ihm joggen wollte, und er schwor sich, sollte er diesen Fall abschließen, würde er seine Turnschuhe verbrennen, zum Meer fahren und die Asche hineinstreuen. Aber wenn das Joggen der einzige Weg war, um zu Dunja durchzudringen, dann nahm er diese Bürde, wenn auch mit Widerwillen, auf sich.

Was Borg nicht wusste, war, dass Sina Bachmann in dem Moment vor seinem Haus vorgefahren war, als er es verließ.

Sie wollte ihm einen kleinen Überraschungsbesuch abstatten. Auf ihrem Beifahrersitz hatte sie eine Flasche Salince Salentino, ein italienischer Rotwein von 2016, und eine Packung Paglia e Fieno, weiße und grüne Bandnudeln, deponiert.

Als sie Borg sah, wollte sie zunächst die Wagentür öffnen und seinen Namen rufen, doch dann erkannte sie, dass er Joggingkleidung trug. Wo wollte er jetzt um diese Uhrzeit hin?

Ihre Polizeiausbildung hatte Spuren hinterlassen, sie blieb im Wagen sitzen und bewegte sich nicht. Als Borg um die erste Ecke gebogen war, ließ sie den Wagen an, wobei sie den Schlüssel im Zündschloss so zärtlich drehte, als könne das die Geräusche des anspringenden Fahrzeugs verringern. Sie fuhr im Schritttempo um die Ecke und sah Borg am Ende der Straße, die auf die Hauptstraße zulief. Langsam rollte sie ihrem Kollegen hinterher.

Borg bemerkte nichts. Er war in Gedanken, hatte sich fünf Minuten verspätet, weil er bewusst langsam zum Treffpunkt gegangen war. Zum einen taten ihm die Knie weh, und zum anderen wollte er sich schonen für das, was seinem Körper an negativer und positiver Bewegung an diesem Abend bevorstehen mochte.

Als er am Grasplatz angekommen war, fehlte von Dunja jede Spur. Hatte sie die Verabredung vergessen? Fünf weitere Minuten vergingen. War sie schon gegangen, weil er nicht pünktlich gewesen war? Unwahrscheinlich. Borg ging auf dem Platz hin und her.

Sina Bachmann hatte mittlerweile auf dem Parkplatz des Rewe-Marktes geparkt, der dem Grasplatz gegenüber lag. Sie stieg aus dem Auto und ging zum Bürgersteig. Deutlich konnte sie Borg auf dem Platz auf der anderen Straßenseite erkennen.

Was soll das?, dachte sie von sich selbst und hatte soeben den Entschluss gefasst, zu ihm hinüberzugehen, als sie eine Frau über die Kreuzung am Grasplatz auf Borg zulaufen sah. Sina hielt inne.

»Da bist du ja!«, sagte Dunja freudestrahlend und begrüßte Borg mit einem Kuss auf die Wange.

Das ging gut los! Borg bemerkte, dass sie offenbar geraucht hatte, aber gemischt mit ihrem leichten Parfüm wirkte dieser Geruch nicht unappetitlich.

»Wo wollen wir denn langlaufen?«, fragte Borg.

»Ich kenne eine traumhafte Strecke, lass dich überraschen.«

Und schon waren ihre schönen Beine in Bewegung. Borg hatte, wenn auch mit gemischten Gefühlen, seine Smartwatch angelegt. Er war sich noch immer der Tatsache bewusst, dass Jogger hier in Braunschweig zurzeit Freiwild waren. Auch seine P99 hatte er zuhause zunächst prüfend in der Hand gewogen, aber sich dann doch dagegen entschieden, sie mitzunehmen. Dunja, hatte er gedacht, würde ihn für eine Pussy halten. Außerdem hätte es dämlich ausgesehen, wenn er an der Leinenhose ein Pistolenhalfter getragen hätte, und woanders ließ sich die Waffe schlecht transportieren.

Dunja war gnädig und lief mit geringer Geschwindigkeit Richtung Völkenrode. Sie passierten die Bahngleise, und kurz vor Borgs Werkstatt seines Vertrauens, Schuster & Nass – hier würde er seinen Wagen reparieren lassen, wenn er endlich wieder freigegeben werden würde –, führte ein Weg auf die Felder zu.

Dunja wich von dem Bürgersteig, auf dem sie gelaufen war, ab und leitete Borg auf die Felder zu, an denen der schmale Schotterweg an der Bahnstrecke entlangführte.

Sina war, als Borg mit der Frau losgelaufen war, wieder rasch in ihren Wagen gestiegen und hatte sich an die beiden herangehängt. Diese spontane Observation hatte sich an der Hauptstraße schwierig gestaltet, weil man hier nicht Schritttempo fahren konnte. Immer wieder musste Sina den Wagen in Parklücken oder Einfahrten lenken, um weit genug hinter Borg und seiner Begleitung zu bleiben und den Verkehr hinter ihr durchzulassen.

Wer war diese Frau? Warum hatte er nie von ihr erzählt? Sina konnte das Alter Dunja Leibnitz' schlecht abschätzen, dafür war der Abstand zu groß, aber so, wie sie sich bewegte, war sie eindeutig zu jung für Borg, dachte sie.

Als die beiden Joggenden auf den Feldweg abgebogen waren, musste Sina die Verfolgung abbrechen. Hier hätte man sie gesehen, und außerdem hätte der Wagen vielleicht nicht über die kommende Strecke auf dem Weg Platz gehabt.

Sie sah die beiden Gestalten kleiner und kleiner werden. Sie liefen wie auf einer kitschigen Postkarte auf den Sonnenuntergang zu.

Bachmann überlegte. Zum einen verspürte sie eine aus ihrer Sicht kleine, aber unangemessene Eifersucht in sich brodeln, zum anderen sorgte sie sich um Borg. Es war klar, dass die beiden nicht vor Einbruch der Dunkelheit wieder zurück sein würden.

Mit ruckartigen Manövern wendete Sina den Wagen und wirbelte Sand und kleine Steine auf, als sie vom Eingang des Feldwegs zurück auf die Straße schoss. Sie beschleunigte den Wagen auf über 60 km/h und fuhr Richtung Stadtzentrum. Sina täuschte sich selbst vor, sie täte das, was sie jetzt tat, um ihrem Kollegen Sicherheit zu geben, aber das war nur einer von zwei Gründen. Der andere war darin zu finden, dass sie eine Frau war und Borg mit einer anderen Person ihres Geschlechts Zeit verbrachte. Jetzt, dachte sie, gab es nur eine Möglichkeit, Borg unter Kontrolle zu haben, sie musste an Kollers Rechner und Borgs Uhr orten.

Die Sonne würde in den nächsten zehn Minuten untergehen, aber die Dunkelheit hatte ihr schwarzes Tuch noch lange nicht über den Feldern ausgebreitet, und so konnten Borg und Dunja die Rapsblüten noch im schwachen Gelb bewundern.

Die Luft war sauber und rein, und Borg sog sie tief in seine Lunge.

»Was sagt denn dein Vater dazu, dass du hier mit einem so alten Mann durch die Gegend läufst?«, fragte er.

»Nichts. Ich habe es ihm nicht erzählt. Ich bin keine zwölf mehr«

Braves Mädchen, dachte Borg. Ob sie wusste, dass er ihren Vater noch immer verdächtigte, obwohl er durch sein Alibi längst aus der Gleichung hätte gestrichen werden müssen?

»Das sind Rapsfelder«, sagte Dunja. »Im letzten Jahr waren hier bis Ende Juni Spargelfelder. Ich liebe Spargel!«

»Ja«, bestätigte Borg. »Wir lieben die Spargelzeit, aber keiner denkt an die armen Klofrauen.«

Dunja lachte laut. Ihr Lachen hatte etwas ansteckend Frisches. Er lachte auch. Offenbar kamen seine Gags bei ihr besser an als bei Finja.

Ein Hase huschte über den Kiesweg. Dunja erschreckte sich.

»Warum joggst du auf solchen abgelegenen Wegen, wenn du Angst hast?«, fragte Borg.

»Du wirst schon sehen. Wir müssen uns beeilen. Da vorn ist eine Brücke, da will ich mit dir hin.« Sie beschleunigte.

Die Brücke, auf die sie zuliefen, führte wieder über den Mittellandkanal.

›Der Kanal der Leichen‹, ob das ein gutes Omen ist?, dachte Borg, aber er war froh, dass Dunja diese Brücke als Ziel genannt hatte, denn damit war eine kurze Pause in Sicht, und er konnte vielleicht etwas herausfinden – zumal ihr Vater offensichtlich Kontakt mit Irina Komarow pflegte.

»Schau dir diesen Sonnenuntergang an, deshalb sind wir hier«, sagte Dunja, nachdem sie mitten auf der Brücke stehengeblieben war.

Sie stützte sich am Geländer ab und schaute in das gleißende Blutorange des Himmels. Die untergehende Sonne hatte die wenigen Wolkenstriche in Brand gesteckt, und die sich dunkel vom Hintergrund abhebenden Bäume und Sträucher an den Ufern des Mittellandkanals wirkten wie von einem gemeinen Künstler mit schwarzen Farben in die Landschaft hineingetuscht.

Der Herzschlag des Wassers, die Wellen, begannen im Dunkel zu versinken, und die Luft wurde leichter.

Am Himmel flog ein Vogelschwarm Richtung Marina Bortfeld, der Wind wehte streichelnd frisch und begann Borgs aufgeheizten Körper angenehm zu kühlen.

Er stand neben Dunja am Geländer. Fehlten einem Mann die Sinneswahrnehmungen für eine so intensiv empfundene Romantik, wie sie offenbar eine Frau wie Dunja beim Anblick des Sonnenuntergangs empfand? Er suchte nach den richtigen und nicht peinlich klingenden Worten und wollte alles tun, um Dunja nicht das Gefühl zu vermitteln, er könne den Moment weniger genießen als sie. Als er sich zu ihr drehte, um etwas Schlaues, aber wenig Kitschiges zu sagen, das er im Geiste noch nicht fertig formuliert hatte, kam sie einen Schritt auf ihn zu.

Ihr Kuss traf ihn stürmisch und unerwartet, und Borg erwiderte ihn mit ebensolcher Intensität. Wenn ihr Vorstoß nicht so plötzlich erfolgt wäre und Borg die Gelegenheit gehabt hätte, darüber nachzudenken, dann hätte er sie vielleicht nicht geküsst.

Jetzt waren ihre Gesichter ineinander verfangen, und als hätte nun ein automatisierter Ablauf eingesetzt, begannen ihre Hände, sich gegenseitig abzufahren.

Borg war es in diesem Moment egal, dass die Nässe des Schweißes seinen Körper überzog. Dunjas Finger glitten unter sein Laufshirt, und er spiegelte sie, als seine rechte Hand von ihrem Rücken auf die Vorderseite ihres Körpers fuhr. Das Gefühl, das in Borg aufstieg, hatte er schon lange nicht mehr gespürt, und im Augenblick wirkte es, als habe er es niemals intensiver wahrgenommen.

Ihre Zungen tanzten in einer überraschenden Übereinstimmung, ohne Fehler in der so ausgeklügelten Choreografie zu machen, und Dunja drückte ihr Becken an das seine.

Diese Brücke, auf der sie standen, war menschenleer. Hier fuhren so gut wie nie Autos, und die Dunkelheit begann sie zu umschließen. Borg war jetzt alles egal. Er drehte Dunja mit einem geschickten Griff um und konnte nun mit seinen Händen um sie herumfassen und alles berühren, was er erreichen wollte.

Sie schien das zu genießen und stöhnte leicht auf, als er mit seiner rechten Hand zwischen ihre Beine fuhr.

Geschickt, als führe sie einen Zaubertrick hinter ihrem Rücken aus, gelang es Dunja, mit ihren Händen den Knopf zu öffnen, der bis eben noch Borgs Leinenhose gehalten hatte. Er vergaß, wo sie waren. Nur Augenblicke danach hatte Dunja, gerade ausreichend für das, was sie vorhatte, ihre Leggings nach unten über die kleinen prallen Pobacken geschoben, und wie ein über Jahre eingespieltes Team war alles dorthin gelangt, wo es hingehörte.

Borg merkte, wie sein Herz zu pochen begann. Hatte er beim Joggen noch mit jedem Schritt das Gefühl, er müsse jetzt aufhören, so spürte er jetzt mit jeder stoßenden Bewegung, er könne niemals aufhören, und sein Körper produziere mit jedem My verbrauchter Energie das Doppelte an Nachschub.

Dunja ließ alles geschehen. Sie stellte mit einem geschickten Manöver ihr rechtes Bein auf eine Höhe im Gitter der Brücke, was alles noch intensiver werden ließ. Aus fünf Minuten wurden zehn, und es hätten Stunden werden können, hätten sich diese beiden Körper nicht wortlos auf ein großes Finale geeinigt.

Die Umgebung verwandelte sich in eine geheime Bühne der Lust, und die beiden Körper ignorierten alles außerhalb ihrer Ektase Vorhandene auf diesem Planeten, bevor sie wie schwache Kämpfer voneinander abließen, um Atem zu schöpfen.

Was war hier gerade passiert? Borg versuchte die Abläufe zu ordnen, nachdem seine Sinne wieder begonnen hatten, sich auf die reale Welt zu konzentrieren.

Dunja kicherte leise. »Das hat so noch nie ein Mann mit mir gemacht«, sagte sie.

»Mit mir auch nicht«, sagte Borg.

Die Sonne war untergegangen. Vielleicht war ein Sonnenuntergang für viele Menschen so etwas Besonderes, weil er so kurzlebig war?

»Wie geht das jetzt weiter mit uns?«, fragte Borg.

»Du kannst mich immer haben. Jederzeit«, antwortete sie.

Die Antwort klang gut, schloss aber nicht alles ein und auch nicht alles aus.

Borg überlegte. Nach dem, was gerade geschehen war, hatte sich zwischen ihnen wieder eine kleine Distanz aufgebaut.

»Vergiss nicht, du könntest mein Vater sein«, sagte sie.

Uhh! Das hatte gesessen. Jetzt fühlte sich Borg wieder alt. Und er verfluchte sich dafür, zu früh geboren worden zu sein. Wäre er doch zehn Jahre jünger – was hätte er alles tun können. Andererseits: Er hatte es getan, und es war ein gefährlich gutes Gefühl gewesen, mit so einer jungen Frau Sex zu haben.

178

»Aber«, fuhr Dunja fort als hätte sie seine Gedanken gelesen, »es hat mir großen Spaß gemacht mit dir, und ich glaube, wo der herkam, da ist noch viel mehr.« Sie ordnete ihre Kleidung und war einen Moment still, als ein Radfahrer mit eingeschalteten Lichtern über die Brücke in Richtung Völkenrode an ihnen vorbeifuhr.

Borg überlegte. War es das, was er wollte? Wahrscheinlich ja. Er war schließlich ein Mann.

»Aber egal, was in der nächsten Zeit passiert, einen Gefallen musst du mir tun«, sagte sie unvermittelt zu ihm.

»Welchen denn?«, fragte er.

»Sende niemals Blumen.«

In der Innenstadt hatte Sina Bachmann am Computer ihres Chefs Jan-Frederick Koller Platz genommen. Die Abteilung war so gut wie leer. Die Kolleginnen, die noch arbeiteten, hatten sie zwar gegrüßt, aber nicht weiter beachtet. Sina hatte aus der Gemeinschaftsküche einen Korkenzieher geholt, hatte den Wein geöffnet und sich ein Wasserglas – Weingläser gab es hier nicht – randvoll gegossen.

Sie hatte das Passwort, das Koller bei der Präsentation der Smartwatches eingegeben hatte, noch in ihrem Gedächtnis gespeichert. Ihr war klar, dass solche an der Illegalität kratzenden Verhaltensweisen ihrerseits immer Vorteile mit sich brachten. Sie gab das Passwort ›Doppelschuss‹ ein, und das Überwachungsprogramm öffnete sich.

KAPITEL 20

Gewinnen, verlieren oder sterben

Als Brammel erwachte, fühlte er sich, als habe er etwas sehr Schweres auf seinem Kopf. Er schüttelte ihn leicht, was enorme Schmerzen hervorrief, und ließ ihn dann einmal nach vorn fallen. In diesem Moment stellten sich seine Augen scharf, und das erste, was er sah, waren seine nackten Füße.

Brammel sah sich im Raum um. Sein Genick war steif. Jede Drehung des Kopfes ließ ein Brennen durch seine Halswirbel fahren. Was war geschehen? Wo war er? Brammel brauchte einen weiteren Moment, bis er sich darüber im Klaren war, dass er in Lebensgefahr schwebte. Seine Hände waren gefesselt. Er befand sich in einem fast ganz abgedunkelten kleinen Raum. Lediglich ein gläserner kleiner Deko-Weihnachtsbaum, der auf einem Tisch am anderen Ende des Raumes stand, gab ein wenig Licht ab. Es reichte gerade dafür aus, um zu erkennen, dass der Raum ungefähr 24 m² maß.

Die Decke war niedrig, und jetzt konnte Brammel auch den stechenden Geruch zuordnen, den er seit seinem Erwachen in der Nase hatte: Es war der Geruch von altem Urin. Schwankte der Boden?

Was hinter ihm war, konnte Brammel nicht sehen. Ein mittig im Raum stehender großer Tisch schimmerte matt, als wäre er aus einem silberfarbenen Metall gemacht. Daneben standen seltsame Einrichtungsgegenstände, die Brammel nicht zuordnen konnte.

»Hallo? Ist hier jemand? Binden Sie mich los! Ich bin Polizist!«, schrie Brammel, und seine Rufe wurden wie in der schalldichten Kabine eines Tonstudios von den Wänden geschluckt. Vielleicht war dieses abrupte Verschwinden des Schalls auch auf Brammels Zustand zurückzuführen. Er hörte sich selbst, als habe er Watte in den Ohren.

Brammel begann mit wilden Bewegungen an dem Stuhl zu rütteln, an dem er mit einem dicken Seil festgebunden war. Seine Hände schmerzten an den Gelenken. Es fühlte sich an, als wären diese mit Kabelbindern aneinandergebunden.

Was war das Letzte, an das er sich erinnern konnte? Ja, richtig, Brammel war zu dem Lieferwagen gegangen und hatte seine Verabredung begrüßen wollen. Das war eine Falle gewesen, dachte er. Jetzt ging ihm ein Licht auf, wer hinter den Morden in Braunschweig steckte. Zwar sah er keine klaren Zusammenhänge und auch kein Motiv, aber ihm war nun bewusst, dass er um alles in der Welt versuchen musste, hier zu verschwinden.

Brammel ruckelte am Stuhl. Die Knoten waren unglaublich fest, und seine Fingerspitzen konnten auch keine relevanten Punkte am Seil ertasten, um es lösen zu können.

Es war ein Fehler gewesen, laut zu rufen. Brammel hörte Schritte. Er versteinerte augenblicklich und lauschte. Spielten seine Sinne ihm einen Streich, oder waren die Schritte, die er hörte, tatsächlich in einem Raum über ihm? Wenn es so war, dann musste es sich um verdammt dünne Wände handeln.

Mit einem Ruck wurde die Tür hinter Brammel aufgerissen. Er schnappte verängstigt nach Luft.

Von seiner Fluchtseite her, ohne dass er jemanden sehen konnte, kam eine Person von hinten näher.

Mit einer schnellen Bewegung wurde ein undurchsichtiger Sack über Brammels Kopf gestülpt. So musste sich eine Fliege fühlen, wenn sie im Moment des Zuschnappens einer Venusfliegenfalle erkannte, dass sie nun einer tödlichen Gewalt ausgesetzt war, der man nicht entkommen konnte.

Brammels Schreie erstickten, als etwas (ein Seil?) um seinen Hals festgezogen wurde, um den schwarzen Sack zu fixieren, wodurch sein Kehlkopf schmerzhaft an die Luftröhre gepresst wurde.

Panik stieg in ihm auf, und sein Herz schlug, als wäre es eine kleine Nähmaschine. Ihm wurde schwindelig, und für einen Moment verlor er erneut das Bewusstsein.

Kühle Luft brachte Brammel wieder zur Besinnung. Er befand sich nun in einem Fahrzeug. Vermutlich in dem Van, in dem er auch schon hierher transportiert worden war. Hätte er sich bloß niemals auf diese Verabredung eingelassen. Er hatte völlig naiv in einer aufgeklappten Bärenfalle getanzt. Jetzt war sie zugeschnappt.

Sina Bachmann starrte wie gebannt auf den Monitor ihres Chefs. Es war ihr nach Eingabe des Passworts gelungen, das Programm zu starten, mit dem man die Smartwatches orten konnte. Sie versuchte, die einzelnen durch die Überwachungsuhren angezeigten Trackingpunkte ihrer Kollegen zuzuordnen und Borg ausfindig zu machen. Ihr eigener Trackingpunkt wurde dort angezeigt, wo sich ihre Uhr befand: zuhause auf dem Schreibtisch. Sie hatte sie jetzt, außerhalb der Dienstzeit, nicht am Handgelenk. Auch die Uhren von Meyer und Müller sowie die georteten Punkte der anderen Kolleginnen und Kollegen, die nachträglich mit den Uhren ausgestattet worden waren, befanden sich in Ruhe, lagen vermutlich auch irgendwo auf Tischen oder in Schubladen der Personen. Was auch dafür sprach, dass diese Uhren nicht getragen wurden, war der fehlende Ausschlag der Pulsanzeige, den man sehen konnte, wenn man mit dem Zeiger der Maus auf einem der Punkte stehenblieb – so weit war Koller bei der Bedienung des Programms nie vorgedrungen. Er hatte zwar immer von sich behauptet, perfektionistisch zu sein, aber, das wusste Sina, Perfektionismus und die vollendete Perfektion konnten meilenweit auseinanderliegen. Koller war es ergangen wie so vielen Chefs, die glaubten, die wichtigste Person im Unternehmen zu sein. Wenn das geschah und die Mitarbeitenden nur noch als ständig laufende Zahnräder ausgebeutet und nicht mit Empathie gepflegt wurden, dann zerlegte sich ein Betriebsgetriebe nach und nach, und erst, wenn es zu spät war und die besten Angestellten ihren Platz geräumt hatten, dann fragten solche Chefs nach dem Warum. Im Fall von Koller und dem Team im Kommissariat war es nur noch eine Frage der Zeit, bis alles auseinanderbrach.

Sina konzentrierte sich wieder auf die Anzeige.

Nur zwei Punkte waren in Bewegung: Da war Borg. Sina entdeckte das Signal von Borgs Uhr. Er befand sich offenbar auf einer der Brücken, die über den Mittellandkanal führten, und bewegte sich in gemächlichem Tempo auf ein Brückenende zu. Sina fuhr mit der Maus auf Borgs Signal. Sein Herzschlag war so hoch wie der eines Joggers.

Die anderen Punkte befanden sich noch immer im unbewegten Modus. Aber was war das? Da war das Signal von Erwin Brammel. Es hatte sich schnell bewegt. Genaugenommen hätte das kein Anlass zur Sorge sein können, aber zum einen fragte sich Sina, warum Brammel die Uhr während seiner Freizeit trug (noch dazu, obwohl er krank geschrieben war), zum anderen sah Sina, wie sich der aufblinkende Punkt schnell – also in einem Fahrzeug – auf den Hafen zubewegte. Brammel hatte keinen Führerschein, er war passionierter Radfahrer. Bei wem war er im Auto, und warum war er gleich dort, wo zwei der Leichen gefunden worden waren?

Sie fuhr mit dem Mauszeiger auf seinen Punkt. Seine Herzfrequenz war bei 166 Schlägen pro Minute. Erstaunt zog sie die Augenbrauen hoch und schüttelte langsam den Kopf.

Sina schaute wieder auf den gemächlich, wie ein erschöpftes Glühwürmchen kriechenden Punkt, der Borgs Position angab, aber Brammels Signal ließ ihr keine Ruhe.

Es konnte nur eine Erklärung geben: Am Hafen war wieder eine Leiche gefunden worden, und gleich würde auch ihr Handy klingeln, und sie würde den Einsatzbefehl, sofort zum Tatort zu kommen, erhalten, wie ihn augenscheinlich auch Brammel bereits erhalten hatte. Sina holte vorausschauend ihr Telefon aus der Tasche, aber es tat sich nichts. Niemand rief an.

Mit einem Gesichtsausdruck voller Ungewissheit starrte sie auf die grobe Karte des Ortungsprogramms.

Borg hatte die Brücke offensichtlich verlassen und ging am Kanal entlang Richtung Watenbüttel. War sie wohl noch bei ihm?

Es war stockfinster, aber die Augen von Borg und Dunja hatten sich an die Dunkelheit gewöhnt.

Die beiden waren, er vorweg, weil der Weg sehr schmal war, an der rechten Uferseite des Mittellandkanals nach unten zum Wasser gegangen. Jetzt gingen sie, als hätten sie sich niemals geliebt, nebeneinander her und folgten dem Kanal in Richtung Hafen.

Es roch nach Wasser, und hier unten war es etwas kühler als oben auf der Brücke. Von hier bis zur Celler Heerstraße waren es rund 1,5 Kilometer. Wenn sie in diesem Tempo weitergehen würden, dachte Borg, dann wären sie in 15 Minuten wieder im Ortskern von Watenbüttel – es sei denn, Dunja würde wieder einfallen, was eben passiert war, und sie hätte Lust auf eine Wiederholung.

Obwohl er ihre Mimik in der Dunkelheit nicht erkennen konnte, stellte er sich vor, sie habe einen leicht lüsternen Gesichtsausdruck. Wenn ein Mann eine Frau als willenlos, ungeduldig, listig, einfältig, fühllos, lüstern, wild oder demütig bezeichnete, so ließ er alle seine Vorstellung von sämtlichen Weibchen der Tierwelt in sie eingehen, hatte Borg einmal gelesen. Da war etwas dran.

Sie gingen weitere fünf Minuten, dann riss ihn Dunja mit einem Thema aus den Gedanken, das er nicht erwartet hätte.

»Du denkst immer noch an den Killer, stimmt's?«, fragte sie.

»Nein. Eben habe ich daran gedacht, ob es unbequem wäre, wenn wir uns hier ins Gebüsch legen.«

»Du spinnst!«, sagte sie und buffte ihn in die Schulter.

»Du kannst nicht aufhören, ihn zu jagen, oder?«, fragte sie.

»Wenn alle guten Jungs aufhören würden, die bösen Jungs zu jagen, dann gäbe es bald so viele böse Jungs, dass es dann schnell keine guten Jungs mehr gäbe.« Als er das ausgesprochen hatte, dachte Borg, es könne auch gut eine Erklärung sein, die in der Sesamstraße hätte vorkommen können.

»Und wenn jetzt alles vorbei ist?«, fragte Dunja weiter.

»Vorbei ist es erst, wenn es eins zu eins steht zwischen Schuld und Sühne«, sagte Borg.

»Siehst du keine andere Möglichkeit, als dich dein Leben lang auf die Jagd nach Verbrechern zu machen? Was kann einen daran reizen? Macht dir das Spaß, Polizist zu spielen?«

»Wenn ich das nicht tun würde, dann hätte ich dich niemals kennengelernt«, sagte Borg. Sein Lächeln konnte sie nicht sehen, aber vielleicht konnte sie es hören.

»Was glaubst du denn, wie das Ganze für dich weitergeht?«, fragte sie, und er fragte sich, was sie mit dieser Frage bezweckte. Er überlegte kurz, und sagte dann: »Es gibt nur drei Möglichkeiten: Gewinnen, verlieren oder …«

»… oder sterben«, fiel ihm Dunja ins Wort. Borg überraschte das, denn er hatte als dritte Möglichkeit ›weiterhin im Dunkeln tappen‹ sagen wollen.

Plötzlich knatschte etwas mechanisch und unangenehm laut. Borg und Dunja zuckten am ganzen Körper zusammen, als die Stimme Sina Bachmanns aus seiner Smartwatch zu ihm sprach.

»Oliver? Oliver? Bist du da?« Die Stimme war übersteuert, und es knatschte wieder.

»Was ist das?«, fragte Dunja.

»Ja, ich bin da. Was ist denn los?«, fragte Borg, und jetzt merkte er erst, dass er sich fast flüsternd mit Dunja unterhalten hatte. Seine normale Sprechlautstärke, die er jetzt benutzte, um in die Uhr zu sprechen, kam ihm ungewohnt laut vor.

»Gott sei Dank, du bist da!« Sinas Stimme klang erleichtert. »Brammel ist am Hafen. Ich habe eben versucht, ihn über sein Handy anzurufen. Da geht nur die Mailbox dran.«

»Warum jagst du ihm nicht auch über die Uhr einen mordsmäßigen Schrecken ein, so wie mir?«, fragte Borg.

»Ich glaube, er steckt in Schwierigkeiten.«

»Warum, will seine Mutter nicht mehr für ihn kochen?«, fragte Borg.

»Nein. Sein Puls ist immer so um die 170 und höher.«

Borg fragte sich, woher Sina diese Informationen hatte. Überhaupt: Wie konnte sie zu ihm über die Uhr Kontakt aufnehmen?

»Ja, und?«, fragte Borg.

»Sein Ortungspunkt steht jetzt seit fast 15 Minuten still, und der Puls geht nicht runter.«

»Vielleicht hat er bei sich selbst Hand angelegt«, sagte Borg.

»Nein, Oliver! Hör auf damit! Er ist direkt auf dem Gelände der Firma Leimen Beton.«

»Funk ihn über die Uhr an. Was soll passieren?« Borg verstand die ganze Aufregung nicht.

»Wenn ich ihn anfunke, dann hören das alle Menschen in seiner Umgebung. Vielleicht arbeitet er verdeckt.«

Borg wollte etwas sagen wie ›Bei seinem Körpergeruch wäre es Brammel unmöglich, verdeckt zu arbeiten‹, aber dann beschlich ihn ein unwohles Gefühl. Er sah die Lichter des Hafens ungefähr einen Kilometer vor sich.

Der Anblick erinnerte mehr an die leuchtenden Punkte eines kleinen Rummels, den man von Weitem in der Dunkelheit sieht. Was machte Brammel um diese Uhrzeit am Hafen? Sina hatte recht. Das war schon mehr als ungewöhnlich. Borg fasste einen Entschluss.

»Okay!«, sagte er. »Ich bin direkt am Mittellandkanal. Ich laufe los. Fünf Minuten. Länger brauche ich nicht.«

»Gut. Ich setze mich in den Wagen und komme auch.« Sina beendete die Verbindung.

Borg wandte sich an Dunja: »Jetzt kannst du mal miterleben, wie ich Polizist spiele«, sagte er und lief los.

KAPITEL 21

Kalt

Wenn bloß diese verdammten Herzstiche nicht wären, dachte Borg, als er mit Dunja am Kanal entlanglief und die kleinen Lichter des Hafens immer größer wurden.

Er wollte sich jetzt keine Schwächen eingestehen und ignorierte, dass es ihm schwer fiel, tief einzuatmen. Er musste unbedingt sein Herz untersuchen lassen. Irgendetwas stimmte da nicht.

Zu allem Übel passierten sie auch noch eine Stelle am Kanal, an der von einer Böschung ein übler Verwesungsgeruch herunterwehte. Borg hielt für einige Sekunden die Luft an, und als Quittung bekam er schon nach zwei Metern heftige Seitenstiche.

Sie liefen an der rechten Seite der Brücke an der Celler Heerstraße hinauf, überquerten die Brücke und liefen an der anderen Seite wieder hinunter. Eine andere Möglichkeit sah Borg nicht, auf das Hafengelände zu gelangen.

Nachdem sie zunächst an der dem Hafen abgewandten Seite entlanggelaufen waren – dort, wo Borg Dunja das erste Mal beim Joggen getroffen hatte – liefen sie die Brücke an diesem Abschnitt auch hinauf und auf der anderen Seite hinunter, um schließlich auf dem Hafengelände anzukommen. Alles hatte viel länger gedauert, als Borg geschätzt hatte.

›Leimen Beton‹, hatte Sina gesagt. Dort sollte sich Brammel herumtreiben.

Völlig außer Atem und gepeinigt von seinen Seitenstichen – er hatte die Entfernung unterschätzt – gingen Borg und seine Begleitung auf die Betonfabrik zu.

Borg wünschte sich, er hätte eine Taschenlampe dabei. Zwar war das Hafengelände besser beleuchtet als die Wege am Kanal, aber diffuses Licht war der Freund des Bösen.

Kälte stieg in Borgs Körper auf. Seine nassgeschwitzten Sachen kühlten die oberen Schichten seiner Haut so stark, dass er eine Gänsehaut bekam. Seine feuchten Haare vom Kopf, die er im Nacken spürte, wenn er seinen Kopf drehte, waren auch höchst unangenehm.

Vor ›Leimen Beton‹ parkte ein weißer Lieferwagen der Firma Pöschke Trockenbau.

Borg ging an der langen Seite des Hauptgebäudes entlang. Hier hatte er beim letzten Mal einen Eingang gesehen.

Dunja ging hinter ihm her. Sie unterquerten zwei Förderbänder, die über eine Gerüstkonstruktion vom Hafenbecken in das Gebäude liefen.

Die Haupthalle war rund 140 Meter lang. Die Tür, die Borg als erste erreichte, war unverschlossen, und sie traten ein.

Jetzt um diese Uhrzeit herrschte in der Fabrik noch immer großer Betrieb. Die Lichter waren fast alle eingeschaltet, und Maschinen liefen. Offenbar wurde auch nachts produziert.

Arbeiter sah Borg keine, als sich seine Augen rasch an die Helligkeit gewöhnt hatten.

»Warte du hier. Ich gehe einmal durch die Halle. Behalte die Tür im Auge«, sagte Borg. »Wenn meine Kollegin kommt, dann sag ihr, wo ich hingelaufen bin.«

Eine offene Treppe aus Gittern führte auf eine andere Ebene. Von dort oben gelangte man über eine weitere offenstehende Tür in einen anderen Trakt der Fabrik.

Borg lief zügig die Treppe hinauf. Bevor er durch die Tür in den Bereich auf der anderen Seite schlüpfte, sah er noch einmal zu Dunja herüber. Sie winkte ihm zu.

Borg versuchte sich zu orientieren. Auch versuchte er zu erkennen, was für einen Fabrikabschnitt er nun betreten hatte. Hier wurden offenbar Fertigbetonteile gegossen.

Borg staunte, als er die vielen Schläuche und Großroboter sah, die monoton ihre Arbeit verrichteten. Er befand sich in der zweiten Etage und beugte sich über ein Geländer. Im unteren Bereich der Halle waren Arbeiter damit beschäftigt, Flüssigbeton in Stahlgitterkonstruktionen zu füllen. Diese Bewehrung gab dem Stahlbetonteil seine Stabilität.

Da es sich bei der grauen Masse um schnellhärtenden Beton handelte, durften die Arbeiten nicht unterbrochen werden. Vielleicht war auch das der Grund, warum keiner der dort unten stehenden Arbeiter wahrnahm, was um sie herum passierte. Sie waren völlig auf ihr Projekt fokussiert.

In der obersten Etage der Fertigungshalle waren mehrere Türen zu erkennen. Hier befanden sich vielleicht Büros und Überwachungsräume.

Borg lief eine weitere Treppe hinauf.

Die ganze Halle schien sich wie ein Chamäleon in ihrem Inneren dem Grau des Zements angepasst zu haben. So, dachte Borg, würde es aussehen, wenn man einen riesigen Urzeit-Hai umkrempeln würde und sich in dessen Körper befand.

Von hier oben sahen die Gesteinshaufen und Pulvermischungen, die zur Zwischenlagerung aufgeschüttet worden waren, wie kleine Spielzeugberge aus.

Weiter links arbeitete unaufhaltsam eine vollautomatische Beton-Fertigteil-Herstellungseinheit. Laser maßen Flächen, Roboterarme senkten sich und bauten Streben zusammen, und Flüssigbeton wurde in fertige Wandelemente gepumpt.

Würde der Fortschritt so weitergehen, dachte Borg, wären hier bald keine Menschen mehr nötig, um etwas zu produzieren.

Borg öffnete eine der Türen hier im obersten Bereich. Er tastete nach einem Lichtschalter, und als der Raum durch das Anspringen der Neonröhre seine Finsternis verlor, blickte Borg auf mehrere Spinde und zwei kleine

Bänke in der Mitte des Raums. Unter den Bänken standen Schuhe, und an den Haken an der Wand hingen die Jacken der Arbeiter. Borg schaltete das Licht wieder aus und schloss die Tür.

Das Grummeln in der Halle wurde durch die vielen Wellblechelemente verstärkt, und Borg fühlte sich an die Geräusche eines Films von 1974 erinnert, in dem Los Angeles von einem Erdbeben heimgesucht worden war.

Völlig unvoreingenommen öffnete er eine weitere Tür. Drinnen brannte schon Licht. Borg versteinerte: Auf einem Stuhl im Raum saß eine Person mit einem schwarzen Sack über dem Kopf. Unter dem Stuhl war eine große weiße Plastikplane ausgebreitet worden.

Vor einem Schrank stand eine schwarze Sporttasche, deren Hauptreißverschluss weit geöffnet worden war.

Borg reagierte zu hastig. Er trat in den Raum, als der Kolben einer Browning Auto 5-Selbstladeflinte mit voller Wucht in sein Gesicht geschlagen wurde.

Borg riss es fast von den Füßen. Er taumelte rückwärts gegen die offenstehende Tür, die sich mit einem Knall schloss.

Blitze tanzten vor seinen Augen, aber er sah einen zweiten Schlag kommen und wich geistesgegenwärtig nach rechts aus. Er streifte den Lichtschalter an der Wand, und im selben Augenblick wurde es stockfinster.

Ein Schuss knallte, und die grelle Explosion aus dem Lauf der Waffe wirkte, als habe ein Fotograf ein letztes Foto mit Blitzlicht schießen wollen. Dort, wo die Ladung der Schrotflinte die Wand traf, hatte Borg noch vor wenigen Sekunden gestanden.

Jetzt war er auf dem Boden des dunklen Raums und rollte sich nach vorn.

Tausend Gedanken rasten wie die Autos auf einer Schnellstraße durch seinen Kopf: Hier in diesem Raum waren also alle Opfer mit einem Schuss ins Gesicht hingerichtet worden. Ein perfekter Ort: Die große Halle war das Zentrum allen Krachs. In einer Fabrik, wo 80 Millionen Jahre altes Gestein in Brechanlagen zwischen zwei rotierenden Walzen zerkleinert wurde, 140 Meter lange Halden von Kies aus dem Weserbergland zur Zwischenlagerung aufgeschüttet worden waren und wo sich mit lautem Krach ein 80 Meter langes drehendes Stahlrohr abmühte, um das Rohmehl, das aus Mergel gewonnen wurde, in Öfen zu transportieren, da war ein Schuss ebenso unauffällig wie das Öffnen einer Champagnerflasche während eines Silvesterfeuerwerks.

Borg war selbst überrascht, als dieser Schluss in Millisekunden in seinem Gehirn aufkeimte. Er hatte bisher immer gedacht, in lebensbedrohlichen Situationen schalte das Gehirn aus, und der Sympathikus übernehme: Kampf oder Flucht, hieß es dann, das Denkhirn war abgemeldet.

Ein zweiter Schuss blitzte. Damit war die Schrotflinte leer. Borg traf die Entscheidung völlig bewusst: Kampf. Er rollte nach vorn, in der Hoffnung, an die Beine des Angreifers zu gelangen, aber da wurde die Tür schon aufgerissen, und eine Gestalt huschte nach draußen ins Licht.

Beflügelt von seinem Vorteil, der Jäger zu sein, rannte Borg der flüchtenden Person hinterher. Wie wendig sie war! Die Treppenstufen flogen nur so unter ihren Füßen hinweg. Borg stürmte hinterher in die beleuchtete Halle. Trotz des Lichtes wirkte alles kalt. Das Grau ließ sich auch im Schein der Lampen nicht dazu hinreißen, etwas von seiner Kälte zu verlieren.

Borg vergaß für einen Moment sein Alter. Er schwang sein Gesäß auf das Treppengeländer und rutschte darauf – langsamer als erhofft, denn seine Hose war feucht – dem Angreifer hinterher.

Um schneller laufen zu können, hatte sich die fremde Person ihrer Schrotflinte entledigt und diese einfach auf die Treppe fallen lassen. Als Borg die Waffe passierte, bildete sie einen rechten Winkel, denn der Gelenkbolzen war vor dem Stoßboden abgekippt, als hatte man sie nachladen wollen.

Borg kam seinem Ziel näher. Am Ende des Geländers sprang er ab. Ausgerechnet jetzt zog sich sein Herz wie in einem Krampf zusammen. Er griff sich an die Brust, und sein schmerzverzerrtes Gesicht glich einer Grimasse aus einem Horrorfilm.

Jetzt nicht aufgeben, Borg!, trieb er sich selbst an. Er rannte an laufenden Maschinen und geschäftigen Roboterarmen vorbei. Die vor ihm flüchtende Person war nach rechts in eine Fertigungsstraße eingebogen. Als Borg denselben Weg wählte, warf sich ein Körper auf ihn, und ein Stich in seine Schulter ließ einen Blitz aus Schmerz und Hitze durch seinen rechten Arm fahren.

Borg warf den Angreifer ab und hielt sich mit der Hand die Schulter. Jetzt erst erkannte er, wen er vor sich hatte: Da stand mit gefletschten Zähnen, wie ein Tiger, der im Fressrausch vor seiner Beute steht, die Russin Irina Komarow.

In ihrer Hand hielt sie ein Werkzeug, das Borg nicht zuordnen konnte. Es sah allerdings wie ein überdimensionaler Eispickel aus und wirkte sehr gefährlich.

Komarow kam näher. Sie war als Fitnesstrainerin zwar konditionell überlegen, doch Borg als Mann hatte mehr Muskulatur. Da sie allerdings diese Waffe hatte, mit der sie aggressiv zu fuchteln begann, mochte der jetzt kommende Kampf so ausgewogen sein, dass außenstehende Personen keine verlässlichen Wetten auf potentielle Sieger oder Verlierer dieser Konfrontation hätten abgeben können.

»Komarow, geben Sie auf. Es ist vorbei!«, schrie Borg, um die Geräusche der hier laufenden Maschinen auf der Fertigungsstraße zu übertönen.

Komarow sagte nichts. Sie sprang urplötzlich wie ein Insekt nach vorn, und Borg spürte, wie der futuristische Eispickel den dünnen Stoff seines Laufshirts durchstieß und die obere Hautschicht knapp über seinem

Bauchnabel aufschnitt. Borg riss seinen Körper ruckartig nach hinten, wobei er den Kopf und die Füße vorn stehen ließ, als würde er ein menschliches C formen wollen.

Komarow hatte nur ein Ziel, und sie würde niemals aufgeben, wenn Borg jetzt nicht schnell die Oberhand gewann. Wieder sauste die Waffe auf ihn zu. Sie verfehlte ihn.

Borg griff nach rechts, dort stand ein großer geöffneter Sack. Was auch immer er dort packen konnte, vielleicht würde es ihn retten. Seine Hand umschloss eine hier aufgeschüttete Mischung aus Kalk und Ton und er schleuderte die gräuliche Masse in Richtung seiner Angreiferin.

Was im Ablauf wie eine Sandkastenattacke aussah, zeigte eine ungewöhnlich starke Wirkung. Der Kalkmergel hatte Komarow direkt ins Gesicht getroffen, und sie schrie, als der Zementstaub in ihre Augen drang. Ihr Gesicht sah aus wie das einer völlig überschminkten Schauspielerin, der man zu viel Puder aufgetragen hatte.

Wütend warf sich die momentan blinde Frau wie eine Furie nach vorn. Der Gang war schmal, und Borg erkannte seine Chance. Er warf sich nach vorn, auch auf die Gefahr hin, von der spitzen Waffe durchbohrt zu werden. Wie eine Puppe schleuderte die Wucht des Aufpralls die tobsüchtige Mörderin nach hinten über ein Geländer.

Es klang, als würde jemand auf ein Schnitzel klopfen, als sie nach einer ganzen Drehung in der Luft auf einer feuchten Betonschicht aufschlug, die aus einem großen Schlauch von einem Roboterarm hier vor einigen Sekunden aufgetragen worden war.

Borg hatte beim Zusammenprall mit Komarow das Gleichgewicht verloren und war vor dem Geländer auf die Knie gegangen. Was er jetzt sah, würde er in seinem Leben nie mehr vergessen.

Die Killerin reckte ihre Arme nach oben, und der Eispickel glänzte im Licht der hell beleuchteten Fertigungsstraße. Sie wollte sich aufrichten, klebte aber wie eine Fliege an den Verdauungströpfchen eines Sonnentaus im grauen Beton, der in kurzer Zeit die untere Seite einer festen Wand bilden würde. Komarow schrie, als sie durch den Nebel ihrer noch immer mit Kalk bedeckten Pupillen den Schlauch über sich heranfahren sah, und dann geschah das Unausweichliche: Hunderte Liter Flüssigbeton schossen aus der Öffnung, und der schwere Strahl aus schnell trocknendem Zement traf als erstes das Gesicht der Frau. Der zu einem Schrei geöffnete Mund war augenblicklich gefüllt, und das Gemisch aus Kies, Sand und Wasser drückte sich mit Kraft in ihre Luft- und Speiseröhre.

Borg hatte sich am Geländer hochgezogen und für einen Augenblick überlegt, wie er Komarow aus dieser Höllenmaschine retten konnte, aber schon als er begonnen hatte, daran zu denken, war ihr Körper über und über mit dem Beton bedeckt. Der mächtige Schlauch schien keine Gnade zu kennen, und seine Ressourcen waren offenbar unerschöpflich. In wenigen Sekunden ragten nur noch Komarows Hände aus dem grauen Grab heraus, und als könne sie noch gewinnen, durchschnitt sie mit dem Eispickel die staubige Luft in der kalten Halle.

Borg sah sich den letzten Akt dieser absurden Vorführung voller Ehrfurcht an. Dann setzte sich ein Förderband unter dem frischen Fertigbetonteil in Bewegung und Komarow, deren Arme sich nun weniger bewegten und die durch die Last der kalten Masse in einen hautengen Sarkophag gegossen war, trat ihre letzte Reise an. In weniger als fünf Minuten, dachte Borg, wenn der schnelltrocknende Zement fest geworden war, würde ihr ganzer Körper zu ihrem Herz aus Stein passen.

Da waren plötzlich Stimmen zu hören. Borg drehte sich um und traute seinen Augen kaum: Dort stand Dr. Igor Leibnitz und starrte ihn an. Leibnitz hatte eine Metallstange in seiner Hand, und sein Blick verhieß nichts Gutes.

Borg sank wieder auf die Knie. Sein Körper war am Ende. Sein Herz pumpte schwer, und er glaubte, gleich das Bewusstsein zu verlieren. Der Kampf hatte die letzten Energiereserven gefordert, und jetzt war ihm nur noch kalt.

KAPITEL 22

Träume niemals vom Sterben

Borg träumte, wie er auf einem Förderband zu einem Ofen transportiert wurde. Er sah von dort aus, wie Dr. Leibnitz Dunja in einen Trichter schmiss, der ihren Körper zusammen mit Felsbrocken in einen großen Brecher katapultierte. Borg wollte ihr helfen, aber er konnte sich nicht bewegen. Alles tat weh.

Dann war da auf einmal ein großer Metallabscheider, der Fremdstoffe aus dem Mergel herausfiltern sollte. Borg sah, wie plötzlich seine rosafarbene Uhr aus dem Abscheider gespuckt wurde. Dann noch eine, eine blaue. Und noch eine. Als nächstes flogen menschliche Knochen aus der Maschine, und Borg schrie. Er spürte die Hitze des Ofens, und als er seinen Kopf nach hinten überstreckte, sah er Sina. Sie lag auf einem Mahlteller mit über 3 Metern Durchmesser. Diese Riesenpfeffermühle, die über 210 Tonnen Mergel pro Stunde zu Rohmehl verarbeitete, würde sie zermalmen wie eine Made. Borg musste ihr helfen, doch es war zu spät. Er stürzte rücklings in die Drehofenanlage, und als die 2000°C seinen Körper zu pulverisieren begannen, schreckte er hoch.

»Ganz ruhig, Herr Borg.« Vor ihm stand ein Arzt. Zumindest sah er aus wie ein Arzt. Er trug einen weißen Kittel und ein Stethoskop um den Hals.

»Sie sind in guten Händen. Ich bin Dr. Brattström. Wie fühlen Sie sich?«, fragte der vertrauenswürdig wirkende Mann.

»Ich habe geträumt«, sagte Borg und sah sich im Krankenzimmer um. Das Grau der Zementfabrik war einem gleißenden Weiß gewichen.

»Etwas Schönes?«, fragte Brattström.

»Ich habe geträumt, dass ich sterbe«, sagte Borg.

»Das werden Sie auch. Aber nicht heute.« Der Satz wirkte weniger beruhigend auf Borg, als Brattström ihn möglicherweise gemeint hatte.

»Fühlen Sie sich in der Lage, Besuch zu empfangen?«, fragte Brattström und fühlte Borgs Puls.

»Kommt drauf an«, sagte Borg. »Wenn es jemand vom Finanzamt ist, dann nicht.«

Borg entspannte seinen Körper, der noch in der Anspannung des Traumes gefangen war. Jetzt konnte ihm nichts mehr passieren. Im Beisein eines Arztes stirbt man nicht, dachte er, altes Hypochonder-Gesetz.

Brattström lächelte und ging zur Tür. Er öffnete sie, trat auf den Krankenhausflur, lehnte die Tür leicht an und sprach mit jemanden. Als die Tür wieder geöffnet wurde, sah Borg in die kalten Augen von Dr. Leibnitz. Ein Ruck fuhr durch seinen Körper, die Anspannung war wieder da, und er realisierte, wie jeder Muskel in ihm schmerzte.

Leibnitz kam mit großen Schritten herein und ging auf das Bett zu, in dem Borg lag.

Dieser überlegte, ob er um Hilfe rufen sollte, aber im selben Augenblick kam auch Dunja zur Tür herein.

»Mein Gott, bin ich froh, dass du lebst!«, sagte sie freudestrahlend. In ihren Händen hielt sie einen Topf in schlichtem grünem Papier, in dem mehrere orangefarbene Blumen der gleichen Gattung zu wachsen schienen.

»Mein lieber Herr Borg«, begann Dr. Leibnitz. »Ich weiß nicht, wie ich Ihnen danken soll. Sie haben meine Tochter gerettet. Das kann ich nicht wiedergutmachen, egal was auch immer ich versuche!« Leibnitz streckte Borg die Hand entgegen.

Der schaute zwischen Dunja und ihrem Vater hin und her. Sie nickte leicht.

Unter unangenehmen Schmerzen zog Borg seine Hand unter der Bettdecke hervor und bewegte sie der von Leibnitz entgegen. Wie ein Fisch, der nach einer Fliege schnappt, griff Leibnitz zu und begann Borgs Hand übermäßig stark zu schütteln.

»Sie sind eine Lichtgestalt in Braunschweig! Sie haben den Fall gelöst. Die ganze Stadt kann aufatmen!« Leibnitz schüttelte seine Hand noch immer. Borg konnte sich diesem dominanten Griff nicht entziehen.

»Irina Komarow war doch Ihre Freundin, und jetzt bedanken Sie sich bei mir?«

»Eine Frau, die einen liebt, ist das größte Geschenk auf Erden, aber eine Frau, die einen hasst, bedeutet größte Gefahr für Leib und Leben. Zwischen Irina und mir war nichts mehr. Sie wollte nur mein Geld und hasste Dunja – sie sah sie als Konkurrentin, nicht nur, was das Erbe angeht«, sagte Leibnitz.

»Ich habe Papa erzählt, wie du mich gerettet hast«, sagte Dunja.

Borg versuchte sich die letzten Momente in der Betonfabrik in das Gedächtnis zurückzurufen. Er sah wieder alles klar und deutlich vor sich. Da war dieser Raum und der Angriff von Irina Komarow und dann der Kampf und ihr Ende … und dann hatte da Leibnitz vor ihm gestanden …

Borg zog seine Hand mit einem Ruck aus der Hand des Arztes – wie lange hatte er sie jetzt festgehalten? Eine Minute?

»Was haben Sie in der Fabrik zu suchen gehabt?«, fragte Borg misstrauisch.

»Dunja hat mich angerufen und gesagt, sie seien beide in Gefahr. Da bin ich sofort in meinen Wagen gesprungen und zum Hafen gekommen. Keine fünf Minuten, und ich war da. Als ich Sie gefunden habe, hatten Sie schon die Drecksarbeit erledigt.« Leibnitz lachte ein unechtes Lachen.

»Was ist dann passiert?«

»Ich habe Ihnen hochhelfen wollen, aber sie sind ohnmächtig geworden. Dann kam auch schon Ihre Kollegin, Frau Beckmann, und wir haben einen Krankenwagen angefordert.«

»Bachmann«, korrigierte Borg.

»Genau. Bachmann. Natürlich. Übrigens: Sie steht draußen vor der Tür und will Sie sprechen. Wir sollten nur nicht alle auf einmal ins Zimmer kommen, hat Dr. Brattström gesagt.«

196

»Du kommst bestimmt bald raus«, schaltete sich Dunja ein. »Ich freue mich schon drauf.« Sie zwinkerte.

»Komm, Schatz«, sagte Leibnitz zu seiner Tochter. »Wir lassen die anderen rein. Ihr werdet euch bestimmt bald wiedersehen.« Igor Leibnitz dankte Borg noch einmal und ging zur Tür. Dunja stellte die Blumen auf Borgs Nachttisch.

»Hast du nicht gesagt, du magst keine Blumen?«, fragte Borg.

»Du sollst mir nie welche schicken, habe ich gesagt, aber du hast nicht davon gesprochen, dass du keine magst.« Sie küsste ihn auf die Wange, und er merkte erneut, dass sie geraucht hatte. Borg glaubte auch zu sehen, wie die Freundlichkeit aus Igor Leibnitz' Gesicht wich, als Dunja ihm den Kuss gegeben hatte. Sicher war er als Vater, egal welcher Mann mit seiner Tochter zu tun hatte, von Haus aus misstrauisch. Klar, dachte Borg, völlig verständlich. Als Mann wusste man ja auch genau, was ein Mann dachte und was er alles mit einer Frau machen wollen würde. Die eigene Tochter musste vor der Verdorbenheit männlicher Gehirne geschützt werden.

Als Dunja und ihr Vater das Zimmer verlassen hatten, kam Sina Bachmann herein, und Borg freute sich, sie zu sehen. Als er allerdings sah, dass auch Koller mit eintrat, minderte das seine Freude etwas.

»Na, mein Lieber. Haben Sie ja ordentlich was geschafft! Glückwunsch!« Koller wippte mit seinem Körper, als würde er auf einer lockeren Bodenplanke stehen.

»Ja, du hast es geschafft! Ich bin froh, dass es vorbei ist«, sagte Sina.

»Ist das zweite vermisste Opfer gefunden worden? Diese Anja Fischer?«

»Nein. Wir machen uns auch wenig Hoffnung, dass wir sie noch lebend finden. Dass man ihrem Mann ihre Ohren geschickt hat, lässt nichts Gutes verheißen«, sagte Sina.

»Wie geht es Brammel?«, fragte Borg.

Koller und Sina sahen sich an.

»Du weißt es noch nicht?«, fragte sie erschüttert.

»Er war ein guter Kollege. Wir werden ihn vermissen«, sagte Koller.

Borg strengte sich an, um sich die letzten Momente im Zimmer der Fabrik vor Augen zu rufen. Er hätte schwören können, Brammel wäre am Leben gewesen. Der Körper hatte so aufrecht gesessen.

»Es muss schnell gegangen sein. Er hat sicher nicht viel gelitten«, sagte Koller. »Manchmal entscheiden Sekunden darüber, ob wir einen Menschen retten können oder nicht.«

»Was meinen Sie damit?«, fragte Borg.

»Er muss wenige Minuten, bevor sie eingetroffen sind, erschossen worden sein«, sagte Koller.

Sina fragte sich, ob derartige Gespräche jetzt, in der Verfassung, in der sich Borg befand, überhaupt sinnvoll waren.

»Er wurde erschossen?« Borg glaubte sich verhört zu haben.

»Ja, das gleiche Muster wie bei den anderen Morden. Haben Sie das nicht gesehen?«, fragte Koller. »Diese Frau Komarow war eine Bestie«, fuhr er fort, »ein mordlüsternes Weib! Sie kennen doch den Spruch: ›Wenn der Teufel keine Zeit hat, irgendwo zu erscheinen, schickt er eine Frau als seine Stellvertreterin. Und sie macht die Sache besser.‹ Komarow hatte einen Pakt mit dem Teufel geschlossen.«

»Wollen Sie damit sagen, Brammel wurde mit einem Kopfschuss hingerichtet?«

»Leider ist es so.« Kollers Bedauern war offenbar echt.

»Das kann nicht sein!«, stieß Borg hervor. »Zumindest war er noch am Leben, als ich ihn zuletzt gesehen habe. Komarow hat zweimal auf mich geschossen und dann die Flinte mitgenommen. Sie hat sie auf die Treppe geworfen …«

»Immer mit der Ruhe, Borg. Brammel hatte einen schwarzen Stoffbeutel über dem Kopf. Sie können dadurch die tödliche Verletzung übersehen haben«, sagte Koller.

»Es war kein Blut auf dem Boden. Wie erklären Sie sich das?«, fragte Borg wütend.

»Sie sollten sich ausruhen.« Koller glaubte offenbar nicht, dass dieses Gespräch in die richtige Richtung führte. »Wir werden das überprüfen.« Er wünschte Borg gute Besserung und verließ den Raum.

Sina blieb.

»Ist Berber schon wieder auf den Beinen?«, fragte Borg.

»Nein, leider nicht. Er liegt noch immer im Koma. Wir müssen warten und hoffen.« Sina ging um Borgs Bett herum.

»Diese Dunja scheint ja genau auf deiner Wellenlänge zu sein, was?«, fragte sie und schaute sich die Blumen an, die auf Borgs Nachttisch standen.

»Das ist ein nettes Mädel«, sagte Borg.

»Wenn du hier raus bist, dann können wir vielleicht unsere Verabredung nachholen, was meinst du?«

»Gerne. Ich fühle mich sehr gut. Ich bin bald wieder auf den Beinen«, sagte er.

Sina verabschiedete sich und gab Borg einen Kuss auf die Wange. Was für ein sonderbarer Zufall! Sie hatte genau die Stelle geküsst, die auch Dunja bei der Verabschiedung mit ihren Lippen berührt hatte. Ihr Kuss überlagerte jetzt den von Dunja.

Als Sina das Zimmer verlassen hatte, merkte Borg, wie schwach er sich fühlte. Er begann, jeden einzelnen Ablauf der vergangenen Tage wieder in sein Gedächtnis zu rufen, und die Flut an Informationen war kaum zu ordnen.

Wenn Irina Komarow und ihr Freund, der tote Arthur Kusnezow, das mörderische Paar waren, was war ihre Motivation gewesen? Reine Mordlust? Warum hatten sie, als sie in den Fokus der Ermittlungen geraten waren, nicht aufgehört zu morden? Diese und viele andere Fragen schossen Borg durch den Kopf, und ohne, dass er es merkte, fiel er in einen unruhigen Schlaf. Wieder träumte er von der Drehofenanlage. Männer warfen in diesem Traum Autoreifen in einen riesigen Ofen. Borg stand in einer großen Halle und dachte, es würde schneien, aber die Partikel, die auf ihn herniederschwebten, entpuppten sich als Fluff.

An den Wänden der Halle, in der er sich in diesem Traum sah, waren riesige Stapel von Papiersäcken für den Baustoffhandel aufgetürmt. Ein Silofahrzeug raste an ihm vorbei, und er erschrak. Dann begannen die Säcke wie auf Kommando zu platzen, und flüssiger Zement schoss aus ihnen heraus. Die Masse stürzte auf Borg hinab, und er rang nach Luft. Er spürte, wie er ersticken würde, dann schreckte er wieder hoch und rettete sich vor dem surrealen Ende durch das Erwachen in seinem Krankenzimmer. Es war keine Wohltat, vom Sterben zu träumen, aber wenn der Verstand nach dem Erwachen wieder aufklarte, dann fühlte man sich umso lebendiger.

Borg sah die orangefarbenen Blüten der Blume an, die ihm Dunja geschenkt hatte. Es war eine Studentenblume. Mit Pflanzen jeglicher Art kannte sich Borg nicht aus, und hätte er etwas davon verstanden, so hätte diese Blume vielleicht jetzt schon seine Besorgnis erregt.

KAPITEL 23

Null
minus
zehn

Dr. Brattström war zwar mit Borgs Fortschritten während der nächsten zwei Tage, die dieser unter ärztlicher Beobachtung im Krankenhaus verbringen musste, zufrieden, aber der Arzt, ein Experte auf dem Gebiet der Kardiologie, zeigte sich über die Herzleistung seines Patienten besorgt.

»Das sollten wir im Auge behalten«, hatte Brattström gesagt.

Nachdem Borg beschrieben hatte, dass seine Schmerzen, die Atemnot und die anderen Probleme immer aufgetreten waren, als er joggte, schlug Brattström ein Langzeit-EKG und eine Langzeit-Blutdruckmessung vor. Borg sollte beide Messgeräte nacheinander tragen, aber erst nach seiner Entlassung.

»Am sinnvollsten ist es, wenn Sie sich noch einmal den belastenden Situationen, wie Sie sagen: dem Joggen, aussetzen. Dann haben wir die Werte gleich unter realen Bedingungen erfasst«, sagte Brattström.

»Wollen Sie damit sagen, ich soll joggen, damit es mir schlecht geht?« Borg war alles andere als begeistert.

»Sie können ja mit dem Laufen aufhören, wenn Sie Anzeichen einer Verschlechterung Ihres Zustands verspüren, aber im Grunde wäre es sinnvoll, wenn Sie genau das täten, was die Probleme in der letzten Zeit ausgelöst hat.«

Was die Probleme in der letzten Zeit ausgelöst hat?, dachte Borg. Menschen jagen, mit Menschen kämpfen und Menschen töten? Könnte schwierig werden.

»Na gut«, sagte er. »Ich will ja wissen, was mit meinem Herzen nicht stimmt.«

Brattström nickte zufrieden. »Sie bekommen das erste Gerät, wenn Sie morgen entlassen werden. Aber gehen Sie es langsam an. Es müssen ja keine zehn Kilometer sein.«

Der Arzt machte Anstalten, das Zimmer zu verlassen, aber Borg wandte sich noch einmal an ihn: »Dr. Brattström, ich habe noch eine Bitte«, sagte er verlegen.

»Ja?«

»Gibt es hier im Krankenhaus einen Spezialisten, der einmal meine Prostata untersuchen könnte?«, fragte Borg.

»Haben Sie Schwierigkeiten beim Wasserlassen oder Schmerzen?«

»Nein, ich will nur eine zweite Expertenmeinung. Mein Urologe glaubt, etwas Pathologisches gefunden zu haben.«

Brattström überlegte. »Ja. Ich kann einer Kollegin Bescheid sagen und sie bitten, Sie zu untersuchen.«

Borg hätte sich ohrfeigen können, die Bitte gestellt zu haben. »Haben Sie eventuell auch einen Kollegen, der das machen könnte?«, fragte er.

Brattström lachte. »Ihre Bedenken sind völlig unbegründet. Frau Dr. Raschke ist Expertin auf dem Gebiet. Und glauben Sie mir, Sie hatte ihre

Finger in mehr Rekta als alle Kinder Braunschweigs in ihren Nasen. Ich schicke Sie heute noch vorbei. Dann können Sie morgen entlassen werden.«

Brattström lächelte beruhigend. »Wir sehen uns dann morgen noch einmal«, sagte er und verließ das Zimmer.

Borg fühlte sich recht erholt. Er war in den vergangenen Tagen schon immer wieder gelangweilt auf dem Krankenhausflur umhergewandert.

Dass seine Exfrau ihm in den vier Tagen keinen Krankenbesuch abgestattet hatte, überraschte ihn nicht. Dass aber auch Paul nicht im Krankenhaus erschienen war, stimmte Borg etwas traurig.

Es gab keine Anrufe und keine Post. Die Blumen von Dunja blieben das einzige Anzeichen in seinem Zimmer, dass sich jemand um ihn sorgte.

Sina Bachmann hatte zwar eine Tasche mit Wechselwäsche, Waschutensilien und Hausschuhen vorbeigebracht, aber auch sie war bereits vorgestern zuletzt bei Borg gewesen. Sie wolle, um die sieben Tage Sonderurlaub zu nutzen, die Koller ihr nach dem Abschluss des Falls gegeben hatte, so hatte sie Borg erzählt, eine Tante in Stockholm besuchen und komme erst übermorgen zurück.

Borg war gestern und auch heute mit gemischten Gefühlen auf die Intensivstation gegangen und hatte seinen Kollegen Berber besucht. Der Arme war noch immer in einer Welt, in der es keinen Tag und keine Nacht gab. Sein Körper lag noch im Bett wie beim ersten Besuch, den Borg ihm gleich nach seiner Einlieferung abgestattet hatte.

Als Borg wieder zurück zu seinem Zimmer ging, lief eine junge Krankenschwester an ihm vorbei und grüßte freundlich. Sie hatte wohl Dienstschluss, denn sie trug Alltagskleidung, aber darin sah sie ungemein aufreizend aus. Freilich war das nicht schwer, dachte Borg. Jungen, gesunden Mädchen passt ja alles.

Als Borg nachmittags wieder in seinem Zimmer war und sich im Bett gerade nach vorn streckte, um nach der Fernbedienung auf dem Nachttisch zu greifen, den eine Reinigungskraft des Krankenhauses nach dem Durchwischen dort stehengelassen hatte, wurde die Zimmertür aufgerissen, und herein trat eine übergewichtige Frau in Begleitung zweier junger Krankenschwestern.

»Herr Borg?«, fragte die Frau, die eher in eine Schlachterei gepasst hätte als in ein Krankenhaus.

»Äh ... ja?« Borg war sich nicht ganz im Klaren darüber, was jetzt passieren würde.

»Ich bin Dr. Raschke. Dr. Brattström hat mich gebeten, Sie zu untersuchen«, sagte die Frau, und es klang, als habe man sie soeben aus dem Urlaub eingeflogen. Ihre Stimme war der tongewordene Befehl einer Domina.

»Also genaugenommen … Die Dringlichkeit dieser … dieser Untersuchung … nicht nötig …«, stammelte Borg.

»Rollen Sie sich mal auf die rechte Seite. Ich habe alles hier, was ich brauche.« Raschke hob ihren Finger, der auf Borg wirkte, als wäre er ebenso lang wie breit.

»Ich hatte diese Untersuchung schon einmal. Es ist also nicht nötig, dass Sie …«, sagte Borg schnell. Wo war der Schleudersitz? Er rutschte an die hintere Bettkante.

»Papperlapapp. Dr. Brattström hat mir alles gesagt. Wir wollen doch nicht, dass etwas übersehen wird, also machen Sie sich bitte frei und drehen Sie sich auf die rechte Seite.«

Borg schaute verzweifelt zwischen den beiden Frauen hin und her, die neben Raschke Stellung bezogen hatten. Die eine hatte eine metallene Nierenschale in der Hand, die andere trug mit der linken ein Klemmbrett und hielt in der rechten einen Stift schreibbereit auf dem eingeklemmten Zettel.

»Das sind zwei Praktikantinnen, die hier bei uns im Krankenhaus einen tiefen Einblick bekommen sollen«, klärte Dr. Raschke auf, zog am Rand ihres Latexhandschuhs und ließ ihn knallen.

Schlimmer konnte es nicht kommen. Er rollte sich auf die rechte Seite, zog seine Unterhose herunter und betete, dass es nicht lange dauern würde. Er hatte es sich selbst eingebrockt: Nun sollten also die Praktikantinnen ihren tiefen Einblick bekommen.

Dr. Raschkes Finger schien aus Sandpapier zu bestehen.

»Zählen Sie von null rückwärts bis zehn!«, befahl Raschke. »Länger wird es nicht dauern.«

Borg stöhnte. »Zehn, neun, acht, sieben …« Der Finger war kein Finger, es war ein Stabmixer – zumindest fühlte es sich so an.

»Nein. Von null rückwärts!«, unterbrach Raschke.

Borg glaubte, durch den Druck des Fingers der rücksichtslosen Ärztin gleich über die Kante der Matratze hinweggeschoben zu werden. Das musste ein Ende haben. Er zügelte sein Stöhnen und formte mit der ausgestoßenen Luft die Nummern: »Null, eins, zwei …«

»Nein, von null rückwärts!«, korrigierte Raschke.

Was stimmte mit dieser Frau nicht?, dachte Borg. War das hier ein Mathetest?

»Null, minus eins, minus zwei …«, machte Raschke vor, während sie in Bereichen von Borgs Körper tastete, von denen er gar nicht gewusst hatte, dass es sie gab.

Gottverdammt! Durch diese absurde Zählerei und ihre Pedanterie, er müsse von null an rückwärts zählen, war jetzt fast eine Minute vergangen. Eine Minute, in der er das Gefühl hatte, man habe zwei Hamster in seinem Enddarm ausgesetzt.

Na gut, du Monster, dachte Borg und fing mit einer ihm selbst fremd klingenden Stimme an, ganz nach Wunsch der Doktorin zu zählen: »Null, minus eins, minus zwei, minus drei, minus …«

»Nicht so schnell!«, unterbrach sie. »Ich will sie ja schließlich nebenbei noch untersuchen. Tut das weh?«

»… minus … Jaaaa! … minus vier, minus fünf, minus sechs …« Borg trat der Schweiß auf die Stirn. Hätte ihn Irina Komarow im Zementwerk nicht doch einfach töten können? Wo war er? Das war ja nicht auszuhalten.

»… minus sieben, minus acht, minus neun, minus zehn. Geschafft!«, rief Borg. »Und jetzt raus da, oder soll ich noch die Primzahlen bis hundert aufzählen?« So langsam wurde er wütend.

Raschkes Finger rutschte mit einem Ruck aus Borgs Körper.

»Also, ich weiß nicht, was Ihr Urologe da ertastet haben will, aber ich kann nichts feststellen. Frau Röder«, sie blickte zur Praktikantin zu ihrer Rechten, »wird jetzt noch einmal Blut bei Ihnen abnehmen, und wir lassen den PSA-Wert bestimmen. Morgen, bevor Sie entlassen werden, haben wir die Ergebnisse vorliegen.«

Borg rollte sich geschwächt auf den Rücken und blieb dort liegen. Von der Blutabnahme merkte er fast nichts. Sein Enddarm erforderte jetzt alle Aufmerksamkeit. Er fühlte sich an, als habe er eine Wassermelone ausgeschieden.

Nach der Blutentnahme verabschiedete sich Raschke mit den besten Genesungswünschen. Die beiden Praktikantinnen blieben stumm – vielleicht waren sie, nach dem, was sie eben hatten miterleben müssen, genauso verstört wie Borg.

»Ach, übrigens.« Raschke blieb in der geöffneten Tür stehen. »Diese Blume da sollten Sie schnellstens entsorgen. Das ist ein schlechtes Omen.« Sie deutete auf die Blume mit den orangefarbenen Blühten, die Dunja Leibnitz mitgebracht hatte.

»Warum?«, fragte Borg mit leiser, wehleidiger Stimme.

»Das ist eine Studentenblume. Wissen Sie, wie die noch genannt wird?«, fragte Raschke.

»Nein. Wie denn?«

»Totenblume. Schönen Tag noch.«

KAPITEL 24

Die Tatsachen des Todes

Am nächsten Tag, einem Mittwoch, bekam Borg seine Entlassungspapiere.

Brattström persönlich überbrachte ihm die Unterlagen und freute sich, ihm mitteilen zu können, dass alle Blutwerte normal seien, nichts für einen erhöhten PSA-Wert spreche und die Prostatauntersuchung keine Auffälligkeiten ergeben habe.

Brattström klingelte nach einer Schwester und ließ diese das Langzeit-Blutdruckmessgerät an Borgs Körper festmachen. Die graue Manschette, die sich ab jetzt alle dreißig Minuten mit Luft füllen sollte, saß kurz darauf fest an seinem linken Oberarm, das Blutdruckmessgerät musste sich Borg mit einem Band um den Hals hängen. Er zog sein T-Shirt darüber.

»Morgen bitte wieder abgeben. Dann werten wir das Gerät aus«, hatte Brattström gesagt und ihm einen schönen Tag gewünscht.

Oliver Borg hatte noch in derselben Minute vom Krankenhaus aus Sina angerufen und sie gefragt, ob sie mit ihm joggen gehen wolle.

Sina hatte nur gelacht und war dann verstummt, als er sie davon überzeugt hatte, dass er keine Witze mache. Es ginge um die Blutdruckmessung. Nun hatte Sina zugesagt, und sie verabredeten sich um 16:00 Uhr zum Laufen.

Borg hatte seine Tasche gepackt und war mit einem Taxi nach Watenbüttel gefahren.

Er war beruhigt, dass die Prostatauntersuchung keinen negativen Befund ergeben hatte. Entweder Dr. Leibnitz hatte ihn damals angelogen, oder er war ein verdammt miserabler Arzt. Borg tippte auf Letzteres.

Die Sonne ließ diesen Mittwoch zu einem der schönsten Tage des Monats werden. Es war weder zu heiß noch zu kalt. Die Luft war warm und frisch, und die drückende Schwüle der letzten Wochen war einem Traumsommer gewichen.

Borg hatte, zuhause angekommen, seine Tasche ausgepackt, seine Waschmaschine angestellt, dabei das von Komarow aufgeschnittene T-Shirt mit skeptischen Blicken betrachtet, es dann in den Mülleimer geworfen und sich eine Tasse Kaffee gemacht.

Als er die Tasse zum Mund hob, setzte plötzlich mit einem pumpenden Summen das Blutdruckmessgerät ein, und die Blutdruckmanschette an Borgs Arm begann sich mit Luft zu füllen. Borg erschrak dermaßen, dass er sich heißen Kaffee über sein weißes Lauf-Shirt schüttete.

Als Sina pünktlich an seiner Tür klingelte, hatte er sich bereits ein neues Shirt angezogen, das das Gesicht des schottischen Schauspielers Sean Connery zeigte.

Gleich, als Borg mit Sina sein Haus verlassen hatte, begannen sie von dort aus mit sehr geringer Geschwindigkeit zu laufen.

»Ich hätte nie im Leben gedacht, dass du jemals wieder joggen würdest«, sagte Sina.

»Ja, Joggen ist meine große Leidenschaft, das übersehen viele Menschen.«

Sie lachte erfrischend.

Borg hielt das Blutdruckmessgerät mit der rechten Hand vor seinem Bauch fest. Zum einen war es unkomfortabel, damit zu joggen, weil es immer hin- und hergeworfen wurde, zum anderen schlug es ab und an gegen seine Wunde, die er dieser russischen Killerin verdankte. Eine Hexe, dachte Borg. Was hatte Leibnitz noch über seine Ex-Freundin gesagt? ›Wenn der Teufel keine Zeit hat, irgendwo zu erscheinen, schickt er eine Frau als seine Stellvertreterin. Und sie macht die Sache besser.‹ Wie recht er hatte. Diese Frau war vom Leibhaftigen geschickt worden. Was für eine Genugtuung, dass sie nun wieder dort unten an seiner Seite saß.

Zahlreiche Joggerinnen und Jogger kamen ihnen entgegen, als sie zum Okerdüker joggten. Auf der rechten Seite der Wiesen hatte Borg das siebenstöckige Hauptgebäude der Chemiefirma FutureCare gesehen, das sich weiß gegen den blauen Himmel abhob.

Eine Schande, dass ein solcher Klotz hier errichtet worden war. Aber FutureCare gehörte zu einem der führenden Unternehmen im Pharmabereich. Vielleicht kamen sogar seine Schmerztabletten im Ursprung aus einem dieser Labore.

Borg schaute sich jede ihnen entgegenkommende Person an. Sein Unterbewusstsein hatte mit dem letzten Fall noch immer nicht abgeschlossen.

»Wem gehörte der weiße Lieferwagen, mit dem man Brammel zum Hafen gebracht hatte? Das war doch ein Fahrzeug einer Trockenbaufirma, oder?«, fragte Borg Sina.

»Ja, Trockenbau Pöschke«, sagte Sina. »Der Besitzer, Thomas Pöschke, hatte den Wagen bereits einen Tag zuvor als gestohlen gemeldet.«

»Ich hab' den Lieferwagen schon einmal gesehen. Er stand in der John-Steinbeck-Straße, in der das erste Opfer wohnte. Da waren doch Bauarbeiten im Gange. Wurde er von dort gestohlen?«, fragte Borg.

Mit einem Brummen pumpte sich die Manschette an Borgs Arm wieder auf. Sie blieben stehen, damit die Messung durch die Bewegung nicht verfälscht werden konnte.

»Genau, von da wurde er gestohlen«, bestätigte Sina. »Wir haben aber die Nachbarn in der Straße befragt. Niemand will etwas gesehen haben.«

»Auch Frau Jeschke nicht, diese neugierige Person?«, fragte Borg, während er den linken Arm zur Messung locker hängen ließ.

»Die war nicht da. Wir haben zweimal versucht, sie zu erreichen«

»Na, dann wissen wir jetzt, wo wir langlaufen müssen. Es geht zum Schwarzen Berg, Frau Jeschke einen Besuch abstatten«, sagte Borg und lief wieder los, denn die alle dreißig Minuten stattfindende Messung war beendet.

»Was denn? Jetzt?« Sina war verwundert.

»Wenn jemand etwas gesehen hat, dann die Jeschke.«

Sie liefen ein kurzes Stück am Mittellandkanal, bogen dann auf die Wiesen ab und folgten mehreren Schleichwegen, die an der Oker entlangführten.

Borg traute seinen Augen kaum, als er die zwei von vorn heranlaufenden Personen als Igor und Dunja Leibnitz identifizierte. Er konnte Dunjas schlechte Laune schon aus zehn Metern Entfernung sehen – offenbar war sie ganz und gar nicht damit einverstanden, dass Borg mit seiner Kollegin Sina Bachmann joggte.

»Na, lauft ihr ein bisschen?«, fragte Dunja.

»Hallo Herr Borg. Frau Bachmann.« Igor Leibnitz' graue Augen musterten die beiden wie ein Scanner. Er wirkte sehr distanziert.

»Ja, wir wollen den schönen Tag nutzen«, sagte Sina.

Dunjas Augen verengten sich zu Schlitzen. »Auch mal auf die Brücken am Mittellandkanal laufen? Um sich ein bisschen zu dehnen?« Die Eifersucht in Dunjas Stimme war unüberhörbar.

Sina verstand die Anspielung nicht. »Ja, vielleicht. Herr Borg gibt die Strecke vor«, sagte sie.

»Na, dann können Sie sicher sein, dass es eine tiefgehende sportliche Erfahrung werden wird.«

Ganz schön giftig, dachte Borg.

»Eine schöne Blume hast du mir da ins Krankenhaus gebracht«, sagte er.

Dunja schaute ihn fragend an.

»Eine sogenannte Totenblume. Ich hab's gegoogelt: Die leuchtend orangefarbenen Totenblumen weisen den Verstorbenen am mexikanischen Tag der Toten den Weg.«

»Wusste ich nicht«, sagte sie unschuldig.

»Reiner Zufall«, sagte Borg mit ironischem Unterton.

»Ja, was denkst du denn? Traust du mir nicht?«, fragte sie.

»Ein Fan wollte mal ein Autogramm von John Lennon. Stunden später hat er ihn erschossen«, sagte Borg.

»Ich bin nicht dein Fan.« Dunja trat einen Schritt zu Seite. »Schönen Tag noch.« Sie lief weiter, und ihr Vater folgte ihr wortlos.

Wäre das ein billiger Hollywood-Film, dann müsste er jetzt hinter ihr herlaufen und alles klarstellen, dachte Borg, doch das tat er nicht.

»Was war das denn?«, fragte Sina, die den beiden für einen kurzen Moment hinterhergeschaut hatte.

»Das weiß ich auch noch nicht so genau«, antwortete Borg.

Nachdem sie ein Stück weiter gelaufen waren, kamen sie an eine sehr sandige, sehr hohe Uferböschung der Oker. Borg wollte sich erfrischen und kletterte sie hinunter. Sina wollte ihm zunächst nicht folgen, tat es dann aber doch. Der ockerfarbene Sand geriet ins Rutschen, und Klumpen purzelten in den Fluss.

»Noch ein paar Jahre, dann fallen diese riesigen Bäume in die Oker.« Borg deutete auf die bereits von der Witterung und Korrosion freigelegten Wurzeln der Bäume, die hier an der Böschung standen und angenehmen Schatten spendeten.

»Ich weiß nicht, ob es genau hier war, aber vor vielen Jahren ist hier irgendwo mal ein Kind ums Leben gekommen«, sagte Sina und beobachtete, wie Borg sich über die Oker beugte, seine Hände mit Wasser füllte und es sich ins Gesicht warf. Diesen Ablauf machte er dreimal.

»Was ist passiert?«, fragte er und rieb sich mit einer feuchten kühlen Hand im Genick.

»Die Kinder sollen hier an einer Böschung gegraben haben, da ist Sand nachgerutscht und hat sie verschüttet. Der eine Junge hat es überlebt, für den anderen kam jede Hilfe zu spät.«

Das arme Kind, dachte Borg, es hat sicher zu Gott gesagt ›Ich würde den Körper gerne zurückgeben, denn er funktioniert nicht mehr‹ – wie kam er nur immer auf solche Gedanken? Welch ein Glück, dass Paul ihm solch ein schlimmes Ereignis erspart hatte. Eltern sollten niemals ihre eigenen Kinder zu Grabe tragen müssen. Borg erinnerte sich auch an etwas, das seine Großmutter einmal über Kinder gesagt hatte: Wie groß doch die Unerfahrenheit und Unschuld ist. Sie gehen auf das Ansehen der Eltern dahin, wo sie den Tod haben können. Aber sie kennen den Tod nicht. Wenn sie auch seinen Namen auf den Lippen führen, so kennen sie seine Wesenheit nicht, und ihr emporstrebendes Leben hat keine Empfindungen von Vernichtung. Wenn sie selbst in den Tod gerieten, würden sie es nicht wissen, und sie würden sterben, ehe sie es erführen.

»Tja. Man rechnet nie mit dem Tod, wenn man gerade dabei ist, in vollen Zügen zu leben«, sagte er.

»Ja. Zur falschen Zeit am falschen Ort. Es muss für die Eltern ganz furchtbar gewesen sein. Sie werden Jahre gebraucht haben, um diese Tatsache zu begreifen … wenn man so etwas überhaupt begreifen kann.«

»Nichts ist so schwer zu realisieren wie die Tatsache des Todes. Erst danach kann überhaupt die Verlustbewältigung beginnen«, sagte Borg und sah eine Art Wasserratte auf der anderen Seite des Ufers in einem Versteck verschwinden. »Man weiß nie, wann es vorbei ist«, fügte er hinzu.

»Deshalb sollte man ja jeden Moment genießen.« Sie ging langsam auf ihn zu. Hier unten konnte sie niemand sehen.

Ihre Lippen kamen sich näher, und er konnte bereits Sinas Atem in seinem Gesicht spüren, es waren Millimeter, bevor sie sich vereinigen würden …

Das Brummen des Blutdruckmessgerätes wirkte wie ein Hebel, der beide einen Schritt nach hinten machen ließ.

»Dein Herz ist ganz schön begehrt«, sagte Sina und begann die Böschung hinaufzuklettern.

KAPITEL 25

Die Spionin des Schwarzen Bergs

Diese verpasste Chance hatte Borg einzig und allein der dämlichen Technik zu verdanken. Jahrelang hatte ihn sein Handy genervt. Ganz besonders, nachdem Paul ihm damals den Klingelton ›Y.M.C.A.‹ eingestellt hatte. Durch eine Fehlfunktion des Handys hatte der sich dann nicht mehr ändern lassen. Dann, zu Beginn des letzten Auftrags, war Koller mit diesen Smartwatches um die Ecke gekommen, und jetzt, als sein Leben vielleicht eine entscheidende Wendung genommen hätte, übernahm sein Blutdruckmessgerät die Kontrolle. Es war alles wie in einer billigen Komödie.

Sie hatten den Schwarzen Berg fast erreicht, als ihnen zwei Radfahrer entgegenkamen, die sich angeregt unterhielten. Borg konnte nur einen Satz aufschnappen, den der eine Radfahrer dem hinter ihm fahrenden Mann zurief: »Aus der Scheiße lernt man am meisten über ein Tier.«

Das gilt vielleicht auch für Menschen, dachte Borg.

Sie erreichten die John-Steinbeck-Straße, in der alles angefangen hatte. Hier hatte Thomas Frohberg gewohnt, hier hatte Irina Komarow ihr Unwesen getrieben, und unten am Wendehammer war das Spinnennetz Kusnezows. Vielleicht war aber auch Komarow die Spinne gewesen. Das passte besser: Sie hatte überall ihre Fäden gehabt, die nur sie kannte. Sie gegen ihren Willen auszuheben, wäre ganz unmöglich gewesen. Nur Liebe zu etwas Niedrigem, also etwas, das sich mit ihrer Stellung nicht vertrug, konnte sie von ihrem Platz treiben. Die Mordlust.

Im Haus vorn auf der Straße wohnte Igor Leibnitz mit Dunja, und inmitten dieser einst so biederen, aber jetzt so ungewöhnlichen Mischung aus absurden Charakteren, undurchschaubaren Menschen und unaufgeklärten Zwischenfällen hatte sich die Spionin des Schwarzen Bergs eingenistet: Jeschke.

»Hat diese Frau auch einen Vornamen?«, fragte Borg.

»Ich glaube, der ist tatsächlich nie gefallen«, sagte Sina.

»Wahrscheinlich heißt sie Gretel oder Irmhild oder Bärbel …«, sagte Borg.

Sie gingen auf Jeschkes Haus zu. Borg schaute zu Leibnitz' Anwesen hinüber. Vermutlich würden er und seine Tochter auch bald wieder hier auftauchen.

Auf der Straße waren die Bauarbeiten noch voll im Gange. Auch ein Mann von der Telefongesellschaft stand mit seinem Wagen, die halbe Straße versperrend, vor einem geöffneten Stromkasten, der den Gehweg schmückte, und fummelte darin an Kabeln herum.

Nicht sehr weit davon entfernt stritten sich zwei Nachbarn offensichtlich darüber, wie weit die Hecke des einen zurückgeschnitten werden sollte. Die Situation war kurz vor der Eskalation.

»Ruf die Kollegen«, sagte Borg mit ruhiger Stimme.

»Warum?«, fragte Sina.

»Jeschke ist tot.« Er nahm seinen Blick nicht vom Haus der Frau, deren Ableben er soeben prognostiziert hatte.

»Was sagst du da? Wie kommst du darauf?« Sina konnte an diesem Haus nichts Ungewöhnliches entdecken.

»Hier tummeln sich zehn Bauarbeiter, ein Mann von der Telekom schraubt an den Leitungen herum, die beiden Männer da drüben an der Hecke gehen sich gleich an die Kehle, und Jeschkes Jalousien sind noch zugezogen. Sie muss also tot sein. Ich will verdammt sein, wenn ich mich irre.«

Sina kontaktierte mit ihrem Handy das Büro.

Borg klingelte an Jeschkes Haustür. Das Klingelschild verriet zwar, dass sie einen Vornamen hatte, jedoch nicht, welchen. ›S. Jeschke‹ stand darauf. Aus dem Briefkasten schauten zwei Braunschweiger Zeitungen heraus, eine dritte lag auf der Treppe.

Niemand öffnete. Borg zog die Zeitungen heraus.

»Jeschke ist seit drei oder vier Tagen tot«, sagte er zu Sina.

Sie sah ihn fragend an.

»Hier sind die Zeitungen von Montag bis heute.« Er hielt Sina die Mittwochsausgabe des Tages hin. »Jeschke hat die Samstagsausgabe noch hereinholen können. Dann hat es sie also Samstag oder Sonntag erwischt. Weißt du, was das heißt?«, fragte er.

Sina schüttelte den Kopf.

»Wir haben uns zu früh gefreut …«

Borg war überzeugt, dass das verzwickte Spiel noch nicht vorbei war.

Er bezweifelte zwar, dass er Jeschkes Leiche in der Wohnung finden würde, aber es bestand der dringende Verdacht, dass ein Verbrechen geschehen war, und Borg warf sich mit seiner Schulter zweimal heftig gegen die Tür, um sie aufzubrechen. Erfolglos.

»Soll ich mal?«, fragte Sina.

»Du kannst ja durchs Schlüsselloch reinkriechen«, sagte Borg und warf sich ein drittes Mal gegen die Tür. Seine linke Schulter begann zu schmerzen.

Er ging zwei Schritte zurück. Einmal wollte er es noch probieren. Genau in diesem Moment begann sich die Manschette an seinem Arm mit Luft zu füllen. Wieder eine von den immer so ungelegen kommenden Messungen.

»Auch das noch!« Borg blieb stehen und ließ seinen Arm locker nach unten hängen. Im Augenwinkel sah er Sina an sich vorbeilaufen, und mit einem knackenden Geräusch gab die Tür unter ihrem Körper nach. Das Türblatt flog auf, und ein Schlüsselbrett, das hinter der Tür hing, fiel zu Boden.

Beide betraten das Haus Jeschkes. Borg zog die Tür ein Stück zurück. »Sie ist wirklich tot«, sagte er. »Hier liegt ihr Hausschlüssel mit diesem abscheulichen gelben Bären daran. Ohne den würde sie das Haus niemals verlassen.«

»Vielleicht liegt sie hier«, sagte Sina und rief in den düsteren Flur: »Frau Jeschke? Sind sie da?«

Die Jalousien ließen kaum Licht in die Zimmer, und das ganze Haus wirkte gespenstisch. Es lag auch ein Geruch in der Luft, den Borg unweigerlich mit dem eines Altenheims in Verbindung brachte, dieses süßliche Gemisch aus Kuchen und Langeweile. Beides vermutlich die häufigsten Todesursachen in Altenheimen.

Im Wohnzimmer stand ein Hamsterkäfig auf einem kleinen Schränkchen, das Frau Jeschke mit weißen Linnen abgedeckt hatte. Im Käfig regte sich nichts. Hamster und Vögel sind Haustiere für Menschen, die keine Haustiere haben wollen, dachte Borg.

Er linste in das kleine Hamsterhäuschen hinein. Das Tier lag tot auf dem Rücken, die langen Nagezähne standen aus dem ausgetrockneten geöffneten Maul hervor. Borg sah auf die leere Wasserflasche am Käfiggitter. Das arme Tier war verdurstet. Kein Wunder bei dieser Hitze. Noch eine Leiche mehr, die auf das Kerbholz des Killers geht, dachte er.

Der Raum wirkte alt und schwach. Borg war beeindruckt von der Vielschichtigkeit der Grautöne. Quer über die Wand links und den Plafond lief ein hauchdünner Riss, der nur darauf zu warten schien, sein Maul aufzureißen und alles verschlucken zu dürfen, so wie das Zimmer es offenbar verdient hatte.

Er verließ den muffigen Raum, weil er nicht dabei sein wollte, wenn das geschah.

Die Wohnung war menschenleer.

Es dauerte keine zwanzig Minuten, bis die Spurensicherung eintraf.

Auch Koller war dabei. »Was meinen Sie?«, fragte er Borg.

»Seit wann legen Sie denn Wert auf meine Meinung?«, fragte der zurück. »Na gut, ich will Ihnen sagen, was ich denke. Diese Frau Jeschke ist die Spionin des Schwarzen Bergs. Was auch immer hier passiert: Sie ist die erste am Fenster. Sie weiß, wer sein Haus verlässt, wann der Postbote kommt, in welcher Reihenfolge die Müllabfuhr die Tonnen geleert hat und wer wann den Bürgersteig fegt; oder eben nicht. Diese Frau ohne Vornamen hat irgendwas gesehen und musste aus dem Weg geräumt werden«, sagte Borg.

»Solange.« Koller sprach das Wort überbetont französisch aus.

»Was?«, fragte Borg, der mit dem Begriff nichts anfangen konnte.

»Das ist ihr Vorname: Solange. Sie heißt Solange Jeschke.«

Du meine Güte, dachte Borg. Dieser Vorname klang verdorben. Da konnte doch dieses knitterige Gesicht nicht dazu passen …

Die Spurensicherung begann mit ihrer Arbeit. Wieder wurden Nachbarn befragt. Niemand hatte jedoch etwas gesehen oder gehört. Einige schienen sogar erleichtert zu sein, dass Jeschke verschwunden war.

Oliver Borg hatte Koller darum gebeten, Dr. Leibnitz und dessen Tochter befragen zu dürfen, aber er machte sich keine große Hoffnung, von den beiden Hinweise auf den Fall zu bekommen. Dennoch war sein Interesse an diesem undurchsichtigen, unsympathischen Mann, der seine Finger im wahrsten Sinne überall drin zu haben schien, vielleicht nicht ganz unbegründet.

Noch waren die Leibnitz' nicht vom Joggen zurück – irre, wie lange man joggen kann, dachte er –, aber er konnte warten. Behutsam setzte sich Borg auf die Treppe des weißen Hauses und ließ sich die Sonne ins Gesicht scheinen. Was hatte er übersehen? Zwei Personen – zwei eindeutige Täter, Kusnezow und Komarow – waren ausgeschaltet worden. Es gab keine Hinweise, die erklären konnten, warum sie die Morde verübt hatten. Dr. Leibnitz lief frei herum, und er stand ganz weit oben auf Borgs Liste. Diesem Mann ließ sich aber nichts vorwerfen. Er hatte immer ein Alibi gehabt. Auch schienen die Opfer völlig unwillkürlich ausgesucht worden zu sein. Der einzige Zusammenhang war, dass sie alle joggten – außer eben Frau Jeschke.

Noch mit diesen Gedanken beschäftigt, sah Borg die zwei Menschen, auf die er wartete, die Straße entlangkommen.

Er stand auf. Dunja und Igor Leibnitz wirkten geringfügig überrascht. Ihr glaubte Borg diesen Gesichtsausdruck. Aber ihm?

»Dr. Leibnitz, Dunja, haben Sie einen Augenblick Zeit für mich?«, fragte Borg ernst.

»Für Sie doch immer«, strahlte der Arzt, dessen Gesicht hochrot war und dessen Schweißperlen wie kleine Diamanten in der Sonne funkelten.

Was war denn jetzt los? Woher kam dieser Sinneswandel?, dachte Borg.

Dunja war schön wie immer. Sie sah bei Weitem nicht so aus, als wäre sie eben mehrere Kilometer gejoggt. Sie machte einen erfrischten Eindruck und lächelte ebenfalls.

»Wir vermuten, Frau Jeschke ist verschwunden. Haben Sie etwas gesehen?«, fragte Borg.

»Die arme Frau Jeschke«, sagte Igor Leibnitz »Die gute Seele der Straße. Vielleicht ist sie irgendwohin geflogen?« Leibnitz lächelte ein versöhnliches Pastorenlächeln.

Du kleine Ratte, dachte Borg, erst von der Seele sprechen und dann vom Wegfliegen. Borg ließ sich nicht anmerken, dass er diese mögliche Doppeldeutigkeit entschlüsselt hatte.

»Nein, wir haben nichts gesehen. Wir waren ja die ganze Zeit joggen«, erklärte Dunja.

»Frau Jeschke ist mir schon seit bestimmt zehn Tagen nicht mehr unter die Augen gekommen. Hoffentlich ist ihr nichts passiert«, fügte Igor Leibnitz übertrieben besorgt hinzu.

»Sind Sie sicher?«, fragte Borg misstrauisch.

»Ja, natürlich. Sie stellt doch sonst immer die Mülltonnen heraus. Ich habe es letzte und diese Woche selber machen müssen.«

»Tja, sehr seltsam. Die Zeitung am Freitag hat sie sich noch ins Haus geholt«, sagte Borg.

»Vielleicht ist sie abergläubisch. Freitag war der 13.«, erwiderte Leibnitz.

»Wer aus Aberglauben etwas nicht tut, verpasst die Chance, sich vom Unsinn des Aberglaubens überzeugen zu können. Und eine Person wie Frau Jeschke würde niemals eine Chance verpassen wollen – egal, um was es ging«, sagte Borg.

»Vielleicht besucht sie jemanden?«, warf Leibnitz ein.

»Möglich. Aber die Nachbarn hat sie davon nicht in Kenntnis gesetzt, und sie würde ihren Hamster auch kaum im Käfig verdursten lassen. Apropos Besuch«, sagte Borg, »Ihre Tochter hat mir bei unserer ersten Unterhaltung gesagt, Sie wären nicht zuhause, weil sie Hausbesuche machen würden. Ist das für einen Urologen nicht etwas unüblich?«

»Ganz und gar nicht. Ich suche Patienten zuhause auf, wenn sie zu schwach sind, um in die Praxis zu kommen. Außerdem mache ich auch Hausbesuche in den Seniorenzentren in Braunschweig. Neulich zum Beispiel in der Stiftung St. Thomaehof in den Rosenäckern in Lehndorf.« Da war es wieder, das perfekte Alibi. Mist!, dachte Borg.

Eine zu lange Pause entstand, in der niemand zu sprechen wagte. Die Luft knisterte vor Spannung.

Borg sah den ekelhaften roten Ausschlag an Leibnitz' Händen, der offenbar schlimmer geworden war. Einige der Bläschen hatte der Arzt wohl aufgekratzt. Er überlegte, mit welcher Marple'schen Frage er Leibnitz aus der Reserve locken konnte, aber in dem Moment, als ihm etwas einzufallen schien, begann sich die Blutdruckmanschette an seinem Arm aufzupumpen. Borg war das sichtbar peinlich, denn das Brummen veranlasste Dunja zu einem seltsamen Gesichtsausdruck. Leibnitz kannte das Geräusch jedoch offenbar. Er sah Borg mit einem durchdringenden Lächeln an.

»Wie geht es Ihnen denn? Was macht Ihre Prostata? Wollten Sie nicht noch einmal zu einer Kontrolluntersuchung kommen?«, wechselte Leibnitz das Thema.

»Alles ist in bester Ordnung«, gab Borg zurück. »Meine Prostata macht ihren Job besser denn je.« Er sah Dunja an.

Jetzt verdunkelte sich das Gesicht des Arztes für eine Sekunde, dann war es wieder die positive Maske eines griechischen Theaterstücks.

»Tja, Herr Borg, ich fürchte, wir können Ihnen nicht helfen«, sagte Leibnitz. »Ich würde jetzt gerne unter die Dusche springen, wenn Sie erlauben.« Er drängelte sich an Borg vorbei und ging die Stufen zur Eingangstür hinauf.

»Nimm ihm das nicht übel. Er ist überarbeitet«, versuchte Dunja Borg zu beschwichtigen, als ihr Vater außerhalb der Hörweite war. »Wollen wir uns heute Abend sehen? Wollen wir zur Brücke?« Sie lächelte ein hypnotisierendes Lächeln.

Borg sagte nichts, aber sie sah ihm an, dass er verloren hatte.

»21:30 Uhr dort.« Sie legte Ort und Zeitpunkt einfach fest, und Borg konnte nicht widersprechen. Das Sprachzentrum in seinem Frontallappen des Großhirns war der Aktivität des Stammhirns gewichen – ein üblicher Prozess, den alle leidigen Wesen männlichen Geschlechts durchmachen, wenn sie sich durch irgendetwas erregt fühlen. Borgs Reptiliengehirn hatte übernommen. An ein Gespräch war jetzt nicht zu denken. Die kleinen Fältchen um seine Augen herum hätten der Anflug eines Lächelns sein können. Er nickte.

Dunja ging auf ihn zu. Sie griff kurz zwischen seine Beine, zischte ein »Bis später« und verschwand im Haus ihres Vaters.

KAPITEL 26

Gebrochene Klaue

Es war gegen 20:00 Uhr, als sich Oliver Borg die mit dem aromatischen After Shave ›Hugo‹ von Hugo Boss befeuchteten Hände ins Gesicht rieb. Er hatte sich glattrasiert, seine Zähne geputzt und den Nasenhaarschneider zum Einsatz gebracht. Sogar seine Nägel hatte er gekürzt – Borg schnitt seine Fingernägel ungern und immer mit Bedauern, denn das Wachsen der Nägel war ein Zeichen für den körperlichen Verfall. Borg war auch der Meinung, es sollte nicht in einem Atemzug von ›Leben und Sterben‹ die Rede sein, sondern ›Leben und Verwesen‹ heißen, denn Sterben war ein Prozess, der im Leben passierte, und das schloss den Gegensatz aus – Schwarz war ja auch kein Teil von Weiß.

Nach der Prozedur mit den Fingernägeln hatte er seine Hände und seinen Oberkörper eingecremt. Der ganze Ablauf hätte, wenn man es nicht besser wüsste, zu einer Verabredung in einem Restaurant gepasst und nicht zu einem abendlichen Treffen auf einer Kanalbrücke.

Um duschen zu können, hatte Borg die letzte Messung des Blutdruckmessgeräts abgewartet, hektisch die Manschette vom Arm genommen und sie zusammen mit dem Messgerät auf die Waschmaschine gelegt. Als er sich nach dem Duschen trockengerubbelt hatte, legte er das Gerät schnell wieder an. Gerade rechtzeitig zur nächsten Messung. Hatte er tatsächlich eine halbe Stunde unter der Dusche gestanden?

Er zog ein dunkelblaues Langarmshirt an, das die Armmanschette gut verdeckte. Die Apparatur, die er sich mit dem daran befindlichen Band um den Hals gehängt hatte, wurde durch das locker sitzende Shirt auch gut kaschiert. Er würde drei Kreuze machen, wenn er das Gerät morgen wieder abgeben konnte.

Mit etwas Glück würde Dunja das Messgerät heute nicht bemerken.

Borg malte sich aus, was gleich passieren würde. Er würde gar nichts sagen. Er würde sie gleich nehmen, vielleicht zweimal.

Die Wohnungstür wurde aufgeschlossen. Borg reckte seinen Kopf aus dem Badezimmer und sah zu seiner Freude Paul in den Flur treten.

»He, was machst du denn hier, Großer?«, fragte er.

»Ich wollte noch meine Blu-rays holen und dir den Wäschekorb zurückbringen«, sagte Paul verlegen.

»Und wo ist Emma?«

Paul hatte absolut nicht vor, seinem Vater alle Einzelheiten zu erzählen. Was ging ihn das an? »Wir treffen uns nachher«, sagte er knapp.

»Komm, ich geb' dir 50 Euro. Lade deine Freundin heute Abend doch mal richtig toll zum Essen ein«, sagte Borg gönnerhaft.

»Heute nicht. Wir wollen noch joggen.«

Borgs Stimmung änderte sich schlagartig, aber er wusste, dass er jetzt nur noch eine größere Mauer zwischen ihnen aufbauen würde, wenn er nun einen Aufstand machte. Er hätte sich das mit dem Joggen denken können. Zum einen passte das zu dieser ganzen verdammten Geschichte, und zum anderen hatte Paul sein typisches Laufoutfit an. Was war nur aus der Jugend geworden? Früher hatte man um diese Uhrzeit bei Chips und Cola auf einem Sofa gesessen und den ganzen Abend nichts gemacht, es sei denn, man wohnte neben einer Pizzeria. Oder man traf sich in einer Disco.

Paul ging ins Wohnzimmer und suchte die Blu-rays, die ihm gehörten.

»Kann ich ›Der weiße Hai 2‹ mitnehmen?«

»Klar. Nimm mit. Der ist sowieso scheiße.« Borg ging ins Schlafzimmer. Er hatte eine Idee. Paul würde mich hassen, wenn er ahnen könnte, was ich vorhabe, dachte er.

Borg beugte sich schnell über sein Bett und ergriff die rosafarbene Smart Watch, die auf dem Nachtisch lag. »Nimm auch alle Indiana-Jones-Filme mit, die magst du doch so, und auch ›Prometheus‹«, rief Borg.

»Echt? ›Prometheus‹ darf ich mitnehmen? Der ist aber ab achtzehn«, rief Paul aus dem Wohnzimmer zurück.

»Ja, nimm ihn mit. Der ist gut, aber erzähl deiner Mutter nicht, dass ich ihn dir gegeben habe. Und nimm auch ›Iron Sky‹ mit. Götz Otto ist darin wirklich überragend.«

Borg musste ganz sicher sein, dass Paul die Hände voll hatte, sonst würde sein Plan nicht funktionieren. Als er aus dem Schlafzimmer kam, stand Paul schon vor ihm. Und wie erwartet: Der Junge versuchte rund zwanzig Blu-rays so an seinen Körper zu pressen, dass ihm keine entglitt.

»Nicht erschrecken, Paul. Ich stecke dir jetzt die 50 Euro in die Tasche, damit du Emma vielleicht nach dem Joggen noch einladen kannst. Das kommt immer gut an.«

Borg ging um Paul herum und wandte einen alten Manipulationstrick an. Er bewegte die Hand mit dem Fünfzig-Euro-Schein so überdeutlich in der Gesäßtasche seines Sohnes, dass dieser, darauf fixiert, nicht spüren konnte, wie Borg das Überwachungsarmband in eine der Beintaschen der Hose seines Sohnes gleiten ließ. Er hasste sich in diesem Moment selbst, aber er hatte auch diesen unstillbaren Drang, Paul beschützen zu müssen.

Paul beschwerte sich unecht über das ihm zugesteckte Geld.

»Wo wollt ihr denn langlaufen?«, fragte Borg beiläufig.

»Wissen wir noch nicht. Vielleicht durch die Innenstadt. Da ist es sicherer.«

Ja, erzähl du nur deinem alten dummen Papa diese Märchen, dachte Borg. »Lass dich mal wieder sehen. Es muss nicht alles so weitergehen, wie es im Moment läuft«, sagte er, und nach einer sterilen Verabschiedung war Paul verschwunden.

Borg hastete an seinen Rechner und fuhr ihn hoch. Dauerte das immer so lange? Er schaute auf die Wanduhr: Es war 20:45 Uhr, und er musste noch die Strecke zur Brücke laufen. Borg bewegte die Maus in der Hoffnung, das könne das Hochfahren des PCs beschleunigen. Zwecklos.

Der Bildschirm erwachte nach einer gefühlten Ewigkeit zum Leben, und Borg wählte sich bei Facebook ein. Über den Messenger schickte er Sina eine Nachricht.

»Sina. Ich brauche deine Hilfe!!!«, schrieb er.

Es dauerte nicht lange und sie antwortete: »Was ist los?« Sina empfing die Nachrichten, die er schrieb, direkt auf ihrem Handy.

»Du musst ins Präsidium und über Kollers Rechner meine Uhr orten«, tippte Borg.

»Bist du in Schwierigkeiten?«

»Nein. Ich habe Paul die Uhr untergejubelt. Er will heute noch joggen. Ich mache mir Sorgen.«

Borg wartete, und er konnte förmlich sehen, wie Sina vor ihrem Handy saß und überlegte. Dann zeigte ein sich bewegendes Punktesymbol im Messenger, dass sie schrieb.

»Okay. Was soll ich machen?«, fragte sie.

»Check mal, wo er sich befindet. Behalte ihn im Auge. Ich versuche, an ein Telefon zu kommen, und rufe dich nachher an«, schrieb Borg zurück und nahm dabei keine Rücksicht auf Rechtschreibfehler, wie ein Autor, der einen Roman in eine Computertastatur hackt, nur darauf bedacht, alle Gedanken schnell zu Papier zu bringen, bevor sie sich im Mikrokosmos seines Gehirns für immer in Luft auflösen würden. Der Horror für jede Lektorin.

Als er das getan hatte, war er schon etwas beruhigter. Er vertraute Sina und wusste, sie würde dieses kleine Geheimnis für sich behalten.

Borg ging hastig zum Wäschetrockner. Darin befanden sich einige Kleidungsstücke und unter anderem auch seine bevorzugte Laufhose. Er fasste sie am Bund, schlug sie zweimal aus, als würde sie dadurch ihre Falten verlieren – ein Zaubertrick, der nicht funktionierte – und zog sich die Hose über.

Er griff tief in die Taschen, deren Innenleben sich zu Klumpen zusammengeballt hatte, und schob sie mit den Händen in die richtige Position. Als er seine Finger ausstreckte, spürte er einen kleinen Zettel und holte ihn aus der Tasche. Es war die Notiz, die ihm die blonde hübsche Frau am Ölpersee gegeben hatte, wie hieß sie noch? Julia? Janka? Jessica! Borg lächelte bei dem Gedanken daran, dass sie ihm ihre Telefonnummer aufgeschrieben hatte.

Der Zettel pappte zusammen, und er musste sein ganzes Geschick aufbringen, um ihn zu entfalten, ohne dass er in Einzelteile zerfiel.

Nanu? Was hatte sie denn da geschrieben? Es war noch nicht dunkel, aber Borg schaltete seine Schreibtischlampe an und hielt den Zettel darunter. Unter den Ziffern von Jessicas Telefonnummer stand eine schwach lesbare Notiz, und Borg kniff die Augen zusammen, um sie zu entziffern.

Er las: ›Ruf mich an. Ich kann dir alles bieten, was dir Dunja bietet, aber ich bin lieb, und sie ist böse!‹

Du meine Güte!, dachte Borg. Diese Eifersüchteleien unter den jungen Frauen waren beachtlich. Wie viel Energie diese Mädels damit aufbrachten, alles zu tun, um die anderen auszustechen. Kein Mann hätte jemals diesen Aufwand betrieben. Borg warf den Zettel auf den Schreibtisch und machte sich auf den Weg, um das ›böse Mädchen‹ zu treffen.

Borg verließ seine Wohnung in bester Stimmung. Als er auf den Fußabtreter vor seiner Wohnungstür trat, zog er schnell den Fuß hoch, denn er war versehentlich genau auf die Beule getreten, die der unter der Matte liegende Zweitschlüssel zur Wohnung verursacht hatte. Mit etwas Glück war er nicht verbogen, sonst hätte Paul beim nächsten Besuch ein Problem gehabt.

Während er die Straße hinunterlief, begann es leicht zu nieseln. Ein warmer Regenschauer schien den wunderbaren Tag zu bestrafen, der sich nun dem Ende neigte. Hoffentlich zerstört das Dunjas Pläne nicht, dachte Borg, und während er in humanem Tempo die Celler Heerstraße Richtung Völkenrode hinunterlief, wunderte er sich über sich selbst. Das Joggen war mittlerweile eine solche Selbstverständlichkeit für ihn geworden, dass seine Beine es ganz von allein taten.

Er lief durch den Ortskern an einem Schild vorbei, das die Richtung zum Friedhof wies. Er warf einen raschen Blick hinüber zu den Toten.

Man könnte viele Beispiele für unsinnige Ausgaben nennen, aber keines ist treffender als die Errichtung einer Friedhofsmauer. Die, die drinnen sind, können sowieso nicht hinaus, und die, die draußen sind, wollen nicht hinein, dachte Borg.

Er beschleunigte. Hatte er die Energie durch seine neuen sportlichen Aktivitäten, oder war es nur das unter erwartungsvollem Adrenalin stehende Blut, das durch seine Adern schoss und sich auf die Begegnung mit Dunja freute?

Borg wollte auf seine Armbanduhr schauen, blickte aber nur aufs nackte Handgelenk. Seine Uhr war in Pauls Beintasche der Hose. Hoffentlich hatte der sie nicht bemerkt. Das wäre das Ende der ohnehin schon verdorrten Vater-Sohn-Beziehung.

Borg überlegte, während er lief, wie er am besten an ein Telefon kommen könnte, um Sina Bachmann zu kontaktieren und Zwischenstände zu Pauls Aufenthaltsort herauszufinden. Er beschloss, Dunja zu bitten, ihr Handy benutzen zu dürfen. Hinterher.

Er bog am Grasplatz rechts ab, lief an der Volksbank vorbei, passierte den Schulberg und peilte direkt den Kanal an, um dort am Ufer bis zum Treffpunkt an der Brücke zu joggen.

Der Regen wurde stärker, und es wirkte, als wollten die dunklen Wolken über ihm das schwache Tageslicht ausradieren. Es dämmerte, und die Feuchtigkeit hatte die Fasern von Borgs Oberteil durchdrungen. Jetzt wurde es etwas unangenehm. Der Regen nahm weiter zu. Borg joggte zwischen dem Kanal Watenbüttel, wo die Oker unter dem Mittellandkanal durchgeführt wurde, und dem kleinen Häuschen der Deutschen Lebens-Rettungs-Gesellschaft Ortsgruppe Wenden e.V. hindurch und bog nach links ab. Zwar konnte er die Brücke, an der Dunja auf ihn warten würde, von hier aus noch nicht sehen, aber in seiner Fantasie stand sie schon dort und duftete nach frischen Pfirsichen. Er lief etwas schneller.

Der Regen war hartnäckig, und die Wassertropfen mischten sich auf Borgs Gesicht mit dem Schweiß. Sein Körper hatte sich nun durch das Laufen aufgewärmt, sodass die Nässe ihn nicht mit Kälte strafen konnte. Er atmete kontrolliert durch die Nase ein und ließ die Luft mit zwei Stößen, die er jeweils über zwei Schritte verteilte, wieder aus seinem Mund entweichen. Über die nächsten zwei Schritte atmete er dann wieder einmal tief ein. Diese fast zur Trance führende Rhythmik hielt er bis auf eine kleine Ausnahme die ganze Zeit durch.

An einer Stelle drang Fäulnisgeruch in seine Nase, und er stoppte abrupt das Einatmen, in der Hoffnung, ein paar Meter weiter an dieser Quelle des Gestanks vorbeigelaufen zu sein. Er musste an den verwesten Fisch am Ölpersee denken, obwohl der Gestank hier ganz anders war. Es roch fast nach verfaultem Kohl. Seine Lungen flehten nach Luft, und seine Hoffnung wurde erfüllt, als er wieder zu Atmen begann: Die Luft war regenrein.

Die fünfzehn Minuten, die Borg bisher benötigt hatte, um sein Ziel zu erreichen, kamen ihm wie eine Ewigkeit vor. Als er sich der Brücke näherte, wurde er skeptisch. Dort stand niemand. Borg schätzte, es müsse jetzt 21:30 Uhr sein. Würde sie sich wieder verspäten?

Er lief den schmalen, steilen Weg am linken Mittellandkanalufer hinauf. Jetzt spürte er wieder das Ziehen in seinen Waden. Alter Mann, dachte er.

Als er oben allein auf der Brücke stand, kam er sich dämlich vor. Die Sonne, die ihn mit einem blutorangefarbenen Ton auslachte, weil sie dort hinten verschwinden konnte und er hier im Dauerregen stand, gab den dunklen Wolken dieses örtlich begrenzten Regenschauers eine unechte Farbe.

Es waren nur zwei, vielleicht drei Minuten, und der Untergang war perfekt.

Borg ging von einer Brückenseite zu anderen. Wo war Dunja bloß? Musste er sich Sorgen machen? Er zupfte an seinem T-Shirt, das nun unbehaglich an seinem Körper zu kleben begonnen hatte. Und als wollte sich das Blutdruckmessgerät über den feuchten Stoff darüber beschweren, pumpte es sich stöhnend auf. Vielleicht nicht der beste Zeitpunkt, denn Borg merkte, wie sein Herz ungleichmäßig schlug, als wäre ein Sandkorn in ein filigranes Uhrwerk gefallen und würde es an seiner Arbeit hindern wollen.

Borg ging zur anderen Brückenseite. Aus Richtung Bortfeld kam eine Person, ein Mann offenbar – es konnte also nicht Dunja sein – und als er sich über das Geländer der Brücke beugte, von dem er gehofft hatte, Dunja würde es heute für eine akrobatische Einlage benutzen, sah er Paul. Borg stieß sich vom Geländer ab und machte zwei Schritte nach hinten, um nicht von seinem Sohn gesehen zu werden. Paul musste bei Emma gewesen sein, wahrscheinlich war er mit dem Rad dorthin gefahren, wie sollte er es sonst so schnell geschafft haben? – sie wohnte in Marina Bortfeld. Nun lief er am rechten Kanalufer Richtung Stadt.

Warum zum Teufel war Emma nicht bei ihm? Borg hielt sich in der Mitte der Brücke auf, und als er richtigerweise abschätzte, dass Paul unter der Brücke durchgelaufen sein müsste, beugte er sich über das Geländer auf der anderen Seite, um sicherzugehen, dass er sich nicht getäuscht hatte. Klarer Fall: Das war Paul. Er hatte dieselben Sachen an wie vorhin in der Wohnung. An der Farbe konnte Borg sie nicht erkennen – die Sonne hatte alle Facetten mit sich in den Untergang gerissen – aber an der Form.

Borg sah schnell nach rechts und links auf die Straße. Dunja war nirgends zu sehen. Zwanzig Minuten hatte sie sich nun schon verspätet.

Er traf einen Entschluss, lief schnell die Schräge auf der linken Seite des Ufers hinunter und beschloss, seinem Sohn, der auf der rechten Uferseite lief, zu folgen. Der Junge musste verrückt sein, in dieser Dunkelheit und bei diesem Wetter zu joggen – und dann auch noch allein.

Borg war keine hundert Meter gelaufen, als er anerkennend feststellen musste, dass sein Sohn ein beachtliches Tempo an den Tag gelegt hatte. Borg musste sich sehr anstrengen, um die Gestalt auf der anderen Uferseite im Auge zu behalten. Die Entfernung durfte auf keinen Fall größer werden, sonst würde sein Sohn von der Nacht verschluckt werden. Borg japste, aber er war wie ein Tier, das ein anderes jagte. Er würde nicht aufgeben.

Was machte dieser verrückte Junge jetzt? Borg konnte es nicht gleich erkennen, aber offenbar bog Paul dort drüben ab und verschwand im Unterholz. War das möglich? Er verfluchte sich. Diesen Teil der Strecke auf der anderen Seite war er noch nicht abgelaufen und wusste nicht, dass der Weg am Jachthafen unpassierbar war. Man musste dem weiträumig drumherum führenden Weg folgen. Paul verschwand aus Borgs Sichtfeld.

Borg blieb stehen und versuchte, zu verschnaufen. Der Geruch von Verwesung stieg ihm wieder in die Nase. Ausgerechnet hier hatte er angehalten! Im Gebüsch hinter ihm musste irgendein Tierkadaver liegen. Der Gestank war bestialisch. Borg erinnerte sich. Den Gestank hatte er schon auf dem Hinweg gerochen. Er erkannte im Dunkel des Geästs an der Böschung, von der der Gestank förmlich auf ihn herunterzufallen schien – die

Windrichtung schien das zu begünstigen – einige Bäume, die eine Banderole trugen. Lesen konnte er zwar nichts, aber das Band hob sich noch deutlich von den Rinden der Bäume ab. Wäre ihm dieses kleine Detail nicht aufgefallen, hätte er schleunigst versucht, hier wegzukommen, um frische Luft zu atmen, aber jetzt war er plötzlich ein Kriminalbeamter im Einsatz: Diese Banderolen waren mit Sicherheit die Warnhinweise, die vor den Eichenprozessionsspinnern warnten. Borg fühlte sich für einen Augenblick, als habe er die Frage in einer TV-Quizshow richtig beantwortet. Er sah förmlich die aufgekratzten Bläschen an Dr. Leibnitz' Armen. Das war die Lösung: Der Mann hatte den Ausschlag von der Berührung mit diesen unangenehmen Insekten. Borg überlegte. Hätte er doch nur sein Handy! Aber das lag ja auf dem Grund der Oker, in der er es beim Kampf mit einem Mann verloren hatte, der nun in der Hölle des Morastes irgendwo in dem rund 130 Kilometer langem Fluss steckte, vielleicht war der Körper Kusnezows sogar schon bis in die Aller geschwemmt worden. Was machte eine Leiche mehr oder weniger in diesem Fluss schon aus, dachte Borg. Im Jahre 1765 waren in der Oker bei Meinersen letztmals Menschen ertränkt worden. Es handelte sich bei den Ertränkten um eine Giftmischerin namens Maria Dorothea Heuern aus Alvesse, die 1765 ihren Mann vorsätzlich umgebracht haben sollte. Zugleich mit ihr wurde ihre Dienstmagd, Anna Ilse Gieselern, wegen Beihilfe schuldig gesprochen. Sollte sich Kusnezow mit diesen Frauen verbünden. Da wäre er in guter Gesellschaft.

Ein weißes Licht kam Borg auf seiner Uferseite entgegen. Für einen Fahrradscheinwerfer war der Lichtkegel zu weit oben. Borg vermutete, dass die Person, die sich auf ihn zubewegte, eine Stirnlampe trug, und er sollte recht behalten. Es war aber kein Fahrradfahrer, sondern eine junge Frau, die sich weder vom Wetter noch von sonst etwas hatte abschrecken lassen, trotz aller polizeilichen Warnungen, die es in den Zeitungen und im Radio gab, hier allein im Dunkeln zu joggen.

Ganz geheuer war es ihr offenbar nicht, als sie Borg im Schein ihrer Lampe am Ufer stehen sah.

»Schon gut. Ich bin Polizist. Haben Sie ein Handy dabei?«, fragte er, als er merkte, dass sie langsamer wurde. Er war sich nicht sicher, ob sie vielleicht nicht sogar umkehren wollte.

Die Fremde war rund zehn Meter entfernt und blieb stehen.

»Ich werde Ihnen nichts tun. Ich bin Polizist. Ich glaube, ich bin hier auf etwas gestoßen. Haben Sie ein Handy dabei? Können Sie eine Kollegin von mir anrufen? Ich brauche hier Hilfe.« Borg ersparte es der Frau, ihr den Handlungsstrang mit Paul zu erzählen.

Die Fremde hielt ihre Position auf Abstand zu Borg; wer konnte ihr das verdenken? Sie griff in ihre Tasche und holte ein Handy heraus. Wie ein professioneller Grubenarbeiter schaffte es die Frau, den Lichtstrahl ihrer

Lampe trotz der Entfernung treffsicher in Borgs Gesicht zu lenken. Er hielt seine rechte Hand schützend vors Gesicht.

»Wie ist die Nummer?«, fragte sie, und Borg glaubte, die feste Stimme schon einmal gehört zu haben.

Er nannte Sinas Telefonnummer und vermutete, dass sie nun die Ziffern eintippte. Alles rund um das grelle Licht der Stirnlampe war für ihn ein Universum tiefer Schwärze. Borgs Pupillen verengten sich in diesem Spiel aus Licht und Dunkelheit, und er blickte zur Seite, um nicht weiter geblendet zu werden.

Die Frau wiederholte die Nummer, nachdem sie sie eingetippt hatte.

»Ich kenne Sie doch!«, sagte Borg, als er die Stimme nun zum zweiten Mal gehört hatte. »Frau Opterwinkel?«, fragte er.

»Ja.« Sie war überrascht und verblüfft zugleich. »Wer sind Sie?«

»Borg. Oliver Borg. Ich war bei Ihnen Anfang des Jahres in Behandlung. Wir hatten zehn Sitzungen.« Borg hatte seine Physiotherapeutin an der Stimme wiedererkannt. Das machte alles einfacher.

»Oliver Borg?« Sie ging anscheinend im Kopf ihre Patienten durch, dann erinnerte sie sich wohl: »Der Polizist mit den Halswirbeln?«, fragte sie.

»Mal davon abgesehen, dass hoffentlich jeder Polizist Halswirbel hat: Ja, das bin ich«, sagte Borg.

Man konnte den Stein fast plumpsen hören, der ihr vom Herzen gefallen war.

Borg erinnerte sich gut an sie. Wenn man ihr begegnete, musste man sich erstmal durch die Pheromone durchboxen. Ihre Erotik war geradezu radioaktiv, resümierte er. Es sah immer so aus, als würde sie jeden Moment seine Hand nehmen und lächelnd sagen: »Wenn du das wirklich willst, dass wir das ausprobieren, lässt sich das sicher einrichten.«

»Was stinkt hier so?«, fragte Opterwinkel.

»Ein bisschen vermutlich ich«, sagte Borg, »Aber hauptsächlich etwas hier im Gebüsch. Würde es Ihnen etwas ausmachen, einmal hierher zu kommen, um dort rüber zu leuchten?«, fragte Borg.

Opterwinkel kam näher. Sie hielt das Telefon an ihr Ohr und reichte es ihm hinüber, als am anderen Ende abgenommen wurde.

»Ja? Hallo?«, sagte Sina, die die Nummer nicht zuordnen konnte, die ihr Handy gerade anzeigte.

»Spreche ich mit Frau ›Ja-Hallo?‹«, fragte Borg.

»Ach, du bist es. Hast du ein neues Handy?«

»Nur leihweise«, sagte Borg. »Wo ist Paul?«

»Im Moment in der Nähe von Alba«, antwortete Sina, die wie abgesprochen ins Präsidium gefahren war und erneut unerlaubt vor Kollers Rechner saß, um die Smartwatch von Borg zu orten, die dieser Paul in die Hosentasche geschmuggelt hatte.

Paul war also um den Jachthafen herumgelaufen und nun bereits am Abfallentsorgungszentrum Watenbüttel angekommen. Beruhigend. Paul war unter Kontrolle.

»Gut. Orte mal mein Handy und schicke die Spurensicherung und die anderen Kollegen hierher. Ich glaube, ich habe ein weiteres Opfer gefunden«, sagte Borg.

»Was heißt, du glaubst?«, fragte Sina.

»Wenn mich mein Riecher nicht täuscht, dann liegt hier eine Leiche. Sie sollen sich beeilen. Bleib du aber da und behalte Paul im Auge, bitte.«

Sina versprach, das zu tun, und Borg beendete das Telefonat.

Johanna Opterwinkel war jetzt mit ihrem Licht neben Borg, leuchtete ins Gebüsch und dann die Böschung hinauf. Es dauerte einen Moment, bis sich seine Augen an diesen Wechsel der Kontraste gewöhnt hatten, dann versuchte er, dem Lichtschein zu folgen und etwas zu erkennen.

Im zunehmenden Wind flogen die kleinen Regentropfen wie Kometen durch den Strahl des Lichtes, der sich zum Gebüsch hin ausbreitete. Wie um sie zu quälen, kam in regelmäßigen Abständen der Hauch des Todes die Böschung hinuntergekrochen.

»Würden Sie mir Ihre Lampe geben, Frau Opterwinkel?«, bat Borg.

Die guttrainierte, hübsche Physiotherapeutin griff an ihre Stirnlampe und verdunkelte die Böschung für einen Moment. Dann reichte sie sie Borg, und der gab ihr im Gegenzug das Handy zurück.

»Was, glauben Sie, ist dort oben?«, fragte sie, obwohl sie die Antwort schon ahnte.

»Ich will Sie nicht beunruhigen, aber ich glaube, hier liegt irgendwo eine Leiche«, sagte Borg. Er kannte diesen Geruch. Durch die Aktivitäten der Bakterien entstanden bei Toten Fäulnisgase. Eine Mischung aus Kohlendioxid, Ammoniak und Schwefelwasserstoff. Das Zeug blähte die Körper der Toten gewöhnlicherweise auf. Etwa acht bis zwölf Tage nach dem Tod schwollen dann die Weichteile und Schwellkörper wie Lippen, Bauch und Brüste an. Es bildeten sich Blasen auf der Haut und auf der Zunge. Der Gasdruck konnte sogar verflüssigtes Gewebe aus Körperöffnungen wie Mund und Nase pressen.

»Sie beunruhigen mich nicht«, sagte sie trocken. »Wollen wir mal nachschauen?«

»Sie sind nicht nur wunderschön und tapfer, sondern auch voll von guten Einfällen«, sagte Borg ironisch. Aber sie hatte recht. Scheiß auf die Spurensicherung. Dieser ganze Fall war von vorn bis hinten eine Farce. Bis jetzt hatte man nichts Brauchbares gefunden, und das würde sich auch heute nicht ändern.

Borg leuchtete ins Gebüsch und sah abgebrochene kleine Zweige. »Dort entlang.«

Johanna Opterwinkel schien einen ausgeprägten Sinn für Nervenkitzel zu haben, denn sie folgte ihm unbeirrt, und er hatte sogar das Gefühl, sie würde drängeln.

»Wollen Sie vorgehen?«, fragte er, und ein leicht genervter Unterton schwang in seiner Stimme mit.

Der Lichtstrahl tanzte im Unterholz.

Die Böschung war steil und glitschig. Der Regen hatte den vor ein paar Stunden noch staubigen Boden in das Pfanneninnere einer zum Braten von Gemüsestäbchen verwendeten Teflon-Beschichtung verwandelt. Borg rutschte aus und klatschte mit seinen Unterarmen und Knien in den Schlamm.

»Brauchen Sie Hilfe?«, fragte Opterwinkel, die sich hier bewegte wie eine Artistin, die einen altbekannten Parkour überwinden wollte.

»Vielleicht nachher beim Waschen meiner Sachen!«, sagte Borg und zog sich an einem Ast hoch. Dann nahm er plötzlich eine Bewegung im Gebüsch wahr. Oben am Rand der Böschung befand sich offenbar jemand. Er richtete den kleinen Strahler, der an einem Stirnband befestigt war, in die Richtung, in der er die Bewegung wahrgenommen hatte. Huschte da ein Schatten über den Rand der Böschung? Borg versuchte, sich schneller zu bewegen. Der Gestank wurde stärker.

»Psssst!«, machte er in Opterwinkels Richtung, was völliger Quatsch war, denn wer oder was auch immer dort über die Kuppel gesprungen war, der wusste bereits, dass sie hier waren. Vielleicht war es doch keine so gute Idee, hier hinaufzuklettern.

Borg griff in Brennnesseln und verfluchte den Tag, an dem Gott diese schmerzhaften Pflanzen geschaffen hatte.

Immer wieder drückten sich seine Turnschuhe in den Morast der Böschung, und mit jedem Schritt, den er tat, hatte er das Gefühl, eine halbe Schrittlänge zurück in Richtung Kanal zu gleiten.

Ein Ast knackte irgendwo in der Dunkelheit. Nun war die Lampe mit Schlamm beschmiert und büßte dadurch mehr als die Hälfte ihrer Leuchtkraft ein. Er versuchte, sie an seinem Shirt sauber zu wischen. Erfolglos.

»Vielleicht sollten wir doch wieder runtergehen!«, flüsterte Opterwinkel, die erstaunlich schnell zu Borg aufgeschlossen hatte.

Hinter der Böschung vermutete Borg ein Feld oder ein Wäldchen. Besser ersteres. Gott, wie es hier stank! Borg hielt die Luft an. Er ging einen weiteren Schritt nach vorn, geriet ins Straucheln, und dann wurde ihm der Boden unter den Füßen weggerissen. Für den Bruchteil einer Sekunde erwartete er, auf Schlamm zu fallen, während sich die Kopfleuchte der Joggerin wie eine Discokugel in der Luft drehte, doch seine Handflächen prallten auf etwas, das wie Gummi unter ihm nachgab, und im selben Moment traf ihn ein Schwall Flüssigkeit am Hals, die so bestialisch roch, dass er sich augenblicklich übergeben wollte. Die Kopfleuchte schlug auf dem Boden auf, und der Lichtstrahl beleuchtete mit einem gruseligen Schein von der Seite eine im Tod erstarrte Fratze. Borg zuckte zusammen, als er in das aufgedunsene ohrenlose Gesicht einer Leiche starrte.

Opterwinkels Schrei kam unerwartet und war auch nicht das Beste, was Borgs Herz jetzt hätte passieren können, denn im selben Moment sah sich sein Blutdruckmessgerät veranlasst, einen Zwischenstand aufzunehmen. Borg stieß sich von der Leiche ab, wie ein erschöpfter Liebhaber von einer unersättlichen Frau, nur war diese Frau niemals mehr zu sättigen.

Er spürte, wie das Adrenalin sein Blut flutete und die Kraft wieder in seinen Körper zurückkehrte. Dieser Stoff war schon etwas Besonderes.

»Wenn die morgen mein Blutdruckmessgerät auswerten, dann bin ich der erste auf der Liste für ein Spenderherz!«, sagte er etwas außer Atem und griff nach der Lampe.

Als er das Licht über den verwesten Körper fahren ließ, als würde er dieses arme Geschöpf ähnlich wie ein Röntgengerät am Flughafen scannen, erkannte er sofort, wer es war: das zweite Opfer, Anja Fischer. Die Frau war beim Joggen verschwunden, man hatte ihr die Ohren abgeschnitten und sie dann getötet. An ihrem Hals klaffte eine große Wunde. Die Schrotladung hatte also diesmal nicht das Gesicht getroffen. Wer weiß, was der Grund dafür gewesen sein mochte. Vielleicht wollte der Mörder, dass die fehlenden Ohren besser zur Geltung kamen.

Beide Unterarme der toten Frau lagen im rechten Winkel nach oben, als ob sie vorausgesehen habe, dass Borg auf sie stürzen werde und ihre Arme zum Schutz nach oben gestreckt hätte. Gespenstisch. Die Handgelenke waren nach vorn gebogen, und die Handrücken zeigten zum Himmel, als flehe diese Leiche um zwei letzte Handküsse, bevor sie beerdigt werden würde. Gruselig. Auch waren die Hände zu Klauen verkrampft, und die Fingerknochen schienen gebrochen zu sein, denn diese standen absurd in die untypischsten Richtungen.

Borg ging um die Leiche herum. Ihm war jetzt absolut nicht mehr danach, die Böschung hinaufzusteigen. Er leuchtete noch zweimal über den grünlich schimmernden Körper, das Licht verharrte einen Augenblick auf der linken gebrochenen Klaue, dann hatte er genug.

Opterwinkel war bereits einige Schritte nach unten gegangen, und er hielt das für eine gute Idee. Während er ihr folgte, versuchte er, die ekelhafte Flüssigkeit, die sich beim Aufprall auf den Leichnam aus dessen Halswunde ergossen hatte, von seinem Hals und dem Brustkorb zu wischen. Es war alles nur abscheulich, dachte er. Aber Tote konnten nicht töten, und das war ein beruhigender Gedanke.

»Wollen Sie wissen, warum eine Leiche so stinkt?«, fragte er Johanna Opterwinkel, als sie wieder auf dem Weg am Kanal angekommen waren.

»Ich weiß, warum«, sagte sie ruhig, »Die Fäulnisprozesse nehmen ihren Anfang im Darm von Toten, denn die Darmbakterien bleiben auch nach dem Tod aktiv. Statt aber Nahrung zu verdauen, beginnen diese Mikroorganismen nach ein bis zwei Tagen, organische Verbindungen in den körpereigenen Zellen zu zersetzen. Dabei entstehen unter anderem Propionsäure, Essigsäure, Buttersäure und Ethanol.«

»Nicht schlecht. Sie könnten bei uns anfangen«, sagte Borg und war von diesem Wissen der jungen Frau tatsächlich beeindruckt. Sie schien sich auf allen möglichen Gebieten gut auszukennen – das war ihm schon damals aufgefallen, als er mit seinen Nackenschmerzen bei ihr in der Praxis gewesen war.

Er startete noch einen Versuch: »Aber wissen Sie auch, warum die Leiche so grünlich schimmert?«

Opterwinkel dachte nicht einmal nach, sondern antwortete, als wäre es ein Plausch über das Wetter: »Beim Abbau des Blutfarbstoffs Hämoglobin zu Schwefelverbindungen kommt es zu einer grünlichen Färbung der Adern, die unter der Haut gut sichtbar ist.«

Borg gab auf. Gegen diese Frau hatte er keine Chance. Sie war besser als gut. Nun hätte er geschwiegen und auf die Kollegen von der Mordkommission gewartet, aber da klingelte Opterwinkels Handy.

»Es ist Ihre Kollegin!«, sagte sie, nachdem sie auf ihr Display geblickt hatte.

Borg tauschte die Lampe wieder gegen das Handy aus.

»Sina? Sind die Kollegen unterwegs?«, fragte er.

»Oliver! Ich hab' Pauls Signal verfolgt. Er war an der Celler Heerstraße und ist Richtung Brücke gelaufen. Dann ist er stehengeblieben und wieder ein Stück zurückgelaufen. Dann ist er …« Borg hatte große Mühe, Sina zu folgen, weil sie so schnell sprach, aber in ihrer Stimme klang Panik mit. Er schluckte, als Sina weitersprach, und sein Herz beschleunigte sich. »… dann ist er auf die Brücke gelaufen, und dann ist der Punkt auf den Kanal gesprungen!« Sie schrie.

»Was willst du damit sagen? Wo ist er?« Borg wurde panisch.

»Der Punkt ist auf dem Kanal!«

»Was meinst du damit? Was bedeutet ›auf dem Kanal‹«? Borg brüllte.

»Er ist im Kanal!«

KAPITEL 27

Böses Mädchen

Borgs Füße reagierten automatisch. Er fühlte sich, als würde sich sein Magen umdrehen. Es war nicht weit zur Brücke an der Celler Heerstraße, man konnte sie von hier aus schon sehen. Darüberfahrende Autos und LKW ließen sie ab und zu lebendig erscheinen. War Paul von der Brücke gesprungen? Hatte man ihn gestoßen? Schwamm er im Kanal? War er untergegangen? In Borgs Kopf beschleunigte sich ein Kettenkarussell, das an jeder Kette verschiedene Gedanken immer und immer wieder vorbeisausen ließ.

Paul war ein guter Schwimmer. Aber er war erst 15 Jahre alt, und die Brücke war sehr hoch. Borg versuchte, seine Verzweiflung in Kraft umzuwandeln, um schneller laufen zu können, aber um mehr, als sein Körper zuließ, erhöhte sich seine Schrittfrequenz nicht. Borg rannte und rannte, wie er noch niemals in seinem Leben gerannt war.

Wenn es einen Gott gab, wo war er? Warum konnte er ihn nicht schneller laufen lassen? Borgs Lungenflügel fühlten sich an, als würden sie zerreißen.

Auf der Brücke, die sich nur schwach gegen den dunklen Himmel abhob, waren Blaulichter von Einsatzfahrzeugen aufgetaucht, und das Aufblitzen der sich drehenden blauen Lichter verwandelte diese nichtssagende Brücke nun in einen Tatort. Sina Bachmann hatte ganze Arbeit geleistet. Hatte es fünf Minuten gedauert? Die Einsatzkräfte waren unheimlich schnell vor Ort angekommen. Borg erreichte keuchend die Betonfundamente der Brückenkonstruktion und musste sich an einer der Wände abstützen, weil er das Gefühl hatte, gleich die Besinnung zu verlieren. Er taumelte hinüber zum Ufer. Ein Polizeihelikopter mit seinem ohrenbetäubenden Lärm flog sehr tief über der Brücke, und in dem Moment, als Borg ins Wasser starrte, schoss der riesige Suchscheinwerfer des Helikopters einen strahlenden Kreis in die trübe bewegte Brühe des Mittellandkanals.

Borg stand regungslos am Ufer. Die leichte Wellenbewegung des Wassers und die sich mit ihnen vereinigenden Regentropfen des Himmels ließen die Oberfläche undurchsichtig erscheinen. Der Scheinwerfer fuhr in unregelmäßigen Bahnen über das Wasser. Borg schwankte. Hatte er seinen Sohn verloren?

Ein Polizeitaucher war die Treppe an der Brücke hinuntergekommen, hastete an ihm vorbei und sprang ins Wasser. Der Suchscheinwerfer konzentrierte sich nun auf den Punkt, an dem der Mann in den Kanal gesprungen war. Borg überlegte einen Moment, ob er hinterherspringen solle, aber sein Körper stand in Schockstarre und beobachtete das Treiben um ihn, als wäre er per Bluescreeneffekt in einen Film hineinprojiziert worden, ohne interagieren zu können. Er blinzelte nicht. Sein ganzer Körper war nass und troff vor Regen, der Sprung in den kalten Kanal hätte ihn nicht nasser machen können, und doch stand er nur da und starrte.

Dann, wie auf Knopfdruck, tauchte der Taucher auf. Borg suchte die Wasseroberfläche mit seinen Augen nach einem weiteren Kopf ab. Vergeblich.

Der Taucher schwamm Richtung Ufer, und dann, als hätte jemand einen Stecker gezogen, erstarb der große Scheinwerfer des Helikopters. Der Hubschrauber drehte ab, und zurück blieb ein schwarzer Kreis an diesem wütenden Insekt, das alle Sträucher, Äste und Büsche in einem weiten Radius in wildes Toben versetzt hatte. Das Helikoptergeräusch wurde leiser, und nur die Scheinwerfer, die von den Polizisten aus von der Brücke in Richtung Kanal gerichtet worden waren, erfreuten sich jetzt, da das große Licht erloschen war, ihrer Möglichkeiten, trotz ihrer Schwäche etwas Helligkeit darbieten zu können. Der Taucher erreichte das Ufer, und als sich Borg nun nach rechts und links umsah, stellte er fest, dass zahlreiche seiner Kolleginnen und Kollegen zu ihm hinuntergekommen waren. Sie sprachen hastig in Funkgeräte oder Handys. Was sie genau sagten, konnte Borg nicht hören. Sie kämpften mit den Lichtschwertern ihrer Taschenlampen um den sinnvollsten Platz, um dem Mann im Wasser etwas Orientierung geben zu können.

Warum hatten sie so schnell aufgegeben? Borg trat einen Schritt nach vorn, und seine Fußspitzen ragten fast über das Kanalufer, als ihn eine Hand von hinten an der Schulter griff. Er fuhr herum und sah schwach beleuchtet Sinas Gesicht.

»Oliver, es ist alles gut! Paul ist in Sicherheit. Er ist bei deiner Frau!«

Borgs Beine verwandelten sich in eine Art Gelee, und er musste sich an Sina abstützen.

»Bist du sicher?« Er hatte zwar verstanden, was sie gesagt hatte, aber er konnte es nicht glauben. Wollte sie ihn nur beruhigen?

»Ja, er ist bei deiner Frau. Ich habe eben mit ihr telefoniert!«

Borg sackte auf die Knie, und niemand merkte, dass sich die Tränen seiner Erleichterung mit dem Regen vermischten, als er versuchte, seinen Verstand wiederzugewinnen.

Es war gegen Mitternacht, als Borg und Bachmann in einer kleinen Zweizimmerwohnung in der Allerstaße im Östlichen Ringgebiet Braunschweigs mit Paul und Finja Borg im Wohnzimmer saßen.

»Sicher war das, was dein Vater gemacht hat, keine gute Idee«, sagte Sina zu Paul, der neben seiner Mutter auf dem kleinen Ledersofa saß und betrübt aus der Wäsche schaute. »Aber du hast mit dieser Aktion einen polizeilichen Großeinsatz ausgelöst.« Sina sprach verständnisvoll, aber bestimmt.

»Was du dir dabei gedacht hast, Paul diese Überwachungsuhr in die Tasche zu stecken, kann ich kaum nachvollziehen«, sagte Finja Borg und sah ihren Exmann mit dem Blick einer Exfrau an.

Er sagte nichts. Borg hatte, nachdem ihm Sina versichert hatte, dass Paul in Sicherheit wäre, zuhause eine heiße Dusche genommen und sich frische Kleidung angezogen, während Sina draußen im Wagen gewartet hatte. Borg wollte unbedingt noch heute mit seinem Sohn sprechen und ihn vor allem sehen. Sina war das recht, denn sie hatte einige Fragen, und so hatte dieser energievertilgende Abend noch kein Ende gefunden.

Paul war, nachdem er die Müllkippe in Watenbüttel passiert hatte, an der Hauptstraße zur Brücke gejoggt, als er bemerkt hatte, wie ihm etwas aus der Beintasche seiner Hose gefallen war, berichtete er. Paul war die zwei Meter zurückgelaufen und hatte dann die Uhr gesehen. Als er das Armband seines Vaters wiedererkannt hatte, versetzte ihn das so in Wut, dass er die Uhr über das Brückengeländer in den Kanal geworfen hatte. Anschließend war er mit finsterer Stimmung nach Hause in die Allerstraße gejoggt.

»Du wolltest mit Emma joggen, hast du gesagt.« Oliver Borg versuchte noch immer, eine Rechtfertigung für das zu finden, was er getan hatte.

»Ich bin mit dem Fahrrad zu ihr nach Marina Bortfeld gefahren, aber wir haben uns gestritten, und sie wollte nicht mitlaufen. Da hab' ich das Rad stehengelassen und bin alleine losgelaufen«, erzählte Paul. »Ich find's nicht fair, dass du mich überwachst.«

»Ich wollte dich nur schützen. Hier läuft ein Mörder frei herum. Du weißt, was passiert ist!« Borgs Blick traf kurz den Finjas, und sie wich ihm aus.

Sina ergriff noch einmal das Wort und sagte, dass sie hoffe, der Zwischenfall ließe sich ohne Konsequenzen klären. Sicher würden die Gebühren des Einsatzes nicht zu Lasten der Borgs gehen. Was die Überwachungsuhr anging, so könne sie jedoch nichts sagen. Das moderne Trackinggerät wäre Eigentum der Polizei, und man müsse abwarten, wie Koller im Fall des Verlustes der Uhr verfahren wolle.

Sina verabschiedete sich von Borgs Exfrau und seinem Sohn, und auch er stand auf, drückte Paul, der sich das gefallen ließ, aber die Umarmung nicht erwiderte, sagte Finja knapp »tschüss«, und beide gingen.

Etwa eine halbe Stunde später schloss Borg seine Wohnungstür auf, und alle seine Sinne waren plötzlich geschärft. Wie ein Tier, das mit seinem sechsten Sinn eine Gefahr witterte, lauschte Borg in die Stille hinein, einzig auf ein Zeichen wartend, ob Kampf oder Flucht die richtige Entscheidung wäre. Eindeutig lag Zigarettenrauch in der Luft.

Er schaltete das Flurlicht ein.

Der schmale Flur, von dem rechts und links die Zimmer abgingen, war leer, die Wohnzimmertür war geschlossen.

Borg ging zwei Schritte weiter. Der Geruch nach Nikotin hatte zugenommen, und jetzt hörte er leise Musik. Jemand befand sich im Wohnzimmer und hatte die Dreistigkeit besessen, nicht nur unerlaubt in seine Wohnung einzudringen, sondern auch eine seiner CDs, wie es klang, die mit Aufnahmen des amerikanischen Jazz-Kontrabassisten Charles Mingus, aufzulegen.

Borg stieß die Zimmertür auf, noch immer bereit, auf jeden Angriff zu reagieren, doch was er sah, ließ ihm die Kinnlade herunterklappen.

Auf dem Sofa lag Dunja Leibnitz. Ihr Körper beschrieb eine Form, als hätte man sie hingegossen. Auf dem Tisch standen eine geöffnete Flasche Robola de Cephalonie und zwei Gläser. Auch trug der Tisch eine Vase, in der aber keine Blumen standen. Borg fragte sich, ob er sie dort hingestellt hatte, schloss das aber im selben Moment aus. Die vielen Kerzen, die ohne erkennbares System rings um die Vase auf dem Tisch verteilt waren, flackerten durch den Luftstoß der aufgerissenen Tür, und mit ihnen waberten die Schatten aller Gegenstände leicht hin und her. Auch erweckten die tanzenden Flammen den Anschein, als würden sich Dunjas goldblonde Haare wie die Schlangen auf dem Kopf der Medusa bewegen.

»Dunja!« Borg kam seine Stimme seltsam fremd vor.

»Warum bist du so überrascht? Wir waren doch verabredet«, sagte sie und hob eine Zigarette, die offenbar in einem dafür vorgesehenen weißen Halter steckte, zum Mund, zog daran und blies drachenhaft den Rauch über den Tisch. Sie besaß eine schamlose Sinnlichkeit. Die Musik, die im Hintergrund lief, passte zu ihr. Sämtliche Melodien schienen ihr zu gehören. Sie sah ihn launisch an, und der raue Ton ihrer Manieren und die Intensität, die in ihren Augen war, fesselten Borg.

»Das ist Hausfriedensbruch«, sagte Borg und kam ins Zimmer. Er wusste nicht, ob er sich freuen oder ärgern sollte. »Wie bist du hier hereingekommen?«

Sie lachte. »Da lag ein Schlüssel unter der Fußmatte. Ganz schön unvorsichtig, Herr Kommissar«, entgegnete sie.

»Wir waren doch auf der Brücke verabredet. Ich hab' da auf dich gewartet.« Erst jetzt bemerkte Borg, dass sie unter einer dünnen grauen Decke auf dem Sofa lag, die langsam von ihrem nackten Oberkörper zu rutschen begann.

»Es hat geregnet, und da bin ich ins Auto gestiegen und zu dir gefahren, aber du warst nicht da. Ich habe direkt vor der Tür geparkt. Hast du mein Auto nicht gesehen, als du gekommen bist?«

Vor der Tür geparkt? dachte Borg. Da musste jemand gestorben sein, sonst wäre hier niemals ein Parkplatz frei gewesen.

»Wo warst du denn so lange?«, fragte sie fast boshaft, dann aber änderte sich der Klang ihrer Stimme. Sie hörte sich nicht mehr so bösartig wie nach der zuvor angeschlagenen Art an, sondern traurig, als habe sie inzwischen die Bosheit der Welt kennengelernt, gegenüber der alle eigene Arglist versagt und sinnlos wird. »Ich habe über eine Stunde im Auto gewartet. Dann hab' ich beschlossen, dir eine Nachricht zu schreiben und sie unter der Tür durchzuschieben, und dabei ist mir die Beule der Fußmatte aufgefallen.«

»Man geht aber nicht einfach, ohne zu fragen, in die Wohnung eines Fremden.« Borg sprach wie ein Vater mit seinem Kind.

Dunja lächelte ihn an und legte ihren Zigarettenhalter in den Untersetzer eines kleinen Blumentopfs, den sie als Aschenbecher zweckentfremdet hatte. Dann stand sie auf, und die Decke glitt von ihrem makellosen Körper und zeigte Borg alles, was er schon immer sehen wollte. Sie trafen sich in der Mitte des Zimmers. Ihre Lippen hatten die Frische ihrer ersten Berührung nicht eingebüßt, und Borg vergaß alles, was heute geschehen war. Er hatte sich Entspannung verdient, und dieses böse Mädchen, das in seine Wohnung eingebrochen war, sollte jetzt erfahren, was es hieß, ihn herauszufordern.

KAPITEL 28

Eine andere Zubereitung

Borg erwachte mit höllischen Kopfschmerzen. Er hatte niemals unter Migräne gelitten, aber so musste es sich anfühlen. Er war schläfrig, und alles drehte sich um ihn, als er sich im Bett aufrichtete. Sein Rücken knackte.

Mühsam sortierte er seine Erinnerungen. Es kam ihm zunächst vor, als wäre er an einem Tag ohne Gestern erwacht. Es fühlte sich so an, als würde er bewusst nicht denken, dann schwebten Erinnerungsfragmente durch seinen Kopf: Dunja hatte in seiner Wohnung auf ihn gewartet, und sie hatten Sex gehabt. Ja, und nach dem ersten Mal hatte Borg in der Zufriedenheit, einen guten Wein getrunken und eine gute Frau geliebt zu haben, heimlich nach einer Masche des Morgenmantels gelangt, den sie übergeworfen hatte, und ihn zu öffnen versucht. Dunja hatte daraufhin genervt gesagt: »Lass mich doch« und sich neben ihn aufs Bett gesetzt.

Aber warum dröhnte sein Schädel jetzt so? Er hatte zwischendurch nur dieses eine Glas Wein getrunken. Wann waren sie eingeschlafen? Er erinnerte sich nicht.

»Dunja?«, rief Borg und sah sich im hellen Schlafzimmer um. Ihr tierisches Spiel hatte im Wohnzimmer begonnen, sich dann in den Flur verlagert und hier im Schlafzimmer seinen Höhepunkt erreicht. Nun wäre alles, was sie erlebt hatten, eine schöne Erinnerung gewesen … wenn Borg sich hätte erinnern können. Was war nur mit seinem Kopf los?

Borg setzte sich auf die Bettkante. Er fühlte sich wie betäubt. Oder hatte er doch mehr getrunken und erinnerte sich nicht?

Mühsam kam er in den Stand und taumelte, sich an den Wänden der Wohnung abstützend, ins Wohnzimmer, während er noch zweimal Dunjas Namen rief. Es antwortete niemand.

Borg musste all seine Konzentration zusammennehmen, um zu erkennen, was so ungewöhnlich war: Das Wohnzimmer war penibel aufgeräumt worden. Die Gläser und die Weinflasche waren verschwunden, und die Decke, mit der Dunja bedeckt gewesen war, als er sie vorgefunden hatte, lag feinsäuberlich zusammengelegt auf dem Sofa. Eines der beiden Wohnzimmerfenster war sogar zum Lüften gekippt worden.

War Dunja etwa eine Reinkarnation seiner Mutter?

Borg taumelte ins Badezimmer und öffnete den Spiegelschrank. Aspirin – das einzig mögliche Frühstück in dieser Situation. Borg riss zwei kleine Pulverladungen auf einen Schlag auf, kippte sie sich in den Mund und schluckte. Hustend stand er vor dem Spiegel und betrachtete sein Gesicht, während kleine Staubpartikel des Arzneimittels zwischen seinen Lippen hervorstoben. Er füllte Wasser in einen Zahnputzbecher und spülte die Reste der chemisch schmeckenden Substanz herunter. Hoffentlich würde das Zeug bald anfangen zu wirken.

Als er wieder begann, den Fokus von seinem Kopfschmerz auf den Rest seines Körpers zu lenken, stellte er fest, dass sein Rücken brannte. Borg drehte sich um und schaute über die Schulter nach hinten in den Badezimmerspiegel. Tiefe Kratzspuren hatten blutige Bahnen auf seinem Rücken hinterlassen. Es waren keine schwerwiegenden Verletzungen, aber es würde schon ein paar Tage dauern, bis diese Kratzer verheilt waren.

Er erinnerte sich an nichts! Als er seine Arme betrachtete, entdeckte er auch daran Kratzer und schüttelte ungläubig den Kopf. Wie konnte man so eine Nacht erlebt haben, es anschließend aber nicht fertigbringen, einen Moment davon in sein Gedächtnis zurückzurufen?

Borg beschloss, die Spuren der Nacht – sofern das möglich war – durch eine heiße Dusche von seinem Körper zu waschen. Als er die beiden Flügeltüren der Duschkabine öffnete, bekam er einen Schreck.

Im ersten Augenblick hatte er gedacht, die Duschwanne wäre mit Blut vollgetropft worden, doch als er genauer hinsah, erkannte er Schrift. Tatsächlich! Dunja hatte ihm mit ihrem roten Lippenstift eine Nachricht in die Duschwanne geschrieben.

Er beugte sich vor und las: ›DU KANNST MICH WIEDER HABEN. 21:30 UHR BRÜCKE. FALLS DU GENUG KRAFT HAST.‹ Neben die Botschaft hatte sie einen Smiley gemalt.

Dunja Leibnitz war offenbar unersättlich, aber sollte ihn das stören? Seit er sie getroffen hatte, fühlte er sich jünger und kräftiger. Er fühlte sich rebellischer und sexyer als in den letzten Jahren. Vielleicht war sie sein Jungbrunnen, und warum sollte man diese Beziehung nicht so weiterlaufen lassen? Millionen Männer würden ihn darum beneiden.

Borg stieg in die Dusche und drehte das Wasser auf. Mit seinen nackten Füßen verschmierte er die Nachricht, und jetzt sah der Boden der Dusche wirklich so aus, als hätte hier ein Verbrechen stattgefunden. Im Strudel des Abflusses drehte sich das lippenstiftgefärbte Wasser, als würde das Blut von Nadine Crane in einer Wiederholung abfließen. Borg schäumte sich ordentlich ein, und als er mit jeder Bewegung unter den scharfen Strahlen der Duschbrause zu neuen Kräften gelangte, den Schaum abspülte und spürte, wie sein Kopfschmerz schwächer wurde, verschwanden die Reste der Nachricht unter seinen Füßen für immer in der Kanalisation. Lediglich die kommende Verabredung mit Dunja heute hatte sich in seine Planung eingebrannt, und er fühlte sich dieser Verabredung durchaus gewachsen.

Nachdem Borg die Dusche verlassen hatte, frottierte er seinen Körper trocken, und jetzt spürte er, welch großen Hunger er hatte.

Er schlug sich sechs Eier in die Pfanne und drückte vier Scheiben Toastbrot im Toaster herunter. Das kleine Krematorium warf die Scheiben schnell wieder aus, und er begann, mit gutem Appetit zu essen. Als er merkte, wie die Energie in seinen Körper zurückkehrte, holte er das

Blutdruckmessgerät aus dem Wohnzimmer – Dunja hatte auch das fein-säuberlich auf den Schrank gelegt, obwohl sie es noch vor wenigen Stunden im Rausch der Begierde von seinem Arm gerissen und auf den Boden geworfen hatte – rollte die Armmanschette zusammen, steckte sie in die linke Tasche seiner Jeans und schob die kleine Messapparatur in die rechte Hosentasche. Das Band, um das Messergerät am Hals zu tragen, wickelte er penibel auf und schob es mit der flachen Hand in seine Gesäßtasche. Er war froh, diesen medizinisch induzierten Ballast heute wieder abgeben zu dürfen. Schon jetzt fühlte er sich freier.

Als er zum Wohnzimmerfenster ging, um es zu schließen, sah er den Wagen Sina Bachmanns vorfahren. Sina hatte weniger Glück als Dunja am Abend zuvor. Sie fand keinen Parkplatz, hielt mit dem gelben, auffälligen Wagen in zweiter Reihe, und schon an der Art, wie sie aus dem Wagen sprang und auf die Haustür zulief, konnte Borg erkennen, dass etwas passiert war.

Er ging ihr im Treppenhaus entgegen.

»Wir haben die nächste Leiche gefunden«, sagte Sina.

»Jeschke?«, fragte Borg. Es war die einzige noch vermisste Person.

»Nein. Eine andere Person. Viel jünger. Wieder am Hafen.«

»Dunja?«, stieß Borg hervor.

»Nein.«

So langsam wurde das lästig.

»Habt ihr Leibnitz verhaften lassen?«, fragte Borg, nachdem sie ins Auto gestiegen waren.

»Nein. Was sollen wir ihm denn vorwerfen? Dass du ihn nicht magst?«

»Er ist es, Sina! Ich war mir noch nie im Leben sicherer.« Borg suchte den elektronischen Fensterheber, um frische Luft ins Auto zu lassen. In Sinas quietschgelber Ente herrschten sicher über 40°C.

»Du musst die Kurbel benutzen.« Sie lachte.

»Weiß ich doch«, sagte er und lächelte sie an.

Auf dem Weg zum Hafen malte sich Borg aus, wie das Opfer wohl verstümmelt worden wäre. Immer wieder tauchte vor seinem geistigen Auge Dr. Igor Leibnitz auf. Er musste der Täter sein. Er war der Teufel in Menschengestalt. Doch wie konnte man seine Alibis aushebeln? Welche raffinierte Strategie hatte er angewandt?

Der trockene Boden am Hafen staubte, als sie mit der Ente über das Gelände fuhren, und die hinter dem Fahrzeug aufsteigende weiße Wolke erweckte den Anschein, als habe das Fahrzeug einen Nebelwerfer wie James Bonds Aston Martin in ›Goldfinger‹.

Wieder liefen zahlreiche Polizisten über das Gelände. Auf der rechten Seite wurden zwei Hafenarbeiter befragt, links saß ein Mann in einem Blaumann auf der Treppenstufe eines LKW und wartete genervt, endlich auf das Gelände fahren zu dürfen, um die Ladung zu löschen oder vielleicht auch um neue Ladung aufnehmen zu können.

Mit einem Ruck blieb die Ente stehen.

»Den Rest gehen wir zu Fuß. Da hinten kann ich eh nicht langfahren«, sagte Sina und drehte den Zündschlüssel um.

Borg war froh, das Auto verlassen zu dürfen. Er hatte sich kaum bewegt, aber er merkte, wie ihm der Schweiß aus allen Poren quoll. Heute würde es wieder erbärmlich heiß werden.

Kollege Meyer kam ihnen entgegen. Sie begrüßten sich.

»Wo liegt die Leiche?«, fragte Borg, weil die Kolleginnen und Kollegen verstreut über das Gelände liefen.

»Dort.« Müller zeigte mit einem Finger zu einem Kran nach oben. »Und dort.« Er nahm den Zeigefinger nach unten und ließ ihn neunzig Grad nach rechts wandern, sodass er in Richtung einer Kanalbrücke zeigte, unter der Borg auch schon einmal hindurchgelaufen war.

»Es sind zwei Leichen?« Sina war überrascht.

»Nein«, sagte Müller gelassen. »Es ist eine Leiche. Ein Teil liegt da, ein Teil dort.« Wieder vollführte er seine zeigende Geste, aber in schneller Version.

Sina und Borg sahen sich an.

»Mal eine ganz andere Zubereitung«, sagte Borg »Dem Koch wird offensichtlich langweilig.«

Seine Beine wollten etwas völlig anderes, als die vielen Stufen der Leiter zu erklimmen, die in das hellblau gestrichene Zentrum des sonst fast ausschließlich grauen Hafenkrans führten, der hier wir das Skelett eines Dinosauriers regungslos in der Hitze stand.

»Ladys First«, sagte Borg, und Sina begann, behände die Sprossen emporzuklettern. Sie hielt sich dabei an einem gelben Geländer fest, während ihre Füße flink die schrägen Stufen hinaufliefen.

Borg wünschte sich die Vitalität zurück, die er gestern Nacht bei Dunja an den Tag gelegt hatte, doch sein Wunsch wurde nicht erfüllt. Mit jedem Schritt fühlte sich sein Körper schwerer an.

Er blickte über das Geländer auf das Hafenbecken. Unten stand Müller und nickte. Etwas weiter hinten konnte Borg auch Koller sehen, der mit einem anderen Polizisten sprach, und das machte seine Laune nicht besser.

Der Kran hatte die Nummer 12, und mit großen gelben Lettern stand an der Seite ›Hafenbetriebsgesellschaft Braunschweig mbH‹. Der Kran hatte von unten schon groß gewirkt. Jetzt, als Borg ihn erklomm, wirkte er gigantisch. Das Maschinenhaus war größer als sein Wohnzimmer. Die schräge Treppe führte auf eine Plattform, die wiederum den Übergang zur nächsten Ebene bildete.

Das gelbe Geländer leitete Sina Bachmann und Oliver Borg zu einer Tür mit rundem Sturz, die wenig einladend den Einstieg in den Turm darstellte. Drinnen erwartete die beiden eine Wendeltreppe.

»Stinkt die Leiche schon? Hat jemand gesagt, wie lange sie hier schon liegt?«, fragte Borg.

»Nee, hat keiner was gesagt. Ist aber vermutlich ganz frisch, denn gestern wurde hier gearbeitet, und heute haben sie die Leiche gefunden.«

Im Maschinenraum waren die Seiltrommeln und die senkrecht aus dem Boden ragenden Rotationselemente ein Opfer der Zeit geworden. Alles wirkte alt und schmutzig, und Borg, der noch nie etwas für Technik übrig gehabt hatte, würdigte die Bauteile mit keinem Blick.

Von oben waren Stimmen zu hören. Vielleicht war es noch jemand von der Spurensicherung, der dort sprach.

Als sie das Führerhaus erreicht hatten, war das erste, was Borg sah, als Sina es ihm ermöglichte, in diesem engen Raum an ihr vorbeizuschauen, die Rückseite eines Sitzes, der dem Fahrersitz eines LKW ähnelte. Der Sitz war mit der Rückenlehne zu Borg gedreht, sodass er nicht sehen konnte, wer oder was sich auf dem Sitz befand. Davor standen ein Kollege mit einer Hornbrille und dessen Mitarbeiterin, die für ihn eine zweite Kamera hielt, während er mit der ersten Kamera fotografierte.

Die beiden standen vor den Frontfenstern des Führerhauses, und ein letztes Foto wurde geschossen.

»Wir sind hier fertig. Dann haben Sie mehr Platz. Die Spurensicherung war schon da, also können Sie keine Hinweise vernichten«, sagte der Fotograf mit ernster Miene.

Hatte sich also schon herumgesprochen, dass Borg gestern Abend keine Rücksicht auf Spuren genommen hatte, als er die verweste Leiche von Anja Fischer gefunden hatte. Er musste unbedingt noch einmal mit Johanna Opterwinkel Kontakt aufnehmen und sich bei ihr bedanken, dass sie ihn gestern unterstützt hatte, dachte Borg.

Der Fotograf und seine Assistentin drängten an Sina vorbei und verließen das Führerhaus.

Borg warf einen Blick aus dem Fenstern, und der Hafen zeigte sich von hier oben aus einer völlig anderen und erstaunlich übersichtlichen Perspektive.

Wie in einem Raumschiff war der Sitz in der Mitte der Kanzel auf einem drehbaren Fuß montiert, und an beiden Seiten befanden sich zwei Steuerungselemente, die die Größe von Nachttischen hatten. Aus jedem der Elemente ragten Steuerknüppel heraus, und zahlreiche Knöpfe und Schalter schienen in eine Zukunft zu passen, wie man sie sich in der Vergangenheit vorgestellt hatte.

»Mein Gott!«, sagte Sina, als sie um den Stuhl herumgegangen war.

»Nachdem ich gestern mit Flüssigkeit aus einer ohrenlosen Leiche vollge-spritzt wurde, wird mich das doch wohl nicht schockieren, oder?«, fragte Borg.

»Na, dann komm mal rum und schau dir das hier an.« Sie ging einen Schritt zur Seite, und Borg ging von rechts um den schwarzen Sitz mit der breiten Nackenstütze herum. Er traute seinen Augen kaum.

Auf dem Stuhl saß die untere Hälfte eines Frauenkörpers. Alles oberhalb des Bauchnabels fehlte, als wäre diese Hälfte des Körpers unsichtbar ge-worden. Man musste den Leib mit einer Säge halbiert haben.

Wieder war erstaunlich wenig Blut zu sehen. Die Hautlappen hatte man über die Schnittstelle geschlagen, als hätte jemand sorgsam ein Geschenk einpacken wollen. Die Haut war straff vernäht, sodass der Bauchnabel jetzt oben auflag wie die passende Hälfte für einen Druckknopf, um die obere Körperhälfte wieder daran festmachen zu können.

»So, so, dich schockt nichts«, stellte Sina fest, als sie Borgs Gesichtsaus-druck beobachtet hatte.

»Eine völlig neue Art, Gewicht zu verlieren«, erwiderte Borg, aber es gelang ihm damit nicht, witzig zu sein.

Die schlanken, gutgeformten und sonnengebräunten Beine der halben Leiche hingen über dem alten Sitz, an dessen Rändern der Stoff durchge-sessen war und gelber Schaumstoff herausquoll.

Die toten Füße waren mit weißen Turnschuhen bekleidet, und die Scham war mit einem Slip bedeckt, der so weiß strahlte, als habe ihn das Opfer erst vor wenigen Minuten übergezogen.

»Es wird mit jedem Tag schlimmer, und wir stehen da wie die Vollidio-ten«, sagte Borg. »Wir müssen diesem Killer das Handwerk legen, sonst wird es bald keine Jogger mehr in Braunschweig geben.«

Er legte seine rechte Hand an den Mund und überlegte.

»Ich habe hier genug gesehen. Schauen wir uns die andere Hälfte an«, sagte Sina und verließ das Führerhaus wieder.

Borg schaute aus dem Fenster zur anderen Seite des Hafenbeckens hi-nüber. Dort lief ein Mann, der von Bewegung und Statur durchaus Igor Leibnitz hätte sein können. Borg versuchte, durch das Zusammenkneifen seiner Augen schärfer zu sehen, aber das veränderte nicht die Entfernung zu dem Mann, der da lief und jetzt offensichtlich zum Führerhaus des Ha-fenbaggers hinaufschaute.

War es Leibnitz? Schwer zu sagen.

»Lauf nur, lauf nur. Ich kriege dich«, sagte Borg leise zu sich selbst und folgte dem Jogger, dessen Identität er nicht ausmachen konnte, als wären seine Augen die Visiere von Zielfernrohren.

»Kommst du?«, rief Sina von unten, und Borg löste seinen Blick von der Person in der Ferne. Mit einer Mischung aus Wut und Ekel schaute er noch einmal auf die hübschen Beine, die niemals wieder erotisch überschlagen werden konnten, und ging dann nach unten.

Sina hatte den Platz auf dem Hafen schon überquert und näherte sich bereits der Brücke, wo der zweite Teil der Leiche gefunden worden war, als Borg mit schnellen Schritten zu seiner Kollegin aufschloss.

»Dieses Sache mit dem Essen, ist die noch aktuell?«, fragte er sie.

»Von meiner Seite aus schon, aber alles sieht danach aus, als wenn du lieber mit wem anders speisen würdest.«

»Nur Vorspeisen. Aber auf ein richtiges Essen mit dir freue ich mich ganz besonders«, sagte er.

Sie gingen über einen sandigen Platz, auf dem ein LKW stand, und erreichten die Kanalbrücke an der Hansestraße.

Koller stand mit dem Rücken zu ihnen und schnauzte zwei Polizisten an, die vor ihm standen.

»Ich bin kurz davor, dass ich meinen Hut nehmen kann.« Man hörte das Fluchen schon aus fünf Metern Entfernung, obwohl der Verkehr auf der Brücke recht laut war. »Wir haben keine Hinweise. Ich lasse den Hafen Tag und Nacht beobachten, und doch wird hier eine Leiche nach der anderen vor unsere Füße geworfen! Holen Sie sich Verstärkung. Fliegen Sie Helikoptereinsätze. Ist mir scheißegal, aber bringen Sie dieses Problem endlich unter Kontrolle, und finden Sie vor allem Spuren. Es kann nicht sein, dass hier immer neue Leichen auftauchen, aber niemand Spuren findet! Haben Sie verstanden? Spuren will ich! Überall finden Leute Spuren von Meteoriten, die vor zig Millionen Jahren eingeschlagen sind, Dinosaurierspuren, Spuren aus den Weltkriegen, aber Sie schaffen es nicht, an einem acht Stunden alten Tatort Spuren zu finden!« Koller schäumte vor Wut.

Sina und Borg sahen sich an. Koller hatte sie wohl bemerkt und drehte sich schlagartig um.

»Großartig! Sie!« Er schaute Borg an.

»Guten Tag«, sagte Borg.

»Was soll an diesem Tag gut sein? Sie haben hier gestern einen Riesenrummel veranstaltet und für tolle Ablenkung gesorgt. In der Zwischenzeit hat der Killer das nächste Opfer umgebracht, und ich stecke bis zum Hals in der Scheiße. Eins sage ich Ihnen, Borg, wenn ich gehe, dann gehen Sie auch!« Der Polizeichef trampelte ungeschickt an ihnen vorbei, stieß noch einen Schwall Obszönitäten aus, und einer der Kollegen, die er eben noch angeschrien hatte, hob seinen Mittelfinger. Borg konnte Kollers Wut durchaus verstehen.

»Unten im Wasser«, sagte der andere Polizist und machte eine Kopfbewegung in Richtung Kanal.

Borg und Sina gingen die letzten Meter unter die Brücke. Borg erinnerte sich. Hier hatte er zuletzt gestanden, als er Dunja zum ersten Mal getroffen hatte, sie aber urplötzlich verschwunden war.

Er ging zum Rand des Ufers und blickte an der Betonmauer hinunter ins Wasser. Er war darauf gefasst gewesen, die obere Hälfte eines weiblichen Körpers zu sehen. Was er aber sah, gab seinem Herzen einen unangenehmen Ruck.

An der Hafenmauer war ein kleines Kinderschlauchboot festgemacht, und in ihm lag die obere Hälfte der Frau, die Borg an den Beinen oben im Kran nicht hatte erkennen können.

Der weit geöffnete Mund der Toten schien einen letzten Schrei formen zu wollen, und Borg bekam eine Gänsehaut, als er erkannte, dass es Jessica war, das blonde Mädchen, das er am Ölpersee kennengelernt hatte. Diese lebensfrohe, reizende Person, die wenig zurückhaltend seinen Rücken gekrault und ihm dann ihre Telefonnummer aufgeschrieben hatte, lag nun wie plastiniert von Gunther von Hagens hier im Schlauchbot und flehte stumm um ihr Leben.

»Ihr Name ist Jessica Goldfeld, Alter 25, Chemielaborantin, jobbt nebenbei im Fitnesscenter«, sagte der Polizist, der hinter Sina und Borg stand, die die abscheuliche Tat eines offensichtlich geistesgestörten Serienkillers zu verstehen versuchten.

Der über die Doppelbrücke rollende Verkehr machte mit Grollen und Dröhnen deutlich, wie eilig es die Menschen in ihren Fahrzeugen hatten, die nichts davon zu ahnen schienen, dass auch sie irgendwann tot sein würden und Zeit dann keine Bedeutung mehr hätte.

Borg hob langsam seinen Kopf und blickte steinern auf das andere Ufer hinüber, doch das Bild der toten Jessica klebte in seinen Augen.

»Da draußen lauert ein Wolf«, sagte er. »Er will unser Blut. Wir müssen ihn finden und töten.«

KAPITEL 29

Der Mann mit der roten Tätowierung

Borg hatte alle seine Pläne für den heutigen Tag über den Haufen geworfen. Weder war er in die Klinik gefahren, um sein Blutdruckmessgerät abzugeben – er hatte es noch immer in seiner Hosentasche – noch hatte er seinen Bericht des letzten Tages in die Computertastatur gehackt und an Koller geschickt, wie der es gerne gehabt hätte, noch hatte er Berber auf der Intensivstation einen Besuch abgestattet. Stattdessen war er zum Getränkemarkt am Ölperknoten gefahren und hatte sich dort in seiner Verbitterung zwei Flaschen Rye Whiskey gekauft, um sich zuhause mit den Resten des Peychaud's Bitters einen Sazerac zubereiten zu können, oder besser gleich mehrere. Heute war der geeignete Tag, um rückfällig zu werden.

Er beschloss, die Verabredung mit Dunja wahrzunehmen, jedoch wollte er nicht zur Brücke joggen. Vom Joggen hatte er mehr als genug, und er wollte ihr klipp und klar sagen, dass er ihren Vater für einen der Haupttatverdächtigen hielt. Ganz besonders nach dem, was vorgefallen war und was in seinem Kopf vorging.

Borg hatte bei Koller vor dem Verlassen des Tatorts darum gebeten, Leibnitz unter Beobachtung zu stellen, doch sein Chef hielt das für eine ›Schnapsidee‹. Leibnitz hätte zwar Kontakt zu Kusnezow und auch zu Komarow gehabt, jedoch hatte er die letzten zwei Tage auf einer Fortbildung in Hamburg verbracht. Er sei gleich abgereist, nachdem er bezüglich des Verschwindens von Jeschke befragt worden war.

»Haben Sie mal seine Tochter überprüft, diese Dunja?«, hatte Koller wissen wollen, und Borgs Antwort darauf war ein abschätziges Lachen. Ein junges Mädchen verbündet sich mit einer russischen Ex-Krankenschwester und einem Hausmeister, der Bodybuilding macht und Tiere präpariert, nur um die Jogger in Braunschweig in Stücke zu schneiden? Borg fand diese Idee lächerlich. Das Gespräch hatte zu nichts geführt. Auf dem Rückweg vom Präsidium nach Hause war er allerdings nachdenklich geworden.

Ihm war der Zettel eingefallen, den ihm die mittlerweile auf einem Tisch im Leichenschauhaus liegende Jessica am Ölpersee gegeben hatte. Zuhause hatte er dann danach gesucht, das Papierstück aber nirgends finden können. Was hatte neben der Telefonnummer noch darauf gestanden? Ja, jetzt erinnerte er sich wieder: ›Ruf mich an. Ich kann dir alles bieten, was dir Dunja bietet, aber ich bin lieb, und sie ist böse!‹ Er wünschte sich, er hätte sie angerufen. Armes Ding.

Im Keller, das wusste Borg genau, stand Pauls altes BMX-Rad. Das Fahrrad war zwar eine Nummer zu klein für Borg, aber damit würde er zum verabredeten Treffpunkt gelangen und dem Teufel des Joggens ein Schnippchen schlagen.

Der warme Sommerwind ließ die drei Gläser Sazerac, die er vor zwei Stunden getrunken hatte, in Borgs Kopf zu neuem Leben erwachen. Er musste sich Mühe geben, um den Lenker gerade zu halten, als er mit hoher Geschwindigkeit und noch immer in der Kleidung, die er den ganzen Tag über getragen hatte, die Celler Heerstraße entlangfuhr, um über Völkenrode zur Kanalbrücke zu gelangen, an der er mit Dunja verabredet war. Wie konnte man nur auf die Idee kommen, irgendwohin zu joggen?, dachte er, als er feststellte, wie schnell er den Nachbarort von Watenbüttel mit dem Rad erreicht hatte.

Sein Auto konnten die von der Spurensicherung behalten, bis der TÜV abgelaufen war, von heute an würde er nur noch mit dem Rad fahren.

Borg fuhr an den Feldern vorbei und kreuzte die Schienen der Bahnstrecke, die zunächst links von seinem Weg und, nachdem sie ihn geschnitten hatte, rechts von ihm verlief. Als er an die Wegkreuzung kam, die rechts zur Brücke führte, fuhr er in einem weiten Bogen in die Kurve und verlor fast das Gleichgewicht. War er zu angetrunken, oder hatte er das Fahrradfahren einfach verlernt? Dieser Fast-Sturz machte ihn wacher, und er nahm das letzte Stück der Strecke mit mehr Vorsicht und Konzentration.

Als er auf die Brücke zufuhr, die sich dagegen wehrte, mit dem Dämmerungshimmel eins zu werden, sah er Dunja auf der rechten Seite am Geländer stehen. Die Seite, an der sie gestanden hatten, als er zum ersten Mal mit ihr Sex gehabt hatte. Dunja hatte also der mit Lippenstift in die Dusche geschriebenen Einladung Leben eingehaucht.

Ein großer Schwarm kleiner Fliegen hatte sich in einer Wolke vor ihm in der Luft gesammelt, und sie sausten auseinander, als er mit angehaltenem Atem auf sie zufuhr. Kein Wunder, dass die Insekten üblicherweise vor uns flüchten, dachte Borg. Im Laufe der Evolution hatten sie gelernt, dass wir niemals etwas Gutes mit ihnen vorhaben.

Borg kam neben Dunja zum Stehen, stieg schwungvoll ab und ließ seinen rechten Fuß dreimal unter den Pedalen des Rades durch die Luft gleiten, bis ihm klar wurde, dass Pauls Fahrrad keinen Ständer besaß. Er stellte es mit dem Lenker an das Brückengeländer, dann trat er einen Schritt auf Dunja zu. Er platzierte sich dort, wo er am sichtbarsten war, und hätte er das Heraufkommen der Nacht verhindern können, er hätte es getan.

»Was ist denn mit dir los? Ich dachte, wir joggen?«, wunderte Dunja sich.

»Ich habe genug vom Joggen.«

»Auch von mir?«, fragte sie.

»Niemals.« Er kam einen weiteren Schritt auf sie zu, aber sie wich zurück.

»Lass uns da runter zum Wildschutztor gehen, damit uns niemand sieht.« Sie lächelte ihn verführerisch an, und er spürte, wie seine Energie in bestimmte Körperzentren strömte und hier eine Metamorphose einleitete.

Dunja ging lasziv über die schmale Brücke auf die linke Seite in Richtung des Tores. Ihre Hüften waren mit jedem Schritt einem Schwung unterworfen, der Borg fast um den Verstand brachte. Er würde ihr nachher sagen, dass er ihren Vater unter Verdacht hatte, und sie darum bitten, ihn ihr Haus durchsuchen zu lassen, obwohl er über keinen aktuellen Durchsuchungsbefehl verfügte.

Wie ein Raubtier in einem Käfig stellte sich Dunja mit dem Gesicht an die Gittertür, die zu einer Treppe führte, deren Ende am Kanalweg mündete. Sie griff mit den Fingern durch die Gitterstreben, die kleine Quadrate bildeten, und bewegte sich nicht, als Borg von hinten auf sie zukam. Er fasste ihre Hüfte.

»Warte mal kurz. Ich muss noch mal Pipi«, sagte sie und drückte ihn mit ihrem Körper zurück. Sie öffnete das Gittertor und lief die Treppe hinunter.

Das letzte Licht wich.

Borg schüttelte den Kopf. Alles war so kindisch und doch so ungeheuer spannend. Wenn sie von dort unten aus dem Gebüsch wiederkam, dann ... Seine Gedanken wurden durch ein Geräusch hinter ihm verscheucht. Noch bevor er sich umdrehen konnte, hatte er das Gefühl, dass ihm die Hälfte seines Hinterkopfs weggerissen wurde. Das Letzte, was er fühlte, waren die Äste und Blätter, in die sein Körper vorwärts fiel, dann verschwand er im Griff einer schwarzen Hand, die ihn in die Luft zu heben schien, als sei er ein körperloses Etwas.

Er hörte Stimmen in einer fremden Sprache aus einer fremden Welt, und zur Schwärze kam die Kälte. Dann kehrte der Schmerz in seinen Körper zurück und erfasste seinen Hinterkopf und seinen gesamten Rücken. Dieser Schmerz war es dann auch, der ihn wiedererweckte. Er schüttelte den Kopf und bat seine Mutter, ihm keine Backpfeifen mehr zu geben. Das hatte sie niemals getan, warum fing sie jetzt damit an? Dann versuchte er, seine Hand aus einem Briefschlitz zu ziehen, in dem sie steckengeblieben war. Alle diese Fantasien aus einer Schmerzwelt mischten sich zu einem Rummel der Qualen, der wie die Wellen an einer Küste immer wieder über seinen Körper lief. Bis sein Verstand die richtige Abzweigung nahm und die Wirklichkeit realisierte, vergingen viele Stunden. Jetzt schalteten alle Systeme nach und nach wieder ein, wie bei einer komplexen Apparatur, deren verschiedene Zentren zeitlich versetzt zueinander hochgefahren werden mussten, bis sie wieder reibungslos lief.

Von reibungslos konnte bei Borg noch lange keine Rede sein. Er spürte, dass er durch die Nase atmen musste, denn in seinem Mund steckte etwas. Er spürte auch, dass seine Hände hinter seinem Körper festhingen und dass er saß. Der Geruch von Dönerfleisch stieg in seine Nase, und das musste es gewesen sein, was ihn dazu veranlasst hatte, die Welt der Schatten zu verlassen und die Augen aufzuschlagen.

Borg orientierte sich. Er saß gefesselt auf einem kalten Stuhl. Er war nackt. Das Zimmer, in dem er sich befand, war sehr flach und schlecht beleuchtet.

Borg kam es vor, als würde der Boden schwanken, doch nach dem Schlag, der ihn am Hinterkopf getroffen hatte, war dies mit großer Wahrscheinlichkeit nur eine verfälschte Sinneswahrnehmung.

Jetzt war also der Moment gekommen. Der Wolf hatte ihn in seine Höhle geschleppt. Hatte es jemals ein Schaf geschafft, einen Wolf zu besiegen?, fragte sich Borg und gestand sich ein, dass er Angst hatte. Wo war Dunja? Ging es ihr gut? Borg kniff die Augen zusammen. Ihm gegenüber, auf der anderen Seite des Raumes, saß eine zweite Person, allerdings trug sie Kleidung und hatte einen schwarzen Beutel über dem Kopf.

Borg wollte Dunjas Namen rufen, aber aus seinem Mund drangen nur unverständliche Geräusche. Der Knebel hatte seine Zunge nach hinten gedrängt und all seine Spucke aufgesogen. Sein Mund war trocken, und jetzt merkte Borg, wie durstig er war.

Beruhigt stellte er fest, dass sich der Körper auf der anderen Zimmerseite zu bewegen schien. Er musste irgendwie die Fesseln lösen, um die Kontrolle über sich selbst zurückzugewinnen. Zwecklos.

Die Fesseln saßen so fest, dass sie in seine Handgelenke einschnitten, und auch seine Füße waren gefesselt.

Die niedrige Tür wurde aufgestoßen, und herein kam eine hell gekleidete Person, deren Gesicht Borg nicht erkennen konnte.

Wie ein Blitz traf Borg das Licht einer grellen Lampe, die nun direkt in seine Augen strahlte. Nun war es hell, doch er sah umso weniger.

Der Fremde war männlich, das konnte Borg an der Physiognomie erkennen, und als er sich bemühte, das Gesicht wahrzunehmen, beugte sich der Körper des Mannes über ihn und griff an seine gefesselten Hände – ein Test. Offenbar beruhigt, dass die Fesseln noch straff saßen, richtete der Mann sich wieder auf und griff nach etwas, das sich rechts von Borg befand.

Borgs Stirn war schweißnass. Ungewissheit und Angst gehen gern Hand in Hand, und am Ende hat jedes Lebewesen, egal, wie unvorteilhaft sein Dasein auch sein mag, nur das große Bedürfnis zu überleben. Der Sinn des Lebens war das Leben selbst.

Borgs Augen wurden langsam wieder seine Verbündeten. Er erhaschte einen Blick auf den linken Oberarm des Mannes, der keinesfalls vorhatte, ihn aus dieser misslichen Lage zu befreien. Eine rote Tätowierung war auf dem Arm zu erkennen. Ein Wort. Borg versuchte es zu lesen. Ein Name: Ruth. Die Buchstaben waren schwungvoll geschrieben, und die Tätowierung in diesem blassen Rot war alles andere als schön, dennoch zeigte sich der Name so dominant auf dem breiten Oberarm des Fremden, dass man ihn jetzt, da er ein kurzärmliges Hemd trug, nicht übersehen konnte.

Borg hörte es neben sich klappern, und dann verließ der Mann das Zimmer ebenso schnell, wie er es betreten hatte. Erst jetzt merkte Borg, dass

254

seine Sinne noch lange nicht wieder zu hundert Prozent arbeiteten. Vielleicht war auch das der Grund, warum er das Gesicht des Mannes mit der roten Tätowierung nicht erkannt hatte. Borg drehte seinen Kopf langsam von rechts nach links, und die Schmerzen schränkten die Rotation seiner Halswirbelsäule deutlich ein.

Viel zu tun für Frau Opterwinkel, dachte er.

Als nächstes lüftete sich ein Schleier von seinen Augen, und als er schärfer zu sehen begann, wurde ihm bewusst, wie unvollkommen seine Wahrnehmung noch vor einigen Minuten gewesen war.

Der Dönergeruch war stärker, und jetzt, da das helle Licht seine Augen austrainiert hatte, konnte er in dem kleinen Raum viel mehr sehen.

Das Zimmer, in dem sie sich befanden, war ungefähr 1,90m hoch und maß auf der langen Seite, auf der er saß, fünf Meter. Die Stirnseite des Raumes, in dem die schmale Tür eingelassen war, hatte eine Länge von rund vier Metern. In der Mitte des Raumes stand ein Tisch, der Borg vorkam, als habe man ihn aus einem SM-Zimmer eines einschlägigen Etablissements entwendet und hierher verfrachtet. Er passte absolut nicht zum Rest der Ausstattung. Borg schaute sich den Tisch genau an, und ein ungutes Gefühl beschlich ihn. Von den verschiedenen Seiten der Hauptliegefläche gingen ein Kopfteil und zwei Beinteile ab. Das Rückenelement gliederte sich in zwei Abschnitte, sodass man es offensichtlich verstellen und als Sitzteil benutzen konnte.

Der Körper mit dem Sack über dem Kopf bewegte sich jetzt stärker, und Borg versuchte weiterhin verzweifelt, verständliche Worte auszuspucken, doch sein Knebel hinderte ihn daran. Er musste Dunja retten; er musste sich selbst retten. Jede Sekunde, die er in dieser bedrohlichen Situation ungenutzt ließ, war ein weiterer Spatenstich, der ihrer beider Gräber aushob. Borg sah sich um und entdeckte seine Kleidung auf einem kleinen Stuhl neben sich. Auf seiner Hose lag auch das von ihm in drei Teile zerlegte Blutdruckmessgerät. Sollte jetzt mal jemand messen, dachte er, das würde höllische Werte ergeben. Er versuchte, mit dem Stuhl zu kippeln, aber der war offensichtlich am Boden befestigt.

Der Mann mit der roten Tätowierung hatte an alles gedacht.

Borgs Blick wanderte durch den Raum, in der Hoffnung, etwas zu sehen, das seinem Verstand auf die Sprünge helfen oder ihn zur Befreiung inspirieren konnte. Was war da, abgesehen von den schwarzen Polstersegmenten? An der Decke hing eine futuristisch anmutende Deckenlampe, unter der man niemals hätte aufrecht stehen können. Der Raum war einfach zu niedrig. Die Lampe bestand aus zwei weißen Schüsseln, die über Gelenke bewegt werden konnten. So etwas hatte Borg schon einmal gesehen, und jetzt ging ihm tatsächlich ein Licht auf. Das war eine OP-Lampe. Das ergab alles Sinn, denn der Tisch darunter war natürlich ein Operationstisch.

Die Tür ging auf, und Dr. Leibnitz kam herein.

»Na, mein Lieber, wieder völlig klar im Kopf?« Leibnitz lachte. Er war der Mann, der schon einmal in diesem Zimmer gewesen war. Borg erkannte die Kleidung. Leibnitz trug ein kleines Tablett und stellte es auf eine Ablagefläche an der Wand. Die verschiedenen chirurgischen Instrumente funkelten im hellen Lichtschein der Lampe, die Borg vorhin so geblendet hatte.

Er begann schneller zu atmen, als Leibnitz auf ihn zukam. Der Arzt beugte sich zu ihm hinunter wie ein Vater, der sich zu seinem Kind hinunterbeugt, und schaute ihm tief in die Augen.

»Ich freue mich, dass Sie endlich mein Gast sind.« Er schaute zur Person auf der anderen Seite des Tisches und wieder zurück zu Borg.

»Mit wem von Ihnen beiden sollen wir beginnen?«

KAPITEL 30

Eine Explosion aus der Vergangenheit

Borg warf seinen Körper vor und zurück, aber außer dass es ihm Schmerzen bereitete, führte es keine Veränderung seiner misslichen Lage herbei.

Dr. Igor Leibnitz drehte sich um und wanderte wie ein Betrunkener um den Tisch herum.

»Ich muss mich für das Schwanken entschuldigen, aber das hat dieser Raum so an sich«, sagte er. Er ging auf die Frau zu, deren Kopf unter der schwarzen Kapuze verborgen war.

Borg stammelte Unverständliches, aber hätte er seinen Worten menschlichen Klang verleihen können, dann hätte der Satz »Lassen Sie ihre Finger von dem Mädchen!« gelautet, und er wäre gebrüllt worden.

»Bemühen Sie sich nicht«, sagte Leibnitz. »Ich kann Sie nicht verstehen.« Mit einem Ruck zog er den schwarzen Sack vom Kopf der neben ihm sitzenden Person, und Borg erkannte in einer Schrecksekunde Frau Jeschke, die ebenfalls mit einem Knebel zum Schweigen gebracht worden war. Ein Wirbel fegte durch Borgs Gedanken. Wo war Dunja? Lebte sie noch? Was hatte diese Bestie mit ihr getan?

Frau Jeschke sah blass und schwach aus, und ihre Augen zeigten keinerlei Hoffnungsschimmer, als sie Borg auf der anderen Seite des Operationstisches sitzen sah. Borg musste unweigerlich an Jeschkes verdursteten Hamster denken.

»Die liebe Frau Jeschke wird als erstes meine Fähigkeiten als Arzt kennenlernen«, sagte Leibnitz und öffnete eine Schublade, die er mit ausgestrecktem Arm erreichen konnte.

Jeschke drehte ihren Kopf, und da sich ihre Augen offenbar schon an die Helligkeit gewöhnt hatten und sie erkannte, wonach Leibnitz gegriffen hatte, zeigte ihr Gesicht Angst.

Leibnitz hatte ein kleines Fläschchen in der Hand und kippte mit mehreren raschen Bewegungen, in denen er die Flasche überkopf in einen großen Wattebausch drückte, eine durchsichtige Flüssigkeit in die Watte.

»So, Frau Jeschke, ich mache es Ihnen so angenehm wie möglich. Atmen Sie einfach tief ein.« Mit diesen Worten drückte er den Bausch auf Mund und Nase der alten Frau, die ihre Augen weit aufriss und offenbar versuchte, die Luft anzuhalten.

Borg sah dem Schauspiel mit Verachtung zu. Wie lange würde er die Luft anhalten können, wenn er an der Reihe wäre?

Jeschke reckte und streckte sich, aber den betäubenden Dämpfen konnte sie nicht entkommen, und nachdem sie einen ersten krampfhaften Atemzug getan hatte, weil ihr Körper es ihr befahl, wurde alles an ihr weich. Sie schrumpfte im Stuhl um einige Zentimeter, und mit jedem Atemzug verwandelte sich ihr Körper mehr und mehr in eine geleeartige Puppe, deren Knochen zu fehlen schienen.

Leibnitz summte eine Melodie, ein Kinderlied, das Borg nicht gleich erkannte. Als Leibnitz die Melodie ein zweites Mal von vorn beginnen ließ, fiel Borg der Titel ein: ›Wiegenlied‹, von Johannes Brahms vertont. In Gedanken sang er die Strophe mit, ohne dass er es wollte:

»Guten Abend, gut' Nacht,

mit Rosen bedacht,

mit Näglein besteckt,

schlupf unter die Deck':

Morgen früh, wenn Gott will,

wirst du wieder geweckt.«

Leibnitz hatte die Fesseln der bewusstlosen Frau gelöst und hob den schlaffen Körper mit einem Ruck auf den Operationstisch.

»Operationen sind immer sehr interessant. Sie werden gleich Zeuge sein, wie ich Frau Jeschkes größtes Problem löse«, sagte Leibnitz.

Der Arzt kam auf Borg zu.

»Ich werde jetzt Ihren Knebel lösen. Schreien ist völlig unnötig. Hier hört Sie niemand, und auch Dunja kann Ihnen nicht zur Hilfe eilen.« Er lächelte schmierig.

Als er daraufhin Borgs Knebel lockerte und das Blut zurück in die Gefäße rund um dessen Mund schoss, war das mit großen Schmerzen verbunden. Borgs Körper beschwerte sich über das, was ihm angetan worden war.

Oliver Borg wollte sprechen, aber seine Zunge war so gequetscht worden, dass er diesen Muskel erstmal unter Kontrolle bringen musste, bevor er etwas Verständliches hervorbringen konnte.

Leibnitz holte ein Glas aus einem kleinen Schrank an der Wand des Zimmers.

»Still oder mit Sprudel?«, fragte er.

Borg antwortete nicht, und Leibnitz goss aus einer kleinen Karaffe stilles Wasser in das Glas und führte es an Borgs Lippen.

Selbst ohne Kohlensäure brannte das Wasser in seinem Mund und seiner Speiseröhre. War es vergiftet? War Betäubungsmittel darin?

Tropfen rannen über sein Kinn, und Leibnitz setzte das Glas wieder ab. Er holte eine edle weiße Stoffserviette aus einer Schublade hervor und tupfte Borgs Mund ab. Borg sah die Serviette dicht vor sich und erkannte die eingestickten Initialen ›R.L.‹ – Ruth Leibnitz, dachte er.

»Was ist mit Ihrer Frau passiert?«, fragte Borg. »Haben Sie sie auch totoperiert?«

Leibnitz zuckte innerlich zusammen, als habe man ihm mit einer feinen Nadel ins Herz gestochen.

»Ruth. So hieß doch Ihre Frau, oder?« Borg konnte Leibnitz vielleicht provozieren, möglicherweise veränderte es seine Lage. Zumindest aber würde er versuchen, seinen übermächtigen Gegner aus der Reserve zu locken.

»Sie sind ein schlauer Mann.. Aber eben nicht schlau genug.« Leibnitz begann damit, die Arme und Beine von Jeschke am Operationstisch zu fixieren.

»Hören Sie auf damit. Es ist genug. Diese arme Frau hat Ihnen nichts getan«, sagte Borg.

»Nichts getan?«, wiederholte Leibnitz. »Allein, dass sie lebt, ist ein Verbrechen. Wissen Sie, wie sie immer spioniert und alles über alle Leute herauszufinden versucht?« Er sah Jeschkes flach atmenden Körper auf dem OP-Tisch an.

»Das ist kein Grund, sie zu töten!«, brüllte Borg.

»Ich töte sie nicht. Ich heile sie. Ich bin Doktor und kein Monster«, sagte Leibnitz ruhig. »Ich werde noch nicht einmal ein Skalpell benutzen, geschweige denn ihre Haut aufschneiden.« Er schaute Borg mitleidig an. »Das kann ich bei Ihrer OP allerdings nicht gewährleisten.«

Borg schluckte. War Dunja entkommen und würde Hilfe holen? Er konnte es nur hoffen. Sie war clever und hatte ihren Vater vielleicht durchschaut. Es musste einen Ausweg geben.

»Sie wollen wissen, was mit meiner Frau passiert ist? Na gut. Ich werde es Ihnen verraten. Was ich mit Frau Jeschke vorhabe, erfordert nicht so sehr meine Konzentration als Arzt, als dass ich Ihnen dabei nicht die Geschichte erzählen könnte, die uns beide hier in diese schicksalhafte Konstellation gebracht hat.«

Igor Leibnitz' Augen vernebelten sich. Als seine Hände mechanisch Bewegungen verrichteten und das OP-Besteck sortierten, begann er, zu erzählen.

»Es war im August 2018. Meine Frau Ruth und ich waren leidenschaftliche Motorradfahrer. Wir liebten es, wenn uns der Wind durch das Visier in die Kleidung fuhr. Die hohe Geschwindigkeit machte einen erst lebendig.« Leibnitz nahm eine sichelförmige, lange Nadel und befestigte an deren Ende einen Faden. »Sehen Sie. Frau Jeschke wird das Skalpell nicht zu spüren bekommen.«

Borg wurde unruhig.

Leibnitz war jetzt ganz in seiner Rolle: »Die Nadel muss scharf genug sein, um das Gewebe mit minimalem Widerstand zu durchdringen. Es kommt natürlich auch auf ein gutes Durchzugverhalten an. Wenn das passt, dann kann man damit das Nahtmaterial mit minimaler Traumatisierung durch das Gewebe ziehen. Diese Nadel hier«, er hielt den dünnen Gegenstand nach oben »ist biegefest, um sich nicht zu verformen, aber dennoch elastisch, damit sie nicht durchbricht. Und natürlich steril – wir wollen nichts riskieren.«

»Hören Sie auf damit. Erzählen Sie mir von Ihrer Frau«, sagte Borg und hoffte, er könnte Zeit schinden und Leibnitz davon abhalten, Jeschke etwas Grausames anzutun.

Leibnitz versank wieder in seine Gedanken, hantierte aber geschickt mit Nadel und Faden herum.

Als erfasse eine Explosion aus der Vergangenheit seinen Geist, begann er plötzlich schnell zu sprechen: »Es war ein schöner Sommertag, und ich war mit meiner Frau im Harz. Eine wundervolle Landschaft.« Leibnitz lächelte und prüfte ganz nebenbei, wie straff der Faden saß. »Die Bäume waren gänzlich grün, und dieses satte Leben lebten auch wir.«

Borg hörte mit Widerwillen diese aus einem Kitschroman stammenden Beschreibungen des Harzes und beobachtete, wie Leibnitz die Nadel sicher in einem Nadelhalter festklemmte, den Faden direkt unterhalb der Nadel erfasste und erneut straff anzog. Dabei redete Leibnitz weiter: »Wir fuhren an diesem Abend aus dem Harz zurück nach Braunschweig. Und die Sonne wollte gerade untergehen, als wir fast unser Haus im Schwarzen Berg erreicht hatten. Wegen der tiefstehenden Sonne war es schwierig, nach vorn zu schauen. Sie kennen das sicher, wenn man geblendet wird?« Leibnitz griff in diesem Moment nach oben und schaltete die Polaris 100/200 LED-Operationslampe an. Jeschkes Kopf wurde von dem hellen Licht erfasst und strahlte selbst wie eine Glühbirne.

»Wir fuhren also noch immer in hohem Tempo – man nennt es glaube ich Geschwindigkeitsrausch – in die Stadt hinein und waren erfüllt und beseelt von der Schönheit des Harzes. Als wir über die Hauptstraße fuhren, Sie wissen schon, da, wo man in unsere Straße einbiegt, kam uns plötzlich ein Wagen entgegen …« Leibnitz hielt kurz inne, als würde er alles vor seinem geistigen Auge ablaufen sehen, dann beugte er sich über Frau Jeschke und führte die Dermaslide Nadel auf ihr Gesicht zu.

»Hören Sie auf damit!«, schrie Borg.

»Sein Sie still, oder ich zeige Ihnen, was Schmerzen sind!« Leibnitz war sichtlich wütend. Diese Wut wich aber rasch der Aufregung eines Kindes, das gleich ein neues Spielzeug bekommen würde.

»Jeschke hat mich gesehen, wie ich nachts in das Haus von Arthur Kusnezow geschlichen bin. Ich brauchte Munition für die Schrotflinte. Ich habe sie am Fenster entdeckt, und da Frau Jeschke den Hang dazu hat, alles herumzuerzählen wie die Marx Brothers, werde ich ihr mit ein paar kleinen Stichen das Mundwerk legen.« In diesem Moment ließ Leibnitz die Nadel geradezu zärtlich in die Unterlippe des faltigen Mundes der betäubten Frau eindringen.

Borg biss die Zähne zusammen, bis seine Kiefer schmerzten. Leibnitz war ein Psychopath, und das bedeutete nichts Gutes.

Egal, in welchen Lebenssituationen Psychopathen auftauchten, immer mussten andere Menschen leiden: in der Politik, im Beruf und auch privat. Aber wie erklärt man einem Verrückten, dass er verrückt ist?

Borg setzte auf Ablenkung. »Was ist dann passiert? Gab es einen Unfall?«, fragte er.

»Genau …« Leibnitz war jetzt hochkonzentriert, und Borg sah, wie der Arzt die gebogene Nadel aus der Oberlippe Jeschkes dicht unter ihrer Nase wieder heraustreten ließ.

»Ich bin ein sehr guter Arzt. Und ich lebe mich hier voll aus. Wissen Sie, warum? Ich werde es Ihnen sagen: Alles, was uns Freude machen soll, ist an Zeit und Umstände gebunden, und was uns heute noch beglückt, ist morgen wertlos. Also nutze ich jetzt den Moment des Glücks.«

Er zog den Faden behutsam straff und drang mit der spitzen Nadel wieder in die Unterlippe ein, sodass sich der erste feine Faden über die Lippen des geschlossenen Mundes der Frau legte und ihn zu verschließen begann.

Leibnitz sprach weiter, während er nähte: »Meine Frau wollte mich spaßeshalber noch einmal überholen. Wir machten immer solche verrückten Sachen, wenn wir mit unseren Maschinen unterwegs waren. Sie wurde geblendet. Sie konnte das entgegenkommende Fahrzeug einfach nicht sehen, und da war es auch schon passiert.«

Leibnitz hatte die Lippen von Jeschke ein weiteres Mal durchstochen »Tolle Nadeln sind das. Exzellentes Penetrationsverhalten«, sagte er, dann wandte er sich wieder seiner Vergangenheit zu.

»Ruth wurde von dem Fahrzeug voll erfasst, und ihre Maschine wurde in meine geschleudert. Ich überschlug mich auch und geriet dabei mit meinem Handschuh in die Speichen.«

Leibnitz zog die Hand nach oben, und wieder fiel Borg auf, dass dem Mann der Ringfinger der rechten Hand fehlte.

»Bei mir war es nur ein Finger, den ich verlor, und ich trug ein paar Knochenbrüche davon, aber Ruth …«, er schüttelte den Kopf, »sie hatte weniger Glück.« Leibnitz begann jetzt, brutaler zu nähen, als wolle er endlich zu einem Ende kommen. »Wir waren, nachdem wir uns überschlagen hatten, fast nebeneinander auf der Straße liegengeblieben. Ihr hatte es den Helm vom Kopf gerissen, und ihr Gesicht war blutverschmiert.«

Jeschkes Lippen begannen zu bluten, so als würde sie einen körpereigenen knallroten Lippenstift produzieren. Leibnitz nahm einen Tupfer.

»Nur weil Ihre Frau bei diesem Unfall gestorben ist, gibt Ihnen das noch lange kein Recht, Menschen zu ermorden.« Borg kämpfte gegen den Schmerz in seinen Händen an und zog unter großer Anstrengung die Handgelenke auseinander. Nichts tat sich. Die Fesseln taten das, wofür sie gemacht worden waren.

»So einfach ist das nicht, Herr Borg«, sagte Leibnitz und stach wieder durch die Haut der Unterlippe seines Opfers. »Ich war bei Besinnung und konnte Ruth auf der Straße liegen sehen, mich aber nicht bewegen und auch nicht sprechen. Der Mann, der das Fahrzeug gefahren hatte, das meine Frau in die Hölle schickte, war Thomas Frohberg. Sagt Ihnen der Name etwas?«

»Das erste Opfer.« Borg erinnerte sich an den Mann, dem zunächst die Finger amputiert worden waren.

»Genau. Seine Finger für meinen. Das ist doch nur fair, oder?«

Als Leibnitz den Faden erneut nach oben zog, erhoben sich die Lippen der auf dem OP-Tisch liegenden Frau, als wolle sie der davonfliegenden Nadel einen Kussmund hinterherwerfen. Die Nadel sauste wieder hinab und drang zügig in das weiche Fleisch ein, das den Unterkiefer bedeckte.

»Ach, Mist!«, sagte Leibnitz. »Jetzt habe ich in ihr Zahnfleisch gestochen.«

»Sie wird Sie in der Ärztekammer verklagen«, sagte Borg bitter.

Leibnitz reagierte nicht darauf, sondern nähte weiter, wie ein fleißiger Schneider, der noch heute ein Kleidungsstück fertigbekommen musste, weil es in Kürze abgeholt werden würde.

»Aber warum die anderen Toten, warum dieses Massaker?« Borg wollte alles wissen. Wissen war das wirksamste Mittel gegen die Angst vor dem Unbekannten. Vielleicht verstand er dann auch, was Leibnitz zu seinen Taten bewogen hatte, auch wenn er es niemals würde begreifen können.

»Tja, alles hat seinen Grund auf diesem Planeten. In Thomas Frohbergs Auto saß eine Frau. Aber es war nicht seine Frau. Es war seine Geliebte: Anja Stecher.«

Borg überlegte. Die Frau, der der Arm amputiert worden war.

»Sie kam aus dem Auto heraus und rannte zu uns herüber. Ich dachte, sie würde uns helfen, aber dann entdeckte sie den Diamantring an der Hand von Ruth – sie hatte den Motorradhandschuh beim Unfall verloren. Ich stand kurz vor meiner Besinnungslosigkeit, aber ich sah genau, wie sie Ruth den Ring vom Finger zog, und ich sah auch Thomas Frohberg, der das beobachtet hatte. Niemand half Ruth. Sie ließen sie einfach in ihrem Blut liegen.«

»Deshalb musste Anja Stecher sterben? Weil Sie Ihrer Frau den Ring stahl?«, fragte Borg.

»Sie stahl uns unser Leben.« Leibnitz war jetzt mit seiner kleinen Operation fast fertig. Jeschkes Mund war hinter einem Gitter aus eng aneinanderliegenden Fäden gefangen.

»Warum starb Anja Fischer? Was hatte sie mit der Sache zu tun.«

»Sie haben Ihre Hausaufgaben angefangen, aber die Lösungen wollen Sie nicht selbst herausfinden, was?« Leibnitz richtete sich auf und zog wieder am Faden. Jeschke begann aufzuwachen. Sie sah nun aus wie ein Fisch, der in den Köder eines Anglers gebissen hatte und jetzt aus dem Wasser gezogen werden sollte.

»Anja Fischer arbeitete als OP-Schwester in der Unfallchirurgie. Sie hat einen gravierenden Fehler gemacht, als meine Frau auf dem Tisch lag. Sie kämpften um ihr Leben, aber Fischer hat eine falsche Blutkonserve benutzt. Sie hätte gerettet werden können, aber diese Transfusion war tödlich. Ruth hatte keine Chance. Die Schuld wurde dem Oberarzt zugesprochen. Obwohl es nicht sein Fehler war. Er musste wegen fahrlässiger Tötung eine Geldstrafe von 90 Tagessätzen zu 130 Euro zahlen. Ist das nicht lächerlich? Geld ist keine Strafe. Geld ist dazu da, um sich von Sorgen freizukaufen, mehr nicht. Schuld war aber diese OP-Schwester.«

Jeschke wollte ihren Kopf aufrichten, und Leibnitz, der noch weitere Stiche machen wollte, drückte den Schädel der Frau brutal auf das Kopfelement des Tisches.

»Wie konnten Sie davon erfahren?«, fragte Borg.

»Irina Komarow arbeitete im selben OP. Sie war meine Geliebte. Sie haben sie getötet!«

Das war nicht gut. Borg hatte damit den Fokus wieder auf sich gelenkt.

»Ich dachte, es war aus zwischen Ihnen?«

»Irina war immer gut fürs Bett. Und sie hat mich gepflegt. Ich habe ihr sogar ein Haus auf unserer Straße gekauft, damit wir uns näher sein konnten. Die ganze Häuserreihe wurde verkauft, nachdem man sie modernisiert hatte. Und dann zog plötzlich Thomas Frohberg ein. Nichts im Leben geschieht durch Zufall. Jetzt konnte ich mich ganz auf mein Ziel konzentrieren.«

»Wie hing dieser Arthur Kusnezow in der ganzen Sache drin?«, fragte Borg. Jetzt wollte er alles wissen.

»Arthur hat die Drecksarbeit gemacht. Für Geld und Sex tun diese gewissenlosen Ganoven alles. Ich habe Irina gebeten, sich an ihn heranzumachen. Er hatte eine üble Vergangenheit. Erpressung, Vergewaltigung, Körperverletzung. Irina hat mit ihm geschlafen, und ich habe ihn gut bezahlt, und schon war er mein mörderischer Angestellter. Sie wissen doch: Wenn das Blut kocht, ist der Mensch genauso wenig wählerisch wie die Natur. So einfach ist das im Leben.«

Und so einer wird in Deutschland als Hausmeister an einer Schule angestellt, alles sehr bezeichnend fürs System, dachte Borg. Geschah ihm recht, dass er nun in der Oker vor sich hin verweste.

Leibnitz' Pupillen flackerten gespenstisch. »Uns fehlt der Lohn für Mörder, uns fehlt die Todesstrafe in Deutschland«, sagte er fast zu sich selbst und leckte mit seiner großporigen Zunge über seine trockenen, spröden Lippen.

Borg dachte an Carroll Pickett: »Zu töten, um den Beweis zu führen, dass Töten falsch ist, stellt jede Logik auf den Kopf«, sagte er, doch der Arzt ignorierte das oder hatte es gar nicht gehört.

»So, Frau Jeschke, Sie sind fertig. Sieht doch schon viel besser aus.« Leibniz musste seiner unfreiwilligen Patientin gar nicht viel Unterstützung zukommen lassen, sie richtete sich fast von allein auf. Er half ihr vom OP-

Tisch und führte sie zurück zu ihrem Stuhl. Ihre Schritte wirken unsicher, und halb benommen setzte sich Jeschke in die Position zurück, in der sie Borg hier in diesem Raum zum ersten Mal gesehen hatte.

Leibnitz fesselte ihre Füße und reichte ihr einen kleinen Handspiegel. »Schauen Sie mal«, sagte er freudig.

Schwach griff Jeschke den Spiegel und betrachtete sich darin. Ihre Augen weiteten sich, und ein leises Wimmern drang durch ihre zugenähten Lippen. Es war abscheulich anzusehen.

»Der Nächste, bitte«, sagte Leibnitz mit einem breiten Lächeln.

KAPITEL 31

Höchste Zeit zu töten

Borgs Herz begann zu rasen. Jetzt war er dran.

»Ich werde Ihnen ein ganz besonderes Vergnügen bereiten«, sagte Leibnitz. »Ich werde Sie nur örtlich betäuben, dann können Sie mir zusehen. Was halten Sie davon?«

»Was haben Sie vor?«, fragte Borg mit zittriger Stimme. Es konnte alles nur ein Albtraum sein. Gab es keine Verhandlungsargumente?

»Sie müssen das nicht tun! Ich habe Ihnen keine Schwierigkeiten bereitet!«, sagte Borg. Er klammerte sich an jeden Strohhalm.

»Es ist genau wie mit Ihrem Kollegen. Wie heißt er noch? Timm Berber? Er ist ja zum Glück nur noch ein Klumpen Fleisch auf der Intensivstation. Alles eine Frage der Zeit. Wenn er nicht selbst stirbt, dann werde ich nachhelfen lassen ...«

Leibnitz sprühte den OP-Tisch mit Desinfektionsmittel ein und wischte ihn mit einem Tuch trocken.

Als hätte er sie völlig vergessen, sah er erstaunt zu Jeschke hinüber. Die Frau mit dem seidenartigen knisternden, braunen, ein wenig unordentlich geknöpften und gebundenen Kleid saß verstört im Stuhl. Sie hatte den Spiegel auf ihrem Schoß liegen und fummelte mit ihren Fingerspitzen an den Nähten ihres zugenähten Mundes herum. Zwar hatte sich bisher keine Stelle der Naht gelöst, doch waren ihre Finger, Lippen und ihr Kinn blutverschmiert. Sie wimmerte.

»Ach du liebe Güte, Frau Jeschke.« Leibnitz ging um den Tisch herum. Wieder torkelte er, als wäre er leicht angetrunken. Ja, Borg hatte es auch gespürt, der Boden hatte geschwankt. War dieser Raum das Innere eines LKW? Unwahrscheinlich.

»Das muss wehtun. Ich werde Ihnen etwas geben, das die Schmerzen lindert. Aber Sie müssen unbedingt aufhören, an den Nähten zu fummeln. Sonst entzündet sich die Naht.« Leibnitz machte sich an einer Schublade zu schaffen, hielt kurz darauf ein kleines Fläschchen kopfüber und stach die Kanüle einer Spitze durch die Gummidichtung am Verschluss.

»Frau Jeschke, ich spritze Ihnen jetzt Oxycodon, danach wird es Ihnen viel besser gehen.« Er drehte seinen Kopf zu Borg. »Die am häufigsten missbrauchten Opiat-Schmerzmittel sind Oxycodon, Hydrocodon, Meperidin, Hydromorphon und Propoxyphen. Wussten Sie das?«, fragte er.

Borg schüttelte den Kopf. Es war ihm egal.

»Oxycodon birgt das größte Missbrauchspotenzial und die größten Gefahren. Es ist genauso stark wie Heroin und beeinflusst das Nervensystem auf die gleiche Weise. Aber danach könnte man sich den Arm abhacken und hätte keine Schmerzen. Müssen Sie mal ausprobieren, danach sind Sie so high wie ein Patient in einer Nervenheilanstalt.« Leibnitz lächelte.

Borg überlegte verzweifelt, wie er der misslichen Lage entkommen konnte.

Jeschke erweckte den Eindruck, als wäre ihr Vertrauen in Ärzte unerschütterlich, denn sie ließ die Injektion ohne Gegenwehr über sich ergehen. Wahrscheinlich war sie durch das Chloroform noch zu benommen, um wirklich reagieren zu können.

Als Leibnitz die Injektion gesetzt hatte, ging er wieder zur Schublade hinüber und präparierte eine zweite Spritze.

»Das, mein Lieber«, sagte er und hielt die Spritze nach oben, »ist nur dafür da, um Sie etwas gefügig zu machen, damit ich Sie auf den OP-Tisch bekomme, ohne dass Sie Gegenwehr leisten, das verstehen Sie sicher.« Kaum hatte er das gesagt, da spürte Borg auch schon einen schmerzhaften Stich an der linken Seite seines Halses. Leibnitz hatte sich gar nicht die Mühe gemacht, das Betäubungsmittel in eine Vene zu injizieren. Borg merkte, wie sich ein kribbelndes Gefühl in seinem Hals ausbreitete. Dann fühlte er sich wie besoffen, und wenige Sekunden darauf rauschte es in seinen Ohren. Krampfhaft versuchte er seine Augen offenzuhalten, aber ohne, dass sich seine Lider senkten, zog sich ein schwarzer Kreis immer enger von außen nach innen zu und verdunkelte seinen Blick wie das sich schließende Objektiv einer Kamera. Von vollkommener Müdigkeit vernebelt, war der eigene Tod eine unwichtige Kleinigkeit. Nur noch schlafen war wichtig. Borgs Kopf fiel nach vorn, und er war noch ausgelieferter als zuvor.

War eine Stunde vergangen oder mehr? Borg schlug die Augen auf und wurde von der OP-Lampe geblendet, deren beide Schüsseln nun in unterschiedliche Richtungen ausgerichtet waren. Ein Lichtstrahl war in sein Gesicht gerichtet, der zweite strahlte offenbar zwischen seine gespreizten Beine. Borg war zu erschöpft, um den Kopf zu heben, daher war er nicht sicher.

»Ah. Da sind Sie ja wieder. Die Dosis war wohl ein wenig zu stark.« Leibnitz stand neben dem OP-Tisch. »Ich wollte, dass Sie wieder bei vollem Bewusstsein sind, bevor ich mit der Operation beginne. Es ist so viel erbaulicher, wenn man dem Patienten genau sagen kann, was man tut.«

Oliver Borg hatte niemals in seinem Leben ein solches Gefühl gespürt. Es erschien ihm, als sei er im Körper eines willenlosen Lammes gefangen, dass zur Schlachtbank geführt werden sollte.

Er schwitzte und fror zeitgleich.

Schwach drehte Borg seinen Kopf nach rechts. Auf dem Stuhl saß noch immer Frau Jeschke, und sie nickte in einem Rhythmus, als würde sie an einer Bar in einer Diskothek stehen und den Beat mitwippen.

»Das Oxycodon hat Frau Jeschke glücklich gemacht. Ich wette, sie würde lächeln, wenn sie es noch könnte«, sagte Dr. Leibnitz.

Borg wurde klarer. Sein Adrenalinspiegel stieg wieder an, und er orientierte sich. Sein Körper war noch immer völlig nackt, nur dass er jetzt nicht mehr saß, sondern auf dem OP-Tisch lag. Die Beinelemente des Tisches waren leicht gespreizt worden, und jedes seiner Beine war mit einem dünnen Seil daran fixiert worden. Seine Arme waren rechts und links unter den Tisch geführt worden, wo sie offensichtlich auch mit einem Seil oder einem Kabelbinder aneinandergebunden worden waren.

Borg startete einen letzten Versuch, um den hassenswerten Arzt zu bremsen: »Meine Kollegen wissen Bescheid über Sie!«

Leibnitz ging um den Tisch herum und verstellte das Kopfelement des OP-Tisches so, dass Borgs Kopf nach vorn gebeugt wurde. Jetzt konnte er sehen, dass die OP-Lampe genau auf sein Genital gerichtet worden war.

»Sie haben einen Platz in der ersten Reihe«, sagte Leibnitz und lachte. »Da Sie jetzt wieder klar im Kopf sind, lassen Sie uns beginnen.«

Leibnitz hatte schon wieder eine Spritze in der Hand, und er stellte sich überlegen genau zwischen Borgs Beine.

Borg verkrampfte seinen ganzen Körper. Er zog mit aller Kraft an seinen Fesseln, doch er war machtlos. Er spürte, wie die Nadel oberhalb seines Gliedes in das Fleisch gestochen wurde. Borg schrie mit aller Kraft, nicht um dem Schmerz, sondern um der Hilflosigkeit Ausdruck verleihen zu können.

»Seien Sie still!«, brüllte Leibnitz. »Das ist nur eine Betäubung.«

Die Nadel wurde wieder aus dem Fleisch gezogen und trat an anderer Stelle wieder ein. Borg fühlte, wie der Bereich rund um sein Glied taub wurde. Verzweifelt schaute er sich im Raum um. Gab es jetzt in der neuen Position, in der er sich befand, irgendeine Möglichkeit, sich zu befreien? Rechts saß Jeschke, die jetzt in ihre Hände klatschte – sie hatte scheinbar den Trip ihres Lebens – links sah Borg auf einem Stuhl seine Kleidung und darauf die Teile des Blutdruckmessgerätes liegen. Auf dem Tisch in der Ecke standen drei Teller, auf denen je ein zur Hälfte aufgegessener Döner lag.

»Sie werden doch jetzt keinen Hunger bekommen?«, fragte Leibnitz, der Borgs Blick zum Tisch wahrgenommen hatte.

»Sie sind geistesgestört!«, brüllte Borg. »Sie sind ein Irrer, den die Götter verfluchen!«

Leibnitz sah in ungläubig an. Dann lächelte er. »Um verflucht zu sein, benötigen wir keine Götter, das erledigen wir schon selbst.«

»Warum machen Sie es so kompliziert? Gift wäre die einfachste Methode. Ihre Arzneischränke in Ihrer Praxis sind doch voll davon.« Borg spuckte die Worte fast aus. Konnte er mit diesem Tipp dem Schicksal einer Verstümmelung entgehen, und würde ihn Leibnitz einfach sanft einschlafen lassen?

»Gift ist eine von Frauen bevorzugte Mordwaffe. Wollen Sie wissen, warum? Es weckt die Kinder nicht auf.« Leibnitz lachte gehässig.

»Was ist es? Geilen Sie sich daran auf, Menschen leiden zu lassen und zu töten?«

»Sehen Sie das doch mal unter dem künstlerischen Aspekt. Kennen Sie das Gedicht ›Die Jäger‹ von Behrlach?« Leibnitz richtete sich auf und sagte das Gedicht wie ein stolzer Grundschüler auf:

»Die Jäger. Sie gingen und fingen die Tiere und ließen die Waffen sehen. Am Abend tranken sie Biere, die Morde war'n da schon geschehen.« Nachdem er gesprochen hatte, blieb er für mehrere Sekunden still stehen, als warte er auf Beifall, dann fiel er in seine alte Stellung zurück und sagte: »Die Jagdsaison ist längst eröffnet.«

»Das ist doch alles völliger Schwachsinn. Sie sind ein bestialischer Mörder und werden Ihre Strafe bekommen.«

Leibnitz dachte einen Moment nach. »Ich habe noch nie einen Menschen getötet. Alle meine Patienten sind unsterblich … zumindest für sich selbst ist jeder unsterblich; er mag wissen, dass er sterben muss, aber er kann nie wissen, dass er tot ist.«

Jeschke stand auf und tat kleine Trippelschritte nach vorn. Ihre Füße waren noch gefesselt.

»Ach, Frau Jeschke. Jetzt setzen Sie sich doch wieder hin. Wir kommen ja gleich zum Ende.« Leibnitz eilte auf sie zu und drückte sie an den Schultern wieder in die Sitzposition. Dann, als stünde er unter Zeitdruck, huschte er wieder in die Position zurück, die er verlassen hatte, und stach zwei weitere Male mit seiner Betäubungsspritze in die Haut rund um Borgs Penis.

Leibnitz leckte seine blassrosa Lippen: »Einen Penis zu amputieren, ist wahrhaftig keine Kunst, deshalb wird auch niemand wagen, ein Publikum zusammenzurufen und vor ihm, um es zu unterhalten, Penisse amputieren. Tut er es dennoch und gelingt seine Absicht – und Sie und Frau Jeschke sind ja mein Publikum –, dann kann es sich eben doch nicht nur um bloßes Penisamputieren handeln. Dann ist es Kunst.«

Die Kanüle fuhr mehrmals in Borgs Gewebe. Die Einstiche spürte er nicht mehr. Das betäubte Fleisch fühlte sich an, als gehöre es gar nicht zu seinem Körper.

»Zweimal noch«, sagte Leibnitz.

Instinktiv zuckte Borg zusammen, als er sah, wie die Spitze seitlich in einen Schwellkörper seines Gliedes gestochen wurde. Auch hier spürte er nichts.

»Sie müssen sich nicht schämen«, sagte Leibnitz und legte die Spritze auf einen kleinen Beistelltisch auf dem verschiedene furchteinflößende OP-Werkzeuge lagen. »Kastrationsangst ist etwas völlig Normales.«

Borg waren Schweißperlen auf die Stirn getreten, und er wurde fast wahnsinnig bei dem Gedanken, was Leibnitz jetzt vorhatte.

Leibnitz sortierte seine Skalpelle auf dem kleinen Tisch, und als würde er eine kleine Plauderei unter Kollegen befeuern wollen, sprach er weiter: »Freud hat das alles sehr gut analysiert«, sagte er. »Für kleine Jungs ist es ein Highlight, wenn sie den Geschlechtsunterschied zu den kleinen Mädchen herausfinden. Wenn so ein Knirps sieht, dass manche Menschen keinen Penis haben, er aber einen hat, so glaubt er zwangsläufig – vielleicht auch unterbewusst – der Penis sei bei manchen durch Kastration verloren gegangen. Das ist dann der fatale Moment, wo er selbst unbewusst den möglichen Verlust des eigenen Penis' in Betracht zieht. Et voilà: Kastrationsangst.« Leibnitz hob ein Skalpell in die Luft. Als hätte er diesen Effekt hundertmal geübt, blitzte die Klinge des Werkzeugs wie ein Diamant in der Lampe, und ein blendender Blitz traf Borgs Augen.

»Kastrationsangst hat durchaus positive Folgen für die Entwicklung eines Kindes. Wissen Sie warum?«, fragte Leibnitz.

»Nein! Verdammt! Ersparen Sie mir dieses Geschwafel und fangen Sie endlich an!« Borg versuchte, seine in ihm aufsteigende Angst von Wut dominieren zu lassen. Er versuchte sich vorzustellen, nicht er läge hier auf dem OP-Tisch, sondern Leibnitz selbst.

»Ich will es Ihnen verraten: In Bezug auf die ödipale Situation kann die Kastrationsangst dazu führen, dass der Knabe unbewusst den inzestuösen Wunsch nach seiner Mutter aufgibt, weil er Angst hat, dass der Vater, dem er physisch noch nicht gewachsen ist, ihn zur Strafe für sein Begehren kastrieren könnte. Ist das nicht erleuchtend?«

Borg fühlte, wie eine Übelkeit in ihm aufstieg, als es plötzlich ein klirrendes Geräusch gab. Jeschke hatte den kleinen Frisierspiegel zu Boden fallen lassen, und er war in tausend Stücke zersprungen.

»Verdammt noch mal!«, brüllte Leibnitz und verließ seine Position wieder. Er beugte sich nach unten, verschwand aus Borgs Gesichtsfeld und werkelte unter dem OP-Tisch. Offenbar fegte er die Scherben zusammen.

Jede verstreichende Sekunde war eine Sekunde voller Qual auf dem Weg zur Ungewissheit. Andererseits, dachte Borg, war jede Sekunde auch eine Sekunde, die die Kollegen oder Dunja hatten, um ihm zu Hilfe zu eilen. Aber war sein Verschwinden überhaupt bemerkt worden? Würde sich irgendjemand um ihn scheren, wenn er nicht zuhause auftauchte? Sina?

Wie ein Springteufel schoss Leibnitz wieder nach oben. Er schimpfte. Offenbar hatte er sich geschnitten, und sogleich verlieh er seiner Wut Form. Der Schlag traf Jeschke im Gesicht, sodass sie vom Stuhl auf den Boden geschleudert wurde. Jetzt war sie aus Borgs Sichtfeld verschwunden, und der Arzt des Todes war wieder in seiner angestammten Position zwischen Borgs Beinen angekommen.

»Wir warten jetzt noch ein paar Minuten, bis die Betäubung vollständig wirkt – dauert nicht lange – und dann können wir loslegen.« Leibnitz' Vorfreude erhellte sein Gesicht. Er lutschte an seinem blutenden Finger wie an einem Eis.

»Ihre Frau wäre enttäuscht von Ihnen!«, sagte Borg. Vielleicht war das ein Weg, dieses Monstrum zu stoppen.

»Ruth? Ganz bestimmt nicht. Sie hatte absurde sexuelle Bedürfnisse. Es verging kaum eine Nacht, in der sie nicht irgendwo blutete«, sagte Leibnitz, als wäre es das Normalste der Welt.

Aussichtslos, dachte Borg.

Hinter dem Arzt bewegte sich etwas. Borg wurde aufmerksamer: Die kleine Tür wurde geöffnet. Borg atmete tief ein, als er sah, wie der Lauf einer doppelläufigen Schrotflinte durch den Türspalt geschoben wurde, als wäre er ein falsch montiertes Periskop, das aus einem U-Boot ausgefahren wurde.

Jeder Nerv in Borgs Körper wurde von Energie durchströmt. Der Waffenlauf schien kein Ende zu nehmen, und Borg hielt jetzt die Luft an. Dann, mit Schwung, öffnete sich die Tür, und Dunja stand, den Kolben der Waffe an ihre Schulter gepresst, in der Türöffnung und zielte auf den Rücken ihres Vaters.

Igor Leibnitz fuhr herum und blieb einen Moment bewegungslos stehen.

Borg erwartete das Geräusch eines Schusses und spürte die Aufregung, die er zuletzt in einem Freefall-Tower eines Vergnügungsparks gespürt hatte, kurz bevor die Verankerung gelöst worden war und er mit einer höllischen Geschwindigkeit im freien Fall und in völliger Sicherheit zur Erde gerast war.

»Dunja!« Leibnitz sprach den Namen seiner Tochter verblüfft aus.

Größer noch war die Verblüffung Borgs, als Dunja die Flinte herunternahm und ihren Vater anlächelte.

»Man kann nie wissen, Papa. Ich wollte nur auf Nummer Sicher gehen, dass du hier noch alles unter Kontrolle hast.«

Borg wollte etwas sagen, aber sein Mund war völlig trocken, und er bekam keinen Ton heraus.

Dunja ging auf ihren Vater zu, und beide küssten sich auf den Mund. Es war kein Kuss zwischen Vater und Tochter. Es war ein leidenschaftlicher Kuss eines Liebespaares, und die Zungen der beiden absurden Figuren umkreisten sich wie sich zwei auf einer Wiese beschnüffelnde Hunde.

Borg konnte keine klaren Gedanken fassen. Alles, was er hier sah und was er durchlebte, war so absurd und surreal, dass er jetzt aus diesem Albtraum aufwachen wollte. Es konnte keine Steigerung geben, und wenn ein Traum dieses Stadium erreicht hatte, dann wachte man doch auf. Nichts dergleichen geschah. Dunjas freie linke Hand umfasste den Körper ihres Vaters, und während sie sich weiterhin küssten, griff sie kraftvoll in seine rechte Pobacke, sodass sich die Knöchel ihrer Hand weiß abzeichneten.

Borg spürte, wie Jeschke unter dem OP-Tisch an seine gefesselten Hände stieß, als sie versuchte, sich mit ihrem unter Drogen stehenden Körper aufzurichten.

Dunja löste sich von ihrem Vater, und er wischte sich seinen Mund ab. Gleich darauf begann er wieder, an seinem blutenden Finger zu lutschten wie ein Kalb am Euter seiner Mutter.

»Oh, du hast wieder alles Wichtige dabei, wie ich sehe!«, sagte Dunja zu Borg, als sie ihn nackt vor sich auf dem Tisch liegen sah. »Papa hebt mir ein Andenken an dich auf. Wie schön.« Sie lächelte ihn an, und er starrte mit Verachtung in ihre Augen.

»Was soll das, Dunja?«, fragte er voller Enttäuschung.

»Meine Mutter ist gestorben! Dafür müssen die Menschen büßen!«, sagte sie. »Sie war meine Mutter! Ich habe sie geliebt!«

»Ich kann mir schon vorstellen, wie«, gab Borg zurück, und dann spürte er einen Stoß, den sie ihm mit dem Kolben der Schrotflinte zwischen die Beine versetzte. Er spürte nichts von dem Ruck, seine Hoden waren betäubt, aber nur Augenblicke später zog ein gewaltiger Schmerz in seinen Unterbauch, und er hätte seinen Körper gekrümmt, wenn er nicht so penibel festgebunden gewesen wäre. Schmerzen waren ein Geschenk der Hölle, aber dieser Vernichtungsschmerz war kein Vorgeschmack auf Satans Bescherung, es war ein Treffen mit dem Leibhaftigen, der in all seiner zerstörerischen Gewalt in Borgs Eingeweiden zu wühlen schien. Wann ließ dieser Krampf endlich nach?

»Du bist 41 Jahre alt. Dein Leben ist halb rum. Und wenn das Leben halb rum ist, ist man dann nicht ohnehin halbtot? Mit anderen Worten wird heute nur ein halber Mord an dir begangen. Das klingt doch irgendwie logisch, oder?« Ihre kleinen braunen Pupillen waren starr auf ihn gerichtet, dann sah sie zwischen seine Beine und rief sich Vergangenes in Erinnerung.

Solange Jeschke befand sich noch immer unter dem Tisch und stieß unentwegt mit ihren Haaren an Borgs Hände. Diese Frau konnte sogar nerven, wenn sie nicht sprach und nicht einmal zu sehen war.

»Kommen Sie da unten raus!«, sagte Igor Leibnitz und versuchte, unter den Tisch zu schauen.

Borgs Schmerzen ließen nach. Er konnte noch immer nicht glauben, was sich hier gerade für ein Szenario ereignete.

»Du schaust so skeptisch! Kannst du uns nicht verstehen?«, fragte Dunja, als handle es sich um eine lapidare Angelegenheit.

Kein Wunder, dass Leibnitz so lange unbemerkt sein bestialisches Spiel hatte spielen können. Im Alltag fielen Psychopathen selten auf. Viele galten sogar als gute Gesprächspartner, waren intelligent und eloquent. Sie hatten in vielen Fällen ein Talent dazu, schnell oberflächliche Beziehungen zu knüpfen. Leibnitz war ein Vorzeigepsychopath, und seine verstorbene

Frau vermutlich auch, dachte Borg. Erst wer intensiver mit einem Psychopathen zu tun hatte, bemerkte sein manipulatives Verhalten. Und Dunja war auch so eine zwielichtige Persönlichkeit. Borg war Dunja völlig auf den Leim gegangen. Der Klassiker: Ein Mann dachte mit seinem Schwanz.

»Meine Mutter kam bei einem Unfall ums Leben …«, begann Dunja.

»Ich kenne die ganze Geschichte. Dein Vater hat mich damit schon gequält«, unterbrach Borg. »Aber sag mir mal, Dunja, warum der Freund meiner Exfrau, warum Jessica und vor allem, warum ich?«

Dunja lächelte verlegen. »Ich schlaue dich gern auf. Als du dich in unsere Angelegenheit gemischt hast, da hat Arthur am Ölpersee beobachtet, wie du diesem Italiener fast an die Kehle gegangen bist. Das war ideal, denn wir dachten, wenn wir ihn ausschalten, dann würde der Verdacht aller Morde auf dich fallen.«

»Hat nicht geklappt«, sagte Borg abfällig.

»In diesem Fall nicht, aber spätestens mit den nächsten Spuren, die gefunden werden, bist du der größte Serienkiller, den es in Braunschweig jemals gegeben haben wird.«

Borg runzelte fragend die Augenbrauen.

»Die kleine Jessica wird die Beweise liefern.«

»Welche Beweise?«, fragte Borg.

»In ihrem Höschen wird man Spuren deines Spermas finden und unter ihren Fingernägeln Haut von deinem Rücken.« Dunja hob ihre linke Hand und fächerte ihre Finger auf wie eine Katze ihre Krallen. »Ich weiß, dass du was mit ihr hattest. Ich habe ihren Zettel in deiner Wohnung gefunden. Ihre Nummer war bei mir im Handy eingespeichert, daher wusste ich, dass die Nachricht von ihr war.«

»Das war hochkompliziert«, schaltete sich Dr. Leibnitz ein. »Wir mussten den Körper in zwei Teile schneiden, weil ich viel zu lange brauchte, um die Fingernägel dieses Mädchens so zu präparieren, dass die Haut von ihrem Rücken, die Dunja Ihnen heruntergekratzt hatte, dort möglichst echt platziert werden konnte.« Er wirkte stolz.

»Ja, stimmt. Dein Sperma zu bekommen und bei Jessica einzuführen, war hingegen total einfach.«

Borg erinnerte sich an einige Momente aus ihrer stürmischen Nacht, und der Plan von Dunja war nun nachvollziehbar.

»Du hast mich betäubt«, sagte er.

»Musste ich ja«, sagte sie mit dem schuldlosen Gesicht einer Fünfjährigen, die beim Süßigkeitenstehlen ertappt worden war. »Ich musste die ganze Wohnung putzen. Ganz am Rande: War auch höchste Zeit! Ich wollte nicht, dass man Spuren von mir findet.«

»Daher auch die Nachricht in der Dusche mit dem Lippenstift. Da habe ich dir sogar geholfen«, sagte Borg und kam sich wie ein Dummkopf vor.

»Ich hab' sie weggeduscht.«

Sie lächelte ihn an. »Wie geplant.«

So würde es also enden. Wenn Leibnitz ihn kastriert hatte, dann würden sie ihn irgendwie verschwinden lassen. Mit den Spuren an den Körperteilen der armen Jessica wäre zwar alles durcheinandergeraten, aber letztendlich sprachen dann alle Beweise dafür, dass Borg der Serienkiller war.

Dunja lächelte ihn an: »Trotz allen Jammers unseres Lebens ist ein leises Lachen bei uns gewissermaßen immer zuhause.« Sie wandte sich an ihren Vater: »Hast du schon den Schlüssel, Papa?«, fragte Dunja hündisch ergeben.

»In seiner Hosentasche«, sagte Leibnitz.

Dunja ging zu Hose Borgs und holte seinen Wohnungsschlüssel heraus. Ihm war egal, warum.

Während er sein Ende kommen sah, spürte er plötzlich, wie Jeschke unter dem Tisch mit ihrer Hand die seine öffnete. Erst überfiel ihn ein Gefühl von Ekel, doch dann spürte er, wie ihm etwas in die Hand gegeben wurde. Ein Schmerz durchzuckte ihn, und er hätte den scharfkantigen Gegenstand fast fallenlassen, dann aber besann er sich eines Besseren, kämpfte gegen den Schmerz an und griff fest zu.

»Raus da jetzt!«, rief Igor Leibnitz und drängte sich an Dunja vorbei. Er griff unter den Tisch und zog Jeschke an den grauweißen Haaren heraus wie ein Welpe, der von seiner Mutter im Genick gepackt und beim Spielen unterbrochen wurde.

»So, liebe Frau Jeschke, lassen Sie uns zur Tat schreiten«, sagte Dunja. Leibnitz küsste seine Tochter noch einmal schnell auf den Mund. »Höchste Zeit zu töten!«, sagte er und schenkte ihr einen vertrauten Blick, wie ihn nur Verliebte kannten. Er wandte sich an Borg. »Ich habe Ihnen doch gesagt, dass ich niemals einen Menschen getötet habe. Das haben Irina, Arthur und meine liebe Dunja für mich erledigt.«

Dunja packte Jeschke, deren ganzes Gesicht über und über mit Blut verschmiert war, als habe sie eine rote Maske übergezogen, an ihrer Bluse und drückte sie in Richtung Tür.

»Warum Brammel?«, rief Borg, während er versuchte, den Gegenstand, den er unbemerkt in seiner Hand hielt, unter dem Tisch in eine Position zu manövrieren, die weniger schmerzte.

»Dieser Erwin Brammel hat Dunja am Ölpersee erzählt, dass ich unter Verdacht stünde, und sie hat mir das erzählt. Da gab es nur eine Lösung: Wir mussten diesen stinkenden Kerl ausschalten. Da er heiß auf Irina war, war es leicht, ihn in eine Falle zu locken«, sagte Leibnitz.

Borg erinnerte sich, wie Brammel mit Dunja am See gesprochen hatte, ihm hinterher aber nicht hatte verraten wollen, worum es gegangen war. Alles ergab jetzt einen Sinn.

Dunja war schon im Nebenraum und Jeschke nicht mehr zu sehen, als sich Dunja noch einmal umdrehte: »Und was deinen Kollegen Timm Berber angeht«, sagte sie, »der wird nicht mehr aus seinem Koma aufwachen. Wenn Frau Jeschke von dieser Welt in die nächste übergegangen ist, dann fahre ich Berber im Krankenhaus besuchen. Papa hat tolle OP-Kleindung, mit der ich in den Gängen gar nicht auffallen werde.«

»Wir sind total kreativ.« Leibnitz gluckste.

»Ja«, stimmte sie zu. »Ich fahre zu dir in die Wohnung und ziehe etwas von deinem Lieblingsschnaps in einer Spritze auf. Dann fahre ich ins Krankenhaus und spritze es Berber in den Infusionsschlauch. Hochprozentiger Alkohol intravenös wird ihn töten. Wahrscheinlich wird sich niemand die Mühe machen, die Todesursache herauszufinden, er ist eh nur ein sabbernder Lappen, aber wenn ihn jemand obduziert, dann finden sie deinen Lieblingsalkohol und die offene Flasche in deiner Wohnung. Dann ist alles todsicher!« Sie freute sich wie beim Auspacken langersehnter Weihnachtsgeschenke.

Todsicher?, dachte Borg.

»Schieß der lieben Frau Jeschke bitte nicht in den Kopf, sonst ist die Naht dahin«, sagte Leibnitz.

»Ja, Papa. Ich mache es wie bei der anderen«, sagte Dunja und schloss die Tür von außen.

Leibnitz und Borg waren jetzt allein in diesem gespenstisch schwankenden OP.

»Ich musste erst reifen, um zu erkennen, dass Dunja für mich bestimmt war. Als ganz kleiner Junge wollte ich immer Meerjungfrauen treffen. Als ich erwachsen wurde, wollte ich mehr junge Frauen treffen, und bis kurz vor Dunjas Geburt wollte ich mehr Jungfrauen.« Sein Lachen klang unecht. Dann starrte er ins Leere und sagte ernst: »Dunja hat alles geändert. Sie ist die beste Frau in meinem Leben. Ich sah das schon, als sie noch ein kleines Kind war und dann zur Teenagerin heranreifte. Nur ein Beispiel: Sie hat sich niemals geschminkt. Schon daran erkennt man den Wert einer Frau. Dunja ist eine Traumfrau.«

Borg zitterte in der kurzen Stille, die eintrat, als Leibnitz eine Pause beim Sprechen machte. Der Arzt sah das.

»Machen Sie sich keine Sorgen. Sie werden in den Herzen und Köpfen der Menschen weiterleben, die Sie lieben«, sagte Leibnitz beschwichtigend.

»Ich würde viel lieber in meiner Wohnung weiterleben«, erwiderte Borg, und er wollte so tun, als würde ihm die ganze Situation kaum etwas ausmachen, aber erst jetzt war ihm klargeworden, wie sehr er am Leben hing – und das, obwohl er Menschen nicht mochte und viel lieber in seinen Gedanken als in der wirklichen Welt unterwegs war. Ihm leuchtete ein, dass das wohl der Grund dafür gewesen war, warum er öfter und öfter in den Shuttle aus Alkohol eingestiegen war, statt pure Luft zu atmen. Er war gerne in seinem Kopf spazieren gegangen, denn das hatte ihn davor bewahrt, vor die Tür treten zu müssen. Er lebte zwar auf der Erde, aber er mochte diesen Ort nicht besonders.

Leibnitz zerriss seinen Gedanken: »Sie waren doch schon fast tot, als Sie gegen Arthur angetreten sind. Wie war es denn in der Hölle?«, fragte Leibnitz.

»Ich habe den Teufel getroffen«, antwortete Borg kalt.

»Und was hatte er mit Ihnen vor?«

»Nichts. Aber er wollte alles über Sie wissen.«

Borg musste die letzten ihm verbleibenden Minuten nutzen. Er drehte den großen Glassplitter des Spiegels, den Jeschke ihm unbemerkt in die Hand gedrückt hatte, zwischen seinen Fingern. Bloß nicht fallenlassen! Er begann, behutsam aber energisch an der Fessel zwischen seinen Händen zu sägen.

»Ich bevorzuge Frauen, die sich schminken«, sagte Borg und versuchte, sich auf seine Hände zu konzentrieren.

»Und das ist genau die falsche Einstellung. Solange der Nagellack bei einer solchen Frau nicht trocken ist, ist eine Frau praktisch wertlos – und ich bin kein Mann, der gerne auf etwas wartet«, lachte Leibnitz. »In zehn Minuten fangen wir an.«

KAPITEL 32

Dönerstaub

Wie konnte Borg mehr Zeit schinden? Die Spiegelscherbe, die Jeschke ihm in die Hand gegeben hatte, war zwar scharf genug gewesen, dass sie ihm in die Handfläche geschnitten hatte, aber die Fesseln waren so widerstandsfähig, und der Winkel, in dem Borg sie aufzuschneiden versuchte, so ungünstig, dass der Rettungsversuch ausweglos erschien.

Leibnitz betrachtete Borg mehrere Sekunden völlig bewegungslos. Dann beugte er sich leicht nach vorn und sagte: »Es ist ja nur eine Kleinigkeit von Ihrem Körper, den Dunja gerne hätte. Mal unter uns: Ich verstehe kaum, was sie an Ihrem Penis findet. Er ist zwar nicht klein, aber ich schätze mal, mein Glied ist ganze acht Zentimeter länger.«

»Sehr schön, Herr Doktor. Schon mal einen Harnwegsinfekt gehabt?«, fragte Borg und erntete einen giftigen Blick seines Peinigers.

»Sie wünschten sich sicher, ich würde noch eine Zigarettenpause machen, aber ich muss Sie enttäuschen. Ich bin Nichtraucher«, sagte Leibnitz.

Borg musste den irren Arzt in eine Konversation verwickeln. Nur das konnte dieses Monstrum vielleicht davon ablenken, ihm das Glied zu amputieren.

»Finden Sie es nicht bedenklich, eine Liebesbeziehung mit Ihrer Tochter zu führen?«, fragte Borg.

»Glauben Sie, das ging von mir aus? Dunja war es, die erkannt hat, dass kein anderer Mann für sie in Frage kommt. Schon als Ruth noch lebte. Wenn die Tochter im Laufe der ödipalen Entwicklungsphase die inzestuösen Fantasien hat, muss jeder Vater darauf vorbereitet sein und mit der Situation umgehen können, und ich habe ihr das gegeben, was sie wollte.«

Leibnitz stellte die Deckenlampe genauer ein. Borgs Genitalien strahlten im Lichtschein fast weiß. Seine Zeit lief ab.

»Sie hat mir aber nicht gerade schwärmerisch von Ihren Qualitäten als Liebhaber berichtet«, log Borg. Man musste dem Teufel auf den Schwanz treten, dachte er.

Leibnitz sah ihm böse in die Augen.

»So?«, fragte der Arzt. »Das stellte sich mir etwas anders dar. Als ich ihr in der kritischen ödipalen Entwicklungsphase gezeigt habe, was ein Mann mit einer Frau tun kann, ist sie mir mit Haut und Haaren verfallen.«

Borg waren solchen Beziehungen bekannt. Leibnitz hatte die Situation schamlos ausgenutzt und sie gefügig gemacht. Eine Tochter-Vater-Beziehung kann die Schwankungen zwischen Liebes- und Hassgefühlen nur ohne Schaden überstehen, wenn ein Vater sich nicht als sexuelles Objekt darstellte und er genauso die Tochter als sexuelles Objekt ignorierte.

»Dunja hat mir gesagt, dass Sie ihr niemals bieten konnten, was sie brauchte.« Borgs Arme schmerzten von den ungelenken Bewegungen, die seine Hände machten, als er versuchte, die Scherbe hin und her zu bewegen.

Leibnitz' Mine wurde düsterer. Er nahm sich eines der Einmalskalpelle, die auf dem Tablett neben ihm lagen, und beugte sich über Borgs Genital.

Der Kommissar verkrampfte erneut und kämpfte gegen den Schmerz in seinen Händen an.

»Warten Sie!«, schrie Borg »Zwei Minuten! Bitte! Die Betäubung wirkt noch nicht ganz!«

Leibnitz richtete sich auf. »Sind Sie sicher? Na gut, ich werde Ihnen die zwei Minuten geben, aber mehr nicht.« Leibnitz ging hinüber zu dem Tisch, auf dem die kalten Döner lagen, nahm sich einen Rest und biss genüsslich davon ab.

Widerlich, dachte Borg, einfach widerlich.

»Meine Tochter hat immer nur mich geliebt. Andere Männer hat sie nur benutzt«, sagte Leibnitz und kaute dabei mit offenem Mund, sodass das kalte Lammfleisch, das harte Fladenbrot und die Knoblauchsoße wie in einer Waschtrommel in seinem Mund hin und her geworfen wurden.

»Sie sagte mir, es würde sich ekelhaft anfühlen, wenn Sie mit Ihrer verstümmelten Hand ihre Brüste berührten.« Borg arbeitete an einem uralten Plan: Der Cowboy reitet in die Stadt und verbreitet Gerüchte. Wenn die Bewohner mit genug Skepsis infiziert worden waren und den anderen nicht mehr trauten, dann verloren sie die Stärke einer Gemeinschaft, und im Idealfall kämpften sie dann sogar gegeneinander. Die übliche Vorgehensweise einer jeden Wohnungsbaugesellschaft: Setze sechs Parteien in ein Mehrfamilienhaus, die niemals auf einen Nenner kommen würden. Einen alleinstehenden Lehrer, eine Familie mit zwei Kindern, ein Rentnerehepaar mit Hund, eine Person, die beruflich einen Leitungsposten hat, eine ausländische Familie und eine sozial schwache Familie. Gäbe es im Haus Probleme, würde sich hier niemals ein Zusammenschluss ergeben, der gegen die Wohnungsbaugesellschaft stark vorgehen würde. Eher würden sich alle gegenseitig die Köpfe einschlagen.

Leibnitz betrachtete seine Hand, an der der Ringfinger fehlte. »Sie sollten jetzt Ihr Maul halten, sonst werde ich es mit dem, was ich Ihnen gleich abschneide, stopfen.« Er warf den Dönerrest zurück auf den Teller und leckte sich seine neun Finger ab. Dabei lutschte er auch an seinem noch blutenden Zeigefinger und machte ein Gesicht, als würde es ihm schmecken.

»Dunja will meinen Schwanz als Andenken, weil sie ihn so sehr mochte. Hat Sie Ihnen das niemals erzählt?« Borg war jetzt richtig in Fahrt. Er spürte erste Erfolge unter dem Tisch, die Fessel begann, ihren Kampf gegen die Scherbe zu verlieren. Er sägte und schabte wie besessen weiter.

Wieder schwankte der Raum. Borg schob das alles auf seine Nerven.

»Seien Sie still!«, brüllte Leibnitz.

»Dunja hatte mir gesagt, Sie hatte noch nie so tollen Sex wie mit mir. Ihnen hätte sie die Orgasmen nur vorgespielt!«

Leibnitz raste förmlich auf Borg zu. »Schluss damit! Sie haben bisher nichts von dem durchmachen müssen, was ich erlitten habe. Und das werden Sie auch kaum: Der Tod ist leicht, das Leben ist schwer, und Ihres wird bald enden. Dunja wird sich darum kümmern!« Er spuckte beim Sprechen, und die kleinen Tröpfchen und Dönerpartikel wurden von der OP-Lampe in ein ungewolltes Rampenlicht gesetzt.

»Seien Sie dankbar für Ihren bevorstehenden Tod, ich bin es auch. Wenn ich fertig bin und Dunja Sie auf die letzte Reise geschickt hat, werde ich Befriedigung erfahren. Eine Befriedigung, die ich immer wieder dann erleben werde, wenn ich an Sie zurückdenke: Sie sind also im Moment Ihres Todes für diesen Planeten wertvoller geworden. Das ist dann so wie mit allem Leben: Ein toter Wal ist wertvoller als ein lebendiger, ein toter Baum ist wertvoller als ein lebendiger. Da geht es zwar um Geld, Ihr Tod steigert in meinen Augen aber mein Glücksgefühl.«

Borg schluckte, als er verzweifelt über seine missliche Lage nachdachte, aber Leibnitz wurde des Erzählens nicht müde: »Ich fürchte mich nicht vor dem Tod, und das sollten Sie auch nicht tun. Im Himmel können wir treffen, wen immer wir wollen und wann immer wir wollen und das, so lange wir wollen. Dort gibt es jeden in unendlicher Anzahl.«

»Mag sein«, sagte Borg, »aber während ich mit Sean Connery Golf spiele, werden Sie den Fahrstuhl nach unten nehmen und in der Hölle schmoren. Dunja kommt dann aber sicher bald nach. Apropos Dunja: Ich fand es faszinierend, wenn sie sich nackt auf mein Gesicht gesetzt hat. Bei Ihnen hat Sie das nie getan, sagte sie. Sie fand Ihre Zunge abstoßend«.

»Halten Sie Ihr Maul!«, brüllte der Doktor, und sein Körper bebte vor Wut. Hastig wandte er sich nach rechts und ergriff das Blutdruckmessgerät. Mit zwei schnellen Bewegungen hatte er den Schlauch der Blutdruckmanschette mit der Messapparatur verbunden. Er zerrte daran herum und warf eine stabilisierende Eisenklemme zu Boden. Mit der Kraft seiner ungezügelten Wut packte Leibnitz Borgs Unterkiefer und drückte ihn auf. Durch die in seine Wangen stechenden Finger öffnete Borg den Mund vor Schmerzen, ohne große Gegenwehr leisten zu können. Leibnitz nahm die Blutdruckmanschette und drückte das graue zusammengefaltete Element in den Rachen seines Opfers. Borg begann zu würgen und versuchte, in seiner Panik den Kopf zu drehen. Er hatte das Gefühl, erstickt zu werden, und in der Aufregung der Folter ließ er die Scherbe los. Das war es. Jetzt war er ein toter Mann, dachte er.

Tränen der Anstrengung rannen aus seinen Augenwinkeln, und er glaubte, in den Augen seines Gegners etwas rotes, Teuflisches aufblinken zu sehen.

»Jetzt!«, sagte Leibnitz voller Hass der Stimme und überlaut. »Jetzt habe ich Ihnen das Maul gestopft!« Hastig fummelte er an den Einstellungen des Gerätes herum.

»Ich habe das Gerät auf ein zwei-Minuten-Intervall eingestellt. Wenn es sich aufbläst, dann ersticken Sie, während Sie ihre Kiefergelenke brechen hören!« Er war sichtlich zufrieden und begab sich wieder zwischen Borgs Beine.

Immer, wenn man dachte, es konnte nicht schlimmer kommen, dann öffnete sich im Leben eine Tür, und ernein kam Murphy mit seinen unendlichen, unvorhergesehenen Möglichkeiten.

»Vergessen Sie nicht, ich werde Sie nicht töten, sondern Dunja. Und nehmen Sie es ihr bitte nicht übel, sie arbeitet sich hoch: Man tötet einen Menschen, und man ist ein Mörder. Man tötet Millionen, und man ist ein Eroberer. Man tötet sie alle, und man ist Gott."

30 Sekunden waren vergangen. Borg hatte das Gefühl, erbrechen zu müssen. Er versuchte sich auf seine Atmung zu konzentrieren. Wenn er sich jetzt erbrach, dann würde er ganz sicher daran ersticken. War das besser? Zumindest starb er dann noch als Mann. 45 Sekunden waren vergangen. In einer guten Minute würde sich die Manschette mit Luft füllen und ihm den Kiefer sprengen.

In seiner Verzweiflung unternahm Borg eine letzte Kraftanstrengung, und vielleicht hatte er es sich eingebildet, aber vielleicht war das Geräusch unter dem Tisch auch echt: Es klang, als würde etwas reißen. Borg strengte sich ein weiteres Mal an. Hatte er die Fesseln tatsächlich so mit der Scherbe anritzen können, dass sie jetzt unter seiner Kraft nachgaben? Noch 30 Sekunden, bevor das Gerät neben seinem Kopf anspringen würde und die Luft durch den Schlauch in die Manschette gepumpt werden würde. Sein Mund würde dann förmlich platzen.

Borg strengte sich an, um diese verdammten Fesseln auseinanderzureißen. Das Blut schoss ihm den Kopf, und in seinem rechten Auge platzte eine Ader. Kollateralschäden. Er spürte, wie die Fesseln unter seinem Zug nachgaben. Noch einmal, dann würden seine Hände frei sein. Vielleicht noch zehn Sekunden?

Igor Leibnitz senkte sein Skalpell, das eine Spitze hatte, die an eine Hakennase und den Schnabel eines Habichts erinnerte, langsam zwischen Borgs Beine.

Mit einem Ruck rissen die Fesseln unter dem Tisch. Borg verlor keine Zeit, er riss sich unter Schmerzen die Manschette aus dem Mund und ignorierte den Moment, als seine Mundwinkel rechts und links leicht einrissen. Alles geschah scheinbar zeitgleich. Borg richtete sich auf, wie durch eine Sprungfeder geführt, und ergriff im Bruchteil einer Sekunde eines der auf dem Tisch liegenden Skalpelle. Die Blutdruckmanschette, die auf dem Boden aufgeschlagen war und das Messgerät mitgerissen hatte, begann sich aufzublasen, und Borg schleuderte das Skalpell in Richtung Leibnitz. Volltreffer! Die lange dreieckige Klinge Nr. 11 für schwierige Schnitte, die eine sehr scharfe Spitze hatte und entlang der längsten Seite geschärft war, steckte im rechten Auge des Arztes, und sein Schrei erfüllte den kleinen Raum mit einem ohrenbetäubenden tierischen Laut.

Borg nahm ein weiteres Skalpell vom Tablett und versuchte, seine Beinfessel auf der linken Seite zu durchtrennen. Seine Hände waren zu groben Werkzeugen geworden, die sich nur schlecht koordinieren ließen. Borg schnitt sich mit der 10er-Klinge, die entlang der Schneide sowie entlang der Rückseite gewölbt war, selbst ins Bein, aber im nächsten Moment hatte er die Fessel durchtrennt. Jetzt die andere Seite!

Leibnitz hatte sich das Einmalskalpell aus dem Auge gerissen und dabei einen zum ersten Schrei identischen Laut ausgestoßen.

Borgs Beine waren frei, und er ließ seinen Körper nach rechts vom OP-Tisch fallen. Spiegelscherben drangen in seine Handflächen ein, als er mit einem Schlag auf dem Boden aufprallte. Alles Nebensächlichkeiten.

Borg stürmte zur Tür. Er hatte nicht die Kraft, gegen Leibnitz anzutreten. Er musste sein Leben retten. Sein Sympathikus hatte eine Entscheidung gefällt: Flucht.

Leibnitz war aber nicht so leicht zu stoppen. Der vor Wut rasende Arzt stürzte sich mit der Kraft eines Gorillas auf Borg, und die Wucht trug beide Körper zwei Meter seitwärts durch den kleinen Raum. Borg drehte sich, und er spürte die sich ins Fleisch seines nackten Körpers festkrallenden Pranken des Arztes. Der Boden schwankte wieder, und beide stürzten auf den Tisch, wobei Borg mit der Hand von unten unter das Kinn Leibnitz' schlug, und als der sich um die eigene Achse gedreht hatte, landete er mit seinem Gesicht direkt auf einem der Dönerteller.

Leibnitz hatte offenbar Aufputschmittel genommen. Anders konnte sich Borg die Kraft dieser Bestie nicht erklären.

Ein Schlag auf seinen Kehlkopf warf Borg in dem Glauben nach hinten, seine Kehle wäre aufgerissen worden. Leibnitz hatte ein Messer in der Hand, vermutlich vom Tisch, und wirkte jetzt, da er stand und Borg auf dem Boden lag, übermäßig groß.

»Machen wir es eben hiermit!«, brüllte Leibnitz, und sein grotesk aus der Augenhöhle hängendes zerstochenes Auge wirkte wie ein geplatztes rohes Ei, das gleich vollständig auslaufen würde.

Mit dem Schrei eines Raubtiers warf sich Leibnitz nach vorn, und wieder klatschte das Schicksal lachend in die Hände: Der rasende Mann rutschte mit seinem rechten Fuß auf einem großen Klecks Knoblauchsoße aus und vollführte eine Drehung wie ein Eiskunstläufer.

Borg rollte seinen nackten Körper nach rechts, und der Arzt schlug ungebremst neben ihm auf dem Boden auf. Leibnitz jaulte wie ein verletzter Hund, als er sich das Messer beim Aufprall versehentlich selbst in den linken Arm rammte.

Borg wusste nicht, wie es ihm gelungen war, aber er war wieder auf den Beinen, riss die Tür auf und blickte in einen klitzekleinen Vorraum zum OP-Zimmer. Jetzt war ihm klar, warum der Boden immer wieder so geschwankt hatte: Er befand sich auf einem Boot.

Borg rannte durch den keinen Raum, der wohl das Wohnzimmer von Leibnitz' Jacht darstellte.

In diesem Zimmer waren zahlreiche Benzinkanister aufgestellt worden, und es roch wie an einer Tankstelle. Es sollte wohl alles verbrannt werden, um die Spuren zu beseitigen.

Ein Weinregal mit zwölf Flaschen zu seiner Rechten und ein kleiner Fernseher zu seiner Linken waren das Letzte, was er wahrnahm, als er den von hinten beleuchteten Körper Leibnitz' in der Tür auftauchen sah. Leibnitz' Gesicht war über und über mit Dönerfleisch bedeckt, das an ihm klebte. Er hatte sein ohnehin durch die Augenverletzung entstelltes Gesicht zu einer Grimasse verzogen und fletschte die Zähne.

Borg sah eine kleine Treppe, die an Deck führte, und hastete los.

Leibnitz kannte sich hier aus. Es war sein Territorium. Die BAVARIA S45 war fast 14 Meter lang und 4½ Meter bereit. Leibnitz kannte jeden Zentimeter davon. Er hatte sie ihn mühevoller Kleinarbeit selbst umgebaut und sich dabei auch den OP-Raum eingerichtet. Jetzt griff er fast blind an die Wand und riss eine Feueraxt aus der Halterung. Er würde Borg um sein bestes Stück bringen, auch ohne Skalpell.

Borg stolperte mehr die Stufen hinauf, als dass er lief. Er hatte gesehen, womit sich Leibnitz bewaffnet hatte. Es war noch nicht ausgestanden. Beim Versuch, sich an etwas festzuhalten, warf Borg einen der vollen Benzinkanister um, die auf der Treppe standen. Der Inhalt ergoss sich über die Stufen. Borg rannte weiter und gelangte an Deck, dicht gefolgt von Leibnitz. Es war Nacht – zumindest war es stockfinster. Borg sah sich um. Schwach konnte er rechts und links das Ufer des Mittellandkanals erkennen. Alles ergab wieder einen Sinn. Niemand hatte gesehen, wie Leichen zum Hafen transportiert worden waren. Wie auch! Alle waren davon ausgegangen, sie wären auf dem Landweg zum Hafen gebracht worden. So eine vorbeifahrende kleine Jacht hatte nie Aufmerksamkeit erregt, zumal der Jachthafen nur wenige Kilometer entfernt lag.

Borg hätte sich ohrfeigen können. Sina Bachmann hatte vor Tagen schon erwähnt, dass Leibnitz eine Jacht besäße. In diesem Fall war alles schlampig gelaufen: die Recherche, die Vorsichtsmaßnahmen und auch die Befragungen. Dieser Fall würde als größte polizeiliche Fehlleistung in die Geschichte Braunschweigs eingehen. Es fragte sich nur, ob Borg in den Berichten als Leiche oder als Überlebender aufgeführt werden würde.

Leibnitz kam die Treppe hinaufgepoltert. Borg ging einen Schritt nach vorn und wollte über die Reling springen, aber er stolperte über eine Kiste, die ihm im Weg stand. Er landete auf den Bodenplanken, und der Inhalt der Kiste kippte polternd neben ihn auf das Deck.

»Jetzt sind Sie genau da, wo ich Sie haben will!«, brüllte Leibnitz und holte mit der Axt aus. Er warf seinen ganzen Körper nach vorn. Borg stieß sich im selben Moment mit den nackten Füßen vom Boden ab und rutschte nach hinten. Das scharfe rote Blatt der Axt schlug mit voller Wucht zwischen seinen Schenkeln ins teure Holz ein. Nur Millimeter weiter nach vorn, und Leibnitz hätte seine OP doch erfolgreich beendet!

Mit einem Ruck riss Leibnitz die Waffe wieder aus dem Boden, und kleine Holzsplitter flogen durch die Luft. Er kniete vor Borg und hob die Arme mit der Axt in die Luft wie ein jubelnder Reiter, der einen Sieg errungen hatte. Ein letzter Schlag, und alles würde vorbei sein. Geistesgegenwärtig ergriff Borg den ersten Gegenstand, der aus der Kiste gefallen war, und seine rechte Hand erfühlte in diesem Moment des heranreitenden Todes den Lauf einer Pistole. Sein Unterbewusstsein erfragte nicht, wie sie hierhergekommen war. Seine Automatismen als Polizist funktionierten, und mit dem Hechtsprung eines Schwimmers, die Waffe vor sich ausgestreckt, warf er sich auf Leibnitz zu. Der Lauf der Pistole rammte sich mit einer solchen Wucht in den offenstehenden Mund des Arztes, dass die Axt aus dessen Händen gerissen wurde und hinter seinem Körper zu Boden fiel. Noch bevor sie aufschlug, betätigte Borg den Abzug, und er wurde vom Rückstoß überwältigt. Die Signalpistole P2A1 von Heckler & Koch war nur mit einer Kugel geladen gewesen. Das Geschoss jagte in den Mund von Leibnitz, und die dabei abgegebene Kraft hob den Mann wie eine leichte Stoffpuppe in den Stand. Alles sah aus wie in einem Science-Fiction-Film. Der mit Dönerfleisch behaftete Kopf mit dem heraushängenden Auge schien sich aufzublähen, und das Leuchtgeschoss auf der Basis von Magnesium- und Natriumnitrat brachte den Kopf des Mannes förmlich zum Glühen. Borg hatte einen Flashback und sah sich als Kind, als er sich eine Taschenlampe in den Mund gesteckt, die Wangen aufgeblasen und sich dabei im Spiegel betrachtet hatte. Das, was mit Leibnitz geschah, war eine surrealistische Steigerung davon. Aus Mund und Nase des Bastards begannen Funken zu sprühen, und es qualmte und staubte, als der Kopf zu allen Seiten platzte und das Geschoß nach hinten austrat. Die Fleischfetzen von Leibnitz' Gesicht verloren alle menschlichen Züge und mischten sich in dieser Explosion mit Dönerstaub, dann kippte Leibnitz' Leiche wie in Zeitlupe nach hinten und fiel, der Leuchtkugel folgend, kopflos die Treppe hinunter in das Innere seiner Todesjacht zurück.

KAPITEL 33

Sende niemals Blumen

Borg hatte es geschafft.

Er richtete sich gerade auf, als das Holz an einer Seite des Decks plötzlich durch den Einschuss einer Schrotladung herausgesprengt wurde, fuhr herum und sah im Dunkeln die Silhouette Dunjas, die am Heck der Jacht stand und die lange, doppelläufige Waffe auf ihn gerichtet hatte.

Borg warf sich auf den Boden der Motorjacht, die keine Fahrt machte, und wartete auf einen alles beendenden Schuss, der ihn treffen würde. Stattdessen passierte etwas anderes: Unter Deck war die Benzinlache durch das Leuchtgeschoss in Brand geraten, und mit einem dumpfen Knall explodierten durch die entzündlichen Dämpfe zwei Benzinkanister gleichzeitig. Die von unten die Treppe heraufrasende Druckwelle hatte Dunja erfasst und sie rücklings auf die luxuriöse Liegewiese hinter sich geschleudert. Borg sprang auf. Durch das Licht des Feuers im Schiff konnte er erkennen, dass Dunja noch immer die Waffe in der Hand hielt. Er wollte über Bord springen, als er im Augenwinkel ein Binnenfrachtschiff sah, die Manticore, die nur einen halben Meter entfernt an der Jacht vorbeiglitt. Das große Ungetüm war so leise im Kanal unterwegs, dass niemand es hatte kommen hören.

Borgs nackte Füße patschten auf die Lederelemente der Liegen von Leibnitz' Jacht, und mit einem Satz sprang er hinüber auf das tief im Wasser liegende Schiff, das in wenigen Minuten den Braunschweiger Hafen erreichen würde. Er landete ungelenk auf einem rostigen und rauen Boden, und das kalte Metall der Manticore war im Vergleich zum Mahagoni-Boden der Jacht Ranger eine Beleidigung für jeden nackten Fuß.

Dunja war bei Weitem nicht ausgeschaltet worden. Sie war ohnehin immer die sportlichere von beiden gewesen, und als er bereits über das kalte Metall des niederländischen Frachtschiffs lief, sah er auch schon, wie seine Verfolgerin mit einem katzengleichen Satz ebenfalls auf das große Schiff sprang.

Leibnitz' Ranger hüpfte in den Wellen, die die Manticore aufwarf, wie ein kleiner Ball auf und ab, während unter Deck das Feuer zu fressen begann.

Der Kapitän der Manticore, Nils Seggelke, stand hinten in seinem Führerhaus und hatte von alledem, was um ihn herum passierte, nichts mitbekommen. Auf seinen Ohren saßen große Kopfhörer, und nachdem er zunächst ›Bilder einer Ausstellung‹ von Modest Mussorgski gehört hatte, waren seine Sinne nun durch Bedřich Smetanas ›Moldau‹ gefangen.

Über ihm, für ihn unhörbar, ertönte der Klang des Windes in der Taktlage monotoner Maschinen, und noch viel weiter darüber bewegten sich die Sterne langsam über das Dach seines kleinen Kontrollreiches. Ab und an drang ein leises Seufzen vom mondhellen Kanal hinauf, aber auch das hörte Seggelke nicht.

Die automatische Navigation machte es ihm leicht. und während er nebenbei noch die letzten Spielminuten eines Fußballspiels auf einem kleinen Fernseher verfolgte, ging es draußen um Leben und Tod.

Borg lief an der Seite des 80 Meter langen Schiffes entlang bis zum Ende. Er musste die Brücke erreichen. Dunja hatte noch einen Schuss in ihrer doppelläufigen Schrotflinte.

Der Körper des Kapitäns war durch das Licht auf der Brücke gut zu erkennen, und da Leibnitz' BAVARIA S45 nicht beleuchtet gewesen war und nur im Kanal trieb, war Kapitän Seggelke einfach an der Jacht vorbeigefahren, ohne sie zu sehen.

Borg rannte, so schnell er konnte, zur Außentreppe des Binnenschiffes und kletterte die Stufen hinauf. Mit seinen blutigen Händen zog er sich Stufe um Stufe nach oben und platzte ins Führerhaus.

»Setzen Sie einen Notruf ab!«, brüllte er.

Kapitän Seggelke war so überrascht, von diesem nackten Mann überrumpelt worden zu sein, dass ihm die Zigarette aus dem Mund fiel.

Mit einem großen Knall verwandelte sich die Frontscheibe der Brücke in einen Diamantenschauer, und Seggelkes Körper, der von hinten von der Schrotladung getroffen worden war, riss die Hände nach oben und fiel dann rückwärts auf die Armaturen.

Die Manticore nahm Fahrt auf. Borg duckte sich und zog den leblosen Körper des Mannes von der Steuerkonsole. Überall lagen Glassplitter. Warmes Blut tropfte auf Borgs Füße. Auf den ersten Blick konnte er nichts erkennen, was er schon einmal irgendwo gesehen hatte. Das Steuerungspult glich dem eines Raumschiffs. Es war ihm unmöglich, das Schiff zu stoppen.

Auf dem Heck der Manticore war ein Aufenthaltsbereich, und auf dessen Dach parkte ein alter silberfarbener Golf 2.

Borg rannte die Treppe hinunter, und als er sich umdrehte, sah er Dunja in hockender Position an ihrem Gewehr herumhantieren.

Verdammt! Sie lud nach. Borg rannte an den drei Fenstern des kleinen Wohnbereichs vorbei und versuchte, die Rückseite des Schiffes zu erreichen. Die Manticore hatte durch die ungewollte Manipulation der Steuerungselemente die Mitte des Kanals verlassen und war sehr nah am rechten Ufer unterwegs. Borg eilte hinüber zur entsprechenden Schiffseite und wollte Anlauf nehmen, um an Land zu springen, aber er war nicht schnell genug.

»Stehenbleiben!«, brüllte Dunja.

Jetzt war es aus. Er war weit gekommen, aber am Ende hatte er doch verloren. Borg drehte sich um und sah seiner Scharfrichterin in die Augen.

»Normalerweise laufen die Männer hinter mir her und nicht vor mir weg«, sagte sie.

»Zumindest bin ich schonmal nackt«, sagte Borg.

Sie reagierte nicht. Langsam, wie eine Katze sich an einen Vogel anschleicht und immer voller Aufmerksamkeit, kam sie auf Borg zu.

»Ich will doch deinen Kopf nicht verfehlen«, sagte sie und hob die Flinte höher.

Borg überlegte, ob er die Hände hochnehmen solle, aber das war die dumme Idee eines Jungen, der zu viele Wild-West-Filme gesehen hatte. Gleich würde es knallen, und mit etwas Glück würde er davon nichts spüren, weil er augenblicklich tot wäre.

Der plötzliche Ruck warf ihn von den Füßen, und auch Dunja stürzte auf den Metallboden der Manticore. Das große Frachtschiff hatte eine Hafenmauer gerammt und unter Getöse und den quietschenden Geräuschen sich verformenden Metalls mit aller Kraft seiner Masse wieder abgestoßen.

Borg sprang nach vorn. Die Schrotflinte bellte in den Nachthimmel, traf ihn aber nicht. Er packte ihren Körper und wirbelte ihn herum. Dunja hatte jedoch noch ein Ass im Ärmel. Sie rammte ein Messer in Borgs Arm, und der Schmerz machte ihn lebendiger denn je.

Mit seiner ganzen Kraft drängte er ihren Körper an den Rand des Schiffes. Seine nackten Füße stolperten ungelenk über einen Haufen lieblos hingeworfener Seile, und die beiden tanzten einen unrhythmischen Tanz, bis Dunja mit ihrem Becken an die Metallkante des Schiffes stieß. Borg hatte nur diese eine Chance. Er drückte gegen ihren Oberkörper, während sie das Messer tiefer und tiefer in seinen Arm trieb. Dann drehte sich der Horizont. Beide fielen über die Kante der Manticore, und während Borg geistesgegenwärtig nach dem Seil griff, das mit über die Kante gerissen worden war, hatte sich Dunjas Bein in einer Schlaufe verfangen, was ihren Sturz abbremste, kurz bevor sie auf der Wasseroberfläche aufgeschlagen wäre. Ihre üppigen Brüste schienen durch das Kopfüberhängen aus der Form geraten zu sein und wirkten wie schlechte Implantate. Vielleicht sind es sogar welche, dachte Borg. Papa war schließlich Arzt.

Er mobilisierte seine letzten Kräfte und zog sich am Seil nach oben. Über sich sah er wie einen Greifvogel den Auslegerarm eines Hafenkrans schweben.

Geschockt sah Borg nach rechts. Direkt an der Steuerbordseite kam jetzt die Haupthafenmauer auf sie zu. Wenn er nicht schnell nach oben kletterte, dann wäre er der Puffer zwischen Schiffsaußenhaut und Hafenmauer. Die Lücke wurde immer kleiner. Von unten hörte er einen erbärmlichen Schrei. Dunja hing kopfüber an der Außenseite der Manticore. Ihr rechtes Bein war in der Schlaufe des Seils gefangen, und sie sah, was jetzt passieren würde.

Ein unerwarteter Tod ist ein großes Geschenk, denn jedes Individuum mit einem funktionierenden Gehirn, das einen baldigen Tod kommen sieht, durchlebt Höllenqualen. Das war also Dunjas Ende.

Borg strengte seine Armmuskeln für einen letzten rettenden Klimmzug an und warf sich über das Eisengeländer zurück auf das Deck der Manticore.

Die vordere Schiffsseite hatte jetzt Kontakt zur Hafenmauer, und der Beton ließ das Schiff daran aufkreischen. Borg richtete sich auf und blickte über die Brüstung. Sie trafen sich noch einmal mit ihren Blicken, und obwohl es so dunkel war, dass die magere Hafenbeleuchtung dieses scheußliche Ende einer grausamen Gestalt nur in fahles Licht tauchte, glaubte Borg zu sehen, wie Dunja ihn noch einmal angriente.

Im selben Moment zerplatzten die grünen Lichter an dieser Seite der Außenhaut, und dann verschmolz die ganze Steuerbordseite des niederländischen Schiffes mit der Hafenmauer und schob sich unter Knirschen und Krächzen daran entlang, als würde sich ein gewaltiger Fisch an etwas reiben, um einen lästigen Parasiten loszuwerden.

Dunja Leibnitz war Geschichte.

Vor Borg erhob sich die Kanalbrücke an der Hansestraße. Es war nicht auszuschließen, dass die Manticore sich bei der nächsten Kollision selbst in den Untergang riss. Borg fasste einen Entschluss. Bevor diese riesige Nussschale, den physikalischen Gesetzen folgend, wieder von der Mauer zurückgeworfen werden konnte, stützte er sich mit dem unverletzten Arm auf dem Rand der Brüstung auf und schwang seinen Körper an Land. Seine Fallhöhe betrug weniger als zwei Meter, aber er spürte den Aufprall in allen Knochen.

Die Manticore tat, was er erwartet hatte, und nachdem dieser Wal ihn nun an Land ausgespuckt hatte, trieb das Schiff träge auf die Kanalmitte zurück.

Borg schaute in die Nacht.

In weiter Ferne erhob sich ein Feuerball. Die Flammen hatten auf Dr. Leibnitz' Jacht ihr großes Finale gefeiert, und sein kleiner schwimmender Luxus-OP war nach der Explosion mit ihm darin auf dem Weg zum Grund des Kanals.

Borg stand auf und trat einen Schritt auf die Hafenmauer zu. Der träge Mond hing lichtausgießend am Himmel, aber es war zu dunkel, als dass Borg etwas hätte erkennen können. Was hatte er erwartet? Sollte sie noch einmal auftauchen und nach ihm greifen? Unmöglich. Dunja war an der Hafenmauer zerrieben worden. Vielleicht hatte sie einen langgezogenen roten Fleck hinterlassen, als hätte sich ein schlechter Künstler dort ausgetobt, aber sehen würde man diese Spur erst beim Sonnenaufgang in einigen Stunden.

Sie hat bekommen, was sie verdient, dachte Borg. Ihre Seele, wenn sie denn je eine besessen hatte, hatte ihre zerstörte Behausung verlassen. Gut so. Kein Funken Reue stieg in Borg auf. Sie hatte nicht seinen Körper missbraucht, sie hatte ihn missbraucht, und das wog schwerer.

»Sende niemals Blumen«, hatte Dunja mehrfach betont, und daran würde er sich auch halten.

Langsam, wie ein sehr alter Mann, ging er nackt über den staubigen Boden am Hafen auf eines der Hauptgebäude zu. Die kleinen Steine unter seinen Füßen taten gar nicht weh, viel zu abgestumpft waren seine Nervenenden. Nachdem er ein paar Meter gegangen war, änderten sich Borgs Empfindungen. Er fühlte sich wie neugeboren – aber nicht im positiven Sinne: Es war kalt, alles an ihm war fremd, und er wusste nicht, was auf ihn zukommen würde.

Ein Hafenarbeiter hatte teilweise mitbekommen, dass die Manticore außer Kontrolle geraten war, und er rannte wild gestikulierend auf Borg zu.

»Was ist passiert? Geht es Ihnen gut?«, fragte der Mann verzweifelt, als er völlig außer Atem vor Borg zum Stehen kam.

»Alles in Ordnung«, sagte Borg. »Wirklich. Es ist alles in Ordnung. Meine Exfreundin hat sich heute Abend nur ein bisschen aufgerieben.«

KAPITEL 34

Ein schwer zu tötender Mann

Es hätte dasselbe Zimmer sein können, aber die zum Fenster hinein-lugende Baumkrone der Platane zeigte Borg, dass er sich in einem anderen Krankenhauszimmer der Holwedestraße befand.

Ein Krankenwagen hatte ihn vorgestern vom Hafengelände abgeholt, und man hatte ihn zur Sicherheit eingeliefert. Es schien eine unliebsame Gewohnheit zu werden. Das war nun der wievielte Krankenhausaufenthalt? Schnitt- und Schürfwunden waren behandelt worden, es hatte Blutuntersuchungen gegeben, und ein Arzt hatte sich darum gekümmert, dass seine Stichwunde am Arm genäht wurde.

»Da werden Sie eine hübsche Narbe behalten«, hatte Dr. Beierle gesagt.

»Narben sind okay«, hatte Borg erklärt. »Vorausgesetzt, sie sind an Körperteilen, die man noch hat.«

Erst als er dann unter der kalten, viel zu sehr gestärkten Bettdecke in seinem Krankenzimmer gelegen hatte, war alles an Anspannung von ihm abgefallen, und sein Körper hatte sich das Recht herausgenommen, die Signale totaler Erschöpfung anzuzeigen.

Am nächsten Tag hatte Dr. Brattström das Zimmer betreten.

»Da haben Sie ja ein ganz schönes Chaos angerichtet. Sind Sie versichert? Ich meine, das Blutdruckmessgerät war Eigentum des Klinikums. Sie haben gestern gesagt, Sie haben es verloren.«

In Borg stiegen unangenehme Erinnerungen auf.

»Aber Schwamm drüber. Allerdings sind mit dem Verlust des Geräts natürlich alle Messergebnisse verloren gegangen. Ich würde Ihnen gern, wenn Sie morgen entlassen werden, noch ein neues Messgerät für 24 Stunden mitgeben«, sagte Brattström.

Borg rutschte unruhig unter seiner Bettdecke hin und her. »Ersparen Sie mir das. Ich habe noch den Geschmack des ersten Gerätes im Mund.«

Brattström warf ihm einen verwirrten Blick zu.

»Ich muss darauf bestehen. Die Sache mit Ihrem Herzen sollten wir nicht auf die leichte Schulter nehmen.«

Borg war zu schwach, um zu protestieren, und als er keine Widerworte gab, nickte Brattström zufrieden, vermerkte etwas auf seinem Klemmbrett und verließ das Zimmer.

Etwa eine Stunde später fühlte sich Borg nach Bewegung. Und als eine Krankenschwester hineinkam und ihm mitteilte, dass ein weiterer Patient in seinem Zimmer untergebracht werden sollte – ein Herr Sonnenberg – beschloss Borg, auf die Intensivstation zu gehen, um seinem noch immer im Koma liegenden Kollegen Timm Berber einen Besuch abzustatten.

Er ging über den Flur. Auf einem kleinen runden Beistelltisch, neben dem zwei Stühle standen, lag eine Braunschweiger Zeitung. Jemand hatte offenbar die Todesanzeigen gelesen und die Zeitung, auf der entsprechenden Seite aufgeschlagen, auf dem Tisch liegen gelassen. Borg trat näher und riskierte einen kurzen Blick. Erleichtert stellte er fest, dass sein Name dort nicht stand, und er schmunzelte.

Borg fuhr mit dem Fahrstuhl nach unten, und obwohl noch immer Hochsommer war, schlich sich die Kälte von unten in den Morgenmantel des Klinikums, den er übergeworfen hatte.

Als Borg in der gewünschten Etage angekommen war, erinnerte er sich gleich an die Zimmernummer. Er ging zunächst zum Stationszimmer, um seinem Besuch anzumelden, doch das Zimmer war leer. Borg zuckte mit den Schultern und lief den langen mit PVC-Fußboden ausgelegten Gang hinunter, um zu Zimmer 87 zu gelangen. Der ganze Gang war erfüllt von den Geräuschen piepender Überwachungsmonitore und pumpender Beatmungsgeräte. Schon von Weitem sah Borg, dass die Tür zu Berbers Zimmer offenstand, denn das Sonnenlicht fiel auf den sonst so künstlich beleuchteten Flur.

Schatten tanzten in diesem Lichtschein, und Borg ging schneller, als hätte er eine Vorahnung.

Als er in das Zimmer einbiegen wollte, wurde er von einer herauskommenden Krankenschwester gestoppt.

»Wer sind Sie?«, fragte sie.

»Oliver Borg. Ich bin ein Kollege von Timm Berber und wollte mal nach ihm sehen.«

Offenbar erkannte die Krankenschwester Borg von seinen letzten Besuchen wieder. »Oh, Herr Borg«, sagte sie und blieb in der Tür stehen. Er blickte über die Schulter der kleinen Frau und sah im Zimmerinneren, dass man einen weißen, undurchsichtigen Plastikvorhang herausgezogen und damit Berbers Bett verdeckt hatte.

»Es tut mir sehr leid, aber Herr Berber ist vor dreißig Minuten verstorben.« Sie arbeitete wohl noch nicht lange als Krankenschwester auf der Intensivstation, denn das ehrliche Mitgefühl war deutlich in ihrer Stimme zu hören.

»Danke«, sagte Borg betrübt. »Darf ich ihn sehen?«

Die Krankenschwester trat einen Schritt beiseite, und Borg betrat das steril anmutende Zimmer. Es war nicht mit seinem zu vergleichen, da es mit Gerätschaften vollgestopft war und weniger wie ein Zimmer, sondern vielmehr wie ein Labor wirkte.

Borg trat an das Bett seines ehemaligen Kollegen. Da lag er. Alle Maschinen, die beim letzten Mal noch gesurrt hatten, waren mit ihm verstummt. Berbers Gesicht wirkte grau und eingefallen.

Dunja Leibnitz hatte ihren Plan zwar nicht verwirklichen können, aber da sie ganz sicher Hand in Hand mit dem Teufel gearbeitet hatte, war das Werk nun doch vollendet worden.

Innerlich verfluchte Borg die Ungerechtigkeit dieser Welt. Sein einziger Trost war die Gewissheit, dass Leibnitz' gesunkene Jacht und zahlreiche Beweise auf dem Grund des Mittellandkanals gefunden werden würden, vielleicht schon geborgen waren, und dass Dunja, deren Körper an der Hafenmauer zu einer roten Paste verarbeitet worden war, die Schrotflinte mit ihren Fingerabdrücken an Deck des Binnenfrachtschiffes fallen lassen hatte.

Borg erinnerte sich an ihr letztes Lächeln. Das Lächeln einer Psychopathin im letzten Moment vor ihrem Tod. Sein Herz begann in diesem Moment deutlich in seiner Brust zu schlagen – vielleicht war die angekündigte Langzeitblutdruckmessung doch eine sinnvolle Idee.

Komisch, alles, was stirbt, hat vorher eine Art Ziel, eine Tätigkeit gehabt, und daran hat es sich zerrieben, dachte Borg, aber das traf auf Berber nicht zu. Er hätte nicht sterben müssen, aber es war doch geschehen. So ungerecht war dieses kleine Spiel. Nun lag er da, Berbers schwerer Rest.

Borg nahm die kalte Hand des Toten und drückte sie noch einmal. Ein letztes Händeschütteln, und die unsinnige Tradition war vorbei. Berber würde seine Hände nun mit unter die Erde nehmen.

Borg wollte sich gerade von seinem toten Kollegen abwenden und zurück auf seine Station gehen, als er neben dem Bett die nun nicht mehr an Berbers Arme angeschlossenen kleinen Plastikschläuche am Infusionsständer hängen sah. Er runzelte die Augenbrauen und ging um das Bett herum.

Skeptisch nahm er einen der drei herunterhängenden Schläuche und fuhr sorgsam mit der Hand daran herunter, während er mit seinem Daumen und dem Mittelfinger der rechten Hand, beide waren unverletzt, den Schlauch nach Unebenheiten oder Einstichlöchern abtastete.

»Was tun Sie denn da?«, fragte die Krankenschwester, die leise ins Zimmer gekommen war und einen Stapel Einmalhandtücher auf dem Arm hielt.

»Nichts, nichts«, sagte Borg und ließ den Schlauch zurück zu den beiden anderen pendeln. Er lächelte, bedankte sich dafür, dass er Berber noch einmal hatte sehen dürfen, und ging zurück auf sein Zimmer in der zweiten Etage.

Unterwegs schüttelte er den Kopf und zweifelte an sich selbst. Dunja hätte es niemals geschafft, Berber Alkohol in die Injektionsschläuche zu spritzen, dafür hatte sie nicht genug Zeit gehabt. Jetzt war sie tot, und ihr Vater auch. Genau wie die anderen beiden Killer schmorten sie in der Hölle. Niemand von diesem mörderischen Quartett war noch am Leben, und während er tief einatmete, spürte Borg, wie sich sein Brustkorb mit Erleichterung füllte.

Zurück im Zimmer lächelte ihn ein alter Mann an, der mit seinem Bett hier hineingeschoben und als Borgs Zimmergenosse für eine Nacht an der gegenüberliegenden Wand geparkt worden war.

Was zunächst nach einer aufmunternden Abwechslung aussah, entpuppte sich rasch als Nervenfolter: Herr Sonnenberg hatte hohes Fieber. In der Nacht versuchte er mehrfach, aus dem Bett zu steigen. Borg hatte erfahren, dass Sonnenberg hundert Jahre alt war, und als Sonnenberg im Fieberwahn versuchte, das Bett zu verlassen, drückte Borg an seinem auf die Klingel, um die Nachtschwester zu alarmieren.

Es war gespenstisch anzusehen: Wie er dort stand, das Haar zerrauft, den dünnen Bart wie verregnet, die Augen mühsam, bittend und vorwurfsvoll aufgerissen, die dunklen Wangen gerötet, aber wie aus allzu trockenem Fleisch bestehend, die nackten Beine zitternd vor Kälte, sodass die langen Fransen des Tuchs, dass er versehentlich übergeworfen hatte, mitzitterten, wirkte er wie ein aus dem Irrenhaus entflohener Kranker, demgegenüber man an nichts anderes denken durfte, als ihn wieder ins Bett zu bringen.

»Herr Sonnenberg, wo wollen Sie denn hin?«, fragte die Nachtschwester in einer Lautstärke, die für 23:30 Uhr brutal erschien. Sonnenberg antwortete nicht. »Herr Sonnenberg, wo wollen Sie denn hin?« Sie rief noch lauter. Keine Reaktion von Sonnenberg.

Borg drehte sich auf die andere Seite und versuchte, den Krach zu ignorieren.

Der alte Mann wurde zurück ins Bett verfrachtet, und die Nachtschwester verließ das Zimmer.

Keine zwanzig Minuten später machte sich Sonnenberg zu einer nächsten nächtlichen Exkursion auf. Borg hörte das Gepolter, als Dinge von einem Nachtisch fielen, und er knipste sein Bettlicht an. Sonnenberg hatte seinen Infusionsständer umgerissen und war dabei, sein Bett zu verlassen.

Borg drückte die Klingel erneut, und ein grausames Déjà-vu wurde entfacht.

»Herr Sonnenberg, wo wollen Sie denn hin?«

Borg warf sich in seinem Bett von rechts nach links. Diese Nacht würde härter für ihn werden als die Stunde auf Leibnitz' OP-Tisch.

Sonnenberg musste in der Nacht ein weiteres Mal gestoppt werden. Nun bekam er Bettgitter, durch die er zwanzig Minuten später seine nackten alten Beine gesteckt hatte. Es war zum Auswachsen.

Wieder diese lauter werdende Frage, wo Sonnenberg denn hinwolle.

Am nächsten Morgen fühlte Borg sich wie gerädert. Er hatte kaum geschlafen. Schon um 8:00 Uhr waren Sonnenbergs Angehörige da. Sie drängten den armen Mann, sein Testament zu unterschreiben, was er wahrscheinlich auch tat. Kurz nach der Unterschrift war Sonnenbergs schleimige Familie wieder verschwunden.

Borg hoffte, er würde bald seine Entlassungspapiere bekommen.

Unvermittelt sprach ihn Sonnenberg, der bisher kein Wort gesagt hatte, an: »Junger Mann. Entschuldigen Sie, dass ich Ihnen nicht geantwortet habe, falls Sie mich etwas gefragt haben, aber mein Sohn hat mein Hörgerät noch nicht vorbeigebracht, und ich bin taub!«, schrie Sonnenberg von seiner Zimmerseite herüber und lächelte das weise Lächeln eines Hundertjährigen.

Borg wurde jetzt einiges klar. Er nickte freundlich.

Gegen 12:00 Uhr gab es Mittag, und Borg aß lustlos einen ohne Liebe gekochten Eintopf, der geschmacklich so eintönig war, dass man auch einen grauen Anzug hätte essen können. Kein einziges Gemüse war herauszuschmecken.

Um 12:30 Uhr bekam Borg sein Langzeitblutdruckmessgerät angelegt. Er solle darauf aufpassen, es sei teuer, und er solle es morgen wieder abgeben.

Borg fand die Erinnerung lächerlich. Er würde das Gerät keinen Tag länger behalten, als er musste.

Um 13:15 Uhr bekam er endlich seine Entlassungspapiere und packte seine paar Sachen zusammen, die ihm Sina am Abend seiner Einlieferung vorbeigebracht hatte.

Er zog sich eine leichte Leinenhose und ein frisches T-Shirt über. Dann ging er zu Sonnenbergs Bett, winkte und sagte sehr laut: »Auf Wiedersehen! Alles Gute, und werden Sie schnell wieder gesund!«

Sonnenberg konnte wohl erahnen, was Borg ihm mitteilen wollte, und er antwortete entsprechend laut: »Alles Gute, junger Mann! Genießen Sie die Zukunft. Das mache ich auch«, sagte er laut.

»Ich will es versuchen!«, brüllte Borg. »Mal sehen, was die Zukunft bringt. Wie stellen Sie sich denn Ihre Zukunft vor?«

»Kurz!« Sonnenberg lachte, und das Lachen steckte Borg an.

»Machen Sie sich um mich keine Sorgen. Ich bin wie Sie!«, sagte der Hundertjährige.

Borg schaute skeptisch.

»Fieber kann mir nichts anhaben. Ich bin ein schwer zu tötender Mann! Und Sie auch!«, sagte Sonnenberg laut, und Borg lächelte zufrieden. Er begann, seinen Zimmergenossen zu mögen.

Borg hatte seine kleine Reisetasche schon in der Hand. Er nickte noch einmal und ging zur Tür. Da rief Sonnenberg von hinten: »Vorsicht da draußen! Da laufen noch mehr schwer zu tötende Männer herum.«

KAPITEL 35

Tiere

Es war ein Dienstag, an dem man Oliver Borg aus dem Krankenhaus Holwedestraße entlassen hatte.

Der Sommer schien kein Ende nehmen zu wollen. Der Kommissar war mit dem Bus quer durch die Stadt gefahren – völlig unnötigerweise. Da er aber normalerweise mit dem Auto fuhr und diesmal den Bus genommen hatte, war er planlos in eine falsche Linie eingestiegen. Als er das gemerkt hatte, war er schon mitten im Herzen Braunschweigs. Sein Weg führte ihn an den Schlossarkaden vorbei, und er schaute hoch zu dem Gebäude im Schlosscarree, in dem Dr. Leibnitz einst seine Praxis betrieben und ihm unangenehme Minuten bereitet hatte. Am Rathaus stieg er dann in einen Bus, der ihn nach Watenbüttel brachte.

Als Borg zurück in seiner Wohnung war, er hatte noch einen Ersatzschlüssel bei einer Nachbarin deponiert, ging er erleichtert durch die Zimmer. Auf seinem Schreibtisch lag ein A5-großer Notizzettel, und daneben lag ein Handy.

Borg las die Nachricht. Sie war von Sina:

›Lieber Oliver, du hast es überstanden. Ich habe dir ein neues Handy besorgt, damit du nicht immer über Facebook zu mir Kontakt aufnehmen musst. Wollen wir heute, wenn du dich in der Verfassung befindest, eine Runde langsam laufen und die Sonne genießen? Sina.‹ Borg musste lachen, als er das las. Ja, tatsächlich hatte er Lust, mit ihr zu laufen. Was war nur mit ihm passiert?

Unten auf dem Zettel stand ihre Telefonnummer.

Borg betrachtete das Smartphone – keine Ähnlichkeit zu seinem alten Knochen. Das war ein Hightechgerät, ein graues Samsung Galaxy S20; sicher sündhaft teuer.

Er wollte gerade die Nummer wählen, als das Handy in seinen Händen zum Leben erwachte und erschreckend laut das Lied ›Y.M.C.A.‹ zu spielen begann. Er drückte auf den grünen Telefonhörer, der sich ihm zur Annahme des Gesprächs anbot.

»Na, hast du meine Nachricht bekommen?«, fragte Sina.

»Danke für das Handy … und den kreativen Klingelton. Ich wusste doch, ich hatte etwas vermisst.« Das Telefonat verlief, als würden sie einander Auge in Auge gegenüberstehen, und ein Gefühl der tiefen Vertrautheit erfüllte Borg mit Wärme.

Er sagte ihr für eine Verabredung zu, bestand aber darauf, wirklich langsam zu laufen, da er noch immer darunter litt, dass man ihm den Penis hatte abschneiden wollen. Aber, so versicherte er ihr, es sei alles noch an seinem Platz und wäre auch voll funktionsfähig.

Sina hatte schallend gelacht, und nach weiteren fünf erquickenden Minuten am Telefon hatten sie eine Zeit und einen Ort ausgemacht, da ihre gemächliche Joggingrunde beginnen sollte.

Als Borg aufgelegt hatte, überfiel ihn ein schlechtes Gewissen, weil er eben so lebensfroh mit Sina gesprochen hatte, sein treuer Kollege aber gestern gestorben war und nun in einer kalten Leichenhalle lag. Borg versuchte, die negativen Gedanken zu verscheuchen. Berber hätte ähnlich weitergemacht, wenn Borg gestorben wäre. Es geht immer weiter, solange, bis es eben nicht mehr weitergeht. Letztendlich ist hier noch nie jemand lebend herausgekommen, dachte Borg. Das Aufpumpen des Blutdruckmessgeräts holte ihn zurück in die Realität. Er warf den geistigen Ballast, der sich um Berber drehte, mit einem Kopfschütteln aus seinen Gedanken und freute sich auf das Treffen mit Sina.

Etwa eine halbe Stunde, bevor er sich auf den Weg machen wollte, ließ das neue Handy mit einem Surren verlauten, dass eine SMS eingegangen sei. Borg las:

›Planänderung der Strecke. Wir laufen durch die Wälder hinter Lehndorf. *Zwinkersmiley* Um da hinzukommen, laufe die Bundesstraße bei Watenbüttel hinauf, biege hinter der PTB scharf links ab, über die Felder, dann an der Autobahn lang und rechts in den Wald. Da warte ich. *Zwinkersmiley*‹

Wie umständlich, dachte Borg. Da wäre er ja schon fast drei Kilometer allein gelaufen, bevor er auf Sina traf. Aber sie im Wald zu treffen, war doch irgendwie verlockend, und er beschloss, sich schon jetzt auf den Weg zu machen, um langsamer laufen zu können.

Frisch rasiert – der Krankenhausdreitagebart musste weichen, er hatte zu jucken begonnen – und voller Lebensfreude lief er am Grasplatz in Watenbüttel über die Ampel und dann die Bundesstraße hinauf, wie Sina es beschrieben hatte. Wieder meckerte sein Herz, und er verlangsamte seine Schritte. Im richtigen Moment wurde sein Blutdruck gemessen – die Auswertung würde interessant werden.

Die Straße vor ihm flirrte, und Borgs Gesicht saugte die Sonnenstrahlen auf, um daraus ein Braun zu gewinnen, das ihm sicher gut stehen würde.

Er bog, wie geplant, hinter der PTB nach links ab und lief einen Schotterweg zwischen modernen Wohnhäusern, Gärten und dem abgezäunten PTB-Gelände entlang, bevor er eine schwarze Katze am Wegrand sah, die neben einem Kleintransporter Platz genommen hatte und ihn wie ein Posten in einem Zollhäuschen beäugte.

Borg schaute lange auf das Tier, als er angelaufen kam, und mit jedem weiteren Schritt verstärkte sich in ihm die Meinung, er habe diese Katze schon einmal gesehen. Blitzschnell huschte das Tier unter den Transporter, gerade in dem Moment, als Borg ein erschreckender Gedanke durch den Kopf schoss: Das war die Katze von Irina Komarow!

Er musste sich täuschen! Er bildete sich das nur ein! Er litt unter Verfolgungswahn! Andererseits konnte das durchaus möglich sein. Solche Zufälle gab es. Borg lief gebückt, um unter den Transporter zu spähen, aber das Tier war verschwunden.

Er joggte weiter und versuchte, das ungute Gefühl loszuwerden, das vom Auftauchen dieser schwarzen Katze ausgelöst worden war. Jetzt war nicht der richtige Zeitpunkt, um abergläubisch zu werden. Sina wartete.

Er lief weiter. Ein Garten auf der rechten Seite war ausradiert worden, nur einzelne Stämme mit verstümmelten Armen ragten empor. Das Grün war dahin, und die Felder jenseits dieses Gartens sahen aus, als wären sie schlecht geeggt worden. Aber das Bild war nur eines von vielen, das vorüberflog.

Am Wegrand stand ein hässlicher alter Mann, und Borg schämte sich kurz dafür, ihm so dreist ins Gesicht zu blicken, aber der Mann lächelte, und Borg lächelte verlegen zurück. Seine körperliche Nichtstimmung, die sich im ersten Moment aufgetan hatte, weil der Mann so hässlich und in sich verschoben wirkte – das Wort ›Antikörper‹ bekam eine völlig neue Bedeutung – verschwand, da ihm klar wurde, dass man Schönheit und Übereinstimmung bei einem Alten nicht sucht. Jetzt wirkte der Mann plötzlich sympathisch auf ihn.

Borg folgte dem Weg, der sich aus seiner Enge der Häuser und Zäune befreite und nun wie ein hellgrauer Strich in die freie Landschaft hineinragte. Rechts und links von Grünstreifen getragen, die auf der rechten Seite in ein Rapsfeld und auf der linken in einen frisch gepflügten Acker übergingen, zeigte der Weg wie ein Pfeil auf die Tangente zu, die von Watenbüttel in Richtung Ölperknoten verlief. Dort vorn würde Borg wie beschrieben rechts abbiegen, und dann wäre er auch bald in dem Wäldchen hinter Lehndorf, das er von hier aus schon sehen konnte.

Schwarze Flecken bedeckten den Weg rund dreißig Meter vor ihm. Sie bewegten sich. Als er näherkam, erkannte er eine Ansammlung von ungefähr zehn großen Raben, die dort um einen offenbar überfahrenen Kadaver herumstanden und sich nicht einigen konnten, wer den Schnellimbiss zuerst betreten würde.

Als Borg auf diese schwarze Gesellschaft der gierigen Schnäbel zugelaufen kam, flogen die ängstlichen von ihnen auf, aber vier Raben blieben am toten Hasen sitzen und hüpften nur aufgeregt zur Seite, weil sie die herausquellenden Gedärme des toten Tieres als zu verführerisch empfanden.

Das Ganze bot ein mysteriöses Bild, und Borg machte einen großen Bogen um die Tiere. Im Augenwinkel entdeckte er etwas Schwarzes in der Luft, und der knapp an seinem Kopf vorbeifliegende Rabe jagte ihm einen riesigen Schreck ein.

Die nun über ihm kreisenden pechschwarzen Vögel sahen alle so gleich aus wie gespenstische Avatare, deren Körper flache fliegende Schatten waren. Wieder sauste einer herab, als wolle er die Beute verteidigen, und seine Fittiche sahen aus wie kleine schwarze Messer.

Borgs Puls schoss in die Höhe, und er sah sich nervös um. Als er auf den Weg hinter sich blickte, erkannte er, dass der Transporter, der am Wegrand gestanden hatte, nun ebenfalls die Häuserreihe verlassen hatte und ihm langsam hinterherfuhr. Vielleicht war es dieser Wagen, der den Hasen überfahren hatte.

Borg bog rechts ab und lief parallel zur Tangente Richtung Wald. Möglicherweise war es doch kein guter Einfall gewesen, heute zu joggen. Seine genähte Schulterwunde begann zu pochen.

Plötzlich, er hatte den Wagen hinter sich schon vergessen, heulte der Motor des Fahrzeugs brutal auf. Borg sah die weiße Haube hinter sich aus dem Augenwinkel und warf seinen Körper geistesgegenwärtig zur Seite, jedoch nicht schnell genug, wie sich zeigte. Der Schmerz war höllisch, als er vom linken Kotflügel am Becken getroffen wurde und eine Beschleunigung erfuhr, als befände er sich in einem den Berg hinuntersausenden Achterbahnwaggon.

Borg überschlug sich und tauchte in kratziges Buschwerk ein, das hier am Waldeingang den Weg säumte. Unmittelbar nach dem Aufprall hatte er das Knirschen der Reifen wahrgenommen, die auf dem Kiesweg eine Vollbremsung gemacht und dabei ins Rutschen geraten waren.

Borg ignorierte den Schmerz und stolperte weiter in den Wald hinein. Irgendjemand hatte es auf ihn abgesehen.

Eine Wagentür wurde zugeschlagen. Borg hetzte sich selbst, als wäre er schizophren, und versuchte, von wem auch immer, weit weg zu kommen. Er kauerte sich hinter einen bemoosten umgestürzten Baumstamm, den er als Deckung ausgewählt hatte, und spähte in die Richtung, aus der er gekommen war.

Die Büsche begannen sich zu bewegen, und aus dem Dickicht der verschiedensten Pflanzen schob sich ein bulliger Körper. Ungläubig beobachtete Borg die plumpen Hände, die Geäst beiseite drückten, und er erkannte mit Schrecken, dass die Person eine Waffe trug. Das genaue Modell konnte er nicht zuordnen, aber es war auch völlig egal. Jemand wollte seinen Tod. Borg duckte sich, um nur so wenig wie möglich von seinem Körper preiszugeben. Lediglich seine braunen Haare und seine Stirn wagten über den Baumstamm zu ragen, sodass er sehen konnte, welche Gestalt sich nun aus dem Grün herausbewegte und in seine Richtung gelaufen kam. Borg traute seinen Augen kaum, als er Arthur Kusnezow erkannte. Das war unmöglich! Er hatte ihn am Wehr sterben sehen! Er riss seinen Kopf in Deckung. War es wirklich unmöglich? Kusnezows Leiche war niemals gefunden worden. Das Ganze verschlungene Netz der Mordserie hatte noch niemand entwirrt, aber dass der muskulöse Hausmeister noch lebte, erklärte, wie Dunja und Igor Leibnitz zwischendurch immer lückenlose Alibis hatten vorweisen können. Wenn sie ihre Westen reinwuschen, war es Kusnezow gewesen, der die Morde begangen oder zumindest die Leichen platziert hatte.

Wie blind war Borg gewesen? Drei Dönerteller hatten im schreckenerregenden OP-Zimmer auf Leibnitz' Jacht gestanden. Kusnezow war die ganze Zeit am Leben gewesen, aber wie ein Phantom völlig unerkannt von einem Tatort zum anderen gesprungen.

Borg lauschte. Der Killer hatte mit seiner Körpermasse keine Chance, sich lautlos durchs Unterholz zu bewegen, und die Geräusche, die die brechenden kleinen Äste und zurückschnellenden Triebe verursachten, verrieten Borg, dass der mörderische Jäger sich von dem Versteck, in dem er kauerte, entfernte.

Borg hörte die vorbeirasenden Wagen auf der Tangente. Wenn es ihm gelingen könnte, bis zur Straße zu flüchten, dann konnte er vielleicht einen Wagen stoppen und entkommen. Er musste es versuchen.

Ohne großartig zu überlegen, sprang Borg hinter seiner Deckung hervor und rannte los.

Grobmotorisch riss Kusnezow seinen gewaltigen Körper herum, und seine muskulösen Beine begannen, sich eine Schneise in den Wald zu schlagen wie ein Eisbrecher, der die weiße Decke des zugefrorenen Polarmeeres zerteilte, als würde ein heißes Messer durch Butter geführt.

Borg hörte sich selbst ungewöhnliche Geräusche der Angst ausstoßen, als er immer tiefer in das satte Grün des Waldes hineinrannte. Er hatte überhaupt keine Orientierung, und nur durch Glück sah er das Grau einer Leitplanke durch die Büsche am Rand des Waldes schimmern. Er peilte die ihm Hoffnung einflößende Stelle an, und dieser durch die mögliche Rettung ausgelöste Impuls ließ ihn noch einmal schneller werden. Seine Mühe wurde nicht belohnt: Als er voller Verzweiflung die hochgewachsenen Büsche an der Tangente auseinanderdrückte und sich nach vorn presste, um auf die Fahrbahn gelangen zu können, bremste ein Maschendrahtzaun sein jähes Bemühen, dem russischen Mörder zu entkommen. Borg stieß ein verzweifeltes »Nein!« aus und tastete sich wie ein Gefangener an den Karos des Zauns entlang. Er hätte es wissen müssen! Damit aus dem Waldstück keine Tiere auf die Straße gelangen konnten, war der an die Tangente angrenzende Bereich des Waldes gänzlich umzäunt.

Borg stürzte mehr vorwärts, als dass er lief, als er zurück in die Büsche rannte, aus denen er gekommen war. Seine Füße flogen fast über das Laub und die wenigen kleinen Pflänzchen, Gräser und Pilze, die den Waldboden zu einem einzigen großen Kunstwerk der Natur hatten werden lassen.

Rechts, keine zwanzig Meter von ihm entfernt, brach Kusnezow aus einer grünen Wand hervor und entblößte gierig die Zähne. Er hatte offenbar kein Interesse daran, Borg zu erschießen, denn er hob seine Waffe nicht, sondern versteinerte kurz in der Bewegung, als wolle er seinem Opfer nur zum Spaß einen kleinen Vorsprung geben. Dann, als hätte jemand die Zeitlupentaste einer Filmaufnahme losgelassen und die Bilder schnell vorgespult, sprang der Killer aus seiner Statik in den Lauf wie ein Athlet, der keinen zweiten Platz hinnehmen würde.

Borg lief ein Schauer über den Rücken, und er versuchte, diesem übermächtigen Gegner zu entkommen.

Damals, im reißenden Wasser der Oker am Wehr von Ölper, war das Glück auf Borgs Seite gewesen und hatte ihn mit all seiner Kraft unterstützt. Jetzt, in diesem Wald, war es nur eine Frage der Zeit, bis Borg in die alles zerquetschenden Pranken des Gorillas gelangen würde. Borg versuchte, wie ein Hase Haken zu schlagen, und während er rannte, bis sein Herz sich überschlug, achtete er darauf, möglichst in die Deckung von Bäumen und Sträuchern zu gelangen, falls Kusnezow doch schießen würde.

Jeder Blick nach hinten machte Borg langsamer, aber er wollte sichergehen, dass sein Verfolger nicht schon direkt hinter ihm war und nach ihm griff.

Unter seinen Füßen spürte Borg plötzlich eine Veränderung. Er war aus dem Unterholz heraus auf einen Waldweg gerannt. Dieser Weg musste aus dem Labyrinth herausführen. Borg entschloss sich, nach links zu laufen. Der geebnete Weg, der nur hier und da kleine Löcher, Ausbeulungen von Wurzeln und andere Unebenheiten, aber keine Büheln aufwies, erlaubte es ihm, die Geschwindigkeit zu erhöhen. Vielleicht hatte Fortuna Mitleid mit ihm gehabt.

Borg erreichte eine Wegkreuzung, an der eine Hinweistafel stand. Das Lesen des Schildes würde ihn zwar einige Sekunden kosten, aber es würde ihm vielleicht den rettenden Ausweg anzeigen. Borgs Augen scannten die Aufschrift des Holzschildes. Aber was war das? Jemand hatte den Wegweiser mit einem weißen Zettel überklebt. ›Zum See‹ stand darauf, und ein auf das Blatt gedruckter schwarzer Pfeil wies nach rechts. Seit wann gab es in Lehndorf einen See?

Borg stutzte. Er kam aber auch nicht an den Zettel heran, um ihn abzureißen und darunter zu schauen, und so beschloss er, nach links weiterzulaufen. Er wollte es mit allen Mitteln verhindern, wieder ins Wasser zu geraten.

Der Weg wurde schmaler, und die Zweige peitschten ihm durchs Gesicht, sodass er mit erhobenen Armen laufen musste, um seinen Kopf zu schützen.

Da war die nächste Kreuzung. Borg sah sich um. Sein Verfolger war nicht zu sehen, und er beugte seinen vor Seitenstichen brennenden Oberkörper nach vorn. Als er sich keuchend aufrichtete, um einen erlösenden Blick auf diesen Wegweiser zu werfen, gefror ihm das Blut in den Adern.

Der weiße, laminierte Zettel zeigte zwei Pfeile, einen an jeder Seite. Die neben den Pfeilen stehenden Beschriftungen ohrfeigten Borg förmlich, der sich bei seiner Orientierung schon vorhin zum Narren gemacht hatte. Die schwarzen Buchstaben grinsten auf ihn herab: ›Hier lang‹ stand neben dem linken Pfeil, ›oder doch lieber hier lang?‹ neben dem rechten.

Die Wucht des ihn treffenden Körpers riss Borg in die Luft, und während er diesen Bruchteil eines Moments wie eine Ewigkeit wahrnahm, tauchte er mit der Last Kusnezows, der eine Tonne zu wiegen schien, in ein Meer aus Grün und Braun ein. Die beiden Männer stürzten wie einander zu Boden reißende Rugbyspieler auf den trockenen Waldboden, und als hätte Borgs Körper sein Ende in einer Schrottpresse gefunden, wich die Luft aus seinen Lungenflügeln. Während er Knochen brechen hörte und ein Schmerz seinen Brustkorb erfasste, stieß offenbar ein Tintenfisch eine dichte Wolke schwarzen Nebels aus, die seine Augen überflutete und mit ihren finsteren Ausläufern alles um ihn herum verschluckte.

KAPITEL 36

Himmels-
sturz

Es musste der Wind gewesen sein, der Oliver Borg aus seiner Ohnmacht blies. Der schwarze Schleier zog sich von seinen Augen, als spüle der Wasserstrahl eines Gartenschlauchs Schlamm von einer undurchsichtigen Windschutzscheibe.

»Oliver! Oliver!« Sinas Stimme klang flehend.

Jetzt hämmerten die Schmerzen wieder in ihm. Er wollte zurück in die dunkle Zwischenwelt, in der er gerade schmerzfrei geschwebt war, doch das war unmöglich. Der Schmerz wurde schlimmer, je klarer Borgs Gedanken wurden.

»Oliver! Oliver!«, rief Sina wieder, und der nächste Windstoß, der durch sein Haar schoss, gab ihm den Hinweis, jetzt seinen Kopf zu Sina zu drehen.

Das Grün des Waldes war einem blauen Himmel gewichen, in dessen Ferne sich aber dunkle Wolken zu einer Gemeinheit zu versammeln schienen.

Borg versuchte zu begreifen, wo er sich befand. Jedes Luftholen war mit enormen Schmerzen verbunden. Lebte er noch? Das aufblasende Blutdruckmessgerät beantwortete die in Gedanken gestellte Frage mit einem quäkenden Ja. Er musste noch leben. Tote hatten keinen Puls. Die Schmerzen waren ein weiteres Zeichen für die eigene Existenz. Kusnezow musste ihm eine Rippe gebrochen haben, als er mit seinem ganzen Körpergewicht auf ihn gesprungen war.

Borg schüttelte den Kopf, um sich selbst zu rebooten. Wieso lebte er noch?

»Oliver!« Da war wieder der Ruf. Genau! Sina! Er blickte zu ihr hinüber und begriff nicht, wo sie waren.

Sina saß auf einem Stuhl, der so auf einer Art Mauer platziert worden war, dass die zwei vorderen Beine über die Innenseite der Mauer ragten, die hinteren Beine jedoch nicht zu sehen waren, weil sie außen an der Mauer klemmten. Die Sitzfläche, auf der Sina saß und an die sie auch gefesselt war, befand sich genau auf einem kreisrunden, silbernen Metallgeländer, das auf der einen Bogen beschreibenden Mauer verlief.

Borg folgte der Mauer mit seinen Augen und erkannte, dass auch er auf einem so seltsam auf die Mauer gesteckten Stuhl saß.

»Kannst du deine Fesseln lösen?«, fragte Sina, und ihre Stimme zitterte.

»Wo sind wir?«, fragte Borg, als er mit seinen Händen, die hinter seinem Rücken zusammengebunden waren, drehende Bewegungen machte, um sie voneinander zu lösen.

Er merkte, wie sein Stuhl sich nach hinten zu neigen begann.

»Pass auf!«, schrie Sina aus Leibeskräften, und Borg verlagerte sein Körpergewicht nach vorn, sodass der Stuhl, wie von einem hydraulischen System gesteuert, wieder in die ursprüngliche Position zurückglitt.

Auch wenn sich alles in ihm dagegen sträubte, wandte Borg langsam seinen Kopf. Sein Blick passierte Sina erneut, und er sah ihre angstgeweiteten Augen. Er drehte den Kopf weiter und schaute schräg hinter sich, um zu erkennen, was dort hinter der Mauer auf in lauerte.

Als er begriff, in welcher Situation er sich befand, erfasste ihn die Überzeugung, dass er gleich sterben würde.

Mit dieser Gewissheit des Todes wurden seine Beine weich wie Gummi, und der eben noch so erfrischende Wind, der seinen Körper abkühlte, flüsterte ihm leise zu: »Hier oben bist du, bei mir. Aber sieh dich vor, sonst blase ich dich dort hinunter.«

Borg drehte seinen Kopf zurück, als könne die Tatsache, dass er den Abgrund hinter ihm nicht mehr sah, diesen verschwinden lassen.

Er und Sina waren wie Spielfiguren mit ihren Stühlen, an die Kusnezow sie gefesselt hatte, auf dem Geländer des 198 Meter hohen Schornsteins vom Braunschweiger Heizkraftwerk platziert worden. Jede unüberlegte Gewichtsverlagerung würde sie nach hinten kippen und in den Tod stürzen lassen.

»Ich hätte nicht gedacht, dass diese beiden alten Stühle hier so gut steckenbleiben würden. Meine Konstruktion ist wohl zu ausgefeilt.« Die Stimme Kusnezows war allein durch den ungewöhnlichen Akzent mit dem stark gerollten ›R‹ abstoßend. Er sprach überlegen und herablassend, während er gemütlich von links in Borgs Blickfeld getreten war.

Borg blickte seitlich am Stuhl nach unten. Auf dem Boden neben der Mauer stand ein geöffneter Werkzeugkasten mit der üblichen Ausstattung. Kusnezow hatte ihn beim Zusammenzimmern von zwei Brettern, die den Stuhl etwas stabilisierten, auf dem Borg saß, hier stehengelassen.

»Das ist die höchste Bauwerk in Braunschweig. Hier habe ich viele Jahre gearbeitet. Natürlich nicht hier oben, sondern unten in die Schaltwarte«, sagte Kusnezow stolz, und seine kalten Hai-Augen starrten. Dann lachte er: »Du dachtest, ich bin tot, stimmt's? Falsch gedacht. Wer für den Strick geboren ist, kann im Wasser nicht umkommen.«

Borg überlegte verzweifelt: Wenn der Stuhl nach hinten kippen konnte, warum kippte er dann nicht nach vorn? Ein Blick nach unten gab ihm die Erklärung: Arthur Kusnezow hatte zwischen die vorderen Stuhlbeine von den beiden Stühlen, auf denen Borg und Sina saßen, einen Balken geklemmt, vielleicht auch festgeschraubt. Der Werkzeugkasten sprach dafür. Sicher zeigten die Beine auf der Außenseite des Schornsteins, ohne fixiert zu sein und ohne Kontakt zum Beton der Turmwand, in die Tiefe. So war gewährleistet, dass die Stühle nur nach hinten ins Verderben und niemals nach vorn kippen konnten. Teuflisch genial, dachte Borg.

Kusnezow hatte beim Bau der Haltekonstruktion alle Register gezogen: Sie war stabil und unzerbrechlich, wenn der darauf sitzende Körper sich nach vorn beugte, jedoch völlig nutzlos, wenn sich der Stuhl nach hinten neigte. Warum gab es so viele Killer, die ihre Opfer nicht einfach töteten, sondern sie so lange wie möglich am Leben ließen und sich an deren Qualen labten?

Nichts hält so lange wie ein Provisorium, dachte Borg.

»Ist das nicht eine schöne Gefühl, kurz vor seinem Tod schon so nahe bei Gott zu sein?« Kusnezow wies zum Himmel.

Borg überlegte fieberhaft, wie er den kleinen Stuhl, auf dem er am Rand des Abgrunds saß, doch nach vorn kippen könnte.

»Eigentlich hatte ich vor, Sie einfach nach unten zu schmeißen, aber haben Sie schon die Wetterbericht gesehen?«, fragte Kusnezow und deutete mit seinem Kopf in die Richtung, aus der sich die dunklen Wolken auf sie zu bewegten.

»Schwere Gewitter und Sturmböen!«, sagte er. »Ich überlasse Ihr Ende der Natur. Entweder Sie kippen durch eine Dummheit nach hinten und werden das Opfer von Ihre eigene Schwerkraft, oder der Sturm kippt Sie um, oder, und das wäre eine ganz besondere Highlight, ein Blitz schlägt ins Geländer ein.«

Borg schaute besorgt zu den dunklen Wolken hinüber, die ab und an aufflackerten, als würden sie den roten Teppich einer Preisverleihung passieren. Kusnezow hatte recht: Gewitterwetter.

»Dr. Leibnitz war eine gute Arzt. Sie haben ihn getötet, und Sie haben Irina getötet, jetzt bin ich dran. Wie sagt man? Auge für Auge.« Wut stand Kusnezow ins Gesicht geschrieben.

War es nur Rache? Kusnezow hätte seine Kollegin und ihn aus Loyalität zu Leibnitz sicher auch dann getötet, wenn das Motiv der Rache völlig ausgeschieden wäre, dachte Borg. Das umstrittene sozialpsychologische Milgram-Experiment von 1961 hatte bereits anschaulich demonstriert, was der Mensch auch sein kann: banal und böse.

»Hören Sie auf damit!«, sagte Borg »Leibnitz ist tot. Er hat nichts mehr davon, wenn Sie uns töten.«

Arthur Kusnezow überlegte. »Dr. Leibnitz hat mir befohlen, Sie zu töten!«, sagte er mit seinem scharfen Akzent.

Typisch, dachte Borg. Menschen, die Grausamkeiten verüben wollten, beriefen sich oft darauf, dass jemand anders, also eine andere Autorität, die Taten angeordnet hatte. Es führte am Ende dazu, dass der Täter nur Befehlsempfänger war und damit keine Verantwortung trug – zumindest aus seiner Sicht. Schon Adolf Eichmann hatte so argumentiert und vor ihm viele andere Nazischergen.

Manchmal ist es besser, Verlierer zu sein, dachte Borg, als er an die deutschen Verbrecher im Zweiten Weltkrieg erinnert wurde.

»Ich werde jetzt noch ein paar lange Eisenstäbe holen und sie unter Ihre

Thron durchschieben. Wir sind zwar alle Opfer der Zufälle, aber ich glaube, ich kann Ihre Chancen auf ein elektrisierendes Ende etwas erhöhen.« Arthur Kusnezow drehte sich um und ging den schmalen Weg entlang, der um die drei Schlote herumführte, die in der Mitte des Kraftwerkturms herausragten.

Die Tür, die von der Turmspitze zur Treppe nach unten führte, musste sich auf der anderen Seite des Turms befinden.

Der riesige Turm mit dem breiten Fuß wurde nach oben hin schmaler und gewann an der Spitze wieder etwas an Breite, weil sich der Rand wie eine Lippe nach außen wölbte. Der obere Bereich war mit breiten schwarzen Längsstreifen markiert worden, die sich senkrecht vom Grau der Grundfarbe abhoben. Heute stießen die drei aus der Turmmitte herausragenden Schornsteinrohre keinen weißen Dampf aus, und auch die mahnenden roten Lichter, die in verschiedenen Ebenen kreisförmig um das hohe Bauwerk herumführten, um es für Flugzeugführer bei Nacht und schlechtem Wetter sichtbar zu machen, waren noch nicht eingeschaltet worden.

Jetzt, da Kusnezow für einen Augenblick verschwunden war, musste Borg jede Sekunde nutzen. Er schüttelte seinen linken Arm und spürte, wie die locker sitzende Blutdruckmanschette herunterzurutschen begann. Vorsichtig, um den Stuhl nicht aus dem Gleichgewicht zu bringen, schüttelte er den Arm weiter, und die Manschette glitt am nach unten dünner werdenden Arm weiter hinab. Sie blieb hinter seinem Rücken auf seinem Handgelenk sitzen.

Borg spürte ein Kribbeln im Magen, als er einen weiteren Blick nach hinten riskierte. Diese Höhe war nichts für seine Nerven.

Der in den Jahren 1983 und 1984 erbaute Schornstein ragte wie ein drohender Zeigefinger in den Himmel. Borg hatte sich schon immer gefragt, wie es wohl von hier oben aussehen mochte. Jetzt wünschte er sich nichts sehnlicher, als wieder unten zu sein.

Braunschweig sah aus dieser Höhe wie eine Spielzeugstadt aus.

»Kannst du deine Fesseln lösen?«, wiederholte Sina ängstlich. Sie saß wie versteinert auf ihrem Stuhl und wirkte wie eine streberhafte Schülerin einer Eliteschule, weil sie ihren Körper so gerade und still hielt und versucht hatte, auf der Sitzfläche weiter nach vorn zu rutschen, um sich von dem Abgrund zu entfernen, der hinter ihr seinen Schlund geöffnet hatte.

Der Wind wurde stärker.

Borgs Blutdruckmanschette war jetzt so weit hinabgerutscht, dass er sie mit den Fingern greifen konnte. Nun begann ein filigranes Spiel. Ohne sehen zu können, was er hinter seinem Rücken tat, öffnete er mit seinen Fingern den Klettverschluss der Manschette und fädelte sie so auseinander, dass er sie von seinem Handgelenk nehmen konnte. Immer wieder blickte er in die Richtung, in die Kusnezow verschwunden war. Die Angst, dieser könne gleich wieder zurückkommen, wirkte sich offenbar negativ auf Borgs Motorik aus. Er versuchte sich zu entspannen.

»Kannst du die Fesseln lösen?« Sinas sich ständig wiederholende Frage verringerte Borgs Stress nicht.

»Ich arbeite daran! Gib' mir einen Moment!«, keuchte er. Auch wenn es keine körperliche Anstrengung war, die er sich mit seinem Zaubertrick hinter dem Rücken zumutete, war er doch deutlich aus der Puste. Die nervliche Belastung forderte ihren Tribut. Die Schmerzen pulsierten im Einklang mit der Atmung, und die ablaufende Zeit, bis der Killer wieder erscheinen würde, erhöhte den Druck auf Borg so sehr, dass er zu schwitzen begann, obwohl der Wind stark wehte und seinen Körper stetig abkühlte.

Mit der Akribie und Vorsicht eines geschickten Kindes, das versucht, die letzten beiden Karten auf der obersten Ebene eines Kartenhauses zu platzieren, fädelte Borg die aufgeschlagene Seite der Manschette nun, da sie nicht mehr an seinem Arm saß, wieder in die dafür vorgesehene Metallklemme. Der Kreis war wieder geschlossen, und Borg zog den gräulichen Reifen auf eine kleine Größe zusammen.

Sina beobachtete ihn ängstlich und blickte immer wieder mit nervösen Kopfbewegungen zu der Biegung hinüber, hinter der Kusnezow vor etwa drei Minuten verschwunden war.

Borg hatte seinen ersten Plan in die Tat umgesetzt. Er hatte die Manschette von seinem Arm lösen und wieder mit dem Klettverschluss verschließen können. Jetzt ging er zum zweiten Punkt über. Er streckte seine linke Hand so weit hinter seinem Rücken nach rechts herüber, dass er beide Hände neben seiner rechten Hüfte im Augenwinkel sehen konnte. Er vollführte zwei Probeschwünge, und beim dritten Mal ließ er die Manschette, die noch am Gummischlauch hing, auf den Werkzeugkasten fallen, den Kusnezow an der Turmmauer direkt unterhalb von Borgs Stuhlfalle stehengelassen hatte.

Mit der rechten Hand ergriff er den grauen Schlauch, und es machte den Anschein, als würde er erfolglos versuchen, im Werkzeugkasten zu angeln.

»Was machst du denn da?«, fragte Sina.

»Sina! Ich kann dir jetzt erklären, was ich vorhabe, oder du hältst endlich deine Klappe und lässt mich machen!« Er hatte es nicht böse gemeint, aber Borg war sich darüber im Klaren, dass Männer nicht zwei Dinge gleichzeitig tun konnten. Sprechen und Angeln war keine gute Kombination.

Sina verstummte und beobachtete das Schauspiel in der Hoffnung, Borg werde schon wissen, was er tue.

Hinter der im Bogen verlaufenden Wand des Turms waren Geräusche zu hören. Offenbar war Arthur Kusnezow gleich wieder bei ihnen. Sie hörten das Klingen von Metall, das irgendwo angestoßen war.

»Beeil dich!«, stieß Sina hervor und erinnerte sich im selben Moment, dass sie aufgefordert worden war, still zu sein.

Borg ließ die Manschette über den Griff einer Säge gleiten. Er hatte seine Zungenspitze in den linken Mundwinkel gelegt und ließ mit weit aufgerissenen Augen immer mehr von dem grauen Schlauch aus seiner Handfläche herauslaufen, sodass sich die Manschette weiter über den Sägegriff senkte.

Das Schlagen einer Tür ließ Borg kurz aufschrecken. Kusnezow war gleich bei ihnen!

Borg schickte einen letzten Blick nach unten, um zu sehen, ob die Manschette noch an Ort und Stelle war. Jetzt musste er sich wirklich beeilen. Unter Schmerzen bog er seinen Oberkörper weiter nach vorn und hob seine rechte Schulter an. Er entblößte die Zähne und biss in das schwarze Halteband des Blutdruckmessgerätes. Dann streckte er den Kopf weit nach oben und zog das Band ein gutes Stück aus seinem T-Shirt heraus. Mit seiner rechten Schulter klemmte er daraufhin das herausgezogene Ende unter seinem Kinn ein und verdrehte den Kopf so akrobatisch, dass er weiter unten erneut mit seinen Zähnen eine Stelle am Band zu fassen bekam. Diesen ungelenken Ablauf wiederholte er dreimal, dann hatte er das Blutdruckmessgerät aus der Kopföffnung seines T-Shirts herausgezogen. Mit einer Bewegung, die der eines Hundes gleichkam, der mit einem Knochen spielte, schwang Borg seinen Kopf nach rechts, und der kleine weißgraue Kasten hing nun mit dem schwarzen Band über seinem rechten Schulterblatt.

Jetzt kam es auf jeden Millimeter an. Er öffnete seinen Mund und ließ los. Zielgenau fiel der kleine Kasten in seine hinter dem Rücken geöffnete linke Hand. Mit den Fingern seiner rechten Hand hielt er noch immer den Gummischlauch fest, der hier oben in das Gerät lief und unten in die Manschette führte, die er über dem Sägegriff auf dem Werkzeugkasten platziert hatte.

Kusnezow war jetzt seit rund fünf Minuten verschwunden.

Borg hatte sein Full House ausgespielt und hoffte, sein Gegner würde nicht gleich mit einem Royal Flush um die Ecke kommen.

Ein weiteres Mal versuchte sich Borg zu konzentrieren. Er erspürte mit seinen Fingern die Tasten auf der Messapparatur in seiner linken Hand. Hatte er sich alles genau eingeprägt, als er die Seite mit dem Display vor wenigen Sekunden noch vor seiner Brust baumeln sah?

Er betete. Sein Finger drückte den in seinen Augen richtigen Knopf, und da geschah, worauf er gehofft hatte. Mit einem vertrauten Summen pumpte das Gerät die Manschette auf. Borg zerriss es fast vor Spannung, und er beobachtete mit trockenem Mund, wie sich die Manschette mehr und mehr mit Luft füllte und um den Sägegriff legte. Als die Vibration in Borgs Hand aufhörte, begann er hektisch am grauen Schlauch zu ziehen, und sein Körper belohnte ihn mit einer Portion Endorphine.

Die Manschette hatte sich fest um den Griff der Säge gelegt, und Borg konnte sie zu sich heraufziehen.

Sina beobachtete seine Bewegungen mit einer Mischung aus Begeisterung und Unglauben. Jetzt zog er die Säge über seinen Oberschenkel und hinter seinen Rücken, und dann sah Sina, wie er geschäftig mit seinen Händen hinter seinem Rücken zu arbeiten begann.

Der Himmel in der Ferne gab ein bezeichnendes Grollen von sich, und auf der anderen Seite des Turmes hörte Borg etwas zu Boden fallen. Kusnezow war wieder hier oben, und er würde jeden Moment um die Ecke kommen. Borg sägte mit der schnellen Bewegung einer unaufhaltbaren Maschine, und innerhalb von weiteren zehn Sekunden waren seine Handgelenke frei.

Die Überraschung der uneingeschränkten Bewegungsmöglichkeit ließ Borgs Hände mit einem Ruck auseinanderfahren, und die Säge entglitt seinen Fingern. Der Stuhl kippte nach hinten, und Sina stieß einen leisen Schrei aus, als sich Borg mit einem Ruck nach vorn warf, um dem Sturz in die Tiefe zu entgehen. Er krachte dumpf auf den Betonboden vor die Mauer, während der Stuhl, das, was Kusnezow vorne darangeschraubt hatte, und das Blutdruckmessgerät mit der Säge daran auf der anderen Mauerseite nach unten fielen.

Da sich der Turm zum Boden hin, aus dem er drohend herausragte, verdickte, schlug der Stuhl an dem unteren Abschnitt der Turmmauer auf und zersplitterte dort in seine Einzelteile.

Borg schwang sich auf die Beine und rannte auf Sina zu. Aber statt bei ihrem Stuhl anzuhalten und sie zu befreien, sprintete er an ihr vorbei und lief den Rundweg um die drei Schlote herum, genau der Richtung entgegengesetzt, in die Kusnezow vorhin gegangen war. Wenn man feststellte, dass das Leben zu Ende ging, konnte man entweder aufgeben oder Gas geben. Borg bevorzugte Letzteres.

Im selben Moment, als Sina fassungslos und mit offenem Mund realisiert hatte, dass Borg an ihr vorbeigerannt war, kam Kusnezow mit bitterbösem Gesichtsausdruck um die Kurve.

Er blieb mit weit aufgerissenen Augen stehen und ließ das Bündel Metallstangen fallen, als er sah, dass sich weder Oliver Borg noch der Stuhl auf der Position befanden, in der er sie zurückgelassen hatte.

Kusnezow stürmte wie eine Lokomotive nach vorn und schaute, sich mit den Händen am Geländer abstützend, über die Turmmauer nach unten.

Im selben Moment kam Borg aus der Richtung, aus der auch Kusnezow gekommen war, und rammte sein ganzes Körpergewicht gegen den Rücken des Schurken.

Da Kusnezow die meiste Zeit seiner sportlichen Aktivität damit verbracht hatte, seine Oberkörpermuskulatur auszubilden, waren die Proportionen des Killers absurd verschoben. Auf einer schmalen Taille und wenig ausgeprägten Beinmuskeln saß ein Rumpf, der mit dem Arnold Schwarzeneggers zu Zeiten Conans hätte mithalten können. Nur durch dieses körperliche Ungleichgewicht hatte Borgs Angriff überhaupt Erfolg. Kusnezows Hände, beschmiert mit dem Öl der Stangen, die er aus dem Turminneren geholt hatte, glitten vom silbernen Geländer ab und rutschten nach vorn. Zeitgleich kippte sein fleischiger Oberkörper über die Brüstung, und mit der Wucht einer tonnenschweren Wippe riss es dem Goliath die Füße vom Boden.

Borg hatte das Gefühl, von einer Dampframme getroffen zu werden, als die linke Hacke des Bösewichts mit Wucht zwischen seine Beine schlug und ihn nach hinten katapultierte.

Er wurde an die innere Turmmauer geschleudert, wodurch seinen Augen der Anblick erspart wurde, den Sina mit ansehen musste.

Arthur Kusnezow gab ein weibisches Kreischen von sich, als sein 150 Kilo schwerer Körper wie von einer unsichtbaren Hand gezogen in die Tiefe stürzte. Der Russe traf nach rund hundert Metern freien Falles, auf Höhe der letzten roten Leuchtmarkierung, auf der Außenwand des Stadtwerketurms auf. Im Moment des Aufpralls wurde sein Körper wie Wäsche in einem Trockner herumgewirbelt, und blutrote Streifen hinterlassend rutschte die nun knochenlos wirkende Masse, die sich in sich selbst zu drehen schien, wie ein fleischfarbener Pizzateig bis zum Fuß des Turms, wo sie mit einem dumpfen Schlag aufklatschte und in Bewegungslosigkeit erstarrte.

Sina schloss ihre Augen.

Borgs Hände an ihren Beinen rissen sie zurück in die Realität. Wieder war es genau der Moment, den Borg jetzt besser zu kennen schien als jeder andere: Das Leben ging weiter. Warum sollte man jetzt nicht damit beginnen, alle eben noch verdrängten Schmerzen zu spüren?

Unter Stöhnen zog Borg mit letzter Kraft den Stuhl und Sina nach vorn. Sie kippte in den inneren Zirkel des Turms, und als sie mit dem Stuhl auf dem Boden aufschlug, brachen dessen Lehne und eines der Stuhlbeine ab.

Sie zog ihre gefesselten Hände geschickt unter ihrem Hintern hindurch, sodass sie sie nun vor dem Körper hatte.

Borg richtete sich auf und wollte zum Werkzeugkasten hinübergehen, aber seine Kraft reichte nicht aus. Er taumelte nach vorn an das silberne Geländer und stützte sich daran ab.

Vor ihm zeigte sich ein Braunschweig in all seiner Pracht, und die alles erleichternden Sonnenstrahlen gaben der winzig wirkenden Landschaft, der schlangenförmig verlaufenden Oker, den Straßen, Parks, Gebäuden und den klitzekleinen, sich bewegenden Autos den letzten künstlerischen Anstrich, um fremdbekannt wie ein Gemälde von Jacqueline Lamba zu wirken.

Borg fühlte sich plötzlich alt und schwach, und wollte nur noch schlafen.

316

Sina trat zu ihm heran und stellte sich mit noch immer gefesselten Handgelenken neben ihn an die Mauer. Ihre Körper berührten sich, als würden sie sich gegenseitig aufladen wollen.

»Danke«, sagte sie mit leiser Stimme, und er nickte schwach, ohne sie anzusehen.

Sina drehte langsam ihren Kopf und schaute in die Richtung, aus der das drohende Gewitter auf sie zukam und mit all seiner Kraft versuchte, einen Teil des entfernten Himmels zu verdunkeln.

»Ein Sturm zieht auf«, sagte sie. Aber das war Borg egal. Er hatte sowieso nicht vor, heute noch einmal joggen zu gehen.

Seefeuer

Der Herbstanfang hatte große Mühe, den in diesem Jahr so dominanten Sommer überzeugend von seinem Thron zu stoßen. Es war der 22. September. Niemand wäre auf die Idee gekommen, der August hätte jemals enden können. Die Bäume trugen weiterhin ihr sattes Grün und sahen es gar nicht ein, einen Wechsel der Jahreszeiten zuzulassen.

Die Mordserie, die Braunschweig in diesem Jahr erschüttert hatte, hatte mehrere Wochen die Titelseiten verschiedener Zeitungen gefüllt, und zahlreiche TV-Spezialsendungen hatten sich reißerisch dem Thema gewidmet. Aber wie nach allen Katastrophen war die Normalität des Vergessens der viel zu schnelle Sieger über die Vergangenheit gewesen. Jener Faktor war es auch, der dazu führte, dass Menschen in der Geschichte immer und immer wieder dieselben Fehler begingen. Jeder wusste noch von den Geschehnissen in Braunschweig, und ab und an wurde das Thema angerissen, doch die Menschen sprachen darüber wie über eine unterhaltsame Filmhandlung, deren Inhalt nicht mehr als schockierend empfunden wurde, sondern als pure Unterhaltung, und manche Zeitgenossen sprachen sogar lachend über die Ereignisse.

Die Zahl der Joggerinnen und Jogger hatte wieder beachtlich zugenommen – einige liefen sogar bewusst die Strecken, die die Opfer damals gelaufen waren, und ein Braunschweiger Filmemacher hatte Interesse bekundet, die Geschichte für die große Leinwand zu inszenieren, aber das war wohl im Sande verlaufen.

Oliver Borg hatte schon eine Woche nach seiner lebensgefährlichen Begegnung hoch über Braunschweig versucht, damit aufzuhören, über die schockierenden Ereignisse nachzudenken, die ihn mehrfach fast das Leben gekostet hatten, aber immer wieder war er mit dem Geschehenen konfrontiert worden.

Angefangen hatte alles mit der Beerdigung Timm Berbers – ein schrecklicher Tag, der ihn in eine tiefe Depression stürzte –, dann war sein Wagen freigegeben worden, und er musste das Fahrzeug aus der Halle der Spurensicherung abholen.

Borg hatte von einem Mitarbeiter des Kommissariats an diesem Tag auch das kleine Plastiktütchen bekommen, das eine weiße Zigarettenverlängerung in sich barg, die in Borgs Wagen gefunden worden war. Wie blind war er gewesen? Dunja hatte eine solche Verlängerung benutzt!

Nach dem Vorfall auf dem Turm des Heizkraftwerks war Borg ein weiteres Mal ins Krankenhaus gekommen (eine Rippe war angebrochen, seine Hüfte geprellt), und wieder hatte er sich, diesmal mit einem besseren Gefühl, ein Blutdruckmessgerät aufdrängen lassen.

Die spätere Auswertung war weniger erfreulich: Bluthochdruck. Während er einen Ärztemarathon über sich hatte ergehen lassen, war schließlich ein Vorhofflimmern diagnostiziert worden, das als Ursache für den hohen Blutdruck genannt werden konnte. Ein störendes, aber zunächst nicht als lebensbedrohlich einzustufendes Ärgernis, das sich sein Körper hatte einfallen lassen. Alles wäre problemlos behandelbar, so die Ärzte.

Borg hatte sich auch bei einer Psychologin angemeldet, weil er hoffte, mit ihrer Hilfe die traumatischen Momente besser verarbeiten zu können. Koller hatte ihm daraufhin ins Gesicht gesagt, dass er von Psychologen nichts hielt, aber Borg wusste: Wenn man sich einen Arm brach, brauchte man einen Gips. Und wenn die Seele einen Knacks bekam, brauchte man etwas, um diese gleichermaßen zu schienen, bis auch sie verheilt war.

Das Schreiben der Berichte über den Fall fand Borg ermüdend, und er ließ hier und da einige Ereignisse aus, um endlich zum Ende zu kommen. Schließlich umfasste sein Bericht fast dreißig Seiten.

Polizeichef Koller zeigte sich ihm gegenüber etwas freundlicher, auch wenn es weiterhin kein Vergnügen war, unter diesem Vorgesetzten zu arbeiten.

Bei der Kriminalpolizei, die in diesem Fall an vielen Stellen grob fahrlässig gehandelt hatte, war Borg für mehrere Wochen Gesprächsthema Nummer eins gewesen. Die Kolleginnen und Kollegen hatten sich in zwei Lager gespalten. Die einen sahen in ihm einen Helden, die anderen meinten, es wäre sein Job gewesen, und die mangelnde Anerkennung ihrerseits war vielleicht auf Neid zurückzuführen. Man solle den Fall nicht zu sehr hochspielen. Es gäbe andere Fälle, bei denen Polizisten mindestens genauso viel riskiert hätten.

Borg war das alles egal. Er arbeitete nicht unter dem Gesichtspunkt, den Noel Coward einmal beschrieben hatte. Dessen Worte ›Work is much more fun than fun‹ trafen vielleicht auf Sänger, Schauspieler oder Autoren zu, niemals aber auf Polizisten.

Privat entwickelte sich bei Borg alles im Schneckentempo: Die Scheidung von Finja sollte am Jahresende erfolgen. Auch wenn ihn das wenig positiv stimmte, so hatte sich das Gemüt seiner Exfrau doch etwas abgekühlt, und sein Kontakt zu Paul hatte sich wieder etwas vertieft. War Borg früher immer der Meinung gewesen, Verantwortung zu haben hieße, sich selbst aufzugeben, sah er das nun anders: Verantwortung bedeutete, sich zu verschenken. Er genoss die Treffen mit seinem Sohn mehr und mehr. Paul war auf dem besten Weg, ein durchsetzungsfähiger Erwachsener zu werden, und jetzt, da er weniger von Finja manipuliert wurde, traf er sich ab und zu mit seinem Vater.

Und dann war da noch Sina, seine Kollegin, die ihm so nah gekommen war wie keine andere Frau seit langem. Sie konnte in etwa nachempfinden, was er hatte durchmachen müssen, und obwohl wenn es zwischen ihnen schon gefunkt hatte, war noch immer nicht der richtige Moment gekommen, den nächsten Schritt zu wagen. Es war beim Eingehen einer Beziehung wie bei einem Verkaufsgespräch: Die verschiedenen Phasen der Annäherung mussten strengstens eingehalten werden. Jede übersprungene Phase führte einen Schritt vom Ziel weg.

Borg wollte auch nichts überstürzen, und so hatte er bisher tatsächlich nichts unternommen, um das damals anvisierte gemeinsame Essen in die Tat umzusetzen. Aber da der Sturm, der ihm aus seiner Vergangenheit nachblies, sich zu legen begann, da nun einige Wochen, ja Monate vergangen waren, fasste Borg einen Entschluss: Heute würde er Sina anrufen und sie in ein Restaurant einladen. Alles Weitere würde sich dann zeigen.

An diesem 22. September ließ die untergehende Sonne die vom Wind geschaffenen kleinen Wellen auf dem Ölpersee wie schwimmende Flammen schimmern.

Die Spottdrosseln in den Gebüschen gaben ihr Abschiedskonzert für den heutigen Tag, aber die vielen Menschen, die den Abend am See genießen wollten, hatten noch lange nicht genug. Einige hatten ihre Decken auf den Rasenflächen am See ausgebreitet, Hunde liefen ohne Leine zwischen den dankbaren Kindern herum, die sich freuten, heute länger wach bleiben zu dürfen, und die Fahrradfahrer fuhren in viel zu hohem Tempo an den Spaziergängern vorbei, die den Sonnenuntergang um kurz nach sieben genießen wollten.

Die Hunde, die an Leinen geführt wurden, gingen einem ungeschriebenen Gesetz folgend immer einen Meter weiter, als die Leine reichte. Die Menschen wurden Gassi geführt.

Und dann waren da natürlich auch die Joggerinnen und Jogger, deren Beine niemals müde wurden und deren Gehirne sich unbewusst nach der Ausschüttung der Glückshormone sehnten, nach dem Runner's High.

Auch Georg Tabeling war einer von ihnen. Er wartete sehnsüchtig auf das euphorische Gefühl von Glück und Schmerzfreiheit, das in der Regel etwa eine Stunde nach dem Loslaufen einsetzte. Tabeling war an den Punkt gelangt, an dem er glaubte, ihm fehle die Kraft zum Weiterlaufen, doch dann, als er eine Gruppe junger Frauen auf sich zukommen gesehen hatte, auch wenn das nicht das ausschlaggebende Ereignis war, hatte er diesen Punkt überwunden.

Dankbar merkte er, wie sein Läuferhoch sich einstellte. Ab jetzt funktionierte das Laufen scheinbar mühelos und ganz von allein. Die Schmerzen in den Muskeln nahm er kaum noch wahr, und das ihn durchströmende Glücksgefühl ließ ihn sogar schneller werden.

Aus der Luft betrachtet hatte der Ölpersee die Form des Blattes einer Doppelaxt, und als Tabeling sich vom See entfernte, lief das Ende des Liedes, ›All My Life‹ von Foo Fighters, dem er über die weißen, schnurlosen Sennheiser-Ohrhörer lauschte. Es wurde von ›Paint It Black‹ der Rolling

Stones abgelöst. Tabeling bog vom Ölpersee ab und lief lächelnd in einen Waldweg hinein.

Das sirrende Geräusch, das von etwas sehr Schnellem, Dünnem verursacht wurde, das sich ihm blitzschnell näherte, konnte Tabeling nicht hören, als es durch den Blätterwald auf ihn zusauste.

An jenem verhängnisvollen Septembertag, an dem er das Seefeuer der Sonnenstrahlen so euphorisch hatte hinter sich lassen können, traf der Pfeil genau die Mitte seines Halses.

Tabeling riss wie eine Marionette die Hände empor, und schon in derselben Sekunde, als das spitze Geschoss auf der linken Seite seines Halses eingedrungen war und umgeben von einem roten Sprühregen auf der rechten wieder austrat, gaben seine Knie nach. Zwei weitere ungeschickte Schritte ließen den jungen Mann wie ein angeschossenes Rehkitz aus der Spur geraten.

Tabeling konnte keinen Gedanken mehr fassen, als sein Körper leblos in das Meer aus grünen Blättern stürzte und darin versank, denn seine Seele hatte schon ausgecheckt.

Die Jagdsaison war wieder eröffnet.

Oliver Borg

KEHRT ZURÜCK...

...IN

Totengräberwind

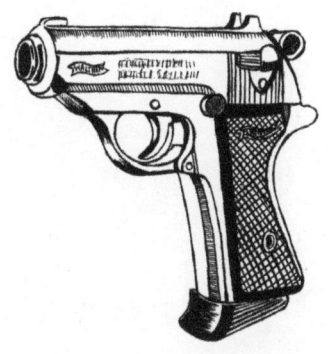

DANKSAGUNG

Als »BODY FARM – Der Tod will Gesellschaft« während des ersten Corona-Lockdowns 2020 entstand, sagte ich zu meiner lieben Frau Janine, ich würde jetzt jeden Lockdown nutzen, um einen Roman zu schreiben. Der zweite Lockdown kam schneller als erwartet, und ich griff auf eine alte Idee aus dem Jahr 2004 zurück, die ich aufgrund fehlender Zeit nie verwirklichen konnte. Diese Idee bildete die Grundlage für dieses neue Buch.

Nachdem »BODY FARM« überaus erfolgreich gelaufen ist (obwohl der Verlag, der es veröffentlichen wollte, einen Rückzieher machte, weil ich mich weigerte, das Buch in Berlin oder London spielen zu lassen), war ich mir sicher, dass Braunschweig auch das Potenzial hat, dort Serienkiller auftreten zu lassen.

Die Frage wird kommen, deshalb soll sie hier gleich beantwortet werden: Ja, einige Dinge in diesem Buch sind wirklich so passiert: Übelkeit beim Laufen, Herzstolpern, Kreislaufprobleme. Fast alles Weitere ist frei erfunden. Dennoch habe ich jede beschriebene Strecke in diesem Buch selbst als Jogger auf mich wirken lassen und versucht, mich bei der Beschreibung der Orte an die Realität zu halten. Nur in einem Fall bin ich abgewichen. Von der Hauptstraße in Völkenrode ist keine Friedhofsmauer zu sehen, man möge mir das verzeihen, aber ich wollte meiner Figur, die schon so viel gejoggt war, nicht noch einen Umweg aufbürden. Ehrlich gesagt, ich weiß nicht einmal, ob der Friedhof in Völkenrode überhaupt eine Mauer hat.

Und: Tatsächlich war ich auch einmal auf dem Turm des Heizkraftwerks in Braunschweig. Es muss um 2003 herum gewesen sein. So viel dürfte sich bis heute da oben nicht verändert haben.

Ich habe in meinem Leben dreimal tote Menschen gefunden. Aber zu Ihrer Beruhigung: Selbst getötet habe ich niemanden – zumindest nicht außerhalb zweier Buchdeckel.

Ich danke allen Menschen, die mit mir in den letzten Jahren joggen waren und damit die Entstehung dieses Buches maßgeblich beflügelt haben. Dazu gehören: Sven, Julia, Alex, Malte, Henriette, Petra, Tina, Christoph, Johanna, Lisa, Sebastian und viele andere.

Ebenso danke ich Dörte und Horst für ihren Hinweis auf die alten Landwehrwälle und die geheimnisvollen Wege in den Okerauen und auch für die Geschichte einer schicksalhaften Begebenheit, die in diesen Roman einfloss.

Es stimmt: »Welcher Autor könnte jemals erklären, wie oder warum eine Figur in seinem Kopf entstanden ist? Das Geheimnis der Entwicklung eines Charakters ist das gleiche wie bei der echten Geburt eines Menschen. Ein Ehepaar kann den Wunsch hegen, Kinder zu zeugen. Aber der Wunsch allein, so stark er auch ist, reicht kaum aus. Und plötzlich ist da Leben, ohne dass jemand wirklich sagen konnte, seit wann. Ebenso nimmt ein Autor unbewusst viele Lebenskeime in sich auf, ohne vorhersagen zu können, wie und warum sich diese Keime in seinen Gedanken festsetzen, um auch ein lebendes Wesen zu werden, aber in einer höheren Daseinsstufe, als das normale Leben sie bereithält.

Ich kann, selbst darüber erstaunt, nur sagen: Die Figuren in diesem Buch standen mir, ohne dass ich bewusst nach ihnen gesucht hätte, erschreckend lebendig gegenüber, sodass ich sie hätte berühren können, sie sogar atmen hören konnte. Sie warteten darauf, dass ich sie handeln ließ. Und das tat ich.«

Vielen Dank an die Menschen, deren Namen ich in diesem Buch verwenden durfte.

Und unter dem Motto »Never change a winning team«: Danke an Dan Braun, Julia Lüneberg, Marla Teufel, Dirk Richter, Tim Langelüddecke und vor allem Leon Donner.

Zu guter Letzt danke ich Heike Brand, die so tapfer war mit ihren schlauen Ideen gegen mich anzutreten und zu gewinnen und Björn Sülter, der Schwung in das Projekt gebracht und mich damit mehr als überrascht hat.

Ich mache es kurz, da das Buch lang genug war.

Ich danke Franz K., Theodor F., Adalbert S., Heywood A., Sigmund F. und Ian L. F., ohne deren Inspiration dieser Roman nicht diese Tiefe hätte erhalten können.

Und ich gebe Ihnen, liebe Leserinnen und Leser, noch ein Zitat von Marcus Aurelius mit auf den Weg, wenn Sie das nächste Mal joggen gehen: »Der Tod lächelt uns alle an, das Einzige, was man machen kann, ist zurücklächeln.«

Man liest sich.

Dan Braun

DIE AUTOREN

Danny Morgenstern ist ein deutscher Autor, Moderator, Tanzlehrer, Trainer und Business-Knigge-Coach auf der Basis der Empfehlungen des Arbeitskreises Umgangsformen International. Er hat mittlerweile über 15 Bücher geschrieben, ist als James-Bond-Experte mehrfach im Fernsehen aufgetreten und war Gast bei Talk-Veranstaltungen und Podiumsdiskussionen in Deutschland, Österreich und der Schweiz. Morgenstern arbeitet eng mit verschiedenen Radio- und TV-Sendern zusammen und unterstützt Journalistinnen und Journalisten bei den Themenbereichen »James Bond«, »Knigge und Umgangsformen« und »Körpersprache«.

Unter seinem richtigen Namen vermietet **Dan Braun** seit Jahren seinen Körper und seinen Geist. Er wurde Ende der 1970er Jahre in Niedersachen geboren, heiratete viele Jahre später in Amerika und lebt heute mit seiner Frau und seinen Kindern in Deutschland.

Braun hat sich bei seiner Arbeit als Autor erstmals dem Genre Krimi gewidmet und sich mit der überdurchschnittlichen Brutalität seiner bildhaften Sprache umgehend ein Markenzeichen geschaffen. Die bisherigen Bücher, die der Autor unter seinem richtigen Namen schrieb, waren allesamt erfolgreich, und er konnte sich als Schriftsteller auf dem Buchmarkt etablieren.

Über seine Arbeit an diesem Buch sagt Braun: »Der Leser weiß, wo die meisten Romane haltmachen. Man muss darüber hinausgehen.«

DER VERLAG

Lesen ist wie Fernsehen im Kopf!

So lautet ein Slogan, den wir für uns aufgegriffen haben.

Seit fünf Jahren ist es unser Anliegen, Ihnen ein spannendes Programm in diesem "Kopf-Fernsehen" zu bieten, das im Gegensatz zu den schwarzen Zeichen auf weißem Grund in Ihrem Kopf gerne in Farbe und so bunt wie möglich ablaufen darf.

Richtig bunt sollen die Welten also sein, in die wir Sie mit unseren Büchern entführen wollen. Nicht beliebig, nicht von der Stange. Unsere Geschichten sind nicht durch die Marktforschung gegangen, aber kommen von Herzen.

Entdecken Sie unsere Visionen.
Folgen Sie uns in fantastische Welten. In Farbe und Bunt.

Der **Verlag in Farbe und Bunt** bietet Romane, Biografien, Sachbücher, Comics, E-Books, Kinder-, Jugend- und Hörbücher aus allen Bereichen und für jedes Alter.

(in Farbe und Bunt)

www.ifub-verlag.de
www.ifubshop.com

PRAHL, SÜLTER & WALCH

Die Star-Trek-Chronik

Star Trek: Enterprise & Raumschiff Enterprise

Die umfassende Sachbuchreihe zu jeder *Star Trek*-Serie startete 2020 mit dem ersten Prequel des Franchises und wurde 2021 mit der Originalserie fortgesetzt. 2022 geht es weiter!

Die Autoren Prahl, Sülter und Walch präsentieren darin alles Wissenswerte über die Serie, Episoden, Macher, Schauspieler und die deutsche Synchronisation.

Teil 1+2 erschienen, Teil 3 folgt 2022.

(in Farbe und Bunt)

www.ifub-verlag.de
www.ifubshop.com

BJÖRN SÜLTER

Beyond Berlin

Nominiert für den *Deutschen Phantastik Preis* 2019 als *Beste Serie!*

Mit **Beyond Berlin** tauchen Sie ein in eine erschreckende Dystopie, die unser Land in die Dunkelheit geführt hat. Zwar haben die Menschen die Sterne erreicht, ihre Heimat aber vernachlässigt.

Aus den Ruinen West-Berlins macht sich Yula in den blühenden Osten der Stadt auf, um ihre Familie zu vereinen, beginnt damit aber eine Reise, die ihr eigenes Schicksal und das der gesamten Menschheit beeinflussen könnte ...

Teil 1+2 der Trilogie erschienen, Teil 3 folgt 2022.

(in Farbe und Bunt)

www.ifub-verlag.de
www.ifubshop.com

Thorsten Walch

Es lebe Star Wars

Autor & Journalist Thorsten Walch läd Sie ein auf eine
spannende Zeitreise und berichtet neben all den faszinierenden
Fakten und Anekdoten auch über seine ganz persönliche
Verbindung zum Phänomen "Star Wars".

(in Farbe und Bunt)

www.ifub-verlag.de
www.ifubshop.com